思想史视野中的
中国现当代文学
刘忠 著
上海人民出版社
思想史研究 社会、个人业已产生重大影响的思
潮、观念和公共意识 一系列为社会、时代接纳或拒斥
的价值体系和思维 要阐释其与意识形态、社会心理、时
代精神的复杂关联。就20世纪的中国来说，思想史的发生是与救亡图
存的民族危机、中西文化碰撞下价值危机密不可分的，围绕国家秩序
和价值意义的重建，西方多种社会、文化思潮被引进中国，为启蒙知
识分子作为新文化运动“民主”、“科学”利器加以传播。这一过程
中，文学作为思想的承载物，既感应、传播着思想也生成、建构着思
想，从而为新民、启蒙、革命提供可能。同时，由于文学与思想之间
以语言为中介实现价值的特殊性，一方面，思想在经文学和其它媒体
为人们接受时，有一个选择、对话的过程；另一方面，文学在感应思
想时，也有一个审美内化、浸润的问题，可能会发生视界融合、接受
偏离、话语歧义等现象，所以，当本身就指涉多向的思潮流派，一经
文学话语的转换与建构，愈发呈现杂陈状态。有的因为在中国传统中
找寻到文化支持而长期扎根生长；有的因为远离中国国情，虽经广泛
阐发，但仍昙花一现，倏然流逝；有的则在后来新的历史条件下重现
和演化；有的则一直在少数知识分子范围里传承流布……

目录

目录

导论

20 世纪中国文学的思想生成与审美建构

第一节　思想史视野中的文学史

20 世纪中国文学史研究正在成为一部思想史长编，统摄这部思想史的核心理念是作为一种普遍主义知识体系的现代性。一个世纪以来，“现代性焦虑”几乎成为中国几代知识分子挥之不去的心理情结，渗透于社会生活的方方面面。尽管现代性理念本身包含着诸多矛盾和差异，如政治现代性、思想现代性、审美现代性、伦理现代性、科技现代性、教育现代性，但借助其理念建立起来的文学观念，却为从事这一领域研究的学者提供了一种颇为可疑的本质主义求真向度，即把同质性、整一性看作文学史的内在景观，他们反复诘问、孜孜以求的就是想为文学史构筑一个宏大的一元化阐释框架。一旦置身这一框架，每一种研究都想把握某种本质，概括出某种规律；每一种阐释都要进行大刀阔斧的修剪，得出某种结论。于是，在思想史的解剖刀下，理应复杂、甚至充满矛盾的文学史形态被轻而易举地整合为各种观念、主义的派生物。

如果说现代性作为 20 世纪中国社会生活的世纪性母题是统一、自明的，那么对现代性的反思——拿来、吸收、批判、转换，则表现为知识界不断震荡、演变的思想景观和人的生存经验，而这些络绎不绝的思潮、主义相互渗透、相互制约，分化出多个尖锐对立的思想模型，构成了一种极为特殊的中国式现代知识谱系。这之中，倘若有某个领域可以逃逸出现代性母题的抽取与整合，这个领域则只可能是文学。“文学”天生就拒斥抽象理念的统摄和约束，它以丰富的审美经验与抽象理念相抗衡，是一个值得我们倾注激情和眷顾的范畴。本雅明在《发达资本主义时代的抒情诗人》中曾说：“尽管编年表把规则加于永恒，但它却不能把异质性的可疑的片断从中剔除出去。"①在现代性知识图谱绘制的文学史体系中，总有一些难以整合的经验碎片，一些彼此冲突矛盾的现象，而这些碎片化的、冲突的、悖论式的现象恰恰是文学史的原初景观，文学史研究理应回到文学的"审美"存在，反思现代性的理论统摄。从这个意义上说，审美是文学言说世界、涵容思想的基本方式，也是文学成为它本身的唯一方式。一旦重新面对文学史的审美语境，以现代性理念为支撑的一元化图式很快就被打破，差异性、混沌性开始从幕后走到前台，尤其是文本实践中的审美属性和思想蕴涵。如"革命"叙事中的民间立场、"工农兵文学"中的人性展示、"中心"话语下的边缘写作。

我们知道，任何一种试图对历史的阐释都意味着对既定历史的重写，文学史写作也不例外。20 世纪中国文学是社会生活与历史理性在特定时空里的自然选择，其存在的合理性就事实而言，只需时代与历史本身作出证明。但是，当我们面对文学实践的生命力这一问题时，就必须要超越事实层面而进入价值领域，回答"为什么存在"、"为什么会继续存在"等问题。于是，"现代性"、"进化论"、"革命论"等观念就在不知不觉中进入到文学领域，开始对审美性进行渗透和改造。

先看"现代性"命题。就 20 世纪中国社会而言，现代性命题的发生与救亡图存的民族危机、中西文化碰撞的价值危机密不可分，围绕人的解放与民族国家的重建问题，文艺复兴以来的西方启蒙主义、实证主义、无政府主义、国家主义、现代主义，包括马克思主义的阶级斗争学说和社会革命理论相继涌入国门，被启蒙先驱作为救亡图存的文化资源进行了广泛传播。这之中，作为思想的承载物，文学既感应、宣传着思想，又生成、建构着思想，从而为"新民"、"启蒙"、"革命"等社会使命提供可能。同时，由于思想在经文学孕育而为人们接受时，有一个选择、对话的浸润过程，其间可能会发生接受偏离，所以，当本身就歧义丛生的思潮流派，一经文学话语的转换与建构，愈发呈现杂陈状态。它们中，有的因为在中国传统中寻找到文化支持而扎根生长；有的则因为远离中国国情，虽经广泛阐发仍是昙花一现；有的则在新时期改革开放的社会条件下重现和演化；有的则一直在少数知识分子范围里流布传承。这

①本雅明：《发达资本主义时代的抒情诗人》，三联书店（北京）1992 年版，第 87 页。

些外来思潮在中国的命运，既取决于该思潮自身的生命力，也取决于中国社会的特殊语境，以及知识界对于思潮的理解。鲁迅就曾批评过那些望文生义、曲解变形的“主义”引进者，“各各以意为之。看见作品上多讲自己，便称之为表现主义；多讲别人，是写实主义；见女郎小腿肚作诗，是浪漫主义；见女郎小腿肚不准作诗，是古典主义；天上掉下一颗头，头上站着一头牛，爱呀，海中央的青霹雳呀……是未来主义”[①]。

事实上，现代性不仅是一个时间范畴，而且是一个有着多重思想路径的选择过程，如马克思主义与自由主义、保守主义与激进主义、自由主义与保守主义……面对这些复杂的关系，现代文学如何作出解释？这些解释背后潜隐的东西，也许正是我们理解现代性的关键所在。当我们把“思想”与“审美”联系起来考察时，发现中国文学中的现代性呈现并不是单向度的，而是有着许多复杂的存在形态。(一)历时态的现代自我。谈论“五四”文学革命功绩时，郁达夫曾说：“五四运动最大的成功，第一要算‘个人’的发现。从前的人，是为君而存在，为道而存在，为父母而存在的，现在的人晓得为自我而存在了。”[②]人的发现开启了“人的文学”，他们是狂人式觉醒的知识分子、阿Q式麻木朴拙的农民、林道静式逐渐成长的小资产阶级知识分子，是凤凰苗寨养育的翠翠、荒蛮封闭鸡头寨土生土长的丙崽、深陷围城困境的方鸿渐，甚至是“烦恼人生”中的印家厚、“一地鸡毛”中的小林……这些人物在历史的交替转型期，负载着丰富的思想内涵和人学意义，他们从传统中走来，裹挟着欧风美雨反客为主，却又在双重夹击下无时无刻不在面对自我、现实、存在的多种困惑，“现代”自我的真正内涵由此得以显现。(二)共时态的现代精神。“现代性”之于现代文学不仅表现为历时态的现代自我，而且表现为共时态的现代精神。这精神，一方面是人们面对现实的忧患与焦虑；另一方面是面对自我的苦闷彷徨，甚至是精神分裂。从鲁迅忧愤深广的国民性批判到张爱玲苍凉的世俗传奇再到余华的形而上追问；从郭沫若的女神豪情到沈从文的田园牧歌再到张承志的执著坚守，文学界不断交织着亢奋、激越、彷徨、抑郁的复杂情感。保守派和国粹派自不必说，就是那些激进的文学作品也能够从中看到反思现代性的情感流向，只不过，它们是以非常

①鲁迅：《三闲集·扁》，《鲁迅全集》第4卷，人民文学出版社1981年版，第87页。

②郁达夫：《中国新文学大系·散文二集·导言》，良友图书印刷公司1935年版。

微妙的形式隐藏在宏大的历史叙事之下，如鲁迅小说的乡土记忆、梁斌《红旗谱》中的伦理仇恨、陈忠实《白鹿原》中的宗法温情，这些都表现了与现代性完全不同的维度。鲁迅、梁斌、陈忠实们寄寓的不只是批判，而是一种极为复杂的关于乡土中国的命运——那些始终在历史进步与历史变革之外的人物命运。

其次是“进化论”时间观。在中国的现代化观念体系中一直隐含着一个传统与现代的二元对立思维模式，这种模式是“建立在以‘进步’为目的论的线性时间观念之上”的①，它忽视了历史演进过程中退化、循环、交错现象的存在，在价值判断上表现出新与旧、古与今的鲜明对立。于是，进化论时间观为历史理性确立价值评判依据的同时，也把那些在进化论者看来保守、落后、垂死的东西排除在外，最终为历史所淡忘。这种新与旧、古与今分野的价值观念深刻地影响了中国作家的审美立场，导致了审美判断的绝对化和单一性，我们很难获得那种新与旧杂陈的复合美感，更难看到超越于传统与现代对立思维之外的兼容性审美视角。这种单一的思维方式尤其体现在对一些文学现象的理解上，如革命文学兴起时，创作社、太阳社诸人攻击“鲁迅是资本主义以前的一个封建余孽。资本主义对于社会主义是反革命，封建余孽对于社会主义是二重的反革命。鲁迅是二重的反革命的人物”②。左翼文学时期，鲁迅、冯乃超、瞿秋白等人又展开了对梁实秋的“人性论”文学的批判。从发生学角度上说，文学天生就具有某种感伤、游戏的禀性，文学的人性深度也许恰恰隐含在这些范畴中，但在现代文学的历史演进中，这种观念却被视为负面的、反动的东西，是“进步”作家需要小心翼翼绕开的，也是“落后”作家需要百般辩解的。

当下，以“后”、“新”为前缀的各种主义、思潮，同样承继着进化论时间观的余绪，后现代、后结构、后新潮、新写实、新历史、新左派、新人类等命名背后，同样可以看到进化论时间观通过重新命名而“占领价值制高点和话语制高点”，充当计时员和裁判员角色。文学创作及其发展有着自身独特的时间方式，但是，长期以来，这一方式却被所谓的“推陈出新”的进化论所取代。关于文学创作中的时间，柏格森曾说，“真正的时间”是由自由的、向上的、创造的生命冲动所支配，由心理状态所决定，由“意识的绵延形式”所呈现

①汪晖：《韦伯与中国的现代性问题》，王晓明主编：《批评空间的开创》，东方出版中心 1998 年版，第 7 页。

②杜荃（郭沫若）：《文艺战线上的封建余孽》，《创造月刊》第 2 卷第 1 期，1928 年 8 月。

的，而非事先设定的、向前的、趋新的、线性单向的①。这也许是对标榜生命本体论、语言本体论的"后"主义者的一种绝妙的反讽，是对一味强调进化论时间观的一种解构。其实，文学中的时间并不完全意味着先进、革命，一切优秀作家所经历着的、并为一切优秀作品所呈示的时间都是空间化的时间，是表面看起来一去不复返的、正在逝去的而又回旋、逆转的活着的时间，是不断从历时态中寻找活力而又从共时态中呈现的时间。

最后是"革命论"思潮。自从在社会整体危机解除上，马克思主义表现出比其他思想、主义具有更强大的救世功能以后，"革命论"便以其迅捷有力的社会动员优势，成为各种思潮、主义合奏曲的主调，源源不断地为知识分子和工农大众提供革命理想和道德激情。表现在文学上，从"革命文学"到"左翼文学"，从"工农兵文学"到新中国文学，文学的革命性不断地递增。早在1931年，鲁迅就曾断言："现在，在中国，无产阶级的革命的文艺运动，其实就是唯一的文艺运动"②。"革命论"不仅为文学创作确立了内容标准和价值尺度，而且也为文学研究奠定了评价基础。在无产阶级与资产阶级尖锐对立的矛盾冲突面前，知识分子"只有两条路径：走革命的大道呢？否则，就陷落在反革命的泥坑之中"③！新中国成立以后，伴随无产阶级专政政权的确立与巩固，昔日为无产阶级革命呐喊助威的左翼文学、解放区文学理所当然地成为"正统"，以政党、阶级利益为标准的文学创作和评价机制开始形成，并扩张成为文学领域的主流话语。于是，现代文学研究者逐渐形成高度的研究自觉性和思维定势，政治思想解读、意识形态批评、政党阶级分析等研究方法在研究者那里运用自如，得心应手。

在"革命论"思潮弥漫的年代，文学研究者对作家作品以及文学现象进行阐释，实质上是在代表一种政治权力进行一场没有硝烟的"思想判决"。"革命"或"反革命"标签在他们手里，既能够舞动出一道道绚烂的彩虹，也能够幻化出一座座阴森可怖的地狱。置于特定的历史境遇下看，这种基于阶级利益和舆论导向的判决有其存在的一定合理性，它不仅能迅捷地为阶级斗争和党派利益服务，而且还能在短时间里将文学的宣传功能最大化，但是，这种思想判决也为政治主导、思想一体的"权力斗争"留下了施展空间。

①柏格森：《时间与自由意志》，商务印书馆2002年版，第125页。

②鲁迅：《二心集·上海文艺之一瞥》，《鲁迅全集》第4卷，人民文学出版社1981年版，第285页。

③《中国社会科学联盟底成立及其纲领》，《新思潮》1930年第7期。

于是，在中国文学研究领域，就产生了以下几种情形：与主流话语相吻合的便夸大其价值；与权力需要不合甚至对立的则予以漠视、否定；与主流话语虽有联系但并不明显的，则千方百计用"拉郎配"的方式强行将其纳入预定轨道，作出有利于意识形态权威的阐释。如果我们冷静地回忆一下几十年来的鲁迅研究史、革命作家研究史、自由主义作家研究史，反省一下对鲁迅、沈从文、张爱玲、穆时英、穆旦、徐志摩、戴望舒等人的研究，就能够清楚地看到革命思想是如何对文学话语进行渗透的。

需要说明的是，指出"革命论"对文学话语的部分改写，并不等于否定中国文学中的革命思想价值，更不等同于一些人鼓吹的"告别革命论"，而是在于消解"革命"工具化对文学造成的负面影响，使文学回到自身的相对独立性，不再充当政治的奴婢和外在权威的工具。从研究的角度看，消解工具论是为了开辟更加广阔的艺术空间，建立多元的文学史写作模式，从而使文学经验的丰富性与文学研究的多元性对应起来。立足于此，我们说，新时期文学研究中"重写文学史"口号的提出，其意义不仅体现在文学史写作的审美领域，而且在思想史研究方面也有不可低估的价值。

第二节　文学史演进中的观念先行

在20世纪中国文学进程中，不管是晚清的"诗界革命"、"小说界革命"，还是新文化运动时期的"文学革命"以及其后的"革命文学"、"左翼文学"，抑或是新时期的"寻根文学"、"先锋文学"、"后现代文学"，率先进行"革命"的都不是文学创作，而是文学观念。许多时候，革命就意味着替代——用先进的文学取代落后的文学，用新的文学观念代替旧的文学观念。众所周知，在我国古典文论中，并没有现代学术分类意义上的"文学"概念，只有文类之别，即所谓的诗、词、曲、文等。"文学"一语的正式使用是在近现代，开始的时候，人们使用它并不是为了取代中国传统的文学观念，而是为了推行白话文和引进新思想，只有到了新文化运动时期，西方的"新"文学观念才逐渐取代中国传统的"旧"文学观念。刘半农《我之文学改良观》中反复引用英语的"Literature"，作为标准的、科学的文学定义，胡适提出的文学改良的“八事”主张、陈独秀提出的文学革命的“三大主义”、周作人提出“人的文学”、“平民的文学”……无不是以西方文学观念为标准，否定、批判旧文学观念，进而创建一个新的文学观念。

与先期进行的文学观念取代相比，当时的文学创作明显滞后，胡适、刘半农、刘大白、康白情、沈尹默、陈衡哲、罗家伦等人不得不比照新文学理念“尝试”进行创作。《尝试集·自序》中，胡适说：“我现在回头看我这五年来的诗，很像一位缠过脚，后来放大了的妇人回头看她一年一年地放脚鞋样，虽然一年放大一年，年年的鞋样上总还带着‘缠脚时代’的血腥气。”① 谈及小说《狂人日记》、《药》、《阿Q正传》等的创作，鲁迅也说，“大约所依仗的全是先前看过的百来篇外国作品和一点医学知识”②。周作人更是以“模仿”相号召，他把当时的“小说界革命”成绩微弱的原因，归结为“不肯模仿，不会模仿”，认为作家“须得摆脱历史的因袭思想，真心的先去模仿别人，随后才能从模仿中，蜕化出独创的文学来”③。“文学革命”初期，许多作家都是在外国文学引导下走上创作道路的，外国作品不仅开启着他们的心智，而且“借给”了他们结构作品的思想观念和表达方式。仿效性可以说是新文学初创时期的整体特征之一，只是碍于情面，谈论这一话题时，我们通常使用的是另外一个比较容易接受的语词——影响。如果以“新文学作家与外国文学关系”为题，几乎对每一个“五四”作家都能够作一番文章，尤其是平行研究和影响研究。

由于理念先行和模仿痕迹过重，加之创作者知识储备和生活经验的不足，新文学初期的文学作品大多存在艺术平庸、思想情感一览无余等缺憾。较早从事小说创作的现代女作家陈衡哲，在谈到自己发表于1917年6月的白话小说《一日》时，曾说：“它既无结构，亦无目的，所以只能算是一种白描，不能算为小说”④。事实上，一部中国现代文学发展史基本上就是一部文学观念演变史，许多文学流派和思潮都是在观念先行的情况下形成的，如个性主义之于文学研究会，唯美主义之于创造社，古典主义之于新月社。这种“观念先行”的现象从根本上确定了中国文学与西方文学的基本关系模式——每一次文学“思潮”或“主义”的诞生，都是先行到西方文化或文论中寻找学理支持，而每一次寻找的过程都是一次模仿

①胡适：《尝试集·自序》，上海亚东图书馆1921年版。

②鲁迅：《南腔北调集·我怎么做起小说来》，《鲁迅全集》第4卷，人民文学出版社1981年版，第512页。

③周作人：《日本近三十年小说之发达》，《新青年》第5卷第1号，1918年7月。

④转引自郭志刚、孙中田主编：《中国现代文学史》（上），高等教育出版社1998年版，第108页。

的取代过程。浪漫主义、现实主义、现代主义、后现代主义这些在西方本来是"鱼贯式"先后形成的文艺思潮却被"雁行式"引入中国,供作家们模仿和借用。阅读这些模仿之作,我们每每都能看见"主义"先行的影子以及西方经典作家的影响。如果戈理与鲁迅、惠特曼与郭沫若、左拉与茅盾、克鲁泡特金与巴金、奥尼尔与曹禺。

文学观念取代的同时,我们还看到20世纪中国文学中的又一特殊现象——文学限定。从"文学革命"到"革命文学"再到"解放区文学",文学内涵都不同程度地被狭隘化,并伴随有若干的思想附加。所谓的"平民文学"、"革命文学"表明的是提倡什么文学,需要什么文学,而不是文学的全部外延。周作人的"平民文学"、蒋光慈等人的"革命文学"只是文学中的一种,它们的存在仅仅是文学大家庭中的一员,却被提升为一种理想化状态的文学、一种是理应如此的文学。由此,新文学之"新"获得了现实合法性,文学限定与思想附加趋于同构——思想附加使文学观念转化为文学理想,文学理想进而使文学观念的新旧之别演变为高与下、优与劣、进步与反动的等级之别。如"五四"诸人不仅对古典文学持否定态度,而且对同时代的非主流文学(如鸳鸯蝴蝶派)也持排斥态度,这就使得理应丰富多彩的文学史形态演变为各种各样的主义之争、观念之争,严重妨碍了文学创作的深入和文学批评的开展。

文学限定给文学界造成的直接后果是逻辑视野的遮蔽。无论是文学流派的现象描述,还是作家作品的定性分析,我们的逻辑起点都被既定的"主义"所规范,说文学是"什么"的同时,也就意味着划定了文学与非文学或者好文学与坏文学的界限。任何有关文学的限定语描述都直接或间接地指向某种主义和思想。同时,这种逻辑视野上的遮蔽还通过评判标准的厘定,人为地将作家、作品区分为好与坏、对与错、先进与落后、香花与毒草、革命与反革命两大阵营,革命者眼里的文学类型是革命与反革命,现实主义者眼里的文学类型是现实与非现实,浪漫主义者眼里的文学类型是表现与非表现,现代主义者眼里的文学类型是形而上与形而下,后现代主义眼里的文学类型是建构与解构……如果某种文学现象或文学形态没有被先行的文学观念所确认,那么这种文学现象或文学形态下的作品就可能成为艺术的"禁区"。如此,我们就能够明白,文学的审美性为何在所谓的反映论的文学理念中一再遭到遮蔽与挤压，浪漫主义创作方法为何在现实主义文论中成为盲区，古典文学为何与鸳鸯蝴蝶派、阿猫阿狗文学一起被革命文学指斥为反动文学、没落文学。在观念先行和视野遮蔽的合力下，20 世纪中国文学几度沦为"主义"演绎的舞台。

逻辑视野遮蔽对文学的负面影响是显而易见的。首先，新的文学主张总是难以在旧的思想中产生和表述，要表述新的文学要求就只能再造或移植一个新的文学观念，而再造或移植的文学观念又是一个新主义、新观念。如此循环往复，中国现代文学仅用 10 年时间就将西方自启蒙运动以来的文学思潮"赶潮式"演绎了一遍，新时期文学则用 20 年时间将西方近 100 年的现代文艺思想"速成式"地走了一遭。这种视野遮蔽下的"主义"更迭的运行机制在于：变动不拘的现实要求与先行的主义限定之间无法兼容的矛盾，为适应现实要求，不得不思潮迭起、主义丛生。

其次，一再确认西方文学话语的有效性。在文学观念的先行取代过程中，大多数移置者并不知晓或者不完全明白文学思潮的发生背景，"拿来主义"只拿来了观念、主义，而丢弃、遗忘了学理基础和生存土壤。因此，每当需要表述新的现实要求时，人们就会从异域借来某种主义或思潮，把中国文学的本土言说绑缚在西方社会文化思潮的战车上，进行一浪接着一浪的"主义"言说。就中国文学演进中现实要求与主义限定之间不可调和的矛盾而言，"赶潮式"移置似乎是一件无可奈何的事情，不仅"后发"现代化国家的社会现实已经为这种移置预设了前提，而且"新论"总比"旧说"深刻的进化论观念也迎合了人们的接受心理。

最后，作家从经验模仿到立场危机。20 世纪中国文学中，"观念指导创作"、"思想决定审美"的现象屡有发生，先是"启蒙思潮"引领"文学革命"，次是"唯物辩证法"指导"革命文学"，再是"意识形态"左右"工农兵文学"。主义、观念的风行使得文学的审美空间日渐缩小，一切与创作有关的生活、体验、感悟、认知都被观念之网先行定格，作家的任务就是用经验去填充观念的空格。"五四"时期他们竞相模仿"娜拉"；革命时代他们言必称"无产阶级"；新时期他们又口必说"现代"、"后现代"。观念先行与经验模仿把 20 世纪中国文学创作带入到一个刻板、单向的二元世界——经验模仿中呈现的是观念世界向感性世界的单向路径，缺少感性世界向观念世界的逆向路径。因为逆向路径的缺席，作家和批评家从根本上偏离了自己的生活立场(从感性生活到理性观念)。于是，在 20 世纪中国文学主潮中，每部作品单独看都是感性的、生活的，但集中在一起看，每次文学思潮的形成和发展都留有观念的影子。纵向上，"观念"通过作家的经验模仿实现价值附加；横向上，主流文学一枝独秀，意识形态通过文学观念渗透到文学创作的方方面面，作家丧失了言说生活的"个体"立场，而被权威赋予了思想阐释的"集体"立场。集体立场的确立，一方面保证了思想改造的合法性，另一方面也意味着作家自由言说权利的丧失。从此，"工农兵思想"成为作家们不得不修的精神长城①。

进入新时期，作家们从集体立场中走出，重新回到了文学创作的个人立场，但是，观念先行的影子依然存在。思想、主义仍在以其强大的先在性引领着文学活动的展开。先是尼采、弗洛伊德、荣格、萨特，次是马尔克斯、杰姆逊、西蒙·波伏瓦，再是海德格尔、德里达、福柯、拉康、博尔赫斯。当下，文学界又从全球化、西方化返回本土化、东方化，时兴对西方"说不"，时兴反思现代性，时兴鼓吹"第三世界文化"、"本土文化"、"文化中国"，提倡"民族身份认同"，所有取悦、迎合西方主义的叙事在此时都遭到不同程度的批评，所有赞美和张扬中国文化的叙事策略在此时都获得不同程度的支持。作家与生活之间仍旧隔着"思想"的界墙，只不过此时的"思想"由"西方"一变而为"东方"，作家仍然没有介入生活，拥抱生活，思想进入文学仍然缺乏审美的烛照。

第三节 思想与审美的互渗互融

作为人的价值的一种实现方式，文学应该而且必然表现人的思想，但作家在结构作品时，总是会加入自己的理解和评价，从而在"思"与"诗"之间搭建了一座无形的桥梁。鉴于文学生成思想的这种特殊性，我们对 20 世纪中国文学进行考察，所关注的也正是"审美"与"思想"这两个方面。

①程文超：《"长城"变奏曲》，《思想文综》第 2 辑，暨南大学出版社 1996 年版。

相对于晚清文学改良来说,“五四”文学革命算得上是一场真正意义上的本体论革命。它不再仅仅把文学看作道德教化、政治变革的工具,而是深入到文学本身的语言层面,要求文学形式的变革。胡适的“国语的文学,文学的国语”主张直接把变革对象指向文学的审美本身——语言形式①。继之,刘半农、钱玄同、吴虞、鲁迅等人或以争辩的方式为之助阵,或以创作实绩为之呐喊,公开指出“明明是现代人,吸着现在的空气,却偏要勒派腐朽的名教,僵死的语言,侮蔑尽现在,这都是‘现在的屠杀者’”②。用白话取代文言的语体变革,看起来虽是一个书写“工具”问题,但实际意义却远远超出当时人们的理解范围。每个人都是通过语言来认知世界的,语言的界限也就意味着认知的界限,作为一种文化前结构,语言先在地制约着使用者的思维逻辑和情感价值。文言文和白话文体现的就是两种既相互联系又明显不同的思维逻辑与情感体系。“晚清以来,白话文之所以伴随西学浪潮而逐渐盛行以至渐成时势,恰恰是因为现代理性的逻辑难以用文言文来圆满显现,甚至连西学的一些概念都无法在文言文中找到对应物。”③语体革命在解除文化输入带来的语言危机,满足社会需要的同时,也加速了文学的审美进程,开创了一个新的审美表现系统,语言、结构、叙述方式都与古典文学有着很大不同。虽然,在其后的观念移置、主义取代中,现实主义、浪漫主义、表现主义、象征主义、社会现实主义等创作方法和真实、典型、本质、主体、客体等文论范畴都不同程度地带有“思想”附加色彩,但作为一种与现代生活相适应的符号系统,它开创的审美意义却是无法估量的,它在文学的思想生成过程中所起的建构作用也同样功不可没。

与语体变革同时展开的还有“人学”主张的提出,《人的文学》中,周作人把“人”的文学表述为“对人的发现和辟荒”,是“用这人道主义为本,对于人生诸问题,加以记录研究”的文学④。由此可见,人的个体价值受到前所未有的强调。关于个人与群体、个人与国家的关系,《新青年》同人陈独秀则认为,“人间百行,皆以自我为中心。此而丧失,他足何言?”⑤李大钊认为,中国必须改变“不尊重个人之权威与势力”的立国精神,“非大声疾呼以扬布自我解放之说,不足以挽积重难返之势”⑥。当然,在一种倾斜的历史场阈中,

①胡适:《建设的革命文学论》,《新青年》第4卷第4号,1918年4月。

②鲁迅:《热风·随想录·五十七》,《鲁迅杂文全集》,河南人民出版社1994年版,第110页。

③许纪霖、陈凯达:《中国现代化史》,三联书店(上海)1995年版,第311页。

④周作人:《人的文学》,《新青年》第5卷第6号,1918年12月。

⑤陈独秀:《一九一六》,《青年》第1卷第5号,1916年7月。

⑥李大钊:《宪政与思想自由》,《李大钊文集》(上),人民出版社1984年版,第247页。

这种以个性解放为核心的启蒙价值观最终只能以实现民族解放、建立现代国家为目标。“五四”文学在确立文学的“人学”本质的同时，也把“革新政治”作为现实追求①，两者既保持着某种内在的张力，又获得了较好的统一。

“文学是人学”这一命题有着丰富的精神内涵，人情、人性、人道……一句话，文学是人对自身的一种确认与慰安。一个作家的创作如果不是站在人学的立场，那么通过文本表现的就不会是人在活着，而是观念在活着，本能在活着，欲望在活着。换言之，作家只有把文学创作建立在人的生存意义上，而不是建立在观念、物质、欲望等非本质因素上，文学的人学价值才不会迷失和旁落。当然，在强调文学的人学内涵的同时，我们也不应忽视审美之于文学的生成意义，尤其是爱的浸润与美的烛照。正是因有了“爱”和“美”，文学才会在与科学实践、社会伦理、宗教道德等的区别中，将人类引向不断的思考、追问乃至忏悔。漫长的中国文学演进之路上，我们发现，文学本体时常处于遮蔽和错位状态，过去是专制主义、群奴主义左右作家思想，文学沦为政治、道德等意识形态的婢女，现在又是语言迷宫、身体把玩占据作家心灵，真正的人的生存遭遇、心灵渴求却被轻易地忽略了，作家的头脑要么盛满封建主义的礼数，要么沦为尼采所言的“他者”思想的跑马场。“生活在别处”和“生活在当下”成为一部分人创作的价值取向，唯独没有心灵的参与和理想的烛照。阅读这些文字，我们在为文学本体失落而慨叹的同时，也对文学的救赎功能产生了怀疑。当艺术作为人类自救的最后一个屏障被轻易拆出之后，谁来填补因意义缺失而产生的空白呢？是灰暗的绝望、死亡，还是身体中膨胀的欲望、罪恶？……问题集中到一点，文学的本体在哪里？当前的文学只代表人类的哭泣声音，而丧失了神圣的精神高度，这是文学本质的一次迷失——将心灵、精神、价值等人之为人的本质东西确立在虚无、欲望上。人的存在需要神圣的期盼来支撑，神圣一旦消失，人就只能把堕落后的灰暗景象加以神圣化，以此来填补心灵的某种空缺。因此，心灵的危机只能交给心灵，文学必须承担其灵魂慰安和追问功能。于此，我们说，中国文学的审美本质与人学内涵是一个远未完成的命题。

①茅盾：《关于“创作”》，《北斗》创刊号，1931年9月。

就20世纪中国文学的整体存在而言，我们发现，文学的“人学”内涵和“审美”属性表现得并不充分，人性丰饶、艺术精湛的作品实在不多，多数作家的作品是凭借一股初生牛犊不怕虎的激情冲动与济世救亡的使命感写下来的，不仅人物性格平面单一，而且艺术粗糙。现代文学之所以能够将文学的社会功能实现得淋漓尽致，成为人们心目中的一门“显学”，主要凭借的并不是文学自身的人学本质和审美属性，而是其承载、传达的现代“思想”观念。文学是人学，文学应该而且必然表现人的思想，这是文学存在的理由之一。文学史上大凡优秀的作品，形式美固然重要，但深刻的思想也不可或缺。对于20世纪初叶受教育程度相当低下的大多数国民而言，阅读现代文学时，心理期待的主要不是形式美感，而是作品表现出来的救国救民“思想”和启迪心智引起共鸣的“情感”。如此，本身就思想优先、观念先行的中国现代文学与它的接受群体一拍即合，将文学的思想性牢牢固定在作品价值的主导位置。

“思想”不仅是20世纪中国文学产生的观念资源，而且也是文学演进的主要推动力。“五四”时期，文学的主题是“启蒙”，白话文的提倡既是国人“现代性诉求”和“平等化”思想的反映，也是对文言文代表的“贵族性”、“士大夫性”的解构。个性解放、婚姻自主、人道主义、改造国民性等思想，既是此一时期文学表现的主题，也是催生第一个文学10年的主要动力。许多作家就是在民主与科学思想鼓舞下走上文学创作道路的，并把它们化为作品的内容与主题要素。思想“文学化”是此一时期文学致思的主要方式。“五四”以后，革命、救亡、建设、马克思主义、爱国主义、集体主义、共产主义是这一时期作家着力表现的思想主题，也是他们创作的精神动力。虽然此一时期也出现过老舍、沈从文、曹禺、刘呐鸥、穆时英、施蛰存等“人性”与“审美”并重的作家，但从主流文学来看，“思想”始终指导、规定着文学发展的方向。新时期，随着“文革”的结束，压抑多时的“人学”本体得以苏生，久违的启蒙思想再度成为文学阐释的中心话语，无论是伤痕文学的情感控诉，还是反思文学的思想溯源，抑或是寻根文学、先锋文学的现代、后现代主义，“思想”大于“审美”的现象都是显在的。纵观整个20世纪中国文学，追求“思想”表述是普遍的客观存在，启蒙时期的多数作家是这样，后起的左翼革命作家、解放区作家以及国统区作家，为思想和观念而创作的倾向都十分明显。新时期，这种“思想”优先的创作倾向虽有一定程度的矫正，但依然在延续和深化。“思想”既是20世纪中国文学演进的内在动因，也是作品表现的主要对象和价值体现。正是在推动与表现的互动张力中，文学得到发展并生成了自己的价值。不过，这些繁复杂陈的思想中，有的承载的是正面价值，有的呈现的是负面价值，研究时需要我们细致甄别、具体分析。

当然，在“思想”推动文学发展的同时，我们也应看到“审美”与“思想”相谐相融、彼此平衡的一面。现代文学史上，鲁迅的《呐喊》、《彷徨》、《野草》以及相当数量的杂文，在思想与审美价值上都达到了很高境界，其他如郭沫若早期的诗歌和后期的某些剧作，茅盾的《春蚕》、《林家铺子》，巴金的《家》、《憩园》、《寒夜》，老舍的《骆驼祥子》、《茶馆》，沈从文的《边城》、《月下小景》，钱钟书的《围城》，郁达夫的《沉沦》、《迟桂花》，丁玲的《莎菲女士的日记》、《在医院中》，萧红的《呼兰河传》、《小城三月》，张爱玲的《金锁记》、《倾城之恋》等也都有很高的思想和审美价值。不过，就20世纪中国文学数以千计的作家、作品来说，可以称得上优秀作家和经典作品的实在太少，大多数作品两者都很平庸。思想与审美相互生成与建构的体系时常失衡，各执一端的偏执化现象异常严重。除了观念移置、文学限定、视野遮蔽、价值附加等“思想”因素，作家们浓烈的忧患意识以及对文学功能的狭隘理解，也使文学超越了自身界限，承担起社会、政治、伦理等其他学科的责任与使命，成为“思想”的工具。今天，如果我们不是从文学的“应是”角度出发，而是立足“彼时彼地”的社会视野来思考问题的话，上述情形的存在也是可以理解的。这毕竟是时代的“选择”，社会的“要求”，也是作家的“使命”。

在一个使命优先的年代，重视思想与价值乃是每一个有着忧患意识的知识分子的必然选择，中国现代文学在产生初期，新文学倡导者就为它确立了“思想至上”的发展方向。李大钊说：“我们若愿园中的花木长得茂盛，必须有深厚的土壤培植他们。宏深的思想，学理，坚信的主义，优美的文艺，博爱的精神，就是新文学运动的土壤、根基。”①正是思想的先行与主导下，“五四”文学自觉为启

①李大钊：《李大钊文集》（下），人民出版社1984年版，第165页。

蒙“呐喊”，为救亡“呼号”，走了一条不断思想化的道路。瞿世英曾公开宣称：“文学的本质应当是哲学”，“思想是文学的本质”，他呼吁：“现在的创作家啊，我劝你们赶快创造你们的哲学，确定你们的人生观与世界观，来创造‘真的文学’。”①“五四”文学如此，新时期文学亦然，文学创作中重思想轻审美的想象仍然存在。

①瞿世英：《创作与哲学》，《文学研究会资料》（上），河南人民出版社1985年版。

上编

「五四」文学的启蒙之维

“人”的发现是手段，社会革命是归属，无论怎样去发现人、造就人，在“民族国家”久等不来的情形下，先进知识分子陷入了进退维谷的两难境地。民族与世界、个体与群体、启蒙与救亡、传统与现代孰先孰后、孰重孰轻？就理论而言，的确是一个不折不扣的两难命题。从“国民”到“人”的话语转换，既预示着一个怀疑主义时代的降临，也意味着一个信仰主义时代的到来。“五四”先驱在批判传统、彰显个体主义的同时，也没有忘记群体精神的传承。

第一章

民族精神的传承与启蒙思想的高扬

第一节 国民话语的中间物形态

“五四”是一个思想活跃、主义丛生的时代，围绕人的解放和民族国家的重建问题，西方文艺复兴以来的欧洲近代启蒙主义、自由主义、马克思主义等思想相继涌入国门，被启蒙先驱们作为救亡图存的文化资源进行广泛传播。与此同时，标举“内圣外王”、“格物致知”的儒家传统，在西学东渐和社会结构急遽变动的双重夹击下，虽然发生了严重的信仰和道德危机，但其中忧国忧民的使命感和自强不息的民族精神却顽强地延续着，否则，就无法解释中国文化在西方思潮冲击下，何以会保持鲜明的主体风格和勇往无前的战斗精神。

无论是思想启蒙的“立人”，还是民族国家的“立国”，归结到一点，就是必须继承和发扬民族精神。这既符合知识分子“以天下为己任”的道德自觉意识，也体现了他们勇于冲破传统礼教的创造精神。严复说：“今吾国之所最患者，非愚乎？非贫乎？非弱乎？则径而言之，凡事之可以愈此愚、疗此贫、起此弱者，皆可为。而三者之中，尤以愈愚为最急。”①严复的一番话不仅揭示启蒙主义必然从打破传统道德成规开始，而且指出启蒙精神的张扬应以“愈愚”、“疗贫”、“起弱”为目标。事实上，在民族危亡、国人即将“从‘世界人’中挤出”之际②，能够给启蒙先驱们以力量，使他们不顾向西方学习而被视为夷狄禽兽的责难，竭力求道的，正是家国兴亡、匹夫有责的承担精神。这种民族精神非为一人一时所独有，而是中华民族绵延千古的生命脐带，为这种舍我其谁的精神所策励，中国知识分子始终葆有着一颗忧国忧民之心。

如果说国难民艰的社会现实激发了知识分子身上的忧患意识

①严复：《与外交报主人论教育书》，《严复集》第 3 册，中华书局 1986 年版。

②鲁迅：《鲁迅全集》第 1 卷，人民文学出版社 1981 年版，第 357 页。

和承担精神，那么外来思想的刺激则增强了他们对传统文化“新生”的热切愿望。1901 年，梁启超以一种无限亢奋的心情写下“世界无穷愿无尽，海天寥廓立多时”的豪语，表达了以天下为已任的博大胸怀。《志未酬》一诗中，他把这种献身情怀发挥到了极致，“志未酬，志未酬，问君之志几时酬？志亦无尽量，酬亦无尽时。世界进步靡有止期，我之希望亦靡有止期，众生苦恼不断如乱丝，我之悲悯亦不断如丝……”到了“五四”，这种自强不息的进取精神更显充沛，陈独秀强调“自觉之奋斗”和“抵抗力”之重要，胡适礼赞“永不退让，不屈服”的时代精神，李大钊号召青年“冲决过去历史之罗网，破坏陈腐学说之囹圄”，“以青春之我，创造青春之家族，青春之国家，青春之民族……”①。从陈独秀的“自觉奋斗”到李大钊的“青春再生”，民族精神“虽九死其犹未悔”的承担情怀和“位卑不敢忘忧国”的忧患意识，转化成为一种“否定”与“新生”共存的家国信仰，这信仰一方面指向传统文化的批判，一方面指向民族精神的重建。1921 年，郭沫若在他的诗集《女神》中，借助“凤凰再生”意象，将由民族新生愿望转化而来的批判精神抒写了出来：旧的污浊的世界就要毁灭，一个新的光辉而温暖的世界就要诞生。巴金后来回忆说，他的青少年时代读《新青年》、《新潮》等杂志，如痴如狂，好像生活在“梦的世界”。显然，“梦的世界”是一个信仰的世界，一个正在新生的世界。

“五四”时期，与忧患意识结伴而来的是“国民话语”的出场，依照启蒙先驱们的救亡逻辑，国家四分五裂的原因在于国民的劣根性上，因此，“国民”一词在他们笔下往往动辄得咎。立“国”必先立“民”，建立国家必先有先知的“国民”，梁启超的“新民说”正是基于这样一种思维逻辑而提出来的。早在辛亥革命时期，梁启超就从“权利”、“责任”、“自由”、“平等”、“独立”等五个方面对国民性的缺失作了细致分析，他说：“何谓国民？曰：天使吾为民而吾能尽其为民者也。何谓奴隶？曰：天使吾为民而卒不成其为民者也。故奴隶无权利，而国民有权利；奴隶无责任，而国民有责任；奴隶受压制，而国民尚自由；奴隶尚尊卑，而国民言平等；奴隶好依傍，而国民尚独立。此奴隶与国民之别也。”②从这一前一后的对比回答中，我们可以清楚地看见国民话语的“中间物”特征。

①李大钊：《青春》，《新青年》第 2 卷第 1 号，1916 年 9 月。

②《国民报》第 2 期，1901 年 6 月 10 日。

"中间物"是近年来鲁迅研究的一个重要范畴,这里,借用来指国民性批判中上有国家、下有个人的中间形态,当"人"的问题因社会层面的救亡现实而被暂时搁置起来之时,"国民"恰如其分地扮演了一个拯国救己的关键角色。如果说从辛亥到"五四",启蒙先驱在精神领域已经突破了几千年来传统文化介于国家社稷和自我个体之间的"家族"观念,那么其诉诸的国民意识也越出了昔日窠臼,而将个体生命与国家社会连接了起来——民族取代家族,国民代替君主,自由替换了专制。国民话语的出场带有很强的"群体"色彩,当时人们谈论最多的民主、科学、自由、平等、独立等观念,多是作为"群体"、"社会"的代名词出现的,"个体"、"人本"的成分极其稀薄。

关于国民话语的中间物形态,以往的文学史论述主要有两种观点:一是李泽厚的"救亡压倒启蒙"说,一是张灏的"外竞压倒内竞"说。李泽厚认为,"五四"后期,"救亡的局势、国家的利益、人民的饥饿痛苦,压倒了一切,压倒了知识者或知识群体对自由平等民主民权和各种美妙理想的追求和需要,压倒了对个体尊严、个人权利的注视和尊重"①。张灏在对梁启超思想历程进行分析后得出结论,"用梁的个人术语来说,他最为关注的竞争是他所称的国际间的'外竞',而不是一个国家内的竞争——'内竞'"②。应当说,这两种说法并无二致,立论的出发点和落脚点都是民族救亡之大事。在国民的民族、国家维度上,"救亡"、"外竞"等社会因素始终处于紧迫而又显要位置,传统、情感等文化历史因素一直未能引起足够重视。随着人们对西方学者列文森文化史"公式"——价值上倾向西方、情感上回归传统——的熟悉,启蒙先驱紧张的心理结构开始浮出地表,理智与感性的悖反、价值与情感的吊诡逐渐显现。就群体承担精神的传承而言,救亡较之于启蒙、外竞较之于内竞、情感较之于价值更容易被唤起,救亡、外竞等属于民族情感范畴,而民主、自由则接近价值范畴,透过启蒙先驱的言论和文章,我们看到,群体承担精神与国民觉醒意识堪称表里:群体承担精神激发了国民意识的觉醒,国民意识的觉醒反过来又强化了群体承担精神的实现。

与国民话语转换同时出场的还有国民性批判问题。爱之弥

①李泽厚:《启蒙与救亡的双重变奏》,《走向未来》1986年创刊号。

②张灏:《梁启超与中国思想的过渡》,江苏人民出版社1993年版,第120页。

坚,恨之弥深,国民的发现和群体承担精神的急切,使得国民性批判成为"立人"与"立国"的交集点,不仅关系到个性主义的张扬,而且也与民族国家的重建密切相连。"国民性"本是一个社会学范畴,指的是一个民族在特定历史条件和社会环境中形成的社会心理结构和个体行为模式。"五四"前后,被用来作为民族话语实现的深层羁绊进行解剖和批判。1907 年,鲁迅在《文化偏至论》中,将"立人"与"立国"目标并提,主张应把"立国"大计奠定在"立人"的基础之上,只有实现了个性解放,才能使"沙聚之邦,由是转为人国"[①]。为了达成"立人"与"立国"的统一,在《阿 Q 正传》、《说"面子"》、《示众》、《复仇》中,鲁迅将国民性弱点归结为:自私自利、自轻自贱、自欺欺人、欺软怕硬、逢场作戏、卑怯势利等几个方面,进行了尖锐批判,认为只有医治好这些国民痼疾,培育出"绝大意力之士",国家才能得救,民族才可能复兴。

很多时候,我们论及国民性问题,只言"批判",而回避"重建"。其实,解剖国民的病态精神与寻找理想的国民性格,是国民性话语的一体两面,它们之间是互相依存、彼此共生的。何谓理想的国民性格?综合"五四"先驱的主张,大体可以将其归结为两个方面。

(一) 道德层面上的生命意志。陈独秀将国民性格概括为"直接行动"与"牺牲精神",就是强调人的生命意志、进取毅力。鲁迅宣告:"二十世纪之新精神,殆将立狂风怒浪之间,恃意力以辟生路者也。"[②]这种敢于正视人生困境的进取精神,对于正在谋求个性解放(反封建)和民族解放(反帝)的中国人来说,无疑会起到一种警示和鼓励作用。好的文学作品在求真求美之外,还应具有一种引人"向善"的力量。当生命意志附加上道德理想,国民性话语的群体承担前提就不言自明了。"集人成国,个人之人格高,斯国家之人格亦高;个人之权巩固,斯国家之权亦巩固"[③]。1930 年,胡适回忆"五四"新文化运动时也说:"争你们个人的自由,便是为国家争自由!争你们自己的人格,便是为国家争人格!自由平等的国家不是一群奴才建造得起来的!"[④]从梁启超、严复到陈独秀、胡适、鲁迅,虽然落脚点各有不同,但出发点却是共同的,生生不息的民族精神让他们自觉担负起"士不可不弘毅,任重而道远"的文化承诺,德、智、体构成的国民性格体系里,先驱们不约而同地都把伦理道

①鲁迅:《鲁迅全集》第 1 卷,人民文学出版社 1981 年版,第 46 页。

②同上书,第 56 页。

③陈独秀:《一九一六》,《新青年》第 1 卷第 5 号,1916 年 7 月。

④胡适:《胡适哲学思想资料选》(上),华东师范大学出版社 1981 年版,第 341 页。

德放在了首位。

(二)价值层面上的自我实现。启蒙先驱在信仰进化论的同时,也认为在历史趋势面前人类并不都是亦步亦趋的,“一点一滴的进化”归根到底是“人为”与“人功”的结果。进化的快慢程度与其说受制于客观事物的规律,不如说取决于人的主观能动性。为此,胡适将“革命”与“演进”进行比较,得出结论:自然演进迟缓、不经济,而自觉革命则可以大大缩短历史进程;自然演进往往留下许多久已失去功效的旧制度、旧势力,而自觉革命则能够迅速铲除一些陈腐的东西,“在这两点上,自觉革命都优于不自觉的演进”。这样,提倡“自觉革命”就成为知识分子顺理成章的选择,因为它能使“也许人家需要几百年逐渐演进的改革,我们能在几十年中完全实现”。[①]显然,胡适所说的革命既不是政治上的暴力革命,也不是心理上的观念革命,而是用“人力”促进“天演”的社会革命。这一取向左转时就表现为政治上的红色革命,右转时就表现为思想上的自由主义,即试图将西方国家的政治、经济、文化制度一股脑儿照搬过来。这两种倾向其实都背离了启蒙主义的初衷,而与国民“毕其功于一役”的激进传统殊途同归。价值层面的自我实现固然有西方进化论世界观的理性导引,但儒家传统“为万世开太平”的救世情怀也不可小视。这种情怀历经千百年积累,隐潜在人们心灵深处,制约着人们的精神世界与行为方式,规定着人们认识事物、采取行动的方向。

国民话语的这种中间物形态使“五四”知识分子从一开始便陷入一系列矛盾之中。首先,理想与现实的纠缠。戊戌变法的失败证明“自上而下”的改良道路在中国行不通,于是,“自下而上”的共和革命纷至沓来,“立宪”、“共和”让人们似乎看到了成功的一丝曙光,但很快共和理想就破灭了,理想与现实再次出现错位。于是,在吸收“国民”尚未蜕变为“民”的失败教训之后,个体启蒙被提上先驱们的议事日程,一大批知识分子在辛亥革命失败的叹息声里,开始了新一轮的革命探索。虽然前者是由立民而立国,后者是由立人而立国,国民语义也由“国”的群体下移至“民”的个体,但在思维逻辑上仍如出一辙。陈独秀在《新青年》创刊号上声明,本刊“不以批评时政”为宗旨,而以“辅导青年为天职”,但“民主共和”的理

①胡适:《胡适哲学思想资料选》(上),华东师范大学出版社1981年版,第334页。

想还是明确地告诉我们，启蒙青年、唤醒民众不过是手段，通过革命方式建立民族国家才是最终目的。“戊戌”、“辛亥”告诫先驱们要革命，“五四”则是“革命”还要“革命”，这是“戊戌”、“辛亥”双重变奏的结果。如果说两者之间在逻辑上有什么不同，仅在于“五四”不但要革命，而且要把辛亥革命没有充分发动群众的缺憾给补上，在更大范围内发动一场全面的革命。

其次，手段与目标的错位。从儒家传统的群体本位到辛亥前后的国民话语中间物形态，再到“五四”启蒙的个体本位，国民话语发生了很大变化，但民族精神的承担情怀始终延续着。在“国”与“民”之间，“民”是作为“国”的手段而存在的，国民话语的“小我”追求与“大我”期待之间的紧张关系一直显现着。经历了辛亥革命失败，思想先驱们认识到“国民”表达“民意”之不可能，于是，当时思想界影响甚微的“立人”主张被人们寄予厚望，成为社会革命的首选方式。“是故将生存两间、角逐列国是务，其首在立人，人立而后凡事举。”①作为目标追求，辛亥革命的“民国”理想本无什么不妥，值得深思的是走向“民国”道路上潜在的手段与目标的错位。历史前进过程中循环与悖论的存在本不足为奇，问题在于“五四”启蒙“重复了昨天的故事”，传统与现代、民族与世界、个人与群体、启蒙与救亡的悖论不断。关于“五四”手段与目标的循环错位，张灏有一段较为详细的描述，他说，“五四”是一个矛盾的时代，“表面上强调科学、推崇理性，实际上群体动员、情绪激荡；表面上以西方启蒙现实主义为主潮，骨子里却带有强烈的民族浪漫主义精神。一方面‘五四’知识分子诅咒宗教，反对偶像，另一方面他们又极需偶像和信念来满足内心的饥渴。一方面他们主张面对现实，‘多研究些问题’，另一方面他们又急于找到一种主义，可以给他们一个简单而‘一网打尽’的答案，逃避时代问题的复杂性”②。

最后，个人独立之“无力”与群体承担之“有力”的两难。从个人到群体，再上升为民主共和国，这是西方法治社会个体存在的“有力”情形。而在中国，个人存在之无力是普遍的，个人只有在群体中才能找到自我。我们有“群胆”而难有“孤胆”，有“民本”而难有“人本”，“五四”时期，尽管个人独立之“有力”问题为启蒙先驱们津津乐道，“人”的发现成为时代的主旋律，但群体承担精神仍在起

①鲁迅：《鲁迅全集》第1卷，人民文学出版社1981年版，第46页。

②张灏：《重访五四》，《二十世纪中国思想史论》，东方出版中心2000年版，第4页。

作用。如果说严复的“善群”思想、梁启超的“团体自由”舆论、孙中山的“个人不可太自由”主张，都是代时代立言，那么“五四”先贤的人的解放思想在触及个体的独立价值的同时，也演绎着群体至上的某种神话。他们在价值取向上倾向西方文明的个体本位，情感依托上又难有西方文明的自由心灵，忧国忧民思想时常袭上心头。与漫长的思想启蒙相比，社会革命显然要来得迅速而实在。于是，在西方近现代思想的烛照下，先驱们一次又一次地把希望寄托在民意之火的点燃上和群体精神的承担上。

“人”的发现是手段，社会革命是归属，无论怎样去发现人、造就人，在“民族国家”久等不来的情形下，先进知识分子陷入了进退维谷的两难境地，上述悖论的存在正是这一思想状态的折射。民族与世界、个体与群体、启蒙与救亡、传统与现代孰先孰后、孰重孰轻？就理论而言，的确是一个不折不扣的两难命题。“五四”先驱在批判传统、彰显个体主义的同时，也没有忘记群体精神的传承。他们一方面呼号个人从传统羁绊中解放出来，另一方面又要求个人融化于民族国家的有机体里，寻求“国民”的双重实现。不仅个体本位在国民与民国之间摇摆不定，而且群体意志也在启蒙思想的质疑、批判下时涨时落。1915 年陈独秀在《东西民族根本思想之差异》中，极力颂扬西方文明，认为西方文化的一大优点就是西洋民族以个人为本位；但是 1916 年，他在《人生真义》里又意味深长地说道：“人生在世，个人是生灭无常的，社会是真实的存在”，“个人之于社会好象细胞之于人身”，社会解散，个人就失去了附丽依托，俨然是一位群体主义的捍卫者。与陈独秀比肩而立的胡适，也是如此，个人主义中掺杂着浓厚的群体思想，用他本人的话来说，这群体思想一部分来自杜威实用主义，一部分来自他对儒家传统的继承。

“五四”后期，新文化统一战线走向分化，胡适由革命前线退隐进书斋整理国故，陈独秀从思想界急先锋一变而为社会革命斗士，鲁迅则陷入“两间余一卒，荷戟独彷徨”的苦闷境地。经过艰难的选择、甄别，先进知识分子最终将批判的武器定格在武器的批判——马克思主义上。一方面马列主义既来自西方，同时又号召世界人民进行反对帝国主义的“世界革命”，契合了国人对西方爱憎交织，既“尊西”又“制夷”的心态；另一方面马列主义所包括的

“科学社会主义”与中国传统文化天下大同的群体思想颇有相通之处。“五四”新文化运动以后，激进主义思潮一浪高过一浪，其间确有一条隐伏的思想线索可寻，这就是较之器物层、制度层和精神层的变革来说，社会革命实在是中国社会最急切而又最紧要的事情。

第二节 “他者偶像”的颠覆与“自我权威”的确立

“五四”时期，怀疑主义盛行，蒋梦麟用“问题符号满天飞”总结当时的情形。“五四”启蒙的两员主将，胡适与陈独秀都是提倡怀疑精神最有力的人，胡适自称对他一生影响最大的两位思想家：一是实用主义哲学家杜威，一是《天演论》作者赫胥黎，这两人都是不折不扣的怀疑主义者。1919 年“五四”运动正值高潮，胡适特别发表《新思潮的意义》一文，不仅把“五四”的起点定位在怀疑主义上，而且还呼吁人们在日常生活中多问为什么，避免盲从。“对于习俗相传下来的制度风俗，要问这种制度现在还有存在的价值吗？对于古代遗传下来的圣贤教训，要问这句话在今日还是不错吗？对于社会上糊涂公认的行为与信仰，要问大家公认的，就不会错了吗？人家这样做，我也该这样做吗？”①

在怀疑、批判传统方面，陈独秀走得更远，《青年》（即后来的《新青年》）创办初期，围绕“孔教是否应由宪法规定列为国教”问题展开讨论，陈独秀连续写了好几篇文章批驳孔教，在他看来，不仅“孔教”偶像要破除，而且与之有关的君主、皇帝、圣人、伦理、道德等一切偶像均应破除。“天地间鬼神的存在，倘不能确实证明，一切宗教都是一种骗人的偶像；阿弥陀佛是骗人的；耶和华上帝也是骗人的；玉皇大帝也是骗人的；一切宗教家所尊重的，所崇拜的神佛仙鬼，都是无用骗人的偶像，都应该破坏！”在陈独秀眼里，君主是偶像，国家是偶像，女子的贞节牌坊是偶像，“政治上，道德上，自古相传的虚荣，欺人不合理的信仰，都算是偶像，都应该破坏”②。

作为一种反传统思潮，加入其间的还有鲁迅、傅斯年、刘半农、吴虞等人，尼采、摩罗等偶像破坏论者形象经常出现在他们的文章中。鲁迅说：“不论中外，诚然都有偶像。但外国破坏偶像的人多；那影响所及，便成功了宗教改革，法国革命。偶像愈摧破，人类便

①胡适：《新思潮的意义》，《新青年》第7卷第1号，1919年12月。

②陈独秀：《偶像破坏论》，《新青年》第5卷第2号，1918年4月。

愈进步。"[①]同李大钊、陈独秀等人一样，鲁迅认为西方有着一个破坏偶像的传统，西方文明之所以进步正缘于此，中国文化亦然，不摧毁旧有的权威主义，思想的自由、社会的新陈代谢都是不可能实现的。傅斯年甚至发出"我们须提着灯笼沿街寻超人，拿着棍子沿街打魔鬼"的呼声，他在盛赞"尼采是位极端偶像破坏者"的同时，也推出自己的"偶像破坏论"逻辑——"孔丘当年把神的知识转成历史的知识，我们若是和孔丘同时，定要崇拜他，送他个偶像破坏家的高号，但是到现在，孔丘又是偶像了"[②]。

当然，李大钊、陈独秀、胡适、鲁迅等"五四"先驱并不是彻底的怀疑论者，更不是虚无主义者，偶像破坏与自我重建在他们那里是同时进行的。他们之所以要破除偶像，是因为不如此，他们就无法找到"心坎儿里彻底的信仰"，无法去发现"宇宙间实在的真理"。换言之，他们要求破除偶像是为了追求他们心目中"真实的、合理的"信仰[③]。这种期待自我实现的"信仰"，在李大钊那里，被表述为"振其自我之权威"，他说："由来新文明之诞生，必有新文艺为之先声，而新文艺之勃兴，必赖有一二哲人，犯当世之不韪，发挥其理想，振其自我之权威，为自我觉醒之绝叫，而后当时有众之沉梦，赖以惊破。"[④]相对于"他者"的偶像权威，"振其自我之权威"口号有着振聋发聩的警示意义，它标志着从此国民话语中的"个体自我"不再充当尼采所言的"他者"思想的跑马场，而要重新进行定位，从其依附的权威偶像的阴影中走到光明地带，成为一个真实的"自我"。

从怀疑主义到偶像破坏论，从"振其自我之权威"到"个体本位"，国民话语的群体本位在逐渐下沉，"民"的个体意识在不断上升。在《新文化运动是什么?》中，陈独秀非常明确地说："新文化是人的运动"，是"把劳动者当做同类的'人'看的运动"[⑤]。尽管这里"人"的内涵尚且不够明确，但已预示了"人的文学"的前进方向。胡适一再援引易卜生戏剧中的人物形象来阐释自己奉为圭臬的"健全个人主义"主张，他说："等到个人的个性都消灭了，等到自由独立的精神都完了，社会自身也就没有生气了，也不会进步了。"[⑥]与思想界的怀疑主义相呼应，周作人提出了"人的文学"、"平民的文学"主张，鲁迅呼唤"人"的觉醒，"东方发白，人类向各族所要的是'人'"，希望"人之子"从传统的他者偶像梦魇中醒来，以"个人的

①鲁迅：《随感录·四十六》，《新青年》第6卷第2号，1919年2月。

②傅斯年：《随感录》，《新潮》第1卷第3号，1919年2月。

③陈独秀：《偶像破坏论》，《新青年》第5卷第2号，1918年4月。

④李大钊：《〈晨钟〉之使命》，《晨钟报》1916年8月15日。

⑤陈独秀：《新文化运动是什么?》，《新青年》第7卷第5号，1920年4月。

⑥胡适：《易卜生主义》，《新青年》第4卷第6号，1918年6月。

自大”反对“合群的爱国的自大”[①]。

“五四”是一个充满怀疑精神的时代，启蒙先驱几乎都遵循着“欲……，必……”、“提倡……，反对……”的思维方式，争当颠覆偶像的急先锋。同时，“五四”也是一个信仰的时代，民族危机的加剧激发了知识分子的承担精神，无论是切近的“保种”、“救亡”，还是遥远的“启蒙”、“人性”，他们都不约而同地把目光聚集到国民的觉醒与自强上。从“国民”到“人”的话语转换，既预示着一个怀疑主义时代的降临，也意味着一个信仰主义时代的到来。文学不再被简单地看作为政治斗争摇唇鼓舌的宣传工具，而是被寄予殷切的厚望——去塑造“不屈”的民族灵魂[②]，去“左右”一世的思想[③]，由国民性的批判进而实现民族国家的重建。

1920年，周作人在给少年中国学会演讲时说：“这新时代的文学家，是偶像崇拜者，但他还有他的新宗教——人道主义的理想是他的新宗教，人类的意志便是他的神。”这里，周作人将人的个体本位主义推举为一种宗教信仰，足见他对“自我权威”的笃诚。晚年，他在《知堂回想录》中坦言，留学日本时，武者小路“新村主义”对自己影响很大，几近成为一种宗教式的信仰，“这‘新村’的理想里面，确实包含着宗教的分子，不过所信奉的不是任何一派的上帝，而是所谓人类，反正是空虚的一个概念，与神也相差无几了”。如果说儒家传统把个人“他者化”为君主、皇帝、圣人、礼教的奴仆，只有君权、神权、族权、夫权信仰，那么“五四”先驱高举科学、民主大旗，“以个人本位主义，易家族本位主义”，使“人的信仰”成为一种新权威，几与神灵等同。

胡适、陈独秀都不同程度地把人的个体存在提升到“宗教”的高度。胡适认为传统的偶像崇拜与“神道设教，见神见鬼”的宗教一样，在现代社会已无法发生效力，不能制裁人的行为，只有“个人的一切功德罪恶，一切言语行事”才能与“‘大我’一道永垂不朽”[④]。陈独秀的“人的宗教”思想有一个发展的过程，《偶像破坏论》中，破坏的对象不仅有君主、家族、国家、礼教，而且也有基督、鬼怪、神灵，“国民”正是在旧偶像的坍塌中升腾为新“偶像”——小我。《基督教与中国人》里，陈独秀一反先前对基督教的批判、破坏态度，而肯定其教义中的“泛爱”思想，把基督精神归结为一种“爱”，因为

①鲁迅：《鲁迅全集》第1卷，人民文学出版社1981年版，第322页。

②李大钊：《〈晨钟〉之使命》，《晨钟报》1916年8月15日。

③陈独秀：《现代欧洲文艺史谭》，《青年》第1卷第3号，1915年5月。

④胡适：《不朽》，《新青年》第6卷第6号，1919年11月。

"基督教的根本教义只是信与爱,其他都是枝叶"。显然,在陈独秀的宗教词汇里,人的宗教与爱的宗教是同义的。1919年,他因从事政治宣传而被捕,出狱时写了一首长诗——《答半农的D诗》,抒写了他如何憧憬一个爱与美同在,没有权威等级,也没有阶级、种族畛域的自由、平等的社会。诗歌结尾这样写道:

> 倘若没有他们(其他人的照顾和支持)/我要受何等苦况!/为了感谢他们的恩情,我的会哭会笑底心情,更觉得暗地里滋长。/什么是神?他有这般力量?/有人说:神底恩情,力量,很大,他能赐你光明!/当真!当真!/天上没了星星!风号,雨淋,/黑暗包着世界,何等凄凉!/为了光明,去求真神,/见了光明,心更不宁,/辞别真神,回到故处,/爱我的,我爱的姊妹弟兄们,还在那背着阳光的黑暗处受苦。/他们不能与我同来,我们便到那里和他们同往。

诗中,宗教情怀殷殷,关爱之意切切,为了爱,为了人的觉醒,他情愿舍弃光明,"辞别真神,回到故处",去和世界上的弟兄姐妹在背着阳光的黑暗处一起受苦。这是基督的博爱精神,也是佛教的菩萨情怀,即"爱的宗教"。

人的发现与信仰不仅在启蒙先驱那里备受礼赞,而且在作家中也深入人心。宗白华曾写过一首题为"信仰"的小诗,很能说明"五四"人道主义信仰的另一面:

> 红日初升时,/我心中开了信仰之花;/我信仰太阳,/如我的父亲;/我信仰月亮,/如我的母亲!/我信仰众星,如我的兄弟!/……我信仰,一切都是神;/我信仰,我也是神!

从回环往复的"我信仰……"句式中可以看出,"五四"一代人对"真我"的笃信。不过,"我信仰我也是神",在确立"自我权威"的同时,也透示出将人"神化"的倾向。

联系西方近代以来理性主义傲慢带来的"人的神化"历史,"五四"在颠覆传统,重新将人的权利归还给"人"的同时,也在不经意间由“人化”走向了“神化”。“五四”以后，胡适在《我们对于西洋近代文明的态度》一文中对“人的神化”进行较为深入的分析。他说，西方近代文明也有他所谓的“新宗教”，“这新宗教的第一特色是他的理智化。近世文明仗着科学的武器，开辟了许多新世界，发现了无数新真理，征服了自然界的无数势力，叫电气赶车，叫‘以太’送信，真个作出种种动地掀天的大事业来。人类的能力的发展使他渐渐增加对于自己的信仰心，渐渐把向来信天安命的心理变成信任人类自己的心理。所以这个新宗教的第二特色是他的人化”①。“我们现在不妄想什么天堂天国了，我们要在这个世界上建造‘人的乐园’。我们不妄想做不死的神仙了，我们要在这个世界上做个活泼健全的人。人的将来是不可限量的……这是近世宗教的人化。”抛弃遥不可及的天堂净土，努力建立了地上的人间乐园，这就是“五四”知识分子的新宗教，他们看到了“人的宗教”的正面意义，却忽略了“人的宗教”的负面影响；他们看到了理性的人文价值，却忽视了理性的工具价值。

“五四”前期，“人”声鼎沸，个性解放、婚姻自主等观念掷地有声，但随着“巴黎和会”不祥之音的传出，以及“娜拉”出走之后——“堕落”或“回来”悖论的显现，国民话语又一次成为人们争论的中心。面对刚刚争得的“人”的权利与灾难深重的“国”的命运的颉颃，许多知识分子开始转向，以一种新的激进否定先前的激进。

关于国家话语的回潮，鲁迅曾说过一段极富深意的话，“青年又何必寻那挂着金字招牌的导师呢？不如寻朋友，联合起来，同向着似乎可以生存的方向走。你们所有的是生力，遇见森林，可以辟成平地的，遇见旷野，可以栽种树木的，遇见沙漠，可以开掘井泉的。问什么荆棘塞途的老路，寻什么乌烟瘴气的鸟导师！”②在启蒙的长远性和救亡的紧迫性之间，鲁迅脑海里一直萦绕着这样一个问题：“然而知识阶层将怎样呢？还是在指挥刀下听令行动，还是发表倾向民众的思想呢？”困惑之余，他不得不承认这样一个与启蒙思想极不相称的事实，“总之，思想一自由，能力要减少，民族就站不住，他的自身也站不住了！现在思想自由和生存还有冲突，这是知识阶层本身的缺点”③。作为启蒙先驱，“五四”一代知识分子对文学的社会功效寄予了殷切的厚望，希望做一个“洒一滴墨，使天地改观，山河易色者”④，爆发出无限的威力，这大大超出了文学

①胡适：《我们对于西洋近代文明的态度》，《现代评论》第4卷第48期，1926年4月。

②鲁迅：《鲁迅全集》第3卷，人民文学出版社1981年版，第56页。

③鲁迅：《鲁迅全集》第8卷，人民文学出版社1981年版，第190页。

④李大钊：《李大钊文集》(上)，人民出版社1984年版，第71页。

所能承载的负荷。必须承认，当一个社会正处于水深火热之中时，枪杆、大炮效果来得更为实在，“一首诗吓不走孙传芳，一炮就把孙传芳轰走了”。知识分子角色定位的摇摆十分容易造成启蒙话语的失落，而这种摇摆和失落又始终是伴随着近代启蒙先驱强烈的政治情怀而来的，几乎是每到社会转型时期，人的话语的苏生就会自然地与民族话语的重建联系在一起，知识分子就会在“小我”与“大我”之间的选择上陷入两难境地。

第三节 “民主”、“科学”观念的中国化

“五四”前后，作为新文化运动的思想载体，“民主”与“科学”不断被先驱们赋予政治、文化内涵，与他们心目中未来社会的纲领化想法纠结在一起，成为反封建、反传统，甚至是革命救亡、富国强兵的利器。但是，民主、科学观念的传播从一开始起，就僭越了自身的本质规定性，由制度层的价值理念和技术层的物质保障提升为一种结束皇权、批判专制的政治、文化行为，并在传统与现实的不断整合中，被塑造为一种强有力的意识形态系统。

张灏先生在论及“五四”启蒙思想时，指出先驱们普遍存在将德先生、赛先生升格为德菩萨、赛菩萨的倾向①。他认为，“五四”知识分子大多从民族主义视角去认识民主、阐释民主，虽然他们也试图将其与“制度”、“程序”接轨，保护个人的权利不受外来侵害，但是民族救亡的迫切和传统精神命脉的维系，还是在不经意中赋予民主以社会改造和促进民族富强的强大功能，“民主救国”思想广泛传布。早在1903年，邹容在《革命军》中就把西方的民主思想视为中国“起死回生之灵药”；陈天华也预想，“民主革命的结果是宣布自由，设立共和，其幸福较之未革命前，增进万倍。”② 到了“五四”，启蒙先驱纷纷著书立说，倡导个性解放、婚姻自由，表达要求个人独立自由的理想。不过，这些主张主要是针对传统的束缚而发，当传统偶像颠覆之后，走出传统礼教束缚的个人，必须进一步融化于一个亲密无间、和谐有致的理想社会之中。个体“小我”与群体“大我”的悖论不绝，民主的个体性与民族的群体性的矛盾始终未能得到很好解决。

①张灏：《五四运动的批判与肯定》，《启蒙的价值与局限》，山西人民出版社1989年版，第185页。

②陈天华：《中国革命史论》，《民报》创刊号，1905年11月26日。

“民主”如斯,“科学”亦然。“五四”知识分子关注的是精神、文化层面的科学信仰,而非技术层面上的科学器物,“一切兴作改革,无论工商兵农,乃至政治之大,日用之细,非科学无以经纬”①。“非科学无以经纬”不啻为当时的一份科学主义宣言书,倡导科学观念的着眼点在于文化批判和政治解决,并非科学本身的意义与价值,走的是一条与西方科学发展相反的道路。在西方,科学对各方面产生的影响和逐渐形成的意识形态力量是与科学自身的线性生长过程紧密相关的,而人文领域对科学的关注也“只是到了科学本身被广泛当作为某种社会问题的一个富源的时候,社会学家们才会严肃地加以对待”。换言之,“科学在被当作一种具有自身的价值体系而被广泛接受之前,需要向人们表明它除了作为知识本身的价值之外还具有其他的价值,并以此为自身的存在辩护”②。在中国,情况则刚好相反,“五四”前后,我们还谈不上有什么科学实绩的时候,知识分子就开始从社会危机和文化心态角度出发宣传科学信仰,来获得科学的社会价值,而有关科学概念的本体意义却被忽略了。

在“五四”启蒙先驱那里,虽然“民主”、“科学”纲领存在着政治化、社会化倾向,但比较而言,“民主”因为契合知识分子反封建争自由的启蒙需要,而受到的重视程度明显高于“科学”。1915 年 9 月,陈独秀在《敬告青年》一文,把“民主”要义理解为“人权”,认为“国人而欲脱愚昧时代,羞为浅化之民也,则急起直追,当以科学与人权并重”。1916 年 9 月,李大钊在《青春》一文中,号召青年“冲破过去历史之网罗,破坏陈旧学说之囹圄”,站在民主、自由的最前列“乘风破浪”,为“索我理想之中华”而奋斗③。1919 年 2 月,《每周评论》发表署名一湖的文章,认为“旧的世界渐渐死灭,新的世界潮流渐渐产生”,“现在时代的根本思想,依我看起来,就是个‘得莫可拉西’,现代的根本思想,除了‘得莫可拉西’,是再找不出第二个来的”④。由此可见,无论是宣传的规模还是声势,“五四”时期的民主思潮都是空前的。诚如史学家王桧林总结的那样:“这一时期,民主思想真正可以说是蔚为大观、风靡一时,几乎整个中国的意识形态都染上了民主的色彩。民主思想宣传的广泛、声势的浩大,在中国思想界不仅是空前的,而且那种盛况直到今天还没有超过。”⑤

①任鸿隽:《解惑》,《科学》第 1 卷第 6 期,1915 年 6 月。

②默顿:《十七世纪英国的科学、技术与社会》,四川人民出版社 1986 年版,第 20 页。

③李大钊:《青春》,《新青年》第 2 卷第 1 号,1916 年 9 月。

④一湖:《新时代之根本思想》,《每周评论》第 8 号,1919 年 2 月。

⑤王桧林:《五四时期民主思想的演变》,《五四运动与中国文化建设》(上),社会科学文献出版社 1989 年版,第 379 页。

关于"民主",李大钊曾说:"Democracy 是现代唯一的权威,现在的时代就是 Democracy 的时代。"① 为了与传统文化固有的民本主义相区别,他把民主内涵分为两个密切相关的方面:一是解放的过程。"现在时代是解放的时代,现代的文明是解放的文明。人民对于国家要求解放,地方对于中央要求解放,殖民地对于本国要求解放,弱小民族对于强大民族要求解放……"一是大同团结。挣脱封建专制羁绊,获得个体解放的人们,积极参政议政,真正实现"民众的大联合"②。一句话,这里的"民主"是以个体的自由解放为起点,而以集体意志的大联合为归宿。

应当承认,整个近现代中国的民主论者中,很少有人是纯粹出于追求自由而要求民主的,绝大多数知识分子是出于救亡和富强目的而涌向民主的,当然,其中也不乏兼有民族主义与寻求自由解放双重动机者,如陈独秀、胡适、鲁迅等。在他们的言论中,自由、人权、平等、独立与"民主"之意相通,人的个体解放是通向民族国家的必由之路。陈独秀将独立人格、思想自由视为"欧美文明进化之根本原因",他宣称:"我们既是个自由民,不是奴隶,言论、出版、信仰、居住、集会,这几种自由权,不用说都是生活的必需品。"③ 不惟"自由"如此,个体独立亦是"社会之所向往,国家之所祈求,个人之所拥护的"④。在陈独秀看来,"最足以变古之道"又能体现西方"近代文明之特征"的是"人权说"、"生物进化论"。联系他之前的"科学与人权并重"的言论,可以看出,陈独秀是把民主与人权当作一回事的。

较之陈独秀的言论自由、人权独立主张,李大钊把"自由"提升到人的"存在"高度,视"自由为人类生存必须之要求,无自由则无生存之价值"⑤。为了规避在爱国口号下可能出现的剥夺个人自由的潜在危险,他甚至主张"我们应该承认爱人的运动比爱国的运动更重要"⑥。胡适斥责封建社会的最大罪恶在于摧残人的个性,他提倡自己负责任、担干系,把自己先铸造成器的健全的个人主义⑦。鲁迅以"立人"为艺术追求,号召"东方既白,人类向各民族要求的是'人'"⑧。周作人认为新文学运动就是"辟人荒"的运动,"人的"还是"非人的"成为人们衡量新旧文学的基本标准。如果把"五四"时期关于自由、平等、独立、人权的言论集合起来,就会发现这是一

①李大钊:《劳动教育问题》,《李大钊文集》(上),人民出版社 1984 年版。

②毛泽东:《民众的大联合》,《湘江评论》1920 年创刊号。

③陈独秀:《实行民治的基础》,《独秀文存》,安徽人民出版社 1987 年版,第 251 页。

④陈独秀:《东西民族根本思想之差异》,《青年》第 1 卷第 4 号,1915 年 12 月。

⑤李大钊:《宪法与思想自由》,《李大钊文集》(上),人民出版社 1984 年版。

⑥李大钊:《"少年中国"的"少年运动"》,《李大钊文集》(上),人民出版社 1984 年版。

⑦胡适:《易卜生主义》,《新青年》第 4 卷第 6 号,1918 年 6 月。

⑧鲁迅:《热风·四十》,《鲁迅杂文全集》,河南人民出版社 1994 年版,第 102 页。

个民主思潮奔涌的时代，也是一个人性觉醒的时代，“民主”、“自由”思想几乎主宰了知识分子的全部视野。

事实上，在个性解放、民主自由遍披华林，西方关于“人的觉醒”的命题在中国预演的同时，“民主”内涵的另一极也在同步进行着。有感于“民国共和”招牌高挂而黑暗依旧，有感于封建专制势力的甚嚣尘上，在经历了器物层变革和制度层变革失败之后，“五四”先驱们将救亡的目光转移到文化思想上，欲借他山之石攻玉，借启蒙以救国。陈独秀、胡适发动“文学革命”是为了“最后觉悟”，“实行民主政治”的目标是“政治觉悟”，而“伦理之觉悟”又“影响于政治”，如此循环往复，政治变革目的可以实现。因为民主制度以“独立平等自由”为原则，与“伦理阶级制度为绝对不相容之物”，因此，“伦理的觉悟，为吾人最后觉悟之最后觉悟”①。这里，陈独秀之所谓“伦理”乃文化的同义语。

从上述陈独秀的夫子自道中，我们可以清晰地见出“五四”时期“民主”、“救亡”、“文化”三者之间的逻辑关系——以文化的觉悟开启人的解放，借人的解放来演绎民主的制度内涵，进而实现近代以来的救亡强国理想。西方的自由、民主观念不过是用来启迪民智、使人觉醒的方略而已，民主作为一种“制度化的现实”意义远不如其伦理意义来得重要。换言之，鼓吹民主、自由，并不是因为民主、自由思想在“五四”时期获得学理上和实践上的广泛认同，而是被视作启蒙变革的工具理性加以运用的。“民主”是在对中国传统与现实的批判、否定中敞开它的意义的，其价值基础不是出自政治哲学，而是中国的社会现实。笼罩在“五四”启蒙运动各种“主义”之上的终极“主义”仍然是民族主义。

“一面是个性解放，一面是大同团结。”②在“五四”知识分子群体中，李大钊的“民主”观具有极强的代表性，这种民主观延续了梁启超、严复的民权主张，强调群众、集体的同时，伴随着提高“民智、民德、民力”的呼吁。理论上，他们认为群众是神圣的，是历史前进的动力，人民的“公意”已取代传统的“天意”。但实际情况是，他们又认为人民大众愚昧、落后，需要提高他们的“德、智、体”，使其知晓何为自由、平等、人权。这种民主观的悖论不仅折射了“五四”时期民族独立、国家主权紧迫的严峻现实，而且也与民族心理定势有

①陈独秀：《吾人最后之觉悟》，《新青年》第1卷第6号，1916年2月。

②李大钊：《“少年中国”的“少年运动”》，《李大钊文集》(上)，人民出版社1984年版。

关。中国人注重实用理性，自由、平等观念历来淡漠，群体至上的承担精神一直为人们所颂扬。"五四"知识分子救国先救人、立国先立人的启蒙路径清楚地表明了这一点。

"'人的觉醒'的运动并没有形成那种'自由主义'文化，即和资本主义经济关系自然地联系在一起的所谓'个人主义'文化。"①汪晖对"五四"启蒙结果与初衷背离的判断，很能说明"民主"运动之于文学观念变革的深意。"五四"文学抒写人的觉醒，将人的文学、平民的文学纳入启蒙救国的时代框架中，而不是从个体主义观念出发，走向自由主义文学。陈独秀提倡民主、科学，宣称："要拥护德先生，便不得不反对孔教；要拥护赛先生，便不得不反对旧艺术、旧宗教；要拥护那德先生和赛先生，便不得不反对国粹和旧文学。"②言辞铿锵，气势磅礴，"不得不"的句式虽然强化了民主、科学的纲领性意义，但是，民主与孔教、科学与旧文学并非你死我亡的绝对关系，这里，陈独秀的真实立意不在文学，而是政治，民主观念的背后是炽热的爱国情怀。《文学革命论》中，他历数了旧文学的种种弊端之后说，"此种文学盖与吾阿谀夸张、虚伪迂阔之国民性互为因果。今欲革新政治，势不得不革新盘踞于此政治界精神界之文学。"这种功利化文学观与梁启超的"新民说"如出一辙。但是，另一场合、另一篇文章中，陈独秀又反对"文以载道"，主张文学自身之价值。他说："中国学术不发达之最大原因，莫如学者自身不知学术独立之神圣。譬如文学自有其独立价值也，而文学家自身不承认之，必须攀附六经，妄称文以载道，代圣贤立言，以自贬抑。"③两者对比，可以看出，陈独秀与功利主义文学观并非水火不融，他反对的只是载"旧道"，而不是载"新道"——以民主、科学为纲领的启蒙思想。

"五四"是一个思想纷呈、主义杂乱的时代，各种思潮之间相互交错，启蒙主义因为契合了国人救亡图强的政治诉求，而超越于各种"主义"之上，成为当时思想界和文艺界共同的思想资源。为民主观念催生，文学中的个体独立、婚姻自由之风日盛，无论是执著于个人解放的个体本位主义，还是社会解放的群体本位主义，"人学"主题都是相通的。陈独秀一再指出德赛两先生是新文学的思想主旨，白话文学的时代精神是"德莫克拉西"。李大钊倡导人间

①汪晖：《预言与危机》(下)，《文学评论》1989年第3期。

②陈独秀：《本志罪案之答辩书》，《新青年》第6卷第1号，1919年1月。

③陈独秀：《独秀文存》，安徽人民出版社1987年版，第58页。

博爱，认为爱没有尊卑高下，等级之别，“博爱的生活，是无差别的生活，是平等的生活，在‘爱’的水平线上，人人都立于平等的生活，没有阶级悬异的关系”①。一个“人”字，一个“爱”字，前者接通了民主的个性解放维度，后者解决了觉醒之后人的归属问题，即民主的“大同”维度。“爱人”与“人爱”的大同社会堪称此一时期启蒙先驱对于“民主”社会的共同想象。

于此，我们说，“五四”文学革命不仅有一个共同的思想基础——启蒙主义，而且有一个共同的“人学”主题——人道主义。无论是激进主义的全盘西化说，还是自由主义的保守改良说，抑或是马克思主义的阶级斗争说，人的发现、人的觉醒是它们共同的精神指向。在它的导引下，抨击旧社会的不平等和束缚人性，张扬人的自由、幸福生活，鼓吹人的健康发展，重建国民性格，成为作家们争相表现的主题。鲁迅的“救救孩子”的呼声，郭沫若的“匪徒颂歌”，冰心的“泛爱”主义，淦女士对爱情的热情肯定……无不印证了郁达夫后来对“五四”文学成就的评价，“五四运动的最大成功，第一要算‘个人的发现’”②。从文学革命的倡导者到文学革命的实践者，从“为人生派”的问题人生到“为艺术派”的浪漫人生，他们都不约而同地将人道主义作为表现主题。

作为“五四”启蒙的又一文化纲领，“科学”观念一开始就不仅仅是一种新颖的知识系统，而是被直接赋予了诸多的文化价值和社会意义。就思想倾向而言，新文化运动走的是一条对晚清以来现代化方案的反叛之路，从洋务运动、戊戌变法到辛亥革命，中国知识分子在寻求富强的道路上经历了由器物层到制度层的认识变化，试图通过政治上的变革来实现知识分子的理想和使命。然而，共和政治的失败再一次改变了知识分子的认知逻辑。于是，经由文化批判的方式来进行政治革命就水到渠成地成为先进知识分子想象中国未来的合理路径。但是，文化批判的目的仍是政治革命，其背后强大的社会价值不仅规定了文化批判的方向，而且终将整合社会文化资源。在这个意义上说，“五四”启蒙运动被救亡大潮裹挟实在是运动本身的题中之意，是注定要如此的。同样，启蒙思潮为未来社会构想的文化纲领和价值理念被意识形态化也是在所难免的。

在解读被政治、文化重塑了的“科学”范畴时，上述情形是不可

①李大钊：《双十字上的生活》，《李大钊文集》（上），人民出版社1984年版。

②郁达夫：《中国新文学大系·散文二集·导论》，良友图书印刷公司1935年版。

忽视的。正是因为新文化运动的政治、文化属性，先驱们才在批判旧传统的同时，也把救亡图存的焦灼心态投射到未来新价值的理想化描摹上，这便进一步强化了“科学”的文化属性。船坚炮利的西方科技以其强大的物质力量充分证明了自己的强悍，其附带的乐观主义信念又给困惑、挫折里的中国知识界以极大的鼓舞，使他们在对传统价值失望之时看到了重建新价值的希望。正如亨廷顿在《变化社会中的政治秩序》中所说的那样，“传统制度的崩溃，可能导致心理的解体和紊乱，因而产生对新认同和新效忠的需要”①。为这种新认同、新权威引导，科学观念的衍变与民主观念的传播情形一样——先进知识分子在为救亡图存寻求新价值支持过程中，还没有来得及了解科学为何物时，便先在地接受了它作为一种全能的文化权威的设定，这种接受方式为以后的科学救国论预留了想象空间。

与民主一样，科学在中国的传播也经历了一个由“赛先生”到“赛菩萨”的宗教化过程。科学、民主“这两位先生可以救治中国政治上、道德上、学术上、思想上的一切黑暗，若因为拥护这两位先生，一切政府的压迫，社会的攻击笑骂，就是断头流血，都不推辞”②。科学的功能不可谓不大，信仰之情不可谓不虔诚。但胡适仍嫌陈独秀说得过于笼统，他援引尼采的名言，说以科学、民主为文化纲领的“五四”启蒙的实质就是要“重估一切价值”。科学的根本意义在于批判，这种批判面对一切传统的制度、风俗、圣贤教训、行为信仰，而要达到的目的只有一个——“再造文明”③。这里，科学已经不仅仅是对文化崩解、价值失落的一种补救，先进知识分子追求的也不再是对部分价值的调整，而是整体价值系统的转换。

作为新文化运动价值体系之一部分，科学从一开始起就具有一种“拯人救世”的意义。1915 年 1 月，中国第一份视“科学”为救国武器的杂志《科学》创刊，这份由留美学生编辑、以科学主义姿态面世的月刊，在其发刊词中对科学价值作了如下介绍：(一)“科学之有造于物质”，即可使国家富强的“去贫”之道；(二)“科学之有造于人生”，即可使国人强健体魄，增进健康；(三)“科学之有造于知识”，即可破除宗教、迷信，掌握真理，征服自然，自然知识的传播，为今世之“教育学子之要道”；(四)“科学与道德，又有不可离之关

①亨廷顿：《变化社会中的政治秩序》，三联书店（北京）1989 年版，第 54 页。

②陈独秀：《本志罪案之答辩书》，《新青年》第 6 卷 1 号，1919 年 1 月。

③胡适：《新思潮的意义》，《新青年》第 7 卷第 1 号，1919 年 12 月。

系焉”①。这里列举的科学功能基本上涵盖了8个月后陈独秀在《青年》创刊号《敬告青年》一文中将科学作为新文化价值本体所具有的全部理由。“举凡一事之兴，一物之细，罔不诉之科学法则，以定其得失从违”②。一个是科学家群体的专业杂志，一个是启蒙先驱的综合期刊，不约而同地都把忧国忧民的救世理想寄予在国人“欲脱蒙昧时代”必取的文化批判上。

如果说“五四”之前，科学主义的宣传尚局限于知识分子之间，应者寥寥，那么陈独秀倡导的“科学之兴，其功不在人权下，若舟车之有两轮焉”，“国人而欲脱蒙昧时代，当以科学与民权并重”的科学主义思想，在寂寞了4年之后，终于结出了丰硕的果实。“孔家店”趋于轰毁，“吃人”的历史遭到质疑，林纾、辜鸿名等保守主义者虽“拚其残年，极力卫道”，但科学、民主之风已渐成时代大潮，现代化方案的想象天平明显倾向于西方近世文明，“五四”知识分子在传统价值崩溃声里为自己寻找到了新权威——民主与科学。新权威不仅颠覆了陈独秀谓之的孔教、国粹、礼法、贞节、旧伦理、旧政治以及鬼神、中国戏和旧文学等③，与人的个体解放达成了一致，而且也由洋务、维新时期的“器”、“用”上升到“体”、“道”，臻于统摄一切的本体地位。胡适曾在《科学与人生观·序》中为这个新权威作过一个颇为贴切的注释：“近三十年来，有一个名词在国内几乎做到了无上尊严的地位，无论懂与不懂的人，无论守旧和维新的人，都不敢公然地对他表示轻视或戏侮的态度，这名词就是‘科学’。”科学被当作将国人从封建专制中走出、从帝国主义侵略中崛起的救世主，受到至高无上的礼遇，“我们也许不轻易信仰上帝的万能了，我们却信仰科学的方法是万能的”④。科学成为衡量一切是非善恶的价值标准，从西方经验事实出发对科学价值的认识，注定走的是一条不断附加社会意义的过程，“今且日新月异，举凡一事之兴，一物之细，罔不诉之科法则，以其定得失从违”⑤。在急需新权威和新意识形态整合公众信仰的文化语境下，“科学主义”成效显著，越来越多的人对科学能够解决一切问题深信不疑。

科学主义成为权威信仰，最典型地体现在“科玄论战”中。1923年，张君劢在清华大学作了一场题为“人生观”的演讲，批评“五四”以后流行的科学救国、科学万能思想，认为科学不能解决人

①《发刊词》，《科学》第1卷第1号，1915年1月。

②陈独秀：《敬告青年》，《青年》第1卷第1号，1915年9月。

③陈独秀：《本志罪案之答辩书》，《新青年》第6卷第1号，1919年1月。

④胡适：《胡适文集》第4集，北京大学出版社1998年版，第9页。

⑤陈独秀：《独秀文存》，安徽人民出版社1987年版，第9页。

生观问题，中国文化的重建取决于“人生观”，即文学、艺术、伦理、宗教、哲学等。人生观是“主观的、直觉的、综合的、自由意志的”，而科学则是“客观的、为论理的方法所支配的、分析的、受制于因果律的、起于自然齐一性的”，“故科学无论如何发达，而人生观问题之解决，绝非科学所能为力，惟赖诸人类自身而已”[①]。这无疑是对民初以来响彻思想界的“科学万能说”的一种纠偏。很快，张君劢的演讲遭到丁文江、王星拱、胡适、陈独秀等科学主义者的批判。作为科学派的急先锋，丁文江一出场就以不可一世的“科学神”代言人的身份对张君劢展开讨伐，斥责其为“玄学鬼”：“玄学真是个无赖鬼——在欧洲鬼混了二千多年，到近来渐渐没有地方混饭吃，忽然装起假幌子、挂起新招牌，大摇大摆的跑到中国来招摇撞骗。”[②]接着，胡适、吴稚晖、陈独秀等人纷纷加盟，向人生派发难，“我们相信，只有客观的物质原因可以变动社会，可以解释历史，可以支配人生观”[③]。

科玄论战的结果虽然是不了了之，但论战中科学主义进一步巩固了自己的权威地位。其实，玄学派主张回归传统人生观固然有倒退之嫌，但对科学霸权作出限定却是积极的、合理的。科玄论战折射的是现代性的两难困境，科学在推动现代化进程的同时，也助长了科学理性的傲慢与霸权。“科学”泛化到人生、价值、思想等一切领域，否定人的自由存在和主体性，势必带来科学精神的失落。

随着科学的“人学”价值附加，科学主义对文学的影响渐趋明显。首先，科学主义成为对于外来文学和中国传统文学采取何种态度和如何取舍的重要标准。新文学倡导者和实践者运用科学理论分析文艺问题，认为19世纪以来是科学盛行的时代，中国文学的变革最需要科学思想的洗礼。茅盾说：“十九世纪的写实主义对于人生表现的努力是朝着两大目标的：更多的确实性和更多的科学性。”由此出发，他认为中国文学只有经过自然主义发展阶段，尔后才能提倡象征主义、新浪漫主义(即现代主义，引者注)[④]。在“科学解释宇宙一切之迷”思想左右下，文学自觉向现实靠近，在方法上注重客观真实的反映，运用科学原理分析社会和人生命题。从发展格局上看，“五四”文学加快了迈向现实主义“求真”维度的步

①张君劢：《人生观》，《科学与人生观》，上海亚东图书馆1923年版。

②丁文江：《玄学与科学》，《科学与人生观》，上海亚东图书馆1923年版。

③陈独秀：《答适之》，《陈独秀文选》，远东出版社1994年版。

④茅盾：《自然主义与中国现代小说》，《小说月报》第13卷第7号，1922年7月。

伐。当时，推崇现实主义和科学精神的人物，如陈独秀、胡适、李大钊、周作人、鲁迅等，既是新文化运动的发动者、组织者，也是新文学运动的倡导者、实践者，新文学走向在很大程度上取决于他们进行思想革命和社会改革的需要，对文学价值的判断侧重于思想内容、认识价值，而客观再现的文学与这种需要无疑最契合。客观求真因素的强化除了为时代需要之外，追求文学的科学真实性也成为文学介入社会生活的一种体现。

其次，科学主义加快了文学观念的变革。陈独秀说："吾国文艺，处在古典主义理想主义时代，今后当趋向写实主义，文章以纪事为重，绘画以写生为重，庶足挽今日浮华颓败之恶风。"①周作人认为："用人道主义为本，对于人生诸问题，加以记录研究的文字，便谓之人的文学。"②瞿世英也说："小说的价值，便在乎能描述人生至于若何程度，愈能见一幅人生之图描画得逼真的，便愈有价值。"③这些观点的美学倾向都表现为排斥文学的超现实追求，主张文学的价值存在是对客观现实的再现，崇尚对社会人生的逼真写实。在写实主义美学的影响下，1921年，文学研究会在成立宣言中明确写道："将文艺当作高兴时的游戏或失意时的消遣的时候，现在已经过去了。我们相信文学是一种工作，而且又是于人生很切要的一种工作。"既然文学是"人生的镜子"，现实主义成为"五四"以来的文学主潮就是自不待言的事了。

最后，科学主义还直接影响到作家对创作方法的选择和创作时的思维走向。"五四"时期，西方各种思潮先后涌入国门，为先驱们器重的思潮中就有以强调"观察"、"实证"著称的自然主义和现实主义。茅盾曾说，从西方输入"自然主义文学"，就是为了纠正"问题小说"不重视客观描写的弊端，他尤其推崇左拉自然主义观点——"把所观察的照实描写出来"，因为"这种描写，最大的好处是真实与细致"④。《小说月报》第13卷第7期的"自然主义的论战"专栏中，茅盾更是要求"创作者需要有较高的常识，涉及好几种科学的学说"⑤。可见，从创作方法到思维方式，茅盾都特别重视科学的意义和作用。在自然主义、现实主义创作方法指导下，"五四"以后涌现了一大批有着"科学"观察背景、"分析与综合"思维、"实证"社会生活的作品，如茅盾的《子夜》、叶绍均的《倪焕之》、夏衍的

①陈独秀：《现代欧洲文艺史谭》，《青年》第1卷第3号，1915年5月。

②周作人：《人的文学》，《新青年》第5卷第6号，1918年12月。

③瞿世英：《小说的研究》，《小说月报》第13卷第7号，1922年7月。

④茅盾：《文学与人生》，载《茅盾文艺杂论集》（上），上海文艺出版社1981年版，第110页。

⑤茅盾：《自然主义与中国现代小说》，《小说月报》第13卷第7号，1922年7月。

《法西斯细菌》、柔石的《二月》，它们在一定程度上都接受了科学主义影响，重视作品内容与社会现实的对应。

"五四"时期，科学对文学的影响还可以从现代主义在中国的尴尬接受中找到佐证。一般来说，现实主义、自然主义表现出来的客观精神与"五四"的科学、民主思想是一致的，其创作方法、思维方式也与科学主义存在某些相通之处，这也许是真实性原则能够在新文学运动中不断生成的潜在原因。但是，现代主义在中国的接受情形就大不一样了。当西方社会批判"科学霸权"、各种非理性主义大行其道的时候，"五四"先驱们却在大力倡导科学理性精神，破除一切偶像。在这样一种时代氛围下，"五四"新文学追求客观准确的现实主义手法与现代主义文学的反理性、反传统、反逻辑之风大相径庭。从当时引介的一些现代主义作品来看，新文学作家主要是从中吸取反传统的叛逆精神，来作为批判封建专制、争取个性解放的思想武器，而对于其中的反理性、反逻辑的价值取向则是不敢苟同的。

综上所述，民主、科学是被"五四"先驱视为"人的发现"、"人的觉醒"的启蒙工具来运用的，负载着大量的政治、文化信息，如反对传统，走向现代；反对迷信，张扬理性；颠覆偶像，重建自我。不仅思想界如此，文学界也是这样，民主、科学也是被作为现实主义文学主潮的思想基础进行传播的，充当经由"立人"而"立国"的人学中介，与救亡图存的社会现实、知识分子的使命意识达成一致。作为一种思想价值和意识形态，民主、科学影响到社会生活与文学活动的方方面面，如自由平等的人道主义主题，客观写实的艺术方法，重思想轻形式、重教育轻审美的文学格局，重阶级性轻人性的人物塑造……这些都与民主、科学精神的强化分不开，"德菩萨"、"赛菩萨"在为"五四"启蒙思想的传播投下一束束耀眼的光环的同时，也为"人学"本质的确立和现实主义主潮的形成提供了观念支持。

第四节　启蒙思想与民族精神的契合与错位

作为中国现代化进程的一个特定阶段，"五四"是对辛亥共和改制失败的历史回应，它带给先进知识分子的最大启示在于：社会文化是整体推进的，没有文化价值的变革和国民心理素质的提升，任何制度改革的尝试都难免流于形式。于是知识分子们把专注点由制度转移到“伦理的觉悟”和“全人格的培育”上，开始谋求通过批判传统、改造国民的文化心理结构来实现民族国家的重建。

“五四”启蒙对西方文化的认同和对中国传统文化的批判，与其说源于“人的发现”的精神需要，毋宁说出于民族救亡的现实诉求。陈独秀在《法兰西人与近世文明》一文中强调西洋文明代表“近世文明”，而中国文明尚未脱离“古代文明”，中国要走向现代文学必须借鉴西方，尤其应向法国文明学习。胡适再三劝告读者，要用世界眼光，以理性的诚实揭开传统文化的伪善。他指出，“人生的大病根在于不肯睁开眼睛来看世界的真实现状，明明是男盗女娼的社会，我们偏说是圣贤礼仪之邦；明明是不可救药的大病，我们偏说一点病都没有！却不知道，若要病好，须先认有病；若要改良社会，须先知道，现今的社会实在是男盗女娼的社会！”[①]陈独秀、胡适的这种源于殖民化危机的忧患意识在“五四”知识分子中，具有很强的代表性。

表面上看，“五四”运动给人以激进的“西化”主义和反传统印象，但事实上，启蒙思想与民族精神的深层联系始终未断。首先，由民族危机引发的“五四”启蒙从一开始起就缺乏欧洲文艺复兴以来的“个体本位”语境，不能不具有“爱国的群体主义”向度。虽然启蒙先驱一再倡导自由、民主观念，但较之民族国家的重建，它们都不具有本体论意义。其次，启蒙是一个传统与现代互动的文化转型过程。大凡文化无不具有稳定性或保守性，就中国文化而言，当本土文化主要受到西方文化的外部压力而不是传统文明自我变革的内在挑战时，这种价值变革的驱力往往是有限的，这就是托马斯·哈定所言的“文化的稳定性”[②]。尽管个性解放是“五四”运动的最强音，而正是在个体生命意义这一问题上，启蒙知识分子表现出深刻的矛盾——既倡言个性解放，又崇尚群体承担。一方面他们认同西方人文主义的个体本位价值；另一方面又仍旧怀念中国传统的群体价值。如陈独秀在倡导“社会是个人集成的，除去个人，便没有社会”的同时，又宣称“个人之与社会，好像细胞之在人

①胡适：《易卜生主义》，《新青年》第4卷第6号，1918年6月。

②托马斯·哈定：《文化与进化》，浙江人民出版社1987年，第44页。

身，人生在世，个人是生灭无常的，社会才是真实存在的”①。胡适一面不遗余力的呼唤“个性主义”，一面又大肆主张社群不朽论，在“小我”与“大我”之间，“小我”是有限的，“大我”是无限的；“小我”是有死的，“大我”是不朽的②。显而易见，这种主张个体“小我”融于社会“大我”之中的人生理想带有鲜明的中国传统文化烙印，它是儒、释、道生命体验在“五四”时期的回响。事实上，“五四”反传统并非全面而彻底的反传统，启蒙先驱对儒家传统的抨击主要集中在封建礼教和等级秩序上，而非其核心价值——生命意义和精神追求上。

从知识结构上看，“五四”知识分子在中国现代教育史上也是十分独特的一群，他们与其前辈一样，在童年时代就接受极其严格的传统教育，周氏兄弟的“三味书屋”、胡适的“求新书屋”、钱玄同、闻一多的私塾，就是他们求取知识的最初场所。在那里，他们接受了旧式文人所曾接受的一切文化教育，包括经史子集等传统典籍，以及从理学到乾嘉学派的治学方式，对传统文化所具有的那种深厚学识是后来的知识分子难以企及的，正因为此，他们对传统文化才能反戈一击，切中要害。另外，与他们的前辈康有为、梁启超相比，他们在青年时代又接受过欧风美雨的熏陶，大多数人都曾有过远赴欧美或日本的留学经历，直接在西方环境中接受教育，对西方文化的了解较之梁启超等人通过翻译所获得的有限的间接的了解要深入得多、系统得多，当他们学成归国以后，便成为西方文化在中国的传播者，传统文化和西方文化在他们身上处于一种杂糅的状态。

再则，在“五四”知识分子身上，东西方文化的撞击不仅是一个外部事件，也是一场心理风暴。东西方文化撞击在他们身上激起了剧烈的心理冲突和某种焦虑感，“反传统”不妨可以说是一种摆脱心理冲突和焦虑的途径。在“五四”知识分子身上，不仅有观念与观念的冲突，更有理性与情感之间的冲突。鲁迅曾满怀痛苦地自我解剖，“我自己总觉得我的灵魂里有毒气和鬼气，我极憎恶他，想除去他，而不能。我虽然竭力遮蔽着，总还恐怕传染别人”。同样，最早提倡新诗的胡适，在《尝试集》再版自序中，也说自己的诗“如初放脚的小脚女人一般，实在不过是刷洗过的旧诗”，“还脱不

①陈独秀：《独秀文存》，安徽人民出版社 1987 年版，第 126、127 页。

②胡适：《不朽》，《新青年》第 6 卷第 6 号，1919 年 11 月。

了词曲的气味和声调”。他们对传统加之于自身的影响的深刻程度认识得越清楚,他们对传统的负累感就越沉重,为摆脱传统所做出的努力也就越大,对传统的反抗也就越激烈,在他们身上,传统包袱的沉重与反传统态度的坚决往往是成正比的。相对而言,郭沫若、茅盾这些比较年轻的成员,由于负重感稍轻一些,对待传统的态度就没有鲁迅、胡适、陈独秀等人激烈。从作家主体角度看,反传统首先是他们自我的一种解放,是他们对传统同时也是对自身的一种超越。

“重新估定一切价值”,是“五四”启蒙知识分子的共同口号,把价值变革看作是启动社会现代性的“动力源”,视“伦理之觉悟”为最后觉悟之最后觉悟,这是“五四”反传统的基本理路。应该说,这一反叛方式的思维逻辑与传统文化道德观是相一致的,以儒学为核心的中国文化历来将伦理道德看得高于一切,认为人心好则社会治,文化倡;人心坏则社会乱,文明滞。“太上立德”,“大学之道,在明德,在亲民,在止于至善”。自孔孟至宋明诸儒,千言万语,说的无非都是这一道理。在儒家思想教化下的中国人,可以不要一切,但不可以不做人,而“道德”是立人之本,是社会、文化之本。传统的道德力量就是这样强大,以致反抗它的人都要纳入它的范式。“五四”反传统批判最多的莫过于对孔门伦理,在启蒙知识分子笔下,仁义道德是“吃人”的手段,纲常名教是造就奴隶的渊薮,圣人贤士是专制的护符。但是,当我们今天回过头来冷静地审视这一切,就会发现,在他们反传统的启蒙路径上仍保留着“道德力量决定一切”这一古老而传统的评价范式,反传统“急先锋”胡适在美国留学时,曾爱上康乃尔大学一教授的女儿,但最终他还是没有勇气拒绝母亲的意愿,而是听从母命,与一位小脚女人结婚。

“五四”知识分子与中国传统文化的这种关系,一方面使他们为了摆脱恩格斯所说的那种“历史的惰性”,不得不采取绝决的态度和行动来反传统;另一方面也使他们始终与传统保持着似断实续的关系,激烈反传统的态度只能使他们超越传统,却不能使他们脱离传统。

第二章

新文学的观念更新与思想呈现

第一节 白话话语的主体性

"五四"白话文运动的意义是深远的，它一改文言文的贵族性和权力性，并以一种新的言说方式与之区别开来。事实上，白话文提倡并非始于"五四"，早在晚清时期，出于救亡图存的现实需要，知识分子就开始选择了"民"作为言说对象，"鼓民力，兴民德，开民智"，兴小说，倡白话①。传统士人的言说对象是"君"，内容多限于封建礼教、宗族观念。这种言说对象由"君"到"民"的转换，显示了晚清知识分子对西方民权观念的吸纳和提倡。但两者的思维模式却是相同的——传统士人认定"君王出而天下治"，晚清知识分子认定"国民新而国家兴"，其中遗落的正是对言说者自我身份的确定。而这一点尤为重要，它不仅关系到言语的发出者——言说主体的言说行为，而且延及言语载体的思想传达，甚至是一个社会的文明程度。

事实上，晚清知识分子既不存在言说障碍，也不质疑言说的意义，更不要说对言说主体的自我确认。言说主体的缺失导致言说行为仍承袭着传统的权力规范，晚清知识分子似乎成功地转嫁了文言话语的权力规范，不同之处仅在于言说对象由"民"取代了"君"，"知识分子"与"民"之间多出了一个无时不在、无处不有的"国"，"国民"的中间物形态注定他们在开启民智的时候，采取的是一种俯视的姿态。白话是写给普通民众看的，获得了社会的广泛认可，梁启超的"新文体"实践秉承了传统的民族精神，援引白话、异域新词入文，松动了僵化的文言文语体，但同时也透示出强烈的权力意识。"故今日欲改良群治，必自小说界始；欲新民，必自新小说始。"言说者明显站在群体视点之上，有一种号令天下的味道。

①严复：《原强》，《严复集》第1卷，中华书局1986年版。

马建忠指出:“大抵议论句读皆泛指,故无起词。此则华文所独也。泰西古今方言,凡句读未有无起词者。”[①]所以,这时的白话文学并没有实现言说方式的根本转变,文言的优势地位及其负载的儒家思想依然如故,文言、白话二水分流,前者占据主导地位,后者基本上局限在一些开明的知识分子中。知识分子眼里的“开民智”,主要是开启普通人之智,文言则是写给上等人看的,当然是不需要开启的。胡适认为这时的白话是写给“小百姓”看的[②],周作人指出晚清文学界存在“二元论”看法——古文为“老爷”用,白话为“听差”用[③]。

知识分子尚且如此,一般民众身上就更加表现出文言话语对个体意识的遮蔽了。他们缺少言说的必要符号,“在欺骗和压制之下,失了力量,哑了声音,至多也不过有几句民谣。……这情形一直继续下来,谁也忘记了开口,但也许不能开口”[④]。一般民众追求圣君贤相治下的顺民资格,对文言的框范功能持不自觉的认同态度。阿Q的言说时常有阻断之感,似乎犯有“失语症”,他至死也不会明白,一个连自己姓名籍贯都不清楚的“人”是不可能具有自我身份感和拥有自己的话语方式的。卡西尔说人是符号的动物,从阿Q的一言一行、一举一动来看,他至少是一个极度匮乏言说符号的动物。他不断说起的“我们先前比你阔的多啦!你算是什么东西!”“你还不配……”,“我总算被儿子打了,现在的世界真不像样……”,“我手执钢鞭将你打!”“过了二十年又是一个……”这些不过是传统伦理符号在他无意识层面的一种表现。

到了“五四”,白话文运动堪称是“从根本上造成了传统文化言路的断裂”[⑤],是一次文化范型的根本转换。如果尽最大限度地直面新文学运动本身,并从发生学视野进行考察,就会发现它的显著意义在于创建了一种新的言说方式——白话话语。因为话语暗示了一种对话方式——一个说者和一个听者,即一个话语主体和一个话语客体,话语在表达话语主体意愿的同时,也渗透着话语主体的权力意志。它是人们面对世界的一种言说方式,也是话语主体的一种生存方式,所以白话文运动至少在言说者的心理机制和话语行为两个方面实现了话语方式的转型,前者蕴涵了深刻的生存理念,即当下的人说出自己想说的话;后者借助异域符码的介入,

①章锡琛:《〈马氏文通〉校注》(下),中华书局1954年版,第492页。

②胡适:《胡适文集·语言论文集》,北京大学出版社1998年版,第307页。

③周作人:《中国新文学的源流》,华东师范大学出版社1996年版,第55页。

④鲁迅:《〈八月的乡村〉序》,《鲁迅全集》第6卷,人民文学出版社1981年版,第286页。

⑤肖同庆:《语言变革与中国近百年文化启蒙运动》,《语言文字学》1995年第8期。

置换了文言话语的儒家伦理信息，输入了新的思想观念。

民国以后，随着一批负笈海外的知识分子的相继回国，新一轮救亡图存的现代化实践旋即展开，经历了器物层、制度层的变革失败，他们不约而同地把目光投向“人格的觉醒”和“文化的启蒙”上。满目疮痍的社会现实令他们失望，也激起了他们批判和反思传统文化的勇气。1914 年，陈独秀在给章士钊的信中写道：“自国会解散以来，百政俱废，失业者盈天下，又复繁刑苛税，患及农商。此时全国人民，除官吏匪兵侦探之外，无不重足而立，生机断绝，不独党人为然也。国人唯一希望外人之分割耳。”[①]“希望外人之分割”一语不知凝聚了一个爱国知识分子多少沉重的愤懑和难以言传的无奈。鲁迅后来回忆说，“见过辛亥革命，见过二次革命，见过袁世凯称帝，张勋复辟，看来看去，就看得怀疑起来，于是失望，颓唐得很了”[②]。辛亥革命摧毁了中国长达两千余年的封建君主专制，然而，中国封建文化的卡里斯玛典型——孔教——依然存在。它虽然受到了西方近现代启蒙思潮的有力冲击，但并没有伤筋动骨，退出历史舞台，一种对孔教强烈的批判意识便郁积在知识分子心中，并以话语转型的方式表现出来。

晚清知识分子开报馆、兴小说、倡白话、启民智，迎接新时代的热情高涨，但是，戊戌变法、辛亥革命之后，“新民”景象仍迟迟未能出现。吸取教训，“五四”知识分子选择青年作为言说对象，他们认为青年具有最大的可塑性，是真正的“中间物”——青年能够“自觉觉人”和“自度度人”[③]。“五四”知识分子将言说对象定位在青年上，既是一个目的论问题，也是一个价值论问题。我们知道，“五四”白话文运动的价值论基础是深受进化论影响的西方人本主义，进化论思想渗透到知识分子的文学观念及话语方式之中。陈独秀在《敬告青年》一文中说：“人身遵新陈代谢之道则健康，陈腐朽败之充塞人身细胞则人身死，社会遵新陈代谢之道则隆盛，陈腐朽败之分子充塞社会则社会亡。”鲁迅相信青年必胜于老年。一句话，青年作为话语对象，不仅意味着思想、文化重塑的可能，而且也契合了白话话语实践的当下情景。1917 年，陈独秀接到胡适从美国寄来的《文学改良刍议》一文，为其中的白话文主张所打动，他在意识到白话文学的潜在颠覆力之后，撰写《文学革命论》表示声援，并

①丁守和主编：《辛亥革命时期期刊介绍》第 4 卷，人民出版社 1982 年版，第 553 页。

②鲁迅：《〈自选集〉自序》，《鲁迅全集》第 4 卷，人民文学出版社 1981 年版，第 455 页。

③陈独秀：《敬告青年》，《青年》第 1 卷第 1 号，1915 年 9 月。

断定“白话为文学之正宗”，“不容反对者有讨论之余地”，“不容他人之匡正”①。从言说方式上来看，白话作为书写工具在促进文学观念更新的同时，也实现了话语方式的转向。无论是“八事主张”的“不摹仿古人，语语须有个我在”，“不避俗字俗语”，还是“四条主义”的“要说我自己的话，别说别人的话”，“是什么时代的人，说什么时代的话”②，话语主体都不再是文言文的“子曰”、“诗云”之类抽空思想感情仅存形式的“他者”，而是白话文学中有血有肉的精神个体——“自我”。

一种语言不可能是自给自足的，语言之间的移置、互渗现象普遍存在。一般来说，异质语言进入本土语言以后，面临两种情形：要么“入乡随俗”，为本土语言“同化”；要么“反客为主”，携带大量异域符码“异化”本土语言。应当说，“五四”白话文运动中，后者占据了话语转型的主导地位。白话的“欧化”、“日化”现象十分明显，以日语“主义”、“性”、“化”为后缀产生了一大批新词，使得西方近代以来的许多新思想、新观念以一种“中转站”的方式进入中国，如激进的革命理论、民主共和观念。以物质、意识、精神、影像、自由、科学、人权、理性、知识等为代表的欧化外来语，更是以其负载的思想信息，与传统文言文的“君”、“臣”、“忠”、“孝”、“节”、“义”等道统观念区别开来。当我们用“个性”、“自由”、“平等”、“尊严”等欧化语词来言说人的意义与价值时，言说行为本身已经表明我们的思想和观念发生了根本性改变。一定意义上说，作为思想革命的伴生物，摈弃传统文言话语，建构现代白话话语，有其历史的必然性。这是因为“只有欧化的白话才能够应付新时代的新需要……使我们的文字能够传达复杂的思想、曲折的环境”③。同时，从当时作家的知识构成来看，欧化也有其必然性，“初期的白话作家，有些是受过西洋文学的训练的，他们的作品早已带有不少的‘欧化’成分，虽然欧化的程度有多少的不同。”“我们所以不满意于旧文学，因为他是不合人情，不近人情的伪文学，缺少‘人化’。”④

白话文运动中，白话取代文言，异域语码置换文言语码，异域语码的文化信息部分地取代文言话语的文化信息。这一双向运动“像一把双刃剑刺穿了文言话语：一方面排斥了文言话语的外在形式——文言；另一方面祛除了文言话语的文化内核——儒家思想，

①陈独秀：《文学革命论》，《新青年》第2卷第6号，1917年2月。

②胡适：《文学改良刍议》，《新青年》第2卷第5号，1917年1月。

③胡适：《什么是文学》，《胡适文选》，国民图书公司1946年版。

④傅斯年：《怎样做白话文?》，《新潮》第2期，1919年2月。

从而整体上解构了文言话语，生成了白话话语”①。从胡适的白话文学观来看，白话话语是一种开放性话语，它甚至可以说没有中心，好像一个话语真空场。实际上，“话语真空场”并不真正存在，随着“人的文学”观的提出，白话话语开始从西方思想的全体“在场”转向启蒙主义的一枝独秀。启蒙主义话语有两个重要特征：（一）话语主体的启蒙身份。言说者自信能够提供肯定、确信的某种东西。“启蒙对事物的所作所为，如同独裁者对待人类一样。”②（二）话语行为的二元对立模式。启蒙主义者要求在赞成与反对、新与旧等二元对立中作出旗帜鲜明的选择。陈独秀的“三大主义”论就是典型的启蒙主义话语，它要求当下的人们言说“新”的内容，如个性解放、婚姻自主。与启蒙话语的相对封闭性不同，白话话语作为一种新的话语范型，意在凸显当下的人们以自己的言说方式面对世界，它给予的是一种方式，一种不同于文言话语的思维方式。白话话语赋予言说者以极大的言说自由度，它的话语主体不是某种权威，而是现实中活生生的生命个体，他们言说的目的是为了让言说客体获得一种言说自由，进而实现主客体之间的对话与敞开。

白话话语的开放性带来了个体话语的多样性，白话话语对文言话语的解构，体现了话语模式转型的基本特征——非延续性。黄平先生撰文指出，吉登斯分析现代性的一个关键所在是，“他认为现代性的出现并非像许多社会理论所解释的那样，是历史随着某一既定的发展线索内部自身演进的结果，相反，非延续性或者断裂才是现代性的基本特征”③。因此，话语模式的转型是中国现代化进程的一个重要组成部分，语言上的这种非连续性可以归结为白话取代文言，民主取代专制。不过，白话话语对文言话语的解构仍有其保守性，即有着内在的历史延续性。因为白话话语的“启蒙化”不仅带有文言话语的权力性和言说者的精英意识，而且也为此后“化大众”与“大众化”的论争预设了言说空间。

言说主体一旦获得了言说的权利，他（她）的生存方式就会呈现出多种姿态。鲁迅在沉默10年后，一出场就呐喊出“礼教吃人”和“救救孩子”的呼声；周作人高举“人的文学”、“平民文学”大旗，从事“辟人荒”的伟业；郭沫若用天才式的自由诗行，从心底流泻出

①文贵良：《解构与重构——五四文学话语模式的生成及其嬗变》，《中国社会科学》1999年第3期。此说未免绝对，白话祛除的仅是儒家思想的礼教观念和等级秩序，而非其核心价值——生命意义和精神追求，如群体承担精神。

②莫伟民：《主体的命运》，三联书店（上海）1996年版，第3页。

③黄平：《解读现代性》，《读书》1996年第6期。

万千狂涛:"我要去创造个新鲜的太阳!""我便是我呀!我的我要爆了!"自我意识膨胀到了极点。"我是我自己的,他们谁也没有干涉我的权利!"鲁迅小说《伤逝》中女主人公子君的话,可以视作白话话语最简约的注释。文言中"吾"与"我"的区别是显见的,"吾"常作主语,很少作宾语,而"我"常作宾语,不作主语。"吾"作主语时,常有"凌人之上"语气,如"吾语汝"。"我"则不同,谦卑随和,如"吾丧我"。文言中"我"受到"吾"的抑制,不可能发挥"我"的个体色彩,只有到了"五四",白话取代文言之后,"我"才会脱颖而出,渐成大势。

第二节　自由主义思潮与"人学"观念

在中国文学发展史上,"文学是什么"这一问题似乎是不言自明的,人们习惯于越过文学本体的探讨而直接进入文学功能的言说。"诗言志"不仅是中国文论的"开山纲领",也是文学创作的元命题,每一时代都试图从不同角度丰富它、完善它,文学本体几乎为之淹没,即使偶有涉及,也是云山雾罩,充满玄学色彩。一个极其虚化、抽象的"气"字通领了文学的一切,包括来源、形态、风格、人格、结构、表达等,"文学是什么"也在这混沌初开的"气"中蒸腾为"道"、为"悟",然而,"气"的无处不在、无所不能不仅没有把这一命题引向敞开与澄明,反而更加虚无和模糊。

到了"五四",面对东西方文化、文学巨大的落差,陈独秀、胡适、鲁迅、周作人等一批具有中西文化修养的知识分子登上文坛,在"伦理觉悟之最后觉悟"的启蒙思想催动下,开始了文学本体的追寻之路。在西方,文学本体论历史源远流长,无论是唯物主义还是唯心主义,"文学是什么"问题从来都没有延宕过,从"巫术说"、"游戏说"、"模仿说"、"表现说"到"人学说"、"形式说"、"语言说",构筑了一个个严谨的理论体系。而中国的情形却是相反,"从来就不屑于回答文学是什么"①,即使是"体大虑周"的宏篇巨著《文心雕龙》、《诗品》,也仅仅徘徊在文学的表现手法、艺术技巧、体式格调和宗经原道等之外在论题上,未能进入文学本体的内在殿堂。"五四"时期,出于对"封建礼教"的批判和对"文以载道"学说的反拨,

①《中国新文学大系·文学论争集》,良友图书印刷公司1935年版,第49页。

新文学同仁从两个方面展开了为文学本体"正名"的工作：批判传统文学的"非人"属性，引入西方文学的"人学"本质。在这里，新文学先驱的知识结构显示了它的优势，东西方教育背景的不同使他们能够在比较中感受到中国传统文学"人学"内涵的稀薄，批判文学"不是……"，主张文学"而是……"，进而达成"人的解放"和人学本体的统一。

1917年1月，胡适在《文学改良刍议》中提出"八不主义"，集中批判传统文学的载道弊病，以语体改革为突破口，倡导个性解放、思想自由，认为文学应该有"高远之思想"、"真挚之情感"；"自己铸造词句以写眼前之景，胸中之意"；"不讲对仗"，"不避俗字俗语"，以免"束缚人之自由"。后来他又在《建设的文学革命论》中，将"八不主义"改为一种肯定的表述："一，要有话说，方才说话；二，有什么话，说什么话；话怎么说，就怎么说；三，要说我自己的话，别说别人的话；四，是什么时代的人，说什么时代的话"。这些主张在寻找缺失已久的作家主体的同时，也宣扬了自由主义思想。在《新青年》的"易卜生专号"上，胡适又撰文说："社会最大的罪恶莫过于摧折个人的个性，不使他自由发展。等到个人的个性都消灭了，等自由独立的建设都完了，社会自身也没有生气了，也不会进步了。"①直接将个体自由、人格独立提到社会进步的高度。

作为"五四"文学的精神动力之一，自由主义在陈独秀、李大钊、鲁迅、周作人、林语堂等人的文学观中都有不同程度的表现。《文学革命论》中，陈独秀主张文学从"贵族"、"古典"、"山林"里走出，加入到"国民"、"写实"、"社会"行列，他说，"第一人也，各有自主之权，绝无奴隶他人之权利，亦绝无以奴隶自处之义务"。"自主的而非奴隶的，进步的而非保守的"，既是新青年应具之品格，也是文学革命首要之精神②。显然，在群体与个体之间，陈独秀与前辈梁启超、严复等人的"团体之自由"不同，他更关心的是社会能否保障个人的自由与独立，在政府不能保证个人权益的情况下，个人就应勇敢地去表己见、抗群言，去争取自我人格与平等。他直截了当地告诫国民，"国家利益，社会利益，名与个人主义相冲突，实以巩固个人利益为本因也"。巩固个人利益就是不为传统世俗所束缚，"尊重个人独立自主之人格，勿为他人之附属品"。李大钊在谈到

①胡适：《易卜生主义》，《新青年》第4卷第6号，1918年6月。

②陈独秀：《敬告青年》，《青年》第1卷第1号，1915年9月。

"什么是新文学"时,也说:"我们所要求的新文学,是为社会写实的文学,不是为个人造名的文学;是以博爱心为基础的文学,不是以好名心为基础的文学;是为文学而创作的文学,不是为文学本身以外的什么东西而创作的文学。"①摒弃文学以外的任何东西,专心营造文学自身的殿堂,这些观点与自由主义的人学观念何其相似。

"五四"前后,论述人学本体最多的当属周作人、鲁迅两兄弟,周作人在《人的文学》中,第一次把文学的本原锁定在"人"上,"我们现在应该提倡的新文学,简单的说一句,是'人的文学'。应该排斥的,便是反动的非人的文学"②。"人的文学"的首要目标,就是要找回被封建宗法伦理淹没已久的"人的世界",在周作人看来,中国的智者之所以不屑于回答"文学是什么"这一命题,根本原因在于在中国"人的问题,从来未经解决",文学观念中缺少人的意识、人的生活、人的光芒。"人的文学"基础上,周作人又进一步提出"平民文学"的口号,极大丰富了"人学"的社会内涵,还原人的真实存在。它使文学转向普通人的社会生活,转向了社会底层受剥削、受压迫人群的生活。他说:"我们不必记英雄豪杰的事业,才子佳人的幸福,只应记载世间普通男女的悲欢成败。因为英雄豪杰才子佳人,是世间不常见的人,普通的男女是大多数,我们便也是其中的一人。"为了避免误解,周作人还特意指出,平民文学的目的"并非要想将人类的思想趣味,竭力按下,同平民一样,乃是想将平民的生活提高,得到适应的一个地位"③。

在自由、民主思想深入人心,"人的发现"、"人的解放"汇流成时代大潮之时,"五四"先驱经由"立人"而趋于"立国"的思维体系渐次展开,人的话语引发了诸多的社会问题,如孔教问题、文字问题、妇女问题、贞操问题、婚姻问题、父子问题、教育问题。在"人的文学"光辉映照下,鲁迅、胡适、郁达夫等人以小说的方式见证了人力车夫的痛苦生活,提出了长期以来被人们忽视的父子关系问题,产生了"我们现在怎样做父亲"的反思,"背着因袭的重担,肩住了黑暗的闸门,放他们到宽阔光明的地方去;此后幸福的度日,合理的做人"④。正是在这样的人学观念影响下,"有个性的人"才成为"五四"文学的主题,并被作家们赋予了许多新的阐释:在周作人看来是"灵肉一致"的人,在胡适看来是具有强烈"个性主义"的人,在

①李大钊:《什么是新文学》,《星期日》社会问题号,1919年12月。

②周作人:《人的文学》,《新青年》第5卷第6号,1918年12月。

③周作人:《平民的文学》,《每周评论》第5号,1919年1月。

④鲁迅:《鲁迅全集》第1卷,人民文学出版社1981年版,第130页。

鲁迅看来则是摆脱了礼教束缚的、能爱、能恨、有欲望、敢于追求的“完整的人”。

人学观念的确立为自由主义思想在中国的传播开辟了话语空间，胡适曾说：“自由主义最浅显的意思是强调尊重自由。”①在自由主义者眼里，自由与人的解放是互动共生的，当人的自由精神与作家的审美追求相遇合，文学的“人学”属性就会显现出来。作为文学艺术的灵魂，“自由”不仅参与人的话语界定，而且也营造了作家创作时的审美状态。一定意义上说，思想自由是文学本体生成的前提，是“人的发现”的终极寓所。

当然，肯定“自由”在文学创作中的重要性，并不等于说文学是作家茶余饭后的摆设、个人琐细性情的寄托，是纯而又纯的主观自我。把自由主义对人学本质的持守说成是遁世主义和资产阶级情调，无疑是对自由主义的一种误读。殊不知，自由主义在它的故乡，本来就是作为资产阶级改造社会的一种思潮发生、发展的。霍布豪斯说：“早期的自由主义必须对付教会和国家的集权统治。它必须为人身自由、公民自由及经济自由辩护，在这样做的时候，它立足于人的权利，同时因为它必须是建设性的，又不得不适当地立足于所谓自然秩序的和谐。”②因为统治阶级不仅有权掌握人们的肉体，而且还通过思想的灌输控制人们的精神，所以即使在资产阶级革命时期，也“存在着一个所谓人身自由领域，这个领域很难说清楚，但它是人类最深沉的感觉和激情的最猛的斗争场所。其基础是思想自由——一个人自己头脑里形成的想法不受他人审讯——必须由人自己来统治的内在堡垒”③。由此可见，产生于15世纪的西方自由主义也是包含着革命因素的。在中国，起初的时候，自由主义同样是作为一种改造社会的思潮被介绍进来的，“五四”新文化运动中，它显示了很强的革命性。不过，同是自由主义，东西方也有很大差异。

首先，“五四”新文化倡导者在反思晚清救亡运动的基础上，认为个体自由是西方文明先进之源，自由主义是建立在个体本位基础之上的，“西洋民族，自古迄今，彻头彻尾，个人主义之民族也。英、美如此，法、德何独不然！尼采如此，康德亦何独不然？举一切伦理、道德、政治、法律、社会之所向往，国家之所祈求，拥护个人之

①胡适：《自由主义》，《世界日报》1948年9月5日。

②霍布豪斯：《自由主义》，商务印书馆1996年版，第12—18页。

③同上书，第10页。

自由权利与幸福而已。个人之自由权利，载诸宪章，国法不得而剥夺之，所谓人权是也”[①]。事实上，“五四”先驱并没有把这样的认识落实到行动上，民族主义像一把达摩克利斯之剑，始终高悬在他们头上，使他们在“国”与“民”的艰难选择上，一直未能把重心移到个体的“民”上。自由主义在中国走的正好是一条相反的道路，群体承担精神始终横亘在个体自由与民族国家之间。“五四”时期，与个人主义针锋相对的，并不是民族主义，恰恰相反，与个人主义相对应的是家族主义，家族是个人与民族共同的“敌人”。陈独秀说，我们应“以个人本位主义，易家族本位主义”，梁启超指出，“国家主义与个人主义，似相对待而实相乘，盖国家者实世界之个人而已”[②]。个人主义不仅不是对国家主义的否定，相反，个人主义叙述是包含在民族国家叙述之中的。民族国家的沉睡要求着个人的觉醒，民族国家的发展要求着个人的解放。正是在这个意义上，自由主义先驱严复说，西方与中国“自由不自由异耳”[③]。

其次，自由主义“中国化”过程中，以社会改良为标志的政治话语开始凸显，并与马克思主义的革命理论产生矛盾，以个体自由、艺术至上为审美追求的文学活动也因与革命文学的阶级动员格格不入，而多次遭到否定与批判。从最初的“问题与主义”论争，到20年代与“现代评论派”的论战，再到30年代与“新月派”、“论语派”、“自由人”、“第三种人”的论战，莫不如此。其实，个性自由、艺术至上乃自由主义的本义使然，中西并无二致，只是半殖民地半封建的中国社会迫切需要的是能够动员、整合群众力量的革命话语，而不是自由主义文学的性灵、幽默、闲适。普列汉诺夫曾说：“任何一个政权只要注意艺术，自然就偏重于采取功利主义的艺术观。它为了本身的利益而使一切意识形态都为它自己所从事的事业服务，这也是可以理解的。”自由主义者霍布豪斯则说：“那些实行一场革命的人，他们需要有一种社会理论，……理论来自他们感觉到的实际需要，故而容易赋予仅仅有暂时性价值的思想以永恒真理的性质。”[④]革命文学在处理文学与政治关系的时候，这两种情况表现得都很突出，从一开始就要求文学创作与社会生活相结合，发展到后来明确提出文艺为政治服务，并将此作为一个普遍的规律。相对来说，在文学与政治关系上，自由主义就显得格格不入起来，虽然

①陈独秀：《东西民族根本思想之差异》，《新青年》第1卷第4期，1915年12月。

②梁启超：《个人主义与国家主义》，《大中华》第1卷第1期，1915年1月。

③严复：《论世变之亟》，《严复集》第1册，中华书局1986年版。

④霍布豪斯：《自由主义》，商务印书馆1996年版，第70页。

它也承认文学的社会功能，但前提一定是经过审美的、人性的烛照，否则文学的自由、作家的自由就会丧失。周作人说，“有些本来能够写小说戏曲的，当初不要名利所以可以自由说话，后来把握住了一种主义，文艺的理论与政策弄得头头是道了，创作便永远再也做不出来，这是常见的事实，也是一个很可怕的教训”①。显然，周作人把文艺与政治直接对立起来，认为政治有碍于文学的自由精神。应该说，自由主义文学远离火热的斗争生活，一味咀嚼身边的琐细感触，言说一己的悲欢离合，确有逃避革命之嫌。与革命文学描绘的壮丽画卷相比，自由主义的天空不免暗淡，更不要说指明出路。关于自由主义的功过得失，胡风在论及林语堂的“个性主义艺术观”时，曾说：“这虽是朴素的民主主义(德谟克拉西)底发展，但已经失掉了面向社会的一面，成为独来独往的东西了。”②当然，任何事物都有它的两面性，在指出自由主义远疏时代的局限性的同时，也应看到它对文学的“人学”本体的坚守，对作家主体精神的强调。

作为“人学”观念的一种深化，自由主义在人性的抒写上也与革命文学的阶级论大异其趣。人性论可以说是自由主义文学的思想基础，霍布豪斯说：“有一种远为深奥的东西，只不过粗粗地论述过，而且通常论述得不恰当，这样东西就是真正的人。真正的人是一样比曾经用人们能理解的语言恰当地陈述过的东西更加含蓄的东西；正如人性比社会地位、阶级和肤色甚至性别的一切差别隐藏得更深，因此它也深深地处在那些使一个人成为圣人，另一个人成为罪犯的比较外部的事件下面。”③霍布豪斯把人性描述得近乎神秘，意在说明问题的重要性。事实上，自文艺复兴运动以来，人性论一直在人类思想史上扮演着重要角色，它是“人类历史上那个提倡自由，崇拜自由，争取自由，充实并推广自由的大运动”(自由主义运动)的主要理性工具④。只要人类社会长存，人性论就会不朽。“五四”时期，文学革命先驱倡导个性解放、婚姻自主，把“人的发现”视为时代主题，自由主义文学家则从个性解放走向人性论，要求文学描写“千古不变之人性”⑤。梁实秋说：“纯正之‘人性’乃文学批评唯一之标准”，“一切的伟大的文学都是倾向一个共同的至善至美的中心”⑥。沈从文现身说法，以自己的创作经验对“人性”作了如下注释，“这世界上或有想在沙基或水面上建造崇楼杰阁的

①周作人：《蛙的教训》，《苦茶随笔》，上海北新书局1935年版。

②胡风：《林语堂论》，《文学》第4卷第1号，1935年1月。

③霍布豪斯：《自由主义》，商务印书馆1996年版，第8—10页。

④胡适：《自由主义》，《世界日报》1948年9月5日。

⑤梁实秋：《文学的纪律》，《浪漫的与古典的》，人民文学出版社1988年版。

⑥梁实秋：《文学批评辩》，《浪漫的与古典的》，人民文学出版社1988年版。

人,那可不是我。我只想造希腊小庙。选山地作基础,用坚硬石头堆砌它。精致,结实,匀称,形体虽小而不纤巧,是我的理想的建筑。这庙里供奉的是'人性'"①。正是在人性论上,自由主义文学与革命文学分道扬镳,前者遁入"人性神庙",后者则走向了革命斗争。

自由主义倡导人性论的同时,也把作家主体的艺术个性放在了一个突出的位置。林语堂说:"艺术也是精神的,所以个人的表现是一切创造形式的根本要素。这种个人的表现就是艺术家的个性,是艺术作品中唯一有意义的东西。"②周作人发表在《新青年》上的文章《个性的文学》,虽不像《人的文学》、《平民的文学》那样声名显赫,却告诉人们新文学在发现了人的同时,也发现了作家自己。对于欧洲自由主义运动来说,精神活动的个体性是不言而喻的,它是创作活动的实际现状,更是一种信仰、一种要为之争取的权利,艺术创作就像是进行一场"为自我表现、为真实、为艺术家的灵魂"的永无休止的斗争③。

事实上,"五四"文学非但没有重复西方自由主义的个体至上道路,反而时时溢出个体信仰层面,承担群体使命和社会责任。如对传统的批判,当时就有文学究竟应该"载道"还是"言志"的讨论。周作人说:"在朝廷强盛,政教统一的时代,载道主义一定占势力,文学大盛,可是又就'差不多总是一堆垃圾,读之昏昏欲睡'的东西。一到了颓废时代,皇帝祖师等人没有多大力量了,处士横议,百家争鸣,正统家大叹其人心不古,可是我们觉得有许多新思想好文章都在这个时代发生,这自然因为我们是诗言志派的。"林语堂则认为,中国"经典的传统思想"使得"'心的自由活动'之范围大受限制",所以"中国若没有道家文学,中国若果真只有不幽默的儒家传统,中国诗文不知要枯燥到如何,中国人之心灵,不知要苦闷到如何"。讨论中,周作人、林语堂的观点大同小异,都是将"载道"与"言志"对立起来,忽视了两者之间的联系,有矫枉过正之嫌。比较而言,朱光潜的认识更辩证些,他说:"如果释道为狭义的道德教训,载道就显然小看了文学。文学没有义务要变成劝世文或是修身科的高头讲章。如果释道为人生世相的道理,文学就决不能离开'道','道'就是文学的真实性。""文艺的'道'与作者的'志'应融

①沈从文:《沈从文文集》第11卷,三联书店(香港)1983年版。

②林语堂:《生活的艺术》,安徽文艺出版社1988年版,第89页。

③霍布豪斯:《自由主义》,商务印书馆1996年版,第59页。

为一体。”在朱光潜眼里，这种融合是完全可能的。其实，强调作者创作活动的个体性，与要求文学反映社会、描绘人生之间并不存在矛盾，关键要看这“道”的性质。

尽管在“人性论”、“个体性”上自由主义文学走得远了些，但毕竟走的是一条通向人的自由、解放之路。在对待社会问题上，自由主义文学远离生活漩涡，视政治为洪水猛兽的偏颇性就表现了出来。30年代，社会革命的迫切性以及政治在革命中的整合作用，使得文艺的社会功能空前强化，特别是革命文学兴起后所形成的阶级论文学观，更是对自由主义的人性论形成极大冲击。面对来自左翼进步作家的批评与责难，周作人无奈地说：“我个人的确是相信文学是无用论的，我觉得文学好像是一个香炉，他的两旁边还有一对蜡烛台，左派和右派。无论哪一边是左是右，都没有什么关系，总之有两位，即是禅宗与迷宗，假如容我借用佛教的两个名称。文学无用，而这左右两位是有用有能力的。”① 为了扶正所谓“倾倒了的价值标准”，新月派提出“人生的尊严与健康”②，高举“自由主义的马克思主义”旗帜的胡秋原也要求“勿侵略文艺”③。于是，围绕人性与阶级性、个体与群体、真实性与倾向性，左翼文学与自由主义文学展开了多次论争。论争中，由于双方各执一种价值体系，碰撞、批评都有过激之处，问题的解决最终并没有走向学理的争鸣，而是因着民族战争和阶级革命的现实需要，阶级论文学占据了上风，自由主义人性论文学受到批判，梁实秋的“人性”说，胡秋原、苏汶的“第三种人”说，林语堂的“性灵”说也在左翼理论家的声讨声中趋于式微。

客观上看，作为自由主义文学的思想基础，人性论一定程度上持守了文学的“人学”底线与自由精神，但置身于民族解放、阶级斗争异常尖锐的社会环境下，高谈所谓的“永恒不变的人性”、“独立自由的艺术”，远离如火如荼的民族救亡战争，不仅混淆了战争的阶级属性，而且也脱离了中国革命的社会现实，遭到以鲁迅为代表的进步知识分子的批判也就在所难免了。

第三节　人的解放及其限度

对于20世纪中国文学来说，启蒙思潮可以追溯到晚清时期。

①周作人：《〈草木虫鱼〉小引》，《知堂序跋》，岳麓书社1987年版。

②徐志摩：《新月的态度》，《徐志摩文集》第2卷，广西民族出版社1991年版。

③胡秋原：《勿侵略文艺》，《文化评论》创刊号，1931年12月。

鸦片战争后，中华民族面临被帝国主义列强瓜分、灭亡的严重危机，爱国的仁人志士一直在探寻民族解放之路。起初，他们只看到列强们坚船利炮的优势，因而幻想“以夷制夷”，取西方之技艺，行器物层的变革。但甲午一役，新式海军的惨败，使他们进而看到中华民族失败的更深原因还在于政治制度的腐败，于是开始谋求制度层的变革，于是，就有了以君主立宪制取代封建专制的维新运动。无奈，面对过于强大的保守势力，维新运动仅存在了百日便归于失败。面对失败，严复等人终于认识到强国之路需要标本兼治，“是以今日要政，统于三端，一曰鼓民力，二曰开民智，三曰新民德”①。十几年后，作为戊戌维新主要领导人之一的梁启超，在总结这段历史时也说：“近五十年来，中国人渐渐知道自己的不足了。这点子觉悟，一面是学问进步的原因，一面也算是学问进步的结果。第一期，先从器物上感觉不足。……于是福建船政学堂、上海制造局等渐次设立起来。第二期，是从制度上感觉不足。……所以拿‘变法维新’做大旗，在社会上开始运动。第三期，便是从文化根本上感觉不足。……渐渐要求全人格的觉醒。”②“鼓民力”、“开民智”、“新民德”、“全人格的觉醒”，用一句话来概括，就是“新民”。

由器物变革到制度变革再到文化变革，历时两千余载的中国传统文化迫切需要以新的面貌回应新世纪的挑战。而“改造自我”的思想资源在哪里？西学东渐的社会思潮和中西文化的激烈碰撞为此提供了参照——西方近现代文化，于是，通过翻译、传教、商贸、留学等多种渠道，西方近现代文化以不可阻遏之势涌入中国。先进知识分子从当时的译作中知道了什么叫“天赋人权”、什么是“自由平等”，熟悉了达尔文、斯宾塞、卢梭、黑格尔、叔本华、尼采等思想家的名字。考察“新民”学说，我们发现，在寻求救亡之途时，梁启超等人已经触及自由、民主、人权等西方近现代启蒙思想。《辟韩》中，严复就曾以“天赋人权”学说张扬自由思想，鼓吹“民之自由，天之所界也”。梁启超则认为，对于中国这样一个社会结构“超稳定”的国家，民智未开，政治上的改革是难以奏效的。中国的灾难并非因为礼崩乐坏或者对传统权威的背叛，而恰恰在于国人对传统权威的迷信，在于失掉人格的独立和思想的自由。早在1900年，他在给康有为的信中就说道：“中国数千年之腐败，其祸及

①严复：《原强》，《严复集》第1册，中华书局1986年版。

②梁启超：《五十年中国进化概论》，《饮冰室合集·文集之三十九》，中华书局1989年版。

于今日，推其大源，皆必自奴隶性而来，不除此性，中国万不能立于世界万国之间。而云自由者，正使人自知其本性，而不受钳制于他人。今日非施此药，万不能愈此病。"接着，他又将人格独立、思想自由、权利平等与国家存亡并举，认为救亡图存在之道，关键在于培养一代新民，"苟有新民，何患无新制度，无新政府，无新国家"。在此基础上，水到渠成地得出结论——"欲维新我国，当先维新我民"①。

为了把"新民"主张落到实处，在他的积极倡导和推动下，一场涉及诗歌、散文、小说等多种体裁的文学改良运动全面展开。梁启超认为诗歌改良应从内容入手，"当革其精神，非革其形式"。具体而言，必须具备"三长"："第一要有新意境，第二要有新语句，而又须以古人之风格入之。"②所谓"新意境"大致包括爱国图强的激情、批判现实的精神、近代民主科学的主张等。"新语句"则多指从域外输入的新名词、新概念，即西方文化思想。而"古人之风格"主要是指保留传统诗歌的体式，不失诗歌的韵味。散文要担负起"觉世"的使命，为现实服务。至于小说，更是被梁启超推为"文学之最上乘"，认为"欲新一国之民，不可不先新一国之小说"。

不过，此时梁启超所倡导的文学启蒙，还没有深入到"人"的个体本位层面，他所倡导的"新民"、"自由"尚不是针对作为精神个体的"人"而言。就批评的性质来讲，他对封建传统思想的反思，也没有摆脱近代以来"中体西用"、以"用"护"道"的认识规限，仍是一种顺向性的反思，即企图在自身的文化体系中克服缺陷，以谋求传统文化体系在目前世界环境中的自我完善。所以，这时的"启蒙"还带有极强的改良色彩，无论是深度还是广度，都不及后起的"五四"启蒙。但作为一种现代化的初始探求，它直接为"五四"启蒙营构了文化语境，孕育了新文学的创造者和接受者，当然，"新民"主张的"强国梦"理想也为 20 世纪中国文学的功利化倾向留下了挥之不去的阴影。

"五四"启蒙的意义，不仅在于它将启蒙由梁启超时代的政治社会本位推进到了以追求民主与科学为要义的人的解放本位，而且还在此基础上实现了个体价值与社会价值的统一。在我国传统文化观念中也承认人的个体价值，但这种个体价值在自然经济与

① 梁启超：《新民说》，《新民丛报》1902 年 2 月 7 日。

②梁启超：《饮冰室诗话》，人民出版社 1982 年版，第 52 页。

家族制度的规范之下，往往是有限的、稀薄的，是作为实现社会价值、国家意志的一种手段而存在的。“五四”启蒙的不同凡响，恰恰在于对个体价值的发现与认同。李大钊在写于1919年7月的《我与世界》一文中说：“我们现在所要求的，是一个解放自由的我，和一个人人相爱的世界。介于我与世界中间的家庭、阶级、族界都是进化的障碍，生活的烦累，应该逐渐废除。”胡适表述得更加直接：“信任天不如信任人，靠上帝不如靠自己。我们现在不妄想什么天堂天国了，我们要在这个世界上建造‘人的乐园’。我们不妄想做不死的神仙了，我们要在这个世界上做个活泼健全的人。”① 启蒙先驱以空前的热情肯定人的价值，为孩子而呼唤，为妇女而呐喊，为平民而鸣不平，努力创建一个与过去的历史极不相同的世界，这个世界被他们称为“人国”或“人的世界”。

当然，在关注和倡导人的解放及其自由的同时，“五四”启蒙并没有简单重复西方启蒙运动的道路，而是在“尊个性张精神”的同时，不忘个体对他人和社会的责任。用鲁迅的话说，就是“爱己”与“爱人”的对立统一。一方面，作为东方封建大国的现代知识分子，他们强烈地感受到封建思想体系对个性的压抑，自觉学习、吸收西方的个性解放思想，推崇以个人为本位的价值取向，从而将“发挥个性，表现自己”作为文学的信条。另一方面，作为半殖民地半封建国家的知识分子，“五四”先驱又不能不强烈地感受到国家落后、民族积弱造成的时代痛苦，感受到封建制度对“幼者、弱者、下者”等广大民众从精神到肉体的严重摧残，热切地期望富国强兵，人民早日从贫穷和愚昧中觉醒过来，过上幸福的生活。正是在这样的一种文化背景下，当他们面临整个社会腐朽黑暗乃至国将不国之时，就会产生强烈的社会责任感，逐渐将关注视野从个体的“立人”转向“群体”的觉悟和整个社会的“立国”。这样一来，“个人本位”就不知不觉地转向了“社会本位”，并在反帝反封建这一点上达成了统一。也正因此，“五四”先驱不可避免地承担了双重的历史使命：既要为个性的自由解放竭诚讴歌，又要把推进民族解放作为自己的神圣职责。钱理群先生将这种双重历史使命并置的状态概括为“发展自我与牺牲自我互相制约和补充”的伦理模式②。在一个启蒙与救亡并存的时代，如何摆正“立人”与“立国”、“发展自我”与

①胡适：《我们对于西洋近代文明的态度》，《东方杂志》第23卷第17号，1926年7月。

②钱理群：《心灵的探索》，上海文艺出版社1987年版，第106页。

“牺牲自我”的关系，实在是一个令人两难的选择，许多人因此陷入“深刻的苦闷”之中，有的甚至还为此付出了宝贵的生命代价。

为了更加直观地审视“五四”启蒙在人的解放道路上做出的贡献，下面我们从理性启悟、自我确认和人的觉醒三个方面对其做进一步阐释。

（一）理性启悟。“五四”启蒙虽然比欧洲迟了一个多世纪，但两者确有许多相似之处，如启蒙者都不承认任何外界权威，对以往的事物持怀疑、批判态度，用理性的眼光来重新衡量一切。“怀疑主义”即是西方近现代启蒙的发生学背景，也是中国“五四”启蒙的思想基础，他们勇敢地向一切传统挑战。鲁迅通过“狂人”之口质问道：“从来如此，便对么？”“狂人”怀疑传统思想的正确性，认为“凡事须得研究，才会明白”。胡适说：“我的思想受两个人的影响最大：一个是赫胥黎，一个是杜威先生，赫胥黎教我怎么怀疑，教我不信任一切没有充分证据的东西。杜威先生教我怎样思考。”[①]从怀疑主义出发，胡适提出了“大胆假设，小心求证”的治学方法，试图把学术研究建筑在理性的基础之上。在“五四”启蒙先驱那里，越是过去被认为神圣不可侵犯的东西，他们越是要将它们放在理性法庭上加以审判。孔子是举世公认的中国传统文化的人格代表，选取“孔家店”作为突破口，无疑有利于一举冲破以礼教秩序为核心的旧文化格局，去掉千百年来一直笼罩在中国人民头上的“代圣贤立言”的虚假光环，为人的个体存在争取地位。陈独秀在《孔子之道与现代生活》中曾说，“孔子生长于封建之时代，他提倡的道德是封建之道德，所垂示之礼教乃封建之礼教，而封建时代之道德、礼教，所心营目注，其范围不越少数君主贵族之权利与名誉，于多数国民之幸福无关焉”[②]。这种直陈封建弊病、自觉拥护科学和民主的主张，不仅推动了新文化、新思想在民众中的传播和接受，而且也让人们开始学会用理性的目光来打量传统文化的不足，做出合乎时代精神的价值评估。

（二）自我确认。作为“文学革命”的主体，知识分子在启蒙他人的同时也在确认着自己，或者说在拯人的同时也在拯己。因此，“五四”启蒙对于中国知识分子来说，也是一次再造文化性格的革命运动，这种自我确认的起点就是抛弃了封建士大夫的历史角

①胡适：《杜威先生与中国》，《胡适文存》第2卷，安徽人民出版社1987年版。

②陈独秀：《独秀文存》，安徽人民出版社1987年版，第85页。

色——代圣贤立言，改造精神上的奴性性格。陈独秀在《敬告青年》中呼唤新青年做出六大抉择："自由的而非奴隶的，进步的而非保守的，进取的而非退隐的，世界的而非锁国的，实利的而非虚无的，科学的而非想象的。""六大抉择"可以视为中国知识分子自立、自强的人格宣言。启蒙角色的自我确认使得当时的知识分子大都以一种热情奔放的心态，把自己视为独立的发光体，通过作品来宣传启蒙思想，唤醒他人。

（三）人的觉醒。启蒙先驱在用科学与民主观念颠覆封建传统礼教的过程中，发现一个惊人的事实："我们竟是一个吃人的民族，所谓中国的文明者，其实不过是安排给阔人享用的人肉的筵宴。所谓中国者，其实不过是安排这人间筵宴的厨房。"于是，他们号召："扫荡这食者，掀掉这筵席，毁坏这厨房。"[①]还民众以"做人"的权利。与人的发现相联系的，应是妇女的发现、儿童的发现和以农民为主体的下层人民的发现。一般说来，一个民族的觉醒、"人"的觉醒，归根结底要看处于社会结构底层的民众——妇女、儿童、农民的觉醒。

"五四"时期的妇女解放运动具有不同于辛亥革命时期的特殊意义，辛亥革命时期的妇女问题是从属于政治的，所强调的是妇女在政治上与男子的平等，即与男子一样平等地担负起对于国家、社会的责任，共尽"国民"的义务。这样，妇女解放的标志势必为"妇女男性化"。而"五四"时期的妇女问题则服从于人的解放这一时代主题。在"五四"先驱们看来，妇女独立价值的发现与获得必须得"使女子有为人与为女的双重自觉"[②]。首先，要确认妇女不是"儿媳妇"，不是"我的妻"，而是"一个人"，具有人的独立意义和价值。其次，要关注妇女本性中的"母性"，肯定母爱的伟大与圣洁，将女性的特质包容在人性发现的整体思考中。同样，"五四"时期对于儿童的发现也可以概括为两句话："儿童是人"、"儿童是儿童"。周作人在著名的"儿童的文学"讲演里有一段话，也许能够代表"五四"时期对儿童的总体认识水平，"以前的人对于儿童多不能正当理解，不是将他看作缩小的成人，拿'圣经圣传'尽量的灌下去，便将他看作不完全的小人，说小孩懂得什么，一笔抹杀，不去理他。近来才知道，儿童在生理心理上，虽然和大人有点不同，但他

① 鲁迅：《灯下漫笔》，《鲁迅杂文全集》，河南人民出版社1994年版，第69页。

②周作人：《妇女运动与常识》，《谈虎集》，河北教育出版社2002年版。

仍是完全的个人，有他自己的内外两面的生活……我们应当客观地理解他们，并加以相当的尊重”。文中，周作人在肯定儿童与成人一样的“人”的价值与地位的同时，更强调了儿童有别于成人的“独立意义与价值”。

作为“人的觉醒”的重要组成部分，农民价值的发现与当时的社会政治、文化背景有着紧密联系，当李大钊从俄国革命的胜利预感到新的世界即将到来时，他欣喜地告诉人们：“须知今后的世界，将变成劳工的世界。”① 由此形成了“五四”时期“劳工神圣”和“平民主义”的思潮，所谓“平民主义”即是破除偶像崇拜，充分肯定普通人的人生意义与价值。新文学要“不必记英雄豪杰的事业，才子佳人的幸福，只应记载世间普通男女的悲欢”②。当然，农民的发现不仅在于肯定他们的人生价值，而且也包括揭示他们所遭受的精神上的奴役以及由此造成的落后、愚昧状态。正是这种发现的双重性，才产生了鲁迅式的“哀其不幸，怒其不争”的矛盾心境，将人的解放引向现代化的求索之路。

“五四”文学革命之后，人们逐渐认识到光靠思想启蒙尚不能解决中国的社会问题，何况精神层面的变革是长期的、艰巨的，没有一定的社会条件很难实现。1921 年，随着中国共产党的诞生，政治革命出现新高潮。受新的革命思潮裹挟，从追求民主、科学、自由进而服膺十月革命，认定社会主义可以救中国的知识分子逐渐增多，文学界开始有了“革命文学”的倡导和实践，“五四”文学的启蒙主题也不得不被拯救民族危难的主题所冲淡，社会解放的呼声日趋高涨，“人的文学”逐渐为“阶级的文学”所取代。

①李大钊：《庶民的胜利》，《新青年》第 4 卷第 5 期，1918 年 4 月。

②周作人：《平民的文学》，《每周评论》第 5 号，1919 年 1 月。

第三章

并非最后的最后觉悟

第一节　知识分子的角色定位与形象抒写

英国历史学家汤因比认为，在一个民族的文明进程中，当两种文化发生冲突、碰撞之时，知识分子就会作为一种“变压器”的形式而出现。这时，他们的肩上担负着双重任务：既需要传承人类的一切优秀文明，又需要以一种新的视界去转化、重建新文明、新思想，使其适应时代要求。“五四”时期的中国，正处于这样一个重要的文化转型时期。作为文化转型之一部分，现代文学从两个层面清晰地呈现出知识分子的文化心态：一、作为创作主体（表现者），他们感应时代，发现人生，是时代精神的点燃者、人类理想的守护者。二、作为创作客体（被表现者），他们苦闷、彷徨、觉醒、追求、动摇、创造……这些激变中的复杂情绪不仅弥散在社会变革的每一阶段，而且也渗透在“五四”文学的字里行间。一部知识分子的心灵史就是一部涵盖万象的中国现代思想史，知识分子在文化重建过程中所处的敏感地位决定了民族文化反思的起点理应首先指向这里。

也许是知识分子的角色过于特殊，抑或是知识分子在社会变革中的选择过于艰难，当我们开始对“知识分子”的形象进行描述时，其形态之繁复让人有一种无所适从之感。知识分子是什么？是萨义德心仪的为民喉舌、公理正义及弱势者的代表，永远的怀疑者、批判者，是孔孟思想中“济世”、“修身”、守道持重的“士人”阶层，两者似乎都是，又都不完全是。就“五四”时期的社会语境而言，知识分子差不多都是以“一身二任”：作为思想界的盗火者，他们担负着启蒙民众、传播理性的使命；作为社会革命的一分子，又肩负着投身革命洪流、助革命以成功的责任。这两方面角色在大多数情形下是协调、一致的，但在一定时期也会相互背离。当革命事业与整个民族迈向现代文明的进程步调一致时，知识分子的双重身份就会统一起来，否则便会出现知识分子消解启蒙身份，以迎合社会革命的一边倒态势。在启蒙与救亡的二元语境中，知识分子的角色问题始终摇摆不定，几乎每个人都有他对知识分子的独特理解。鲁迅笔下的“狂人”、“孤独者”，瞿秋白《俄乡纪程》、《赤都心史》中追慕光明的“寻路人”，郭沫若诗歌中吞月吐日的“天狗”、“匪徒”，郁达夫小说中感伤、苦闷、落寞的“零余者”，蒋光慈小说中消融自我、加盟大众的“革命者”……已经够驳杂繁复了，但是，这还不是现代文学中知识分子形象的全部，自然也不是现实生活中知识分子的全面概括。

要想为一个大变动时代的知识分子“画像”，的确是一件非常困难的事情。这困难既源于时代思潮的驳杂混乱，也在于其表现形态的独特与多变。“五四”是一个“人的解放”与“文的解放”齐头并进的时代，是一个主体精神与文学形态都极为浪漫的时代。考察这一时期知识分子的角色形象，“自觉”与“浪漫”也许是再恰当不过的两个视点。“自觉”凸显的是知识分子的批判精神，表现为一种价值的重估——传统儒家思想受到批判、颠覆，新的价值得到传播、生成。“浪漫”彰显的是知识分子在这一社会转型期的心灵苏醒、追求、彷徨、无奈，以及投射到文学作品里的狂飙突进精神。张灏在论及“五四”运动时曾说：“就思想而言，‘五四’实在是一个矛盾的时代：表面上它是一个强调科学、推崇理性的时代，而实际上它是一个热血沸腾、情绪激荡的时代；表面上‘五四’是以西方启蒙运动重知主义为楷模，而骨子里它却带有强烈的浪漫主义色彩。”①

“五四”知识分子无不具有清醒、强烈的自觉意识和自主观念，“发挥个性，表现自己”成为许多作家的创作追求，他们“只愿随随便便的，活活泼泼的，借当代的语言，去表现自我，在人类中间的我，为爱而活着的我”②。他们表现自己的个性禀赋，袒露深层次的、丰富的“自我”，通过塑造人物形象寄予自己的理想。虽然“五四”新文化运动的发起源自知识分子的救亡意识和民族承担精神，但在启蒙思想的倡导过程中，“因为对于褊隘的国家主义的反动，

①张灏：《五四运动的批判与肯定》，《当代》（台北）创刊号，1986年5月。

②俞平伯：《〈冬夜〉自序》，上海亚东图书馆1922年版。

大抵养成一种'世界民'的态度"①,他们淡化种族观念,以"人的解放"为中介将个体生命与人类存在联系起来,新文学作者破天荒地渴望反映"全体人类的精神","而不是一国,一民族的"②。

为自觉意识驱使,"五四"知识分子在文学作品中广泛地表达了"人类之爱"主题:"我们要世界上全般的爱!"③冰心号召青年"肩起爱的旗帜"(《悟》),爱一切人。在她的作品中,处于"人类爱"中心的是母亲:"世界上的母亲和母亲都是好朋友,世界上的儿子和儿子也都是好朋友,都是互相牵连,不是互相遗弃的。"(《超人》)而在叶圣陶的作品里,处于"人类爱"中心的是孩子:"新生的萌芽寓有你我的生命,也即寓有人类的生命。我们爱人类,——自己也在内——就应当爱这萌芽。"(《萌芽》)不唯母爱如此,这"爱"在不断地扩展,觉醒后的知识分子以一副"人类爱"的眼睛,环顾着身边的一切人事,向社会下层人民,向自己家里的老妈子、丫头,向街上的洋车夫、乞丐、兵丁,向卖汽水的青年和纱厂的女工,向巡逻在桥头的警察和流浪在湖边的孩子……纷纷投去饱含爱意的目光。这并非出自阶级意识,而是认为社会的每一个个体,都理应享有"人"的权利。不同于辛亥革命时期进步知识分子居高临下地把"国民"看作是有待自己去唤醒的"救国"力量,"五四"知识分子把他们视为与自己一样的"人",与人类其他成员一样的"人"④。作家们希望用自己的心去理解下层人民的心,消除彼此之间的隔膜。在鲁迅的《一件小事》和郭沫若的《地球,我的母亲》中,我们看到了这种平等和交融。正是因为"五四"知识分子高度的自觉意识,他们的作品才超越了时代和个人的局限,具有了接通人类的某种精神品格。

"五四"是一个思想解放的时代,为了张扬人的精神,丰富人的内涵,社会上的各种问题都被提到人们面前。"爱情"因为与自觉、浪漫的紧密关系而倍受重视,成为考察知识分子心路历程的又一窗口。不同于辛亥革命时期的进步知识青年发狂地迷恋上赤血和黑铁,我们在"五四"文学中看到的,是那么多知识分子同时坠入爱河。"五四"时期,性爱作为人的正当感情需要和生理需要,在知识分子中受到了普遍尊重,甚至被"看作全部生命中最重要的一部分"⑤。爱情不再依附于封建礼教和政治革命,而是个体生命意识的自然延伸。知识分子由人的觉醒到性爱意识的觉醒,有其内在

①周作人:《〈旧梦〉序》,商务印书馆1924年版。

②西谛:《新旧文学的调和》,《文学旬刊》第4号,1923年4月。

③潘漠华:《春的歌集·若迦〈夜歌〉·三月三日夜》,杭州湖畔诗社1923年版。

④刘纲:《两个乞丐》,《小说月报》第12卷第8号,1921年8月。

⑤沈雁冰:《社会背景与创作》,《小说月报》第12卷第7号,1921年7月。

逻辑必然。鲁迅在《热风·随感录四十》中，昭示了这一不可忤逆的过程："人之子醒了；他知道人类间应有爱情；知道了从前一班少的老的所犯的罪恶；于是起了苦闷，张口发出这叫声。"这叫声回荡在此一时期的文学作品中，充盈在知识分子的情感世界里，生成为多种存在形态，它可以是精神的渴求："把我火热的心魂，伴着你萧条空漠的心田。"（庐隐：《海边故人》）它可以是美丽的遐想："假如和爱人变成白云，自由地飘荡于长空，是何等有趣呵！"（汪静之：《白云》）它可以是痛苦的呼喊："我要的是人，有心肝，有爱情，有红晕的脸颊足以供我接吻的女人！"（陈炜谟：《甜水》）……不过，比较而言，最具颠覆性和震撼力的要数郁达夫小说《沉沦》中主人公的爱情宣言：

知识我不要，名誉我也不要，我只要一个能安慰我体谅我的"心"，一副白热的心肠！从这一副心肠里生出来的同情！从同情而来的爱情！

我所要求的就是爱情！

若有一个美人，能理解我的苦楚，她要我死，我也肯的。

若有一个妇人，无论她是美是丑，能真心真意地爱我，我也愿意为她而死的。

我们要求的就是异性的爱情！

一任心灵的情感流淌而无半点隐讳。无独有偶，这种"郁达夫式"自白在淦女士的《隔绝》中也能见到："生命可以牺牲，意志自由不可以牺牲，不得自由毋宁死。人们要不知道争恋爱自由，则所有的一切都不必提了。""我们的爱情是绝对的，无限的，万一我们不能抵抗外来的阻力时，我们就同走去看海去。"这是"人之子"的庄严宣告，是"五四"知识分子的真诚心声。

当我们说"五四"文学表现了这一时期文学创作中知识分子的心灵现实时，很快就会想起郭沫若的诗集《女神》中，集华美、芬芳、新鲜、和谐、光明、雄浑于一身的凤凰形象，想到那"立在地球边上放号"的匪徒形象。无可否认，这是一个人性觉醒的时代，一个充满理想与激情的时代，"人之子"发出了属于自己的声音，人类的眼光让我们爱一切可爱的人。婚姻、家庭、爱情、理想……一切关于未来的想象都在“五四”文学中上演了一遍。“我是我自己的，他们谁也没有干涉我的权利”，这是人的觉醒的宣言书；“肩起爱的旗帜，勇敢地去爱你爱的人”，这是爱的自白。

然而，严酷的社会现实很快就将这些“浪漫”击得粉碎。娜拉出走之后的困惑，不自由语境中自由的尴尬，以及“先生老是侵略学生”的现实，使得知识分子由运动前期的亢奋激越迅速滑向运动后期的苦闷彷徨，许多文学青年都经历了一个从渴望人类爱到失望于人类爱的心理过程。一个曾经天真地幻想“把人间的心，一个个都聚拢来，用仁爱的目光洗洁了”的青年诗人（汪静之《我愿》），几年后竟这样写道：“人类还是两脚的兽类，离变成‘人’类的时日似乎还远得很。”（汪静之《寂寞的国》）疏远了传统意义上的“家国”，而“人类”的概念又空无一物，无所归属的个体终于发现原来“我是一个真正的零余者”！（郁达夫《零余者的自觉》）于是，零余者成为“五四”文学的一个典型形象。辛亥革命时期的知识分子曾经为自己的知识和觉悟而自豪，他们从不掩饰精神上的优越感，而“五四”时期的知识分子在经历了短暂的狂飙突进之后，迅速地进入漫长的青春苦闷期。他们悟出了知识与觉醒带给自己的痛苦：“越有知识，越与世不相容。”“岂不是知识误我吗?”意识到具有个体生命价值的“人”，反而在社会上找不到自己的位置，零余者们在困惑、幻灭甚至绝望之中消耗着宝贵的生命。稍微浏览一下“五四”时期的小说，就会发现，没有一位作家不为失望的情绪所攫住：庐隐称她作品中的人物“接二连三地都卷入愁海”（《海滨故人》），郁达夫借小说人物之口感叹自己是“零余者”（《南迁》），郭沫若小说哭诉“饿饭”的困窘（《漂流三部曲》），鲁迅小说昭示“孤独者的心灵”（《孤独者》）……1923年，沈雁冰曾指出：“我们青年的思想，自五四以来，不是也呈急遽的变迁么？而且不是也由兴奋而入颓唐么？……热烈的运动已经过去了，兴奋过后之疲倦的一刹那，正在继续着，虚空的苦闷，攫住了人心……”①

这是一种带有时代印痕的文化心态，“五四”作为中国传统文化向现代转型的关键时期，传统价值与新价值之间的撕扯、冲突最先在敏感而脆弱的知识分子的心灵世界中表现出来。一方面

①沈雁冰：《杂感》，《文学旬刊》第5号，1923年5月。

他们觉醒之后,要求摆脱束缚,实现自我;另一方面,他们仍然呼吸着不自由的思想空气,常常陷入无路可走的窘迫境地。觉醒的灵魂在沉重的封建桎梏下挣扎,因之而来的"苦闷"、"忧郁"、"孤独"也就显得异常突兀。"那时觉醒起来的知识青年的心情,是大抵热烈,然而悲凉的,即使寻到一点光明,'径一周三',却是分明的看见了周围的无涯际的黑暗……玄发朱颜,低唱着饱经忧患的不欲明言的断肠之曲。"①

比较而言,辛亥革命时期文学主题"外化",文学皈依于社会改良需要,作家生活面广,强调文学的行动功能,知识分子多爱慕赤血与黑铁,而"五四"文学主题"内化",注重思想革命,作家生活空间狭小,思想空间却自由扩展,文学的思想化、理性化倾向明显,知识分子的形象抒写呈现"向内转"的趋势。如果说辛亥革命时期知识分子思考较多的是民族出路,"五四"知识分子则更注重寻找个体的精神出路。田汉剧作《咖啡店之一夜》的主人公林泽奇说:"我不知道怎样寻着自己要走的路。……我苦痛得很! 我寂寞得很! 我不知道还是永久生的好,还是刹那死的好,还是向灵的好,还是向肉的好。"在"灵"与"肉"的激烈冲突中,"我的生活,是一种东偏西倒的生活。灵——肉,肉——灵,成了这样一种周期的状态,一刻也不能安定。我的忧愁又好象地狱中间的绿火似的在我心底燃着……"传统的精神支柱已经坍塌,新的个体价值尚未确立,在"五四"文学中,痛苦已非"先知先觉者"所独有,而是一种普遍的生命感慨。这一点,郁达夫和庐隐的小说表现得十分明显。

郁达夫小说属于典型的青春期写作,人物始终为孤独、忧郁、落寞、焦灼、无聊的情绪所困扰。"他近来觉得孤冷得可怜","他的忧郁症愈闹愈甚了","他的苍白的脸上,也脱不了一味悲寂的形容"(《沉沦》、《茫茫夜》)。"当日光与夜月接触的时候,在茫茫的荒野中间,他向着混沌宽广的天空,一步一步的走去,既不知道他自家是什么,又不知道他应该做什么,也不知道他是回什么地方去的,只觉得他的两脚不得不一步一步的放出去……"(《怀乡病者》)。这里,呈现的是一个觉醒后而又不知道人生的道路通向何方的知识青年的漂泊不定的灵魂,正因为此,"郁达夫式"的悲哀成为"五四"时期的"时髦的感觉"②。

①鲁迅:《中国新文学大系·小说二集序》,《鲁迅全集》第6卷,人民文学出版社1981年版。

②沈从文:《论中国现代小说创作》,《沈从文文集》第5卷,三联书店(香港)1983年版。

如果说郁达夫小说表现的是男性知识分子颓丧、空虚的情感体验，那么庐隐小说则通过对女性知识分子的描写，真切地表现了此一时期女性争自由而不得的命运遭际。《或人的悲哀》中的亚侠为"探求人生的究竟，花费了不知多少心血"，但最终一无所获，"人生的究竟，既不可得，茫茫前途，如何不生悲凄之感"！于是，在终日彷徨、苦痛、疾病的折磨下，她选择了沉湖而死。生在不自由的社会里而偏要做自由飞翔的梦，庐隐小说中的人物命运注定是悲剧性的。被认为是"死于心病，不是死于身病"的丽石，为生之烦恼(物质的、精神的)所困，最终以"死"的方式实现了灵魂的飞升(《丽石的日记》)。《海滨故人》中的露沙，面对强大的封建礼教，她感到力不从心，无所适从，"仿佛天地间只有愁云满布，悲雾迷漫，无一不引起她对世界的悲观，弄得精神衰颓"。觉醒的灵魂四处碰壁，无奈之中，她发出神经质般的呼号："十年读书，得来的只是烦恼与悲愁，究竟知识误我？我误知识？"

科恩在《自我论》中指出："绝望、忧郁、苦闷和寂寞等等心理状态的发现是个性和反思发展的重要标志。"①"五四"知识分子的苦闷即缘于此——极力推崇"自我"而又极力怀疑"自我"。解放了的"自我"必须承担对自己的责任，这是"五四"知识分子不得不付出的精神代偿。一方面，社会并没有为个体提供"行动"的可能，理想与现实之间存在着尖锐的对立和反差，痛苦也随之而来。另一方面，对于深受儒家文化传统影响的知识分子们来说，"忧患"、"入世"、"承担"精神又使他们不可能循着个体本位主义道路奔走下去，当他们意识到自我同社会分离时，又从心底滋生出一种无所皈依的空虚。这是一种复杂而真实的文化心理，迷茫中有觉醒，失落中有寻找。据此，我们说，"五四"文学中的知识分子形象虽然带着青年写作的情绪特征，但那的确是当时知识分子心灵世界的真实写照，它见证了知识分子的个体觉醒和浪漫情怀的全过程。

在对"五四"知识分子"激越"、"苦闷"情绪进行一番梳理与描述之后，我们不能不将目光投向知识分子群体中的"孤独者"形象上。作为一种人物范型，孤独者形象大量出现在"五四"时期的知识分子题材作品中，它集中而典型地表现了新旧交替时期知识分子的精神面貌：苦闷、忧郁、烦恼、焦灼、悲苦、绝望……以致成为一

①科恩：《自我论》，三联书店（北京）1986 年版，第 125 页。

种有着某种普遍意义的精神标记。“孤独”已经超越了它在词汇学上的“孤单、独自”意义，而具有某种形而上学的理性色彩，它是“五四”时期那些脱离了旧的生活轨道，但还没有寻找到可资安身立命的新价值规范的精神“浪子们”的一种“智慧的痛苦”。

鲁迅先生曾经说过，人生最大的痛苦莫过于梦醒之后感到无路可走。这里，“梦醒”和“无路可走”构成了痛苦的两极。可以说，梦醒之后无路可走的痛苦是“五四”时期知识分子普遍的心理现实。主体意识的觉醒把他们从社会、家庭、群体中分离出来，获得个体价值认可的同时，也被社会、家庭、群体所疏离，为一种无根的孤独情绪所包围，他们孤独地追求、孤独地思索、孤独地抗争……“五四”作家中，有许多人就是在这种无法排遣的孤独感状态下进行创作的，如鲁迅、郁达夫、叶圣陶等都曾写过以“孤独”或“孤独者”为内容的作品，王统照的《一叶》、朱湘的《孤哭的鸠》、蹇先艾的《孤独者的歌》、庐隐的《寄天涯一孤鸿》……仅从题目上即可窥见一斑。

探究其原因，“五四”知识分子的“孤独感”首先源于他们自我意识的觉醒。自我意识的萌生强化了知识分子思考、怀疑、批判的精神向度，在他们孜孜以求自由、民主的过程中，苦闷、孤独、绝望就会如影随形地袭来，生出许多“刺丛中求索”的感慨。《狂人日记》中的狂人因为信奉“凡事须得研究，才会明白”的信条，既不屈从神灵，也不听令权威，对几千年的封建“吃人”历史发出诘难——“从来如此，便对吗?”但是，狂人的呼号并没有得到回应，在周围群众的冷漠目光中，狂人成为了地地道道的“疯子”。《沉沦》中的“他”，因为性情的早熟，很早便被挤到与世人不相容的环境中，世人与他之间的屏障愈筑愈高，即使“坐在全班学生的中间”，也“总觉得孤独得很”，甚至“比一个人在冷清的地方感到的那种孤独，还更难受”。自我意识的觉醒引发了“五四”知识分子对人生命题的“玄学”思考，他们从略显逼仄的生活片段中，从瞬间的自我感受中，生发出许多思想感触：自然与人生、过去与未来、短暂与永久……一个个尚未成熟的思想果实汇聚起来，形成了一个在当时乃至现在都十分难解的命题——“人生究竟是什么?”“五四”作家普遍对“人生真谛”寄予了很大祈望。“人生到底做什么?”“我在哪里？真的我在哪里？”“人为什么不得不生？”“我为什么活着，我能够解答这个问题么？”“到底吃饭为活着，还是活着为吃饭？”等人生命题，在他们笔下显得尤为突兀。

其次，“五四”知识分子的孤独感源于先驱们的不被理解，不为世容。因为大众的冷漠，甚至是对立，“五四”知识分子的孤独感带有鲜明的时代烙印。鲁迅笔下的魏连殳原本是一个“出外游学”、“吃洋教”的“新党”，他所接受的现代教育使他与周边麻木的人群始终处于一种对抗状态。在村人眼里，他的行为“古怪”，“没有顾忌的议论”更像是一个异类，他像一只离群索居的孤雁，感到无限的孤独，以至于生出“狂人”似的疑惑——自己将被周围的人所杀害而无以自救。在祖母丧葬仪式上，“他却只是默默地，遇见怎么挑剔便怎么改，神色也不动”。不堪承受孤独的大悲痛，“忽然，他流下泪来，接着就失声，立刻又变成长嚎，像一匹受伤的狼，当深夜在旷野中嗥叫，惨伤里夹杂着愤怒和悲哀”。《在酒楼上》中的吕纬甫，孤独的像一只停在阳台上的苍蝇，飞了一圈又回来停在原来的地方，清醒地注视着自己在模模糊糊、敷敷衍衍、随随便便中消亡。作为“五四”启蒙先驱，鲁迅也感同身受着这份深沉的孤独感，他抒写孤独者的绝望、虚妄，批判庸众的愚昧、麻木，传达知识分子于孤独、悲哀之中又有所不甘的抗争情绪。做了“顾问”、“交运之后”的魏连殳，不曾“阔”得多久，便离开了人世。入棺的“魏大人”一双黄皮鞋，一顶金边的草帽，“腰边放着一柄纸糊的指挥刀”。“他在这不妥帖的衣冠中，安静地躺着，合了眼，闭着嘴，口角仿佛含着冰冷的微笑，冷笑这可笑的死尸”。同样，吕纬甫表面上消沉、颓唐，但在心灵深处仍燃烧着生命之火。

> 当他缓缓地四顾的时候，却对废园忽地闪出我在学校时代常常看见的射人的光来。
>
> 几株老梅竟斗雪开着满树的繁花，仿佛毫不以深冬为意；倒塌的亭子边还有一株山茶树，从暗绿的密叶里显出十几朵红花来，赫赫的在雪中明得如火，愤怒而且傲慢……

“梅花”、“山茶”暗指废园的不“废”，它们既是现实之景，也是吕纬甫的心中之景，同时也是知识分子“心有不甘”的心灵写照。

当然，透过知识分子苦闷、孤独情绪，我们还看到一个时代的大症候——知识分子与政治的疏离。虽然从身份认定上看，他们是觉醒的现代知识分子，与传统的“士”有着本质不同，但数千年的“入世”情怀仍隐性地存在他们心中，郁达夫曾不无感慨地谈道：“活在世上，总要做些事情，但是被高等教育割裂后的我这零余者，教我能够做些什么?”“活在世上，总要做些事情”，这是困扰郁达夫的问题，也是困扰“五四”知识界的普遍问题。传统社会已为他们抛弃，他们不可能、也不愿回到旧有的体制里去，但新的政治力量尚未形成，马克思主义正处于探索初建阶段，他们报国无门，空有一腔热血。希望在社会上“做些事情”以及由此产生的孤独感，传达的正是“五四”知识分子的忧国忧民之情。

第二节　革命作家的心灵世界

1916 年 2 月，陈独秀在《新青年》上撰文总结明朝中叶以来中国人在“西学”影响下的种种“觉悟”，认为政治制度变革仅仅是肤浅的一步，吾国当务之急是“伦理的觉悟”，即思想启蒙。“自西洋文明输入吾国，最初促吾人之觉悟者为学术，相形见绌，举国所知矣；其次为政治，年来政象所证明，已有不克守缺抱残之势。继今以往，国人所怀疑莫决者，当为伦理问题。此而不能觉悟，则前之所谓觉悟者，非彻底之觉悟，盖犹在徜徉迷离之境。吾敢断言曰：伦理的觉悟，为吾人最后觉悟之最后觉悟。”① 文中，表示时间、逻辑先后次序的“最初”、“其次”、“继今”和不断叠加的程度副词“最后……之最后……”，表明自由、民主等启蒙思想是作为社会变革的“元话语”形式出现的，陈独秀的终极判定已昭示它的重要性和首选性。但是，很快，陈独秀就由所谓“不谈政治”转向“亲和政治”，在自由主义知识分子胡适正在提倡“实验室”精神，专事学术研究之时，陈独秀却开始了从自由主义思想家到马克思主义革命家的身份转变，号召青年走出“实验室”而“进监狱”②。“用革命的手段建设劳动阶级(即生产阶级)的国家，创造那禁止对内外一切掠夺的政治法律，为现代社会第一需要。”③ 这里，社会革命已经取

①陈独秀：《吾人最后之觉悟》，《新青年》第 1 卷第 6 号，1916 年 2 月。

②陈独秀：《研究室与监狱》，《独秀文存》，安徽人民出版社 1987 年版。

③陈独秀：《谈政治》，《独秀文存》，安徽人民出版社 1987 年版。

代"伦理觉悟"而成为第一要义。

由伦理觉悟而革命斗争，由个体觉醒而阶级意识，"五四"知识分子在"最后觉悟之最后觉悟"的道路上越走越远，随着现实迷惘的加深以及"无用感"的扩展，"作家的视线从狭小的学校生活以及私生活转移到广大的社会的动态"①，一批知识分子开始告别"个体本位"，走向"集体大众"。"五四"以后，"革命文学"大行其道，"阶级论"成为指导作家进行创作的主要思想武器，知识分子的"浪漫抒写"已黯然失色，社会革命的整体解决更加紧迫。正是在这样的社会背景下，知识分子走上了心路历程的又一阶段——从"个体"走向"大众"。郭沫若的一番话可视为这一时期知识分子转变的精神影像。

> 无情的生活一天一天地把我逼到了十字街头，像这样的幻美的追寻，异乡的情趣，怀古的幽思，怕没有再来顾我的机会了。啊，青春哟，我过往的浪漫时期哟！我在这儿和你告别了！我悔我把握你得太迟，离别你得太速，但我也无法挽留你了！以后是炎炎的夏日当头。②

面对内忧外患、血雨腥风的时局，刚刚觉醒的知识分子们不得不告别曾经的"浪漫"，投身到社会革命的时代洪流中去。人生价值的探寻、"性"的苦闷、"生"的欣喜、"死"的绝望、"美"的营造、"未来"生活的想象……一切的一切都显得如此遥远，较之精神层的变革来说，"政治觉悟"既切实又速成，实在是20世纪初年中国最急切而又最紧要的事情。不唯知识青年如此，即使是曾经为启蒙呐喊助威的鲁迅，也觉得"救救孩子"的呼声"空空洞洞"③。此时此刻，占据左翼作家心灵世界的是革命、阶级、救亡，是从"个体"走向"大众"。

表现知识分子的心灵世界，描述他们从"个体"走向"大众"的转变过程，成为这一时期革命文学的普遍追求。塑造过亚侠、露沙、丽石等知识女性形象的小说家庐隐，从浪漫时代的"灵魂"苦闷中走出，投身革命时代的现实斗争。《醉后》中，知识青年多愁善感、纤巧脆弱，情感波折占据了小说的大部分篇幅，但已显示出反

①茅盾：《中国新文学大系·小说一集·导言》，良友图书印刷公司1935年版。

②郭沫若：《塔·前言》，《郭沫若全集》第3卷，人民文学出版社1982年版。

③鲁迅：《而已集·答有恒先生》，《鲁迅全集》第3卷，人民文学出版社1981年版，第453页。

省、自责的进步倾向，“我静静在那里忏悔，我的怯弱，为什么总打不破小我的关头”。到了《曼丽》，主人公受时代精神影响，已经变得不大关心“自我”，而对“政治”、“国事”表现出前所未有的兴趣。她说：

> 半个月来，课后我总是在阅览室看报，觉得国事一天糟似一天，国际上的地位一天比一天低下，……我只恨力薄才浅，救国有志，也不过仅仅有志而已！何时能成为事实！
>
> 我不过是一个怯弱的女孩子，现在肩上居然担负起这万钧重的革命事业！我私心的欣慰，真是没法子形容呢！……从此以后，我要将全副的精神为革命奔走呢！

带着“庐隐式”的忧伤和浪漫，曼丽走向了集体，走向了革命。知识分子身份的转化在茅盾小说《虹》、《创造》、洪灵菲的《流亡》、丁玲的《一九三〇春上海》、蒋光慈的《冲出云围的月亮》、《田野的风》、胡也频的《到莫斯科去》、《光明在我们前面》中都有所表现。《虹》中，茅盾塑造了一个起初对政治没有兴趣，后来在战火感召下自觉走向革命阵营的知识女性形象——梅。《创造》中，娴娴也经历了一个“以政治为浊物”到投身革命斗争的心态转换过程。

事实上，知识分子从“个体”走向“大众”的身份选择，远不像一些革命文学作品中呈现的那样简单、轻松，这是一条充满痛苦与坎坷的心灵道路。为了走向大众，融入群体，知识分子必须放弃经由西方近现代启蒙思想形塑的“先知先觉者”形象，以及浪漫、忧郁、孤独的情感方式。换句话说，作为启蒙精神的传承者，知识分子在放弃“化大众”角色而追随“大众化”的进程中，极容易丧失独立批判精神。在这方面，叶圣陶和蒋光慈的小说为我们解读此一时期知识分子的心态转型提供了“话语场”。在对知识分子的软弱性批判上，叶圣陶《抗争》透过郭先生的眼睛和心灵，描绘了这样一幅耐人寻味的图画：“在黑黑的小作坊里，三个铁匠脸上身上耀着鲜红的光，铁椎急速地起落，有力而自然，……他不禁赞叹起他们的‘神圣’来，怎么能比上他们呢？他收了羡慕的眼光，回向内心，只觉得异样地怅惘，自己仅有个空空的心，配给谁！”这幅知识分子“工农化”、“集体化”图像，在他的长篇小说《倪焕之》中又上演了一番，昏迷后的倪焕之，朦朦胧胧中看到一个身着青布衫露着胸的人，“他举起铁椎，打一块烧红的铁，火花四飞，红光照亮他的脸，美妙庄严。一会儿他放下铁椎仰天大笑，嘴里唱着歌，仿佛是我们的……，我们的……”。两篇小说异曲同工地展现了知识分子从“个体自我”走向“人民大众”的心理历程，差别仅在于前者简略，缺少必要的铺垫；而后者更为细腻，心理活动水到渠成。

茅盾在评论《倪焕之》时曾说：“把一篇小说的时代安放在近十年的历史过程中的，不能不说这是第一部；而有意地要表示一个人——一个富有革命性的小资产阶级知识分子，怎样地受十年来的时代浪潮所激荡，怎样地从乡村到城市，从埋头教育到群众运动，从自由主义到集团主义，这是《倪焕之》值得赞美的。”①茅盾的评论不可谓不精到，“从……到……”的句式所蕴含的心态张力不可谓不丰富。“五四”时期的倪焕之“对政治冷淡极了”，他把一切的希望都寄托在教育上：一个社会的好坏关键在于“养成正直的人”，除了教育没有什么事业能够担当此任。但是随着“五四”运动的退潮，教育救国理想破灭，爱情生活也出现了危机，他体味到“有了一个妻子，但失去了一个恋人，一个同志！幻灭的悲哀笼罩了他的心……”。为了追赶时代大潮，为了投身到工农大众之中，倪焕之来到产业工人集聚的上海，面对阶级斗争的烈焰，倪焕之“不但要教育学生，而且要教育社会”的启蒙姿态开始下移，对待人民大众的视角也由最初的“俯视”转变为“仰视”或“平视”。他怀疑自己是否就比工人们高明，怀疑自己告诉他们的东西是否有益……他感到工人并不比“饱读了书的人”知道的东西少。

> 他的鼻际“嗤”的一声，不自觉地嘲笑自己的浅陋，仿佛自己的躯干忽然缩拢来，越缩越小，同时想着正要去见的那些青衣短服的朋友，只觉得他们非常伟大。他把脚步跨得很急，像赶路回乡的游子，时时抬头来前边看，眼光带着海船上水手眺望陆地的神情……

在“非常伟大”的工人面前，倪焕之不由自主地自惭形秽起来，

①茅盾：《读〈倪焕之〉》，《茅盾全集》第19卷，人民文学出版社1991年版。

“自己的躯干忽然缩拢来，越缩越小”，这场景很容易让人们想起鲁迅小说《一件小事》的结尾，“我这时突然感到一种异样的感觉，觉得他满身灰尘的后影，刹时高大了，而且愈走愈大，须仰视才见”。倪焕之与“我”有着共同的心理基础，工农大众才是社会革命的主体，走向他们是知识分子走向革命的必经之路。

应当说，当“五四”启蒙已成历史，尖锐复杂的革命斗争正成为最重要的社会现实时，倪焕之们放弃启蒙者的优越感，产生批判自我、认同工农大众的心理是十分自然的，其中的真诚也是显而易见的，较之后来的知识分子“思想改造”而言，身份转化尚不为“过”。

如果说《倪焕之》中倪焕之通过反复的自我批判取得了工农阶级的接纳，那么蒋光慈《田野的风》里的李杰则以身份的模糊和丧失换来了所谓的“大众化”。为了达到脱胎换骨的目的，李杰处处都模仿工农阶级，比如，在吃饭这类小事上，当李杰不能像农民领袖、共产党员张进德那样拿住污垢不洁的碗筷，大吃大嚼劣质饭菜时，他感到脸红、羞愧，连连责骂自己不曾改变“大少爷的样子”。当工作遇到困难、心情郁闷时，他一想到张进德，就会欢欣鼓舞，精神倍增，感到有了依托。在是否应当烧死自己多病的母亲和无辜的妹妹的痛苦抉择中，仅仅因为要赢得李木匠和乡民的“相信”、认同，“如果我不准他烧李家老楼，那不是令他不相信我了吗？而且那时候恐怕这一乡间的农民都要不相信我了”。李杰竟置骨肉亲情于不顾，做出错误决定，以致张进德都不以为然，要求李杰收回成命，无奈为时已晚。走向大众获得社会认同使知识分子能够在更宽广的生存空间里实现个体价值，这本身并没有什么不妥，问题在于革命文学倡导者始终未能在个体与群体、启蒙与救亡之间找到平衡点，而是将两者人为地对立起来，严重背离了文学的人学本质和审美属性。

“五四”以后，社会运动不绝，阶级斗争不断，即使是久经考验、意志坚定的革命者也难免迷茫、失措，更不要说刚刚沐浴过“启蒙”之风，尚未找寻到社会革命道路的知识分子。他们从一个“浪漫时代”步入另一个“浪漫时代”，幻灭、动摇、追求构成了他们心灵转变的“三部曲”。一方面是启蒙身份的放弃，另一方面是工农形象的获得；一方面是热情、赤诚地走向大众，另一方面是前途不明带来的幻灭、动摇；一方面是爱情生活的私人性、排他性，另一方面是革命斗争的公共性、公开性；一方面是对革命的憧憬和美化，另一方面"革命是痛苦的，其中也必然混有污秽和血"①。就这样，"五四"以后革命作家灵魂里多种力量的撕扯，使他们并不比"五四"时期活得轻松。郁达夫在《鸡肋集》中，真实地记录了这一切，他说，"五卅"之后，同朋友们束装南下，到革命策源地广州，"在那里本想改变旧习，把满腔热忱，满怀悲愤，都投向革命中去，谁知鬼魅弄旌旗，在那儿所见到的，又只是些阴谋诡计，卑鄙污浊。一种幻想，如儿童吹着玩的肥皂球儿，不到半年，就被现实的恶风吹破了"②。郁达夫的心灵感受在当时的革命作家身上很有代表性，这种心态不是个别的，而是普遍的，不是矫情伪饰的，而是伴着血和泪的真实存在。

茅盾的《蚀》三部曲中的人物——静女士、方罗兰和章秋柳复杂的心理世界，典型地表现了这种"灵魂的撕扯"。投身革命之后，她们发现"所向往的革命不是这么回事"，她们所向往的革命是努力的工作，亲兄弟般合作，"但这里的情形决不是如此，部长专喜欢高谈阔论，其他的干事员写情书的依然写情书，谈恋爱的照样谈恋爱，大家仿佛天下指日可定，自己将来是革命元勋，做官发财，高车驷马……"。于是，她们从心底里发问："这难道说也是全民所希冀的革命吗?"失望，不甘于失望，失望中再找寻希望；幻灭，不屈于幻灭，幻灭后再图追求……这些矛盾不仅加剧了她们的心灵痛苦和重负，而且也成为求索中知识分子的人生宿命——幻灭、动摇、追求。

在考察知识分子从"个体"走向"大众"的心路历程时，"青春"因素也是不容忽视的。在渴望参加革命实践，成为工农阶级一员的青春激情鼓舞下，知识分子带着无限的憧憬和强烈的冲动踏上了革命的道路。捷克作家米兰·昆德拉曾说，抒情时代就是青春的时代，抒情态度是人人具有的潜在态势，回顾20世纪中国革命的进程，每一次社会风潮的产生与发展，似乎都伴随有青年人激越的情感，新文化运动由思想启蒙而至政治革命的契机是"五四"学潮，后来的"一二·九"运动、解放战争时期的民主运动……都概莫能外。李大钊在对晚清革命与欧洲革命进行比较后，得出结论"中

①鲁迅：《对于左翼作家联盟的意见》，《鲁迅全集》第4卷，人民文学出版社1981年版。

②郁达夫：《鸡肋集·题辞》，《郁达夫文集》第7卷，花城出版社1983年版，第172页。

国之革命，则全酝酿于学生之运动”①，应当说，这是很有见地的。从青春期心理角度而言，青年人不为既定规范所束缚，富有反抗精神，渴望公正和良知，耽于乌托邦幻想，冲动有余而沉稳不足……这些心理特征与革命的颠覆性有着某种天然的同构关系。

“五四”运动以后，“革命文学”兴起，倡导者多是一些情感热烈、浪漫奔放的知识青年，他们崇尚“破坏”，向往“革命”，创造社在这一点上颇具代表性。早期的创造社以“本着我们内心的要求来从事文学创作”，非常强调文学审美的非功利性，革命文学兴起之后，其艺术追求由表现自我转变为反映社会，由呼唤个性解放转变为高举阶级斗争大旗，前后目标迥然不同，对人生的思考也有很大差异，但依凭的青春热情和创造气概却是一致的，颠覆重建、破旧立新的内心冲动也是相同的。青年人对未来生活的想象与革命斗争的火热追求一经遇合，便会引发狂热的革命崇拜，革命文学创作中这类知识青年颇具规模，如蒋光慈《少年漂泊者》里的汪中、张闻天《旅途》里的王钧凯、洪灵菲《流亡》里的沈之菲……这些小说大多有一个类似于流浪汉结构的叙事框架，主题表现基本上都是主人公“寻找意义”、走向革命。这种青春型革命追求对知识青年心理结构的形成起着至关重要的作用，青春热情是他们从“个体”走向“大众”的一个醒目的文化标志。

在崇高的革命理想与神圣的阶级属性映照下，知识分子对个体生活的意义做了重新界定——在他们看来，革命队伍中“我”是一个群体的代言人，一个阶级的代言人。个人主义被认为是有碍革命的落后观念，被抛弃在革命价值观之外，甚至爱情这一极具私人性的情感体验，也要从知识分子心灵世界中分离出来，被赋予“大众”的思想基础。革命文学中，作为青春期知识分子社会生活的一部分，“革命＋恋爱”模式遵循的就是这样一种运行轨迹——爱情因革命而产生，因革命而圣洁。他们的爱情生活主要有下面两种情形：一是革命与爱情合二为一。只有建立在革命基础上的爱情才是崇高的，只有在革命集体中产生的爱情才是革命的。二是革命与爱情相互分离。沉湎爱情而忽视革命，一定会遭到鄙视和抛弃。革命对“爱情”的整合使革命具有了一种绝对的权威，也使爱情远离了世俗化，有了圣洁的外在光环。这种同志爱远胜于

①李大钊：《学生问题》，《李大钊全集》第2卷，人民出版社1999年版。

两性情的文本写作带给知识分子的不全是福音，它们之间内在的差异常常使作家奔突于革命与爱情两端大大影响文学的人学品格和审美属性。

第三节　从思想的狂人到行动的战士

中国现代文学从一开始起就为一种深重的危机感所笼罩，一方面是封建传统文化已丧失活力，面临艰难的蜕旧变新；另一方面是外国殖民势力大举入侵，救亡形势异常严峻。为这种忧愤深广的危机感所策励，先进知识分子经历了器物层、制度层、文化层探索之后，不约而同地把目光定格在以科学、民主为要义的现代化诉求上，并形成了一种对抗性的认识观念。

19 世纪末 20 世纪初，随着天朝大国梦想的破灭，越来越多的人们认识到中国只不过是世界上许多国家中的一个，而且与欧美、日本相比，还处在一个被侵略、受欺凌的弱国地位。这种基本世界格局观的改变，在对他们认知习惯形成强烈冲击的同时，也将一个更大的问题推到了他们面前——缩小弱势文化和强势文化的差距，加快国家的现代化步伐。这种极具对抗意识的认知观念不仅影响了知识分子对启蒙与救亡使命的理解，而且制约了他们的写作视角。关于这一点，我们可以从“五四”启蒙文学的发展流程中见出一斑，与以个人为本位的西方近代启蒙不同，“五四”启蒙在倡导个体解放及其自由的同时，并没有忘记个体对他人和社会的责任，救亡使命和群体承担精神时时挤压着他们心仪已久的个体解放，20 年代末的革命文学、30 年代的抗战文学和 40 年代的解放区文学均把文学的救亡使命置于前台，思想启蒙还未来得及深入展开，便让位给具体的社会革命。文学观念中，“为艺术而艺术”的主张始终不过是对现实积极的或消极的一种抗议，而不可能是纯艺术的审美追求。不过，同是对抗性的写作视角，不同时期、不同作家也会有所区别。梁启超系最早的“小说救国论”者，他曾强调说“今日之最重要者，制造中国魂是也”①。鲁迅则进一步深化，提出“改造国民性”的历史要求，既包容关心国家兴亡、民族崛起的社会主题，也契合了文学注重人的命运及其心灵的审美特性。由人的解放到以干预灵魂为中介实

① 梁启超：《新民说》，《梁启超选集》，上海人民出版社 1984 年版。

现社会解放，由以阶级斗争为主导的左翼文学到以翻身做主为主导的解放区文学，启蒙与救亡主题的相互纠缠使得“思想性”始终处于写作的中心，进而也左右了艺术形式、语言结构、表现手法的选择。这种情形直到新时期，才有一定的改观。

与对抗性认识观相互伴生的还有进化论时间观。19 世纪中叶以前，士大夫信奉的历史观基本上是天朝大国中心论，到了 20 世纪初，受“文化不足”的危机感和“亡国灭种”危机感的双重冲击，以严复、梁启超、鲁迅等人为代表的一批先进知识分子开始从循环论中走出，接受和传播达尔文的“物竞天择，适者生存”的进化论思想，并形成了一种乐观主义的心态。进化论时间观既契合了国人摆脱危机的普遍愿望，也能够消除人们对现状的悲观看法，甚至还可以支撑起中国必将迅速强大起来的信念。如果说进化论还带有浓厚的社会达尔文主义色彩的话，那么十月革命的炮声为我们送来的马克思主义则将历史进步观推向了极致，“试看将来的环球，必是赤旗的世界”、“解放区的天是明朗的天”、“赶英超美”、“跑步进入共产主义”，一路检视下来，大有如坐春风之感。在这种理想化的激昂情绪浸润下，中国文学即便在最悲怆的时候也喊着“冒着敌人的炮火，前进，前进，前进进……”的口号，塑造了一大批激昂慷慨的时代英雄。当然，这之中也“弥漫着一种深刻的悲壮，一方面历史目标的明确和迫切常常激起巨大的热情和不顾一切的投入，另一方面历史障碍的模糊和顽强又常常使得这一切热情和投入毫无效果”①。

“五四”退潮后，政治革命兴起，革命文学倡导者认为，“儆醒人们使他们有革命的自觉，和鼓吹人们使他们有革命的勇气，却不能不首先要激动他们的感情。激动感情的方法，或仗演说，或仗论文，然而文学却是最有效的工具”②。启蒙文学为了“改变”人的信仰，革命文学为了“激发”人的精神，他们都不约而同地选择了文学，这与其说是传统诗教使然，不如说是革命斗争对文学的一种需要。40 年代，毛泽东在肯定“五四”新文学作用时说，革命需要有“文”和“武”两条战线，“我们要战胜敌人，首先要依靠手里拿枪的军队，但是仅仅有这种军队是不够的，我们还要有文化的军队，这是团结自己、战胜敌人的必不可少的一支军队”③。在社会危机深

①黄子平、陈平原、钱理群：《论 20 世纪中国文学》，《文学评论》1985 年第 5 期。

②中夏：《贡献于新诗人之前》，《中国青年》1923 年 12 月，第 10 期。

③毛泽东：《毛泽东选集》第 3 卷，人民出版社 1991 年版，第 872 页。

重的时候，革命是最紧要、最神圣的，革命需要文学，文学则随着宣传功能的强化而被提升到很高的位置，具有了陈思和所言的“广场”性质。

一面是危机感的紧迫，一面是现代化诉求的强烈；一面是精神变革的长期性和艰巨性，一面是社会变革的整体性和实践性。从“五四”文学革命到此后的革命文学，我们的文学界一直在呼唤“力量”、“抗争”，颂扬“英雄”、“战士”，在《狂人日记》、《女神》、《少年漂泊者》、《咆哮了的土地》、《地泉》、《回春之曲》等作品中，我们读出了这种精神，也看到了英雄人物对庸常人生的挑战、对民族使命的承担。

从价值形态来看，英雄人物主要有两种取向：一是在对人生价值与意义的追问上，英雄们表现了对庸常人生的永无止境的超越，以及对生命极限的挑战。这类英雄价值体现了文学审美的求真精神，其美感特征可以归结为悲凉和悲怆，如鲁迅笔下的狂人（《狂人日记》）、疯子（《长明灯》）、郭沫若笔下的匪徒（《匪徒颂》）。不同程度上，这些人物身上都潜隐着某种精神至上的乌托邦倾向，他们的抗争行为很容易使我们联想到西方文学中的普罗米修斯、西西弗斯，一个是不顾天神宙斯严惩的危险去为人类盗得火种，一个是被众神判决无休无止地反复将巨石推至山顶，他们的共同之处都是不顾一切地承担责任。康德认为，追求自由就是执行“绝对命令”，就是“求真”，而绝对命令乃是与任何事物都无关的，不受任何他物影响的，而纯粹可能性则完全是由人的理性得出的，它只是一种理论上的可能性，能否成为现实无法保证，因此，追求自由、追求真实极有可能是悲剧性行为。在“西西弗斯神话”中、在“狂人日记”里，西西弗斯向山坡上推巨石、狂人反抗传统礼教都具有纯粹合理性，但是要把巨石立住、把传统颠覆又是悲剧的，因为这些纯粹可能性实际上是一个难以企及的彼岸，要把它变为现实，英雄人物需要付出超人的代价，甚至是生命。从这个意义上说，西方的普罗米修斯、西西弗斯、中国的狂人、疯子都是求真型英雄，无论现实有多大阻力，命运有多么坎坷，他们的精神与意志都坚不可摧。

二是将人生理想与改造社会相结合，把人生价值定位在社会理想的实现以及为之献身上。这类英雄价值取向包含有丰盈的道德与伦理内涵，体现了文学审美的“向善”追求，如《回春之曲》中的梅娘、《太阳照在桑干河上》中的张裕民、程仁、《暴风骤雨》中的赵玉林、郭全海，他们的共同特点是将自我融入到改造社会、建设美好未来的伟大事业中，自身因为具有“善”的内核而变得崇高。也许具体到某一个人物形象身上，的确存在拔高、虚美的缺陷，把它视为唯一合理的价值尺度并成为排斥其他精神主题的做法也给当代文化生活带来了消极影响，但作为一个群体所表现出来的精神力量却是极具社会价值的，是不应当否定的。

《狂人日记》里的狂人可以视为是中国现代文学中的第一类英雄，他以对“吃人”现象的发现、“吃人”历史的概括、“救救孩子”呼声的发出而著称。面对“吃人”的传统礼法，狂人先是温和而不失坚定地说：“你们可以改了，从真心改起！要晓得将来容不得吃人的人，活在世上。”继而又以警示的口吻说：“你们要不改，自己也会吃尽”，“你们立刻改了，从真心改起！你们要晓得将来是容不得吃人的人……”，主动承担责任的反抗者形象跃然纸上。其后，狂人家族又增添了吕纬甫（《酒楼上》）、魏连殳（《孤独者》）、疯子（《长明灯》）等人，有的付诸行动，不惜将自我置于看客的白眼包围中；有的单枪匹马与“无物之阵”进行抗争，在颓唐与绝望中走完了一生。与鲁迅笔下的思想狂人相比，郭沫若笔下更多的是诗性狂人，《女神》第二辑以笔走龙蛇的狂人气概喊出了时代最强音，抒发了启蒙先驱面对新世纪的满怀狂喜和气吞山河的胸襟，《凤凰涅槃》、《天狗》、《匪徒颂》、《我是一个偶像崇拜者》以满篇的狂人气质，诅咒、破坏旧我和旧世界，呼唤新我和新世界。高长虹在《狂飙之歌》中更是直抒胸臆，“朋友！你们将要笑我狂吗？庸人其所不知，则谓之狂热，你们真是庸人啊！我最大的希求便是远离你们而达于狂人之胜境。无广大之灵魂者，必为狂人所以摈弃，我将使你们于被摈弃之羞辱中，而得卑下的自欺的自慰”。鲁迅、郭沫若、高长虹等人笔下的“狂人”形象向我们表明，“五四”不仅是一个需要巨人的时代，而且也是一个需要狂人并且产生狂人的时代。从陈独秀“明目张胆以与十八妖魔宣战者”的急切呼唤[①]，到鲁迅“早就应该有一片崭新的文场，早就应该有几个凶猛的闯将”的深重感慨[②]，两位启蒙先驱一前一后都表达了这一时代主题。不过，由于“化大众”工

①陈独秀：《文学革命论》，《新青年》第2卷第6号，1917年2月。

②鲁迅：《论睁了眼看》，《鲁迅杂文全集》，河南人民出版社1994年版，第76页。

作尚待深入，狂人们普遍有孤独、寂寞之感。

世纪之初，中国知识分子选择狂人作为现代化诉求的承载体是意味深长的。从狂人的言语中，我们知道，狂人之“狂”，一方面迫于传统文化惰性的存在及其强大，本土现代化代言人只能被逼为“狂”，以狂人狂语狂态进行反叛。另一方面也折射出知识分子自身现代化诉求的困惑：没有西方近现代文化的输入，延续 2 000 余年之久的传统文化不可能从自身中获得新的再生资源，而接受现代化的同时又意味着承认殖民主义的若干逻辑，意味着武力侵略而造成的对抗心理的隐藏与因文化输入而表征出的奴化心态的暴露。因此，20 世纪初年中国启蒙知识分子普遍陷入现实层面反抗西方，文化层面又不得不接受西方的两难处境，狂人正是这类知识分子自身的一种真实写照。

20 年代后期，中国文学中出现了第二类英雄——革命战士。与狂人英雄重思想启蒙相比，革命英雄重行动救世。作为人民的一员，他们认为自己的行为代表了人民的普遍利益，有人民的支持作后盾，因而不再孤独寂寞，代之而起的是勇往直前的使命感和责任感。革命战士所表现出的这种英雄品格构成了当时乃至新中国成立以后很长一段时间里的一种普遍的价值观念，即人能超越必然王国，而臻于自由王国。在意识形态方面，这种品格表现为爱憎分明的阶级观念、集体至上的献身精神；在社会生活方面，表现为不断超越、不断斗争，永远追求人格的完美与高洁。汪中、张进德、梅娘以及其后的张裕民、郭全海、周大勇等人即是革命英雄写作的经典。

革命英雄的前身可以追溯到“五四”前后茅盾、丁玲、叶圣陶等人笔下的车夫、农民、戴旧毡帽的朋友等，其后，革命知识分子以及继起的一代无产阶级知识分子用马克思主义这一极富行动性的意识形态体系武装他们，使他们成为了现代化诉求的新载体——革命战士。在解决知识分子现代化困境方面革命英雄是卓有成效的，首先，他们是反帝的先锋，对西方殖民统治、经济掠夺深恶痛绝，用朴素的马克思主义阶级意识对抗腐朽堕落的资产阶级思想。其次，他们是反封建的中坚，坚决反对任何形式的封建剥削和压迫，高举镰刀和斧头，砸碎套在他们头上的四大绳索。他们要在批判传统与反抗西方文化的同时，建立一个以马克思主义为主导文化的现代化国家。这个国家的雏形在1949年以前是解放区，1949年以后就是新中国。在解放区，火热的战斗生活、军民一体的鱼水深情、当家作主的自由意识以及对未来的无限憧憬，使他们由衷地唱出“解放区的天是明朗的天，解放区的人民好喜欢，人民政府爱人民呀，解放区的生活比蜜甜……”的赞歌。在新生的共和国里，翻身解放的人们用最热烈的方式赞美新生活，颂歌、赞歌盛极一时，“凡是泉水潺潺流过的地方，就有荷花和稻花一齐飘香”①，“没有的都将会有，美好的希望都不会落空”②。是啊！正是有了这些以实际行动献身革命事业的人民英雄，我们的现代化诉求才迈出坚实的第一步——建立了人民民主专政的共和国。

今天，当我们重新审视这些英雄形象的时候，应以历史的眼光肯定其存在的审美价值和社会意义，而不能以所谓的纯“人性”标准将其归为政治“畸形”化产物，更不能把他们与“文革”期间的文攻武斗混为一谈，否定其存在的合理性。其实，20世纪中国的现代化诉求一直都存在两种形式：一是启蒙理性形式，一是行动救世形式，前者的代表是狂人英雄，后者的典范则是革命战士。从历史的角度看，戊戌变法的同时有义和团运动，“五四”新文化运动的同时有工农武装割据。两种形式双向互动，主中有辅，文武兼备，前者为后者提供思想资源，后者将前者目标落到实处，忽视任何一方都是对现代化认识的一种偏颇。

①公木：《难老泉》，《中国新诗萃》，人民文学出版社1985年版。

②邵燕祥：《到远方去》，《中国新诗萃》，人民文学出版社1985年版。

中编

「工农兵文学」的革命叙事

自从在社会整体危机解决上，马克思主义显现出比其他思想、主义具有更强大的救世功能以后，“革命”便以其迅捷有力的社会动员优势，成为中国社会各种思潮、主义合奏的主调，源源不断地为知识分子和工农大众提供革命理想和道德激情。表现在文学上，从“革命文学”到“左翼文学”，从“工农兵文学”到新中国文学，文学的革命性不断地递增，“新人”塑造在服务“新生活”需要的同时，也为文学创作设定了一条无形的标准——工农兵颂歌与战歌。

第四章

从"劳工神圣"到"工农兵"方向

第一节 民粹思想与启蒙思想的相互纠缠

作为一个思想史概念，民粹主义起源于法国，命名却在俄国[1]，19世纪中期以后，在俄罗斯知识界盛极一时，别林斯基、杜勃罗留夫、赫尔岑、克鲁泡特金是其代表性人物，他们中，有人提出"到民间去"口号，主张知识分子走向乡村，发动农民以反抗俄国的资本主义化；有人提出平民主义要求，认为知识分子必须向农民学习，走身份同化的道路，而不是向农民说教，延续了"十二月党人"的做法，"从来都是鞋匠们造反，要做老爷；当今却是老爷们造反，为的是要做鞋匠"[2]。作为社会理论和政治纲领，民粹主义因为与启蒙主义取相反的价值向度，在俄国遭到马克思主义者的坚决批判。列宁在《我们究竟拒绝什么遗产》一文中写道："启蒙者是热烈地相信当前的社会发展的，而民粹派却不相信它；启蒙者满怀历史的乐观主义和蓬蓬勃勃的精神，而民粹派则悲观失望和垂头丧气，主张落后是俄国的幸福的理论。"[3]两者在对待人民的态度和社会理想方面有着显著区别。

关于民粹主义的起源，朱学勤指出："可以肯定的是，民粹主义的始作俑者是卢梭，不是俄国那批'要做鞋匠'的青年军官和平民知识分子。法国人说，谁也没有像卢梭那样，给穷人辩护得那样出色。"平民知识分子别林斯基、杜勃罗留夫、赫尔岑等人"在睡觉以前不是祈祷，而是阅读马拉和罗伯斯庇尔的演说"。俄国革命党人"用俄语复述当年卢梭以法语呼喊过的一切，让·雅克的平民社会观才获得了一个举世承认的学名——HapogHuIOcmto——'民粹主义'"[4]。这里，朱学勤在评述法、俄两国的民粹主义渊源关系的同时，也呈现了民粹主义与启蒙主义、精英主义在思想上的不同[5]。

①民粹主义或民粹派源于俄语 HapogHuIOcmto，英语为 Populism，也可译为"人民主义"、"平民主义"，与精英主义 Elitism 相对。

②亨利·特罗亚：《神秘沙皇——亚历山大一世》，世界知识出版社1984年版，第327页。

③列宁：《列宁选集》第1卷，人民出版社1995年版，第139页。

④朱学勤：《道德理想王国的覆灭》，三联书店（上海）1994年版，第111页。

⑤也有一种观点认为，卢梭思想代表的是启蒙主义，其"回到自然"说并不是民粹主义所理想的农民"村社"，而是抵制异化的策略。法国不是民粹主义的"故乡"，倒是俄国一大批平民知识分子将民粹主义发扬光大，形成一种有着广泛影响的社会政治运动。

由于历史语境的不同，我们在谈论民粹主义时，很大程度上是把它看作一种文化思潮，一种文学观念，甚至是一种情感意向，而不是原初意义上社会革命思潮。这种引申意义上的民粹主义表现为把没有知识文化的底层劳动者（不仅仅是农民）无条件地神圣化，认为只有他们才是道德高尚、心地善良、灵魂纯洁的。

民粹主义，无论是原义还是引申义，最核心的一条是知识阶层的自我否定。在《俄国文学史》中，高尔基谈到19世纪俄国"平民知识分子的民主文学"时说，"这派作家都有一种无力感，都感觉到自身力量的渺小"，而正是"这种对自己的社会脆弱性的感觉，激发了俄国作家注意到人民，感发他们必须唤起人民的潜在力量，并且把这力量化为夺取政权的积极的思想武器。也正是这种无力感，使得绝大多数俄国作家成为激烈的政治煽动者，他们千方百计阿谀人民，时而讨好农民，时而奉承工人"①。这种无力感不仅是知识阶层否定自我、膜拜工农的结果，也是民粹思想产生的社会基础。与无力感相互伴生的还有道德上的自卑感，知识阶层觉得与身处底层的大众生活相比，自己的那种有闲的生活是腐朽的、堕落的，甚至是病态的，于是，便转而崇奉起工农，并身体力行向工农转化，抛弃原有的生活方式，做自食其力的劳动者。在这方面，卢梭、托尔斯泰堪称典范。

《爱弥儿》中，卢梭借主人公爱弥儿之口，发出"再见吧，巴黎，我们离开你越远越好"的声音，并且诅咒"城市是坑陷人类的深渊，经过几代人之后，人种就要消灭或退化"。自我拯救的办法是"必须使人类得到更新，而能够更新人类的，往往是乡村"。"撤离城市"、"回归自然"的象征意义是多重的，一方面是抵制异化，葆有丰富、完整、本真的人性；另一方面是民粹主义式的农民"村社"，未被城市现代化气息浸染的土壤和"道德纯粹的山野居民"。读着"我绝不愿意他（指'爱弥儿'，引者加）去做洛克所说的那种文雅的人，我也不愿意他去当音乐家或戏剧演员或作家，我宁可喜欢他去做鞋匠而不去做诗人"这样的文本，一向以标举理性批判著称的康德也深有感触地说，"有一时期，我骄倨地想着，以为知识构成人性的尊贵，我蔑视愚昧无知的人群。卢梭却使我双目重光，这虚妄的优越性消失了，我已知道尊视人类"②。

①高尔基：《俄国文学史》，上海文艺出版社1961年版，第7页。

②转引自罗曼·罗兰：《卢梭传》，华岳文艺出版社1988年版，第24页。

与卢梭相比，托尔斯泰的民粹思想似乎更为纯粹，褪去了法国大革命的启蒙底色，《忏悔录》中，他说："我离开了我们这圈子里的生活，我认清我们过的并不是生活，只不过表面像生活，这种优裕的环境使我们失去了对人生怀有理想的可能。在我周围，那平常的劳动人民是俄罗斯人民，我接近他们，接近他们所赋予人生的意义。"①于是，托尔斯泰把自己变成了一个地道的农民，穿上农民衣服，自己做皮鞋，过着俭朴的生活……

在中国，知识分子主动或被动撤离城市，走向乡村，实现与工农兵相结合的"同化"运动时有发生，"下乡"一词虽然在不同时期内涵有别，但与工农结合，并进行从身体到思想的脱胎换骨式改造却是不变的，从"五四"时期的"劳工神圣"，中间经过抗战时期的"全民动员"，直到"文革"期间的1 700万知识青年"上山下乡"，工农崇拜仿佛是一条潜在的暗河，时常跃出地表。与此同时，在法国，也爆发了"五月风暴"，大批学生涌向街头，抗议政府，要求过一种新的生活。在运动的中心城市法兰克福，学生在歌德大学图书馆上空升起巨幅旗帜，上面写着："禁止是要禁止的"、"人类只有当最后一个官僚用最后一个资本家的肠子勒死，才有自由"、"消费者社会必须猝死，异化的社会必须猝死，我们要求一个新的、原创性的世界，我们拒绝一个冒着因无聊而死的危险来换取免于饥饿的世界"、"正在开始的革命所挑战的不仅是资本主义社会，而且是工业文明"等标语。当然，这些要求并没有实现，学生们反对的官僚制度最后成功地把几乎蔓延于整个西欧的"造反"运动平息下去，但他们倡导的"村社"理想却在不同国度、不同年代的人们中间回荡，乡村生活的透明、民间道德的纯美……至今仍令被钢筋混凝土包裹、程式化律令框范的人们倾羡。

在中国传统文化中，并没有"民粹"这一说法，统治阶级的"民贵君轻"、"水能载舟亦能覆舟"的民本主义思想多少隐含着安抚民心、巩固江山的治国策略。传统文人的"布衣卿相"心愿也大多限于文化信念，很少付诸实施，何况"布衣卿相"的人生路径重心在后者"卿相"，"布衣"仅为虚饰，最多不过是为"达则兼济天下，穷则独善其身"的人生理想设置一条退路罢了。尽管如此，民粹思想却是源远流长、根深蒂固的，有着巨大的道德感召力。追溯中国传统文

①托尔斯泰：《忏悔录》，上海外语教育出版社1992年版，第125页。

化中的民粹主义根源，首先想到的应该是墨家。李泽厚在《墨家初探本》中指出，“墨子在近代中国再一次被重新发现，是一种颇具深意的现象。当然崇拜墨子有各种不同的背景、内容和意义。例如把墨家误解为近代的平等博爱主义。但其中最值得注意的是，它与近代民粹主义是否有思想血缘关系的问题。在中国近代以至今日，我认为，始终有一股以农民小生产者为现实基础的民粹主义思潮的暗流在活跃着”①。墨家民粹思想在近现代中国大放异彩，《民报》第一期撇开孔孟老庄不谈，却把墨子奉为“平等博爱”的中国宗师。梁启超在《新民丛报》上呼吁“杨学（指杨朱的‘利己’之学）遂亡中国，今欲救亡，厥惟学墨”②。郭沫若则将其与杜甫合起来尊称为“墨者杜老”③，后来授予墨子“伟大的平民思想家”、“劳动阶级的哲学代表”称号者更是络绎不绝。鲁迅对封建专制文化一直坚持批判立场，嘲儒、讽道、讥法，一言以蔽之，曰“吃人”，但对墨家却是例外。《故事新编》中的《非攻》、《理水》都是唱给身体力行者的颂歌，前者赞扬一生行义、不计荣辱得失的墨子，后者塑造了一位摒弃虚言、埋头实干的民间英雄大禹，借以抨击那些“以为文化是一国的命脉，学者是文化的灵魂，只要文化存在，华夏也就存在”的高调学者④，非但不学无术，假文化之名行一己私利，而且丧失灵魂，倒是那些跣足垢面的百姓勇于承担，在大禹率领下，治退了洪水，赢得了人们的尊重。

不仅墨学中蕴涵有丰富的民粹主义因子，而且传统文化中的“反智”倾向也为工农崇拜心理的形成提供了适宜的土壤。海外学者余英时曾指出，“反智论”⑤并非一种学说、一套理论，而是一种态度，这种态度普遍存在于一切文化之中，中国文化也不例外，“反智”之风清晰可辨。不管是认为“智性”以及由“智性”而来的知识学问对人生有害无益的“反智性论者”，还是对代表“智性”的知识分子持鄙视、敌对态度的“反知识分子”论者，它们都为通向民粹主义之路铺设了桥梁⑥。传统文化中，道家的“小国寡民”、“绝圣去智”说和法家的“古者人寡而相亲，物多而轻利易让，故有揖让而传天下者”⑦的今不如昔说，都有着鲜明的“反智”色彩，至于儒家，原本是主智、崇智的，但汉代以后，儒学开始法家化，主智、崇智的同时也出现了反智、仇智倾向。既然传统文化流脉中“反智论”资源

①李泽厚：《中国古代思想史论》，《李泽厚十年集》第3卷（上），安徽文艺出版社1994年版。

②梁启超：《清代学术概论》，中华书局1954年版，第61页。

③郭沫若：《十批判书·后记》，人民出版社1954年版。

④程光炜、吴晓东等主编：《中国现代文学史》，中国人民大学出版社2000年版，第65页。

⑤反智论，译自英文anti-intellectualism，虽然反智论并不必然导致民粹主义，但毕竟为民粹主义准备了土壤，两者之间仅隔一步之遥。

⑥参见余英时：《反智论与中国政治传统》，《港台及海外学者论中国文化》，上海人民出版社1988年版。

⑦韩非子：《韩非子·八说》。

如此丰富，那么浸润其中的文人、士大夫在自恋、自赏的同时，间或也会透示自轻、自贱的“反智”倾向。排除“文人相轻”的陋习，我们可以从典型案例——郑板桥家书《范县暑中寄舍弟墨第四书》——透视到“反智”与“工农崇拜”之间的近亲关系。家书中，郑板桥先是叮嘱：“要须制锥，制磨，制筛罗，制簸箕，制大小扫帚，制升、斗、斛。家中妇女，率诸婢妾，皆令习舂揄蹂簸之事，便是一种靠田园长子孙气象。”接着说：“我想天地间第一等人，只有农夫，而士为四民之末。农夫上者种地百亩，其次七八十亩，其次五六十亩，皆苦其身，勤其力，耕种收获，以养天下之人。使天下无农夫，举世皆饿死矣。我辈读书人……一捧书本，便想中举、中进士、作官，如何攫取金钱，造大房子，置多田产。”这里，我们可以看出“反智”倾向并非出于愚民的需要，而是对知识阶层品行操守感到失望，进而产生做一农夫的想法。“愚兄平生最重农夫……尝笑唐人七夕诗，咏牛郎织女，皆作会别可怜之语，殊失命名本旨。织女，衣之源也；牵牛，食之本也；在天星为最贵。天顾重之，而人反不重乎？其务本勤民，呈现昭昭可鉴矣。”家书中，郑板桥赋予牛郎织女故事以一种人生理想之意，既然天意重农尊农，并以星象昭示人间，人间又岂有不重农、尊农之理由乎？

是先有“墨学的复兴”和知识分子的“反智”倾向存在，从而使外来的民粹主义一经传入便大受欢迎，抑或是先有外来民粹主义的传入，从而激活了长久遭冷落的墨学和知识分子的“反智”倾向？这是一个尚需深入讨论的问题。但有一点是可以肯定的，外来民粹主义一旦获得本土文化资源的促动与支持，就会产生巨大的道德亲和力，“民粹主义尽管隐含着排斥现代知识分子的内在结构，但是它的道德形象则更为吸引知识分子，尤其吸引饱经忧患、苦无出路的中国知识分子”①。如果说文化接受中相似语境比相异语境更容易成功的话，那么对20世纪初中国知识分子施以影响的当是俄国的民粹主义，而不是它的诞生地法国。19世纪后期的俄国资本主义虽有一定发展，但封建专制势力相当顽固，农奴在政治和经济上依然受着地主阶级与资产阶级的双重压迫与剥削。同一时期，中国正在进行反对帝国主义的外来侵略，抵制“西化”。相似的社会基础与民众心理使民粹思想迅速为一部分知识分子所接受，

①朱学勤：《毛泽东和他的民粹主义倾向》，《风声·雨声·读书声》，三联书店(上海)1994年版，第66页。

并形成一种文学精神。社会生活中的工农出身优越论、文学中的“工农兵方向”以及知识分子的思想改造,也都不同程度地打上了民粹主义的“东方化”印痕。列宁在《中国的民主主义和民粹主义》一文中通过比较,认为孙中山的三民主义与俄国的民粹主义“十分相似,以致基本思想和许多说法都完全相同”,“中国民粹主义思想首先是同社会主义空想、同使中国避免走资本主义道路、防止资本主义的愿望结合在一起的,其次是同宣传和实行激进的土地改革计划结合在一起的。正是后面这两种政治思想倾向使民粹主义这个概念具有特殊的意义,即与民主主义的含义不同,比民主主义的含义更广泛”①。如果说孙中山的三民主义因为“使中国避免走资本主义道路”而与俄国的民粹主义“相似”,那么马克思主义在中国的传播和接受则进一步加重了这种“相似”程度。

第二节　到农村去、到工厂去、到民间去

1918年11月16日,时任北京大学校长的蔡元培在庆祝协约国胜利大会致辞中喊出“劳工神圣”的口号,他说:“此后的世界,全是劳工的世界呵!我说的劳工,不但是金工、木工等等,凡用自己的劳力做成有益他人的事业,不管他用的是体力,是脑力,都是劳工……我们要自己认识劳工的价值。劳工神圣!”②接着,李大钊在另一次集会上发表讲演《庶民的胜利》,把第一次世界大战的胜利视为劳工的胜利、庶民的胜利,呼吁:“我们要先在世界上当一庶民,应该在世界上当一工人,诸位呀!快去做工啊!”③近似的表述、相通的激情、几可替换的用语,传递了同一个令国人无比振奋的讯息:劳工(或庶民)的世界到来了。从此,“五四”时期的思想光谱上又多了一种色调——工农崇拜倾向。

虽然在“劳工”、“庶民”、“平民”、“民众”、“人民”等词语的理解上,知识分子中尚存有许多差异,但基本上都认为它们的共同意思是“下层民众”,即穷人、劳工阶级、农民。如此,蔡元培、李大钊等人的主张也就有了尊崇平民之意。一时间,“平民”一词成为无所不用的形容词,流行于当时各种派别的舆论工具上。政治上,建立“平民政治”,实行“平民直接立法”,主持行政、立法、司法工作④;经

①列宁:《中国的民主主义和民粹主义》,《列宁选集》第2卷,人民出版社1995年版。

②蔡元培:《劳工神圣》,《蔡元培全集》第3卷,中华书局1981年版。

③李大钊:《庶民的胜利》,《李大钊文集》(上),人民出版社1984年版。

④罗家伦:《今日世界之新潮》,《新潮》第1卷第1号,1919年2月。

济上,“废止资本主义生产,重用一般民众,造成大家是劳动者,大家做了大家用的一个平等的经济组织”[①];教育上,实行“平民教育”,“把神圣的教育普及到一般神圣的平民身上”[②];文化上,推行社会主义,以解决“劳动问题、贫民问题、妇女问题”等[③];文学上,“推倒雕琢的阿谀的贵族文学,建立平易的抒情的国民文学”[④],“平民文学所说,是在讲究全体的生活,如何能够改进到正当的方向”,“记载世间普通男女的悲欢成败”[⑤]。他们相信,劳工的问题全系统治阶级对劳动者的剥削而引起的,在劳工神圣的阶级观支配下,他们对不劳而获者以及不尊重劳动的整个社会等级体系进行了强烈的道德谴责,并将“平民主义”理解为一种冲破强权的解放行为,平民不受官僚的欺压,劳动者不受剥削者的虐待,女子不受男子的支配……毛泽东曾以激昂的笔调为这种“解放式”平民观留下了历史记录:“各种对抗强权的根本主义,为‘平民主义’。宗教上的强权,文学上的强权,政治上的强权,社会上的强权,教育上的强权,经济上的强权,思想上的强权,国际上的强权,丝毫没有存在的余地,都要借平民主义的高呼,将他们打倒。”[⑥]

平民主义波及到社会生活的各个领域,新文学最初的创作实绩,如诗歌中的“人力车夫派”以及鲁迅小说对民间苦痛的温情关怀,都体现了这一思想取向。一方面是知识分子的“平民”崇拜,“庶民”道德优越性的首肯与张扬;另一方面是民众的昏睡和启蒙者的极度失望。“五四”前后的一批知识分子陷入启蒙主义与民粹主义相互纠缠、相互矛盾的深渊,鲁迅自不必说,他终其一生都在不遗余力地“呐喊”,为“那在寂寞中奔驰的勇士,使他不惮于前驱”[⑦],在《我怎么做起小说来》中,鲁迅又一次表明了自己的启蒙主义立场,“说到‘为什么’做小说罢,我仍抱着十多年前的‘启蒙主义’,以为必须是‘为人生’,而且要改良这人生”。在他笔下,“国民性”探讨是一个值得中国知识分子倾注全部心智的命题。但在一些篇章如《一件小事》、《故乡》、《祝福》中,我们分明又感受到作者思想中民粹主义与启蒙主义的矛盾。《一件小事》中有三个人物:穿皮袍的“我”、车夫和假装被撞倒的“老女人”,作品本意是将“我”的精神境界与车夫的实际行动进行对比,显出车夫的高大和“我”的渺小,让穿皮袍的“我”在车夫的面前自惭形秽,进而“惭愧”、“自

①一湖:《新时代之根本思想》,《每周评论》第 8 号,1919 年 2 月。

②光舞:《平民主义和普及教育》,《平民教育》第 12 号,1919 年 8 月。

③谭平山:《“德谟克拉西”之四面观》,《新潮》第 1 卷第 5 号,1919 年 5 月。

④陈独秀:《文学革命论》,《新青年》第 2 卷第 6 号,1917 年 2 月。

⑤周作人:《平民文学》,《每周评论》第 5 号,1919 年 1 月。

⑥毛泽东:《湘江评论创刊宣言》,《湘江评论》第 1 期,1919 年 1 月。

⑦鲁迅:《呐喊·自序》,《鲁迅全集》第 1 卷,人民文学出版社 1981 年版,第 417 页。

新"。过去,我们一直认为这篇小说是歌颂劳动人民、批判知识分子的,然而,作品中的另外一个人物——老女人的行动却被有意忽略了。老女人本没有受伤,却假装受伤,近乎耍赖。如果说底层民众中既有车夫这样道德高尚的人,也有老女人这样道德并不高尚,甚至很卑劣的人,那么一味的歌颂、学习就显得有失公允。联系他在《死》中对幼子的寄语,"孩子长大,倘无才能,可寻点小事情过活,万不可去做空头文学家或美术家"①,我们也可以看出,鲁迅对"名"、"实"一致的看重,对民粹观念的强调。不过,"倘无才能"的假设句式也为我们继续推论留下了余地——如有才能,不妨去做文学家或美术家,但不要徒有虚名,微言曲笔中久久不能忘怀的依然是启蒙话语。

与鲁迅同一时代的郁达夫亦是如此,早期作品《沉沦》、《银灰色的死》、《茑萝行》,以惊世骇俗的心理描写袒露年轻人"生的苦闷"和"性的苦闷",突入封建专制和礼俗的禁区,对传统道德进行反叛,启蒙、救亡主题以一种隐曲的方式透出。《沉沦》写一正值青春期的中国青年在日本留学生活中,从孤寂、苦闷到身心欲求的亢奋、挣扎,最后在沉沦中自杀的悲剧。主人公内心的颓废、敏感以及对性爱的渴求,"对于深藏在千年万年背甲里面的士大夫的虚伪,完全是一种暴风雨式的闪击,把一些假道学、假才子们震惊得至于狂怒了"②。但"暴露"、"沉沦"如斯的"他",仍在呼唤祖国的强大,并把自己的一切苦闷归结在祖国的贫弱上。民族的兴盛、祖国的强大像一个美丽的梦,是他们那一代人思想深处的最后关怀。后期作品《薄奠》、《春风沉醉的晚上》,越出"我"的一己的悲欢,开始关注下层劳动人民的苦难生活,把批判的矛头直指剥削阶级和黑暗社会,《薄祭》是一曲人力车夫悲惨人生的挽歌,《春风沉醉的晚上》叙写了"我"与烟厂女工陈二妹的交往的几个阶段,陈二妹对于"我",开始疑惧、戒备,继而信赖、同情,责备、规劝,最后消除误会,建立友谊。而"我"对陈二妹的关心、爱护也由感动有所回报,而达到心灵的纯化,增加了向上的动力。从自传体的浪漫抒情到平民生活的现实写照,从知识分子的情感宣泄到劳动人民澄明心境的发现,用郁达夫的话说,"多少也带有一点社会主义的色彩",稍晚如叶绍钧的小说《倪焕之》、许地山的《春桃》、艾芜的《山峡

①鲁迅:《死》,《鲁迅杂文全集》,河南文艺出版社 1994 年版,第 901 页。

②郭沫若:《论郁达夫》,《沫若文集》第 12 卷,人民出版社 1958 年版。

中》、台静农的《拜堂》等都或多或少地透示出启蒙与民粹的悖反讯息。

事实上，启蒙与民粹的悖反在“五四”运动的初期就已经显现出来。无论是怀抱忧国忧民理想，主张“到农村去”的启蒙先驱，还是深情美化农村生活，呼吁知识分子组织互助组“到民间去”的青年学子，他们在“救亡”激情的驱动下，既未能全面审视自我的内心矛盾——启蒙与亲民，而且也高估了农民的道德水准和觉醒意识。1919 年 2 月，李大钊在《晨报》上发表《青年与农村》一文，倡导青年“到农村去，拿出当年俄罗斯青年在农村宣传运动的精神，来作些开发农村的事”。他论证说，“我们中国是一个农业大国，大多数的劳工阶级就是那些农民。他们若不解放，就是我们国民全体不解放；他们的苦痛，就是我们国民全体的苦痛；他们的愚昧，就是我们国民全体的愚昧；他们生活的利病，就是我们政治全体的利病”。文中，李大钊还把城市与农村作一番对比，提倡青年知识分子应有良好的道德感与厌恶城市的情感，“在都市里漂泊的青年朋友啊！你们晓得：都市上有许多罪恶，乡村里有许多幸福；都市的生活黑暗一方面多，乡村的生活光明一方面多；都市上的生活几乎是鬼的生活，乡村的活动全是人的活动；都市的空气污浊，乡村的空气清洁”。在对比的基础上，他得出结论，“要想把现代的新文明，从根底输入到社会里面，非把智识阶级和劳工打成一片不可”①。就现有的资料看，这可能是后来“知识分子与工农兵相结合”思想的最初表述。事实上，持这一主张的并非李大钊一人，同一期《晨报》上，还有一篇署名为若愚的文章，宣称：“与其在劳动界以外高声大呼，不如加入劳动界中，实行改革。因立在劳动界以外，自己所想象之劳动利益，未必即是劳动利益。若亲身加入劳动界中，才知道劳动界的真正甘苦”②。

“五四”运动前后，“知识分子加入劳动界”之风大盛，平民教育演讲团、工读互助团等组织在北京各大学相继建立起来，学生们开始践行师长们提出的“平民主义”思想，这些实践活动因其强烈的乌托邦色彩很快便宣告失败。下面一则平民教育演讲团的报告也许很能说明问题。“今天是星期天，长辛店方面，工场的工人休息，都往北京游逛去了；市面上的善男信女都到福音堂作礼拜去了，剩

①李大钊：《青年与农村》，《李大钊文集》(上)，人民出版社 1984 年版。

②若愚：《学生与劳动》，《晨报副刊》，1919 年 2 月。

下可以听讲的就可想而知。……虽然抓着旗帜开着留声机，加劲的演讲起来，也不过招到几个小孩和妇人罢了。讲不到两个人，他们觉得没有味道，也就渐渐退去。这样一来，我们就不能不'偃旗息鼓'，'宣告闭幕'啦。……到长辛店，一点多钟，到不了五、六人，还是小孩，……土墙的底边，露出几个半身妇人，脸上堆着雪白的粉，两腮和嘴唇又涂着鲜红的胭脂，穿上红绿的古色衣服，把鲜红的嘴张开着，仿佛很惊讶似的，但总不敢前来。"①这是一幅真实的图景，也是"五四"一代知识分子对民众失望的根本原因，什么"劳工神圣"、"平民主义"、"庶民胜利"、"平民文学"、"平民工厂"、"平民银行"……只成了知识分子相互间的事情，民众不仅拒绝了启蒙的声音，同时也以自己的愚昧、冷漠击碎了知识分子心中一厢情愿的"民粹"幻影，使"平民主义"实践处于两难状态。

尽管知识精英与平民大众的关系问题令一些有民粹思想的人们十分伤神，既自恃为启蒙者，肩负"化大众"的义务，又崇拜民众，肩负有与民众为伍的责任，但碍于时代的原因和认识的局限，民粹思想在一些青年学生和部分作家中依然盛行。据罗章龙回忆，学生们在接触工人过程中碰到了所谓的"工学界限"问题，即工人们隐约对学生们怀有若即若离的态度，青年知识分子此时才认识到，他们不仅与现存的权力结构是疏离的，而且也与他们试图依靠的民众是有隔膜的。为了解决这一问题，学生们决心要"与工人们打成一片"，使"学生生活工人化"②。如此，"知识分子与工农兵相结合"的思想又得到进一步强化，"脑力劳动者"逐渐从劳动者行列中分离出来。于是，"平民"概念一步步具体起来，"平民"越来越等同于"劳工"、"农民"，"劳动者"也越来越等同于"做工的人"。

第三节　工农兵文学中的阶级意识与民粹意绪

随着革命形势的变化，一些知识分子为革命激情感召，匆匆略过思想视阈中启蒙使命与民粹理想的矛盾，热心社会运动的同时也在积极寻求文学上的新变，开始向民间和大众靠拢。1924年，郭沫若到宜兴进行了一次社会调查，回来后写作了《水平线下》、《一只手》等反映农民生活疾苦的作品，宣布以后要把头埋到"水平线

①张允侯等编：《五四时期的社团》(二)，三联书店(北京)1979年版，第167页。

②罗章龙：《椿院载记》，东方出版社1989年版，第106页。

下”，多领略受难的人生。到了 1926 年，穿上国民革命军军装的他发表宣言，召唤青年“你们既要矢志为文学家，那你们赶快要把神经的弦索扣紧起来，赶快把时代的精神提起。我希望你们成为一个革命文学家，不希望你们成为一个时代的落伍者。这也并不是在替你们打算，这是在替我们全体的民众打算。彻底的个人的自由，在现在的制度下也是求不到的，……你们要把自己的生活坚实起来，你们要把文艺的主潮认定！你们应该到兵间去、民间去、工厂去、革命的漩涡去”①。接着创造社和太阳社互相支援，认定个人主义的文艺早已过去，继之而起的将是民众的文艺。“旧式的作家因为受旧思想支配，成为个人主义者，因之写出来的作品，也就充分地表现出个人主义的倾向。他们以个人为创造的中心，以个人生活为描写的目标，而忽视了群众的生活，他们心中只知道有个人，而不知道有集体。”②接受“普罗”新文艺思想影响的创造社、太阳社诸人，以革命、集体、民众、阶级、宣传等为主词，一味强调文学的阶级性、平民性、民间性，集中对“五四”文学的科学、民主、自由、独立等思想进行批判和清算，同时也以马克思主义文艺的宣传功效为依据，对鲁迅、茅盾等人进行全面否定，明确提出“革命文学”应具有以下品格：“以工农大众作为对象”、“努力获得阶级意识”、“语言上接近工农大众的用语”③。

关于“革命文学”的工农属性、阶级意识，郭沫若的一段夫子自白很能说明问题，他说：“我们现在所需要的文艺是站在第四阶级说话的文艺，这种文艺在形式上是写实主义的，在内容上是社会主义的。除此以外的文艺都是过去了的。包括帝王宗教思想的古典主义，主张个人主义自由主义的浪漫主义，都已过去了。”④什么启蒙主义、个人主义、自由主义、浪漫主义，都纷纷在进化论的时间战车下“过去”了，剩下的只有写实主义、平民主义。借助马克思主义在俄国的成功实践，怀着对无产阶级艺术的虔诚向往，创造社、太阳社和一些早期的共产党人开始宣称告别“五四”，实现“文学上的方向转换”——由启蒙民众到民众崇拜⑤。钱杏邨曾为蒋光慈的创作转变作过阐释：“蒋光慈是与民众一体的，他绝对未曾想过自己会超越群众之上；他所写的诗都是与时事有关系的，我们也可以说，他的诗都是‘定’做的——社会群众有什么需要的时候，他就提

①郭沫若：《革命与文学》，《创造月刊》第 1 卷第 3 期，1926 年 4 月。

②蒋光慈：《关于革命文学》，《太阳月刊》第 2 期，1928 年 2 月。

③成仿吾：《从文学革命到革命文学》，《创造月刊》第 1 卷第 1 期，1928 年 2 月。

④郭沫若：《文艺家的觉悟》，《洪水》第 2 卷第 16 期，1926 年 5 月。

⑤冯乃超：《艺术与社会实践》，《文化批判》第 1 卷 1 号，1928 年 1 月。

起笔来写什么东西。他提笔做诗，也就如同农夫拿起铁锹来挖地，铁匠拿起锤来打铁一样，是有一个实际的目的。”①这里，文学创作和生活实践几乎是等同的，两者之间不需要经过任何中介。阶级意识与民粹思想是作家创作的最初动因，也是最终目的。

除了创作实践的转向之外，为了表明作家阶级意识的觉醒，“五四”启蒙文学先驱将不得不直面“阶级斗争”对整个社会以及其中每一个个体带来巨大冲击的严峻现实，他们发现自己必须选择一个真正属于未来的社会集团，一经为这个集团接纳，他们就不再是这个社会的“边缘人”或“流放者”，他们有了自己阶级的敌人和朋友，从而回到了这个社会并获得了认同。他们从“叛逆者”变成了“革命者”，从“人的解放”的鼓吹者变成了“阶级解放”的信仰者和实践者。共同的道路、相近的身份，吸引着众多的知识分子投身革命，融入群众，在阶级的怀抱里，在民众的呵护下，他们找到了阶级归属——成为民众的一员。但历史的发展与逻辑的发展往往并不一致，阶级归属的解决并不意味着精神世界问题的解决，现实世界的全部复杂性远远超出作家们的想象。

“革命文学”倡导以后，必然会致力于自身建设，其中之一就是文艺大众化。文艺大众化原本是启蒙文学悬而未决的问题，本义是通过“化大众”工作的开展，让民众摆脱愚昧，走向自觉、自立。“革命文学”对其做了重新诠释与限定，目标指向是革命文艺怎样深入群众，成为集体艺术，为现实的革命斗争服务，而不是延续“五四”启蒙文学“化大众”的个体主义。随着革命局势的吃紧和争论的深入，革命文学在功利化、口语化、客体化的道路上越走越远，偏离了“五四”文学的个性主义，而走向了集体主义，即文学如何满足大众需要，由大众自己来抒写文艺作品，知识分子处于被客体化的缺席状态。

文艺大众化的第一次讨论是在1930年春，问题集中在“为什么文艺要大众化”。冯乃超认为，既然文艺战线是阶级斗争的一部分，那么大众化“就是无产文艺的通俗化”，为此，“这不能不要求我们的作家在群众生活中认识他们（工农兵）的生活，也只有这样才能够具体的表现出来”②。在此基础上，郑伯奇对作家身份提出了要求，“大众文学作家，应该是大众中间出身的”③。为了使文学真正成为民众的文学，郭沫若说，大众文艺“通俗到不成文艺都可以

①钱杏邨：《蒋光慈与革命文学》，《现代中国文学作家》，泰东图书局1928年版。

②冯乃超：《大众化的问题》，《大众文艺》第2卷第3期，1930年3月。

③郑伯奇：《关于文学大众化的问题》，《大众文艺》第2卷第3期，1930年3月。

你不要丢开大众,你不要丢开无产大众”。革命的需要,使郭沫若偏颇地将“革命文学”的大众化推向了极致,通俗到类同于民众振臂一呼的标语、口号。

文艺大众化的第二次讨论是在1932年初,这次讨论的重心是“文艺怎样做到大众化”,涉及语言、形式、体裁、内容等多个方面。对于大众文艺的形式、体裁问题,比较一致的看法是利用旧形式并加以改造,“采用国际普罗文学的新的大众形式”,如报告文学、朗诵诗、街头剧。对于内容,瞿秋白主张,“普罗作家写工人民众和一切题材,都要从无产阶级观点去反映现实的人生,社会关系,社会斗争”,文学青年应该到群众中间去学习,“观察,了解,体验那工人和贫民的生活和斗争,真正能够同着他们一块儿感受到另外一个天地”①。周扬认为主要任务应该是描写大众的斗争生活,而且作家应该是“实际斗争的积极参加者”②。就这样,丰富的生活被简化为单一的阶级斗争,作家的主体存在也被工农大众所同化,写作就是作者走向群众、参加斗争的实践过程,革命的需要、现实斗争的需要则成为文学创作的“元话语”。

此后,抗战时期的“文章下乡、文章入伍”运动,解放区、国统区的“民族形式”讨论,以及1942年开始的延安文艺界整风,都不同程度地走了一条与工农兵相结合的“同化”之路。现实斗争的需要一再迫使文学不能不迁就和适应大众的要求,文学的民间化不仅表现在朗诵诗、快板诗、枪杆诗、街头剧、说书、弹词、小调的大量涌现,而且表现在民族形式、思想改造等深层次问题上。

“与工农相结合”是“革命文学”建设的又一内容,而且是至关重要的一步,同时也是文艺大众化讨论的自然延伸。革命文学兴起之际,成仿吾就高呼作家要“克服自己的小资产阶级的根性,把你的背对向那将被‘奥伏赫变’的阶级,开步走,向那龌龊的工农大众”③,又一次呼吁知识分子与工农兵相结合。文艺大众化讨论中,倡导者们为了实现“向大众飞跃”的愿望,认为革命的先锋队不应该离开群众的队伍,而自己单独去成就什么“英雄的高尚的事业”。为什么只应该提高群众的程度来欣赏艺术,而不应当降低艺术的程度去迁就群众,——这类话是‘大文学家’的妄自尊大!”④革命高于一切,文学家不可孤芳自赏、凌空蹈虚,去启蒙民众,当大众的老

①瞿秋白:《论文学的大众化》,《文学月报》第1卷第1期,1932年6月。

②起应(周扬):《关于文学大众化》,《北斗》第2卷第3期,1932年7月。

③成仿吾:《从文学革命到革命文学》,《创造月刊》第1卷第1期,1928年2月。另“奥伏赫变”为德文“Aufheben”的音译,意译为“扬弃”。

④瞿秋白:《大众文艺的问题》,《文学月报》第1卷第1期,1932年6月。

师，而应当来自群众，服务群众。讨论中，虽然也有鲁迅、郑伯奇这样的清醒者，既反对文艺只是少数人才能够鉴赏的，也不赞同“迎合和媚俗”大众①，认为文艺大众化的第一重困难在于大众自己，因为他们还缺乏接受文艺作品的基本条件②。但意见刚一发表就受到激烈的批评，被指斥为“还没有决心走进工人阶级的队伍，还自己以为是大众的教师，而根本不肯向大众学习，企图站在大众之上去教训大众”，“这种脱离群众、蔑视群众的病根必须完全铲除”③。

肩负启蒙大众使命的知识分子从这时起便不能够理直气壮地“站在大众头上教训大众”，而是要积极向大众靠近，去表现他们的思想感情和心理活动。既然“启蒙”已经远去，个体本位面临失地，那么主体身份的归宿便显得尤其重要。为了摆脱“上不着天，下不临地”的悬置状态，他们放弃启蒙的话语批判权，主动向工农大众认同。1936 年，丁玲出狱奔赴延安，中央宣传部特地举行欢迎宴会，周恩来、张闻天等人出席，丁玲被邀请坐在首席，她“被温暖抚慰着，被幸福浸泡着，心里只有一个念头：到家了，真的到家了。她无所顾忌，激情满怀地讲了话，讲了自己在南京的一段生活，倾诉自己的痛苦与向往。象一个远游归家的孩子，向父母亲昵地饶舌”④。到家的幸福感充溢着丁玲心田，1931 年，在上海入党时曾宣誓“要当一颗革命螺丝钉”的丁玲，终于投身到革命的大本营，这怎能不令她激动不已呢！当毛泽东问她想做什么事情时，丁玲不假思索地回答：到前线，当红军。何其芳到延安两个月后诚恳地说，他对延安“充满了印象”，“充满了感动”，他印象最深，最受感动的就是“自由的空气。宽大的空气。快活的空气”⑤。在这样一种乐观的心态下，何其芳写下了《我为少男少女们歌唱》、《生活是多么广阔》等歌颂新生活的诗作。诗中他动情地歌唱，“生活是多么广阔，生活是海洋。凡是有生活的地方就有快乐和宝藏”。“我重新变得年轻了，我的血流得很快，对于生活我又充满了梦想，充满了希望。”新生活呼唤诗人“去参加歌咏队，去演戏，去建设铁路”。几乎叫人难以置信，这些欢快明丽的诗句竟出自曾经写下小资产阶级迷茫低沉情调的《画梦录》的作者之手，竟产生在战火正熊熊燃烧着的中国大地上。这些感受确实表达了他们由衷的欣慰，他们从内心深处体验到了找到阶级归属的快乐。这快乐是否定“

①鲁迅：《文艺的大众化》，《大众文艺》第 2 卷第 3 期，1930 年 3 月。

②郑伯奇：《关于文学大众化问题》，《大众文艺》第 2 卷第 3 期，1930 年 3 月。

③瞿秋白：《“我们”是谁》，《文学月报》第 1 卷第 2 期，1932 年 8 月。

④陈徽主编：《毛泽东与文化名流》，中国社会科学出版社 1993 年版，第 2 页。

⑤何其芳：《何其芳选集》第 1 卷，四川人民出版社 1979 年版，第 242 页。

我”、与工农兵朝夕相处过程中身份同化带来的,是解放区自由的空气、火热的生活赋予的。

此后,为了跟上时代步伐,适应社会发展的要求,知识分子在民粹化道路上不断地向民众学习,进行思想改造。从这时起,知识分子的心态发生了很大转变,他们既失去了启蒙民众、教化天下的精神指向,也失去了“五四”时代“个人主义”离经叛道的气质。在党的需要与召唤下,知识分子努力成为人民大众的学生。40 年代末期张申府提出“反哺论”,认为“一个知识分子,倘使真不受迷惑,真不忘本,真懂得孝道,对于人民,对于劳苦无知者,只有饮水思源,只有反哺一道”①。于此,我们看到,民粹倾向已经成为一种思想态度,它与主流意识形态倡导的阶级意识相契合,从而表现为作家与工农兵相结合的潮流。于是,凡是在创作上体现了大众化并取得突出成就的作家,总会受到主流意识形态的肯定与表彰,而且他们也经过“下乡”锻炼等方式,思想上已经与工农取得一致。赵树理的创作确实有他的独特之处,浓郁的生活气息、朴实的语言和清新健朗的人物形象,让读者有耳目一新之感,但赵树理最初被肯定主要因为他是“一位具有新颖独创的大众风格的人民艺术家”②。经典文本《小二黑结婚》中,“大众风格”不仅表现在广为民众接受的婚恋题材上,而且也表现在“才子佳人”的传统人物模式上,不同的是:温馨普通的农家小院取代了豪门贵族的深深庭院,活泼向上的乡村青年取代了情义缠绵的相公小姐。

赵树理的成功示范以及对作家思想改造和大众风格的反复强调,使大多数文学工作者在审美追求上不断倾向于民众趣味。艺术表现上,他们积极地寻找和挖掘民间形式,让活跃于民间的群众语言“浮出历史的地表”,承载起宣传、普及、教育等多种功能。思想情感上,他们从民众中汲取“新”的道德资源,用民众干净健康的思想改造知识分子的小资产阶级思想。这是问题的一体两面,艺术上要求大众化,思想上必然要求工农化。关于此,丁玲在第一次文代会上的专题发言《从群众中来,到群众中去》是很有意味的。1936 年以后,有了“回家”感受的丁玲思想上虽然还时有偏离,写出《我在霞村的时候》、《医院中》、《三八节有感》等富有个人主义和启蒙色彩的作品,但延安期间的下乡锻炼和其后的思想改造,使她深

①张申府:《知识分子与新的文明》,《中国建设》第 6 卷第 5 期。

②周扬:《论赵树理的创作》,《解放日报》1946 年 8 月 26 日。

切认识到工农的可亲可敬。她指出，“在现实生活中，在与广大群众生活中，在与群众一起战斗中，改造自己，洗刷一切过去属于个人的情绪，而富有群众的生活知识、斗争知识和集体主义感情，并且试图来表现那些已经体验到的东西”。她认为解放区的文艺在这方面取得了很大成绩，但还远远不够，“文艺工作者还需要将自己丢弃过的或准备丢弃、必须丢弃的小资产阶级的、一切属于个人主义的肮脏东西，丢得更干净更彻底，而将已经取得的初步的改造的成果，以群众为主体，以群众利益去衡量是非，冷静的从执行政策中去处理问题的观点，以及一切为群众服务的品质，巩固起来，扩大开去，务必使自己称得起毛主席的信徒，千真不假的做一个人民的文艺工作者”①。尽管“信徒”一词过于直白、露骨，但道出的却是知识分子们甘愿做“群众的小学生”的真切心愿。

从文艺政策的角度看文学的大众化、作家的工农化是普及与提高的关系问题，但从文学的生产过程来看显然要复杂得多。它不仅要求表现对象是工农兵火热的斗争生活，人物形象是普通的劳动大众和各行各业的英雄模范，而且要求表现形式是工农大众喜闻乐见、广泛流传于民间的故事体、戏剧体，更重要的是它还直接涉及创作主体以何种视角和情感方式去从事艺术生产。“五四”新文学以人的解放为目标，致力于个体的觉醒、国民性的批判显然是不行的，更不要说那些率真的性的苦闷、爱的渴求、生的烦恼以及现代主义的精神困惑。文学大众化要求作家抛弃小资产阶级情调，自觉站在工农大众一边，做工农的忠实代言人，但工农是个集合概念，“工农”无法要求作家为他们代言，于是，中心话语作为工农利益的体现者，便代表工农对作家提出要求，要求作家在新的时代反映工农的新生活、新风貌和新道德。作家主体的个性特征被忽略，他们只能以赞歌式的笔触去描绘生活、美化生活。

诗人闻捷的成名作是组诗《吐鲁番情歌》，1958 年收入以《天山牧歌》命名的诗集。“序诗”中，闻捷表达了他是如何按照时代的要求，努力与工农群众打成一片的，“白天我和年轻人一起劳动，领受红漆盘托出的羊肉抓饭。月夜我听老人弹唱古今，铺一席绿草，一块远天”。美丽的草原、亲切的牧民、传唱不息的古今故事……这一切至今仍令作者久久不能忘怀，以一种愉悦的心情叙述他

①丁玲：《从群众中来，到群众中去》，《中华全国文学艺术工作者代表大会纪念文集》，新华书店发行 1977 年版。

思想到艺术向人民大众学习的经历。这里,不存在任何个人话语的表达愿望,它抒发的感情和对生活的描写并没有超出中心话语对生活的理解与概括,在闻捷的眼里,解放不久的新疆就实现了"人们的幸福永远注不满","人们的满怀欣喜长流不断",处处都是"喷出珍珠的源泉"。这美好的一切都在诗歌镜像中映出,但这镜中之像是否真实,作者并无质询的自觉。身在牧民中的他欣喜都来不及,怎么会质询其真实性呢?他为自己笔下的景象深深感动,面对牧民、面对新生活,除了歌唱,就剩下感叹了,"可是我这双笨拙的手啊,只摘下参天杨的绿叶一片"①。在吐鲁番,年轻人的爱情高尚纯真;在果子沟,生活美景有如人间天上;在博斯腾湖滨,牧民的创举感天动地。总之,生活中的一切都被诗意化、神圣化。

"吐鲁番情歌"中有一首《种瓜姑娘》,诗作清新流畅,种瓜姑娘枣尔汗美丽勤劳,"年轻人走过她的身旁,都用甜蜜的嗓子来歌唱,把胸中燃烧的爱情,倾吐给亲爱的姑娘"。但枣尔汗自有择偶的标准:"充满爱情的歌谁不会唱,歌声在天山南北飞翔,枣尔汗唱出一首短歌,年轻人听了脸红脖子涨——'枣尔汗愿意满足你的愿望,感谢你火样激情的歌唱,可是要我嫁给你吗?你衣襟上少着一枚奖章'。"从解放区到新疆,从乡村到工厂,青年男女无一例外地爱上英雄模范和劳动榜样。探究原因,固然与主流话语的宣传有关,但作家心态的工农化也为爱情标准——劳动光荣——定下了基调。青年女性讲述的并不是内心隐秘的个人情感欲望,而是时代倡导的公共性情感向往。

第四节　知识分子的角色转换与话语生产

民众崇拜作为一种精神向往所表现出来的作家主体意识缺失、艺术水平低下等问题是显而易见的,但是,如果考虑到中国的现实处境和知识分子的情感需求,这一文学精神能够不断承传又具有历史的某种合理性。首先,在新民主主义革命的整个过程中,工农大众毫无疑问是革命的主要力量,虽然革命的发起者、领导者多为知识分子,但清醒的革命家都能认识到革命所必须依靠的是工农大众,没有他们的积极参与就不可能有革命的最终胜利。其

① 闻捷:《天山牧歌》,人民出版社1958年版,第3页。

次，革命队伍中知识分子与工农大众之间存在着种种差别和矛盾，如何调处两者之间关系的确是一个很复杂的问题。在革命形势由城市转向农村之后，工农兵的重要性进一步凸显。为了保护工农大众的革命热情，激发他们参战、备战的决心，在指导思想上必然会适度地抑制知识分子而迁就大众，宣传战线尤其如此。无论就革命队伍的数量构成，还是对敌作战的勇猛刚烈，与工农大众相比、知识分子都处于明显劣势。何况武装斗争是那么迫切，改变国民的落后性，进程缓慢不说，而且在当时严峻的革命形势下，进行鲁迅式的国民性批判也是做不到的，倒是郭沫若的“不是我，而是我们”的诗人式呐喊最容易成为时代的主调。在抗战这场如此紧迫、艰苦、你死我活的民族大搏斗中，它要求于文学和作家的不是自由、民主等启蒙宣言，也不会鼓励个人自由、人格尊严等思想在话语空间里发展，相反，它突出强调的是一切服从抗战，一切服从民族救亡的集体力量。立足于此，我们说让知识分子去迁就大众，实现角色转换，既是革命的功利主义需要，也是历史的一种无奈选择，尽管其中有太多的付出与沉重。

但是，知识分子的工农化毕竟充满着矛盾和内心纠缠。一方面，他们为这种身份认同感所吸引，有一种找到“家”的归属感，不然就无法解释为什么有那么多知识青年放弃优裕的城市生活，历尽千辛万苦奔赴延安，为什么有那么多知识分子口口声声宣称，与工农们在一起，心灵得到了净化。另一方面，走向民众与工农相结合是当时主流意识形态的一种需要，不容拒绝。于是，这又与知识分子热衷于以想象的方式设计社会，而不愿以投身的方式亲临实践的人生方式构成了矛盾。由此，在中国现代文学史上便衍生出一系列悬而未决的问题，如知识分子怎样与工农结合？身份转化的临界点在哪里？思想立场上的身份同化与文本实践中的自我回归两者能否一致？思想改造到何种程度才算完成？这些在主流话语那里通过小组学习、思想汇报、下乡锻炼、批评与自我批评等方式已经解决的问题，一旦面临创作实践又卷土重来，重新成为“问题”，以至酿成不断重临起点的话题循环，有的甚至被送上政治运动的前台，背上“资产阶级文艺黑线”成员的罪名。《青春之歌》是一部正面表现知识分子投身革命并且实现个体价值的作品，它出版以后好评如潮，但仍有人撰文批评，说林道静“没有完全按照党指出的改造道路走，她走的是这样一条道路，没有认真地与工农群众相结合，而只是和个别的进步的知识分子党员接触，没有很好地到群众斗争中去锻炼”①。茅盾也指出：“让林道静实行了和工农结合，那自然更好。”②为了达到时代期许的高度，作家杨沫在讨论、批评的当年便对小说进行了重新修改，增加了林道静与农民相结合的章节，而今天看来，这一修改几近失败。

与此形成鲜明对比的是那些表达了知识分子痛苦犹疑和矛盾的作品，因为真实而更能感动人心。路翎在小说《财主的儿女们》中，塑造了一个渴望投身革命、内心又充满悲苦的个人主义者形象——蒋纯祖，他经历了动荡年代的兵荒马乱，也经历了精神上的艰难求索，他对上层社会和市井人家充满蔑视，也与出身民众的士兵格格不入，他内心充满痛苦，最后一事无成地死去了。小说中，路翎真实地记录下这一切。他说：“我希望人们在批评蒋纯祖的缺点，憎恨他的罪恶的时候记住：他是因忠实和勇敢而致悲惨，并且是高贵的。他所看见的那个目标，正是我们中间的多数人因凭无辜的教条和劳碌于微小的打算而失去的。”③对于这样一个有着复杂性格特征的人物，胡风给予了高度评价，他说：“走向未来，当然有种种的路，那里当然有直线推进的路，但直线推进的路并不能变为对于此时此地的负担的逃避，而蒋纯祖的性格不是这样的幸运儿。他得承受更大的痛苦，更大的搏斗，从他的搏斗里面展示出更深广的历史意义。一个蒋纯祖的倒毙启示了锻炼了无数的蒋纯祖。”④但是，时代对作家的要求并不是他们如何真实地、艺术地传达心灵深处真实的声音，而是要无条件地投入工农大众的怀抱并愉快地接受思想改造。因此，蒋纯祖这样有着丰富内涵的人物形象就只能“委屈”地戴上小资产阶级知识分子的帽子，成为一个落伍者典型。

事实上，知识分子启蒙角色与主流话语之间的错位早在20年代郭沫若、成仿吾、蒋光慈、冯乃超等创造社、太阳社成员提出“革命文学”口号，高喊要做“工农大众的留声机”时就表现了出来。杂文《路》中，鲁迅用反讽的笔法记录下这一切。他说：“上海的文界今年是恭迎无产阶级文学使者，沸沸扬扬，说是要来了。问问黄包

①郭开：《就〈青春之歌〉谈文艺创作和批评中的几个原则问题》，《中国青年》1959年第4期。

②茅盾：《怎样评价〈青春之歌〉》，《中国青年》1959年第4期。

③路翎：《财主的儿女们·题记》，人民出版社1985年版。

④胡风：《财主的儿女们·序》，人民出版社1985年版。

车夫，车夫说并未派遣。这车夫的本阶级意识形态不行，早被别阶级弄歪曲了罢。另外有人把握着，但不一定是工人。于是只好在大屋子里寻，在客店里寻，在洋人家里寻，在书铺子里寻，在咖啡馆里寻……”① 自然，洋人家里、咖啡馆里是“寻不出”真正的无产阶级思想的，因为鲁迅相信从血管里流出来的是血，从水管里流出来的是水，创造社、太阳社诸人血管里流出来的并不是无产阶级的血，充其量也只能勉强称之为表现了无产阶级的革命意识。就中国社会现实而言，工农大众远没有能力在文坛上建立自己的话语空间，所谓大众话语多是知识分子走向大众、走向民间而代其“立言”的。

为了代大众立言，知识分子就必须放下架子，深入生活，与工农大众同甘苦、共命运，真切地体会大众的思想感情，甚至是学习他们的语言，这一过程用专业术语表述就是“改造”。从文艺大众化讨论开始，反复强调的就是这一点。且不说这种改造正确与否，也不说知识分子愿意不愿意真正接受改造，即便是真正愿意改造，要改造好也绝非易事。因为改造的艰难性，创作中时常出现两个自我：一个是代表工农大众的自我，一个是知识分子的真实的自我。因改造力度的强化，真实的自我常常处于抑制的状态，但有些时候它也会顽强地逃逸出来。丁玲的创作就是一个典型的例子，参加左联后，她写出了《水》、《田家冲》、《夜会》、《消息》等表现工农生活的作品，受到冯雪峰等人的高度赞扬，称丁玲已经从自我小天地走向社会大舞台，从个人主义走向了工农大众②。但是时隔不久，她又写出了《我在霞村的时候》、《在医院中》、《三八节有感》等有着极强个人主义色彩的作品，并由此受到批评，只能再一次虚心向工农大众学习，克服自己的小资产阶级立场和观点。

当“做农民的小学生”成为一种普遍的要求，当“看一个青年是不是革命的，只有一个标准，这就是看他愿意不愿意，并且实行不实行和工农群众结合在一块”成为一种行之有效的改造方式的时候，留给知识分子的就只有一条路径——“改造好”，丁玲、何其芳、萧军、夏衍、田汉、杨沫、艾青、老舍、巴金等都曾多次走上“结合”之路，接受思想改造。本来，知识分子与工农的结合是在革命实践中自然发生的，不必借助外力使然，其终极指向是脑力劳动与体力劳动差别的消除。这一过程是漫长的，实现的前提是生产力高度发

①鲁迅：《路》，《鲁迅杂文全集》，河南文艺出版社 1994 年版，第 342 页。

②何丹仁（冯雪峰）：《关于新的小说的诞生》，《丁玲研究资料》，天津人民出版社 1985 年版。

展，人类物质生活极大丰富，在此之前，作为脑力劳动者的知识分子与作为体力劳动者的工农大众之间的差别不可能完全消失，所谓的结合成为一体只是压制“自我”，假定它已经消失的虚幻影像。于此，我们说，只要“自我”还依然存在，思想改造的反复是不可避免的，丁玲、萧军、胡风等人延安时期和新中国成立以后的多次遭到批判即是明证。在知识分子思想改造过程中，只要主体性的东西有所流露，显示出与工农大众的不同，主流话语就会出面干涉，将其定性为“资产阶级、小资产阶级独立思想”之顽强作梗，轻者批判，重者入狱，许多优秀的文艺作品因此被指认为“毒草”。思想改造进程中这种“自我”与“他我”的二重人格分裂，使得整风、下乡、干校等工农化运动接连不断，或者倒过来说，一定时期主流话语的生产方式决定了思想改造是一个长期的过程，它涉及宣传战线的主导地位等问题。

就主流话语对知识分子的“思想改造”而言，还有一个问题是无法回避的，那就是知识分子作家即便是深入生活，设身处地去体会工农大众的思想感情，成功地写出了思想上无产阶级化、艺术上民间化的文学作品，也仍然是不够的。这里，我们又一次提到实践“工农兵方向”的代表作家赵树理，《小二黑结婚》作为革命大众文艺范式，经党内各级文艺领导周扬、冯牧、陈荒煤、邵荃麟、林默涵等人的广泛阐发和介绍，迅速传遍中国，并涌现出贺敬之、丁毅主笔的《白毛女》、李季的《王贵与李香香》、阮章竞的《漳河水》、马烽、西戎的《吕梁英雄传》、孔厥、袁静的《新儿女英雄传》等表现解放区新人、新生活、新气象的优秀作品，赵树理也因此获得了当年边区政府授予的唯一的文教作品特等奖。新中国成立后，赵树理开创的革命大众文艺范式理所当然地成为当代文学的典范，革命化、大众化、故事化更是成为五六十年代作家的共同追求，杜鹏程的《保卫延安》、吴强的《红日》、梁斌的《红旗谱》、罗广斌、杨益言的《红岩》、曲波的《林海雪原》、柳青的《创业史》等作品都秉承了赵树理小说的“新人”主题、民族化形式等传统。但富有戏剧性意义的是，当年贯彻毛泽东文艺路线树立起来的“赵树理方向”，居然在“文化大革命”中被打倒！什么原因？并不是因为作家没有深入生活和获得大众的思想感情，而是恰恰因为深刻地表现了生活中的真实和体验——不仅笔下的农村新人小二黑、小芹远没有老一辈农民二诸葛、三仙姑鲜活可爱，而且因为塑造了“小腿疼”和“吃不饱”两个落后农民形象，有歪曲社会主义新人嫌疑。“文革”中，赵树理被上纲上线为“反革命修正主义黑干将”，惨遭迫害。

这种情形既反映了知识分子话语与民间话语以及主流话语之间的复杂关系，而且也说明大众话语是很难把握的。我们当然可以指责主流话语以自己的声音代替大众而扼杀真正的大众声音，但是大众本身的庞杂和模糊也使它在把握上存在很大的虚幻性，很容易忽视农民作为小生产者的落后、狭隘和愚昧等性格特征。一个作家可以在深入生活过程中体验一个工人或一群工人的思想感情，可是又有什么实证材料来论证它符合大众的思想感情？这种情况下，就只有服从于权威，这就导致了创作主体人格的多重分裂，进而衍生出改造运动的持续不断。

当然，个人话语与工农大众话语的关系并不是完全对立的。《小二黑结婚》、《荷花淀》、《红旗谱》、《百合花》等表现工农大众生活的作品，因为做到了作家“自我”与工农大众的有机统一，从而成为中国现当代文学史上的佳作。不过，它也启示我们，文学的生命在于真实的自我呈示，作家无论是自愿还是被迫，放弃自己的生活而去体验别人的生活，放弃自己的话语而去操作别人的话语，都难以取得真正成功，它带给文学的只能是伤害。

第五章

集体主义对个体经验的征询

第一节　新生活、新人物、新秩序的君临

从解放区文学到新中国文学，工农兵“新人”一直活跃在文坛前台，扮演着新生活主人的角色。“新人”塑造在服务“新生活”现实需要的同时，也为文学创作确定了一条人物标准——工农兵，由此，作家队伍构成也被划分为工农兵型和知识分子型两大阵营。这种工农兵型作家“中心”、知识分子型作家“边缘”的文艺新秩序早在解放区文学中就已初露端倪，但它真正成型并左右整个文艺界则是在新中国文学中，尤其是“十七年文学”和“文革”文学。

这里，“新生活”是相对于土地革命前受剥削、受压迫、没有自主权的旧生活而言，在解放区，它表现为发动群众，开展土地革命，实现“耕者有其田”的社会理想，确立工农政治上翻身、经济上改善、文化上提高的主人翁地位。过上“新生活”的根据地人民意气奋发，革命热情高涨，在争得拥有土地的经济权同时，也要求文学艺术来为他们代言，反映他们的思想感情，把他们作为推动历史前进的主人公来描绘。《在延安文艺座谈会上的讲话》的发表不仅使工农兵的这种文艺要求合法化，而且也为工农大众的集体主义文学定下了基调——“我们要战胜敌人，首先要依靠手里拿枪的军队，但是仅仅有这支军队是不够的，我们还要有文化的军队，这是团结自己，战胜敌人必不可少的一支军队”。把文化、文学视为军队、武器，这不仅仅是一个军事家的职业习惯，也是出于鼓舞民众、教育民众、建立统一战线的政治需要。面对新的服务对象，文艺工作的首要任务是普及，是使他们具有最基本的艺术欣赏能力。“现在工农兵面前的问题，是他们正在和敌人作残酷的流血斗争，而他们由于长期的封建阶级和资产阶级的统治，不识字，无文化，所以

他们迫切要求一个普遍的启蒙运动，迫切要求得到他们所急需的和容易接受的文化知识和文艺作品……对于他们，第一步需要还不是‘锦上添花’，而是‘雪中送炭’。”①“迫切”说明工农兵接受文艺、教育的热情之高，“雪中送炭”反映文艺、教育之于工农兵的可贵与及时，这既是革命斗争的现实需要，也是新生活的必然要求。

为新生活感召，工农大众的民主意识空前自觉，翻身解放的主人公精神和积极投身革命斗争的热情写在每一个解放区民众的脸上，并化作源泉与动力，催生出一大批反映工农兵新生活的文艺作品，何其芳的《生活是多么广阔》、艾青的《黎明的通知》、赵树理的《小二黑结婚》、康濯的《我的两家房东》、马烽、西戎的《吕梁英雄传》、孔厥、袁静的《新儿女英雄传》、贺敬之、丁毅的《白毛女》、李季的《王贵与李香香》、阮章竞的《漳河水》等都不约而同地把目光投向工农大众。这些作品围绕土地改革、移风易俗、政权建设、对敌斗争等中心事件，全方位地表现了解放区人民的新生活、新风貌、新气象。其中，尤以婚姻恋爱题材与革命斗争题材为盛。

以婚姻恋爱为题材的作品，因为展现的是一幅安宁祥和、男耕女织的田园风光，契合了千百年来工农大众对“耕者有其田”、“黄发垂髫，并怡然自乐”自由生活的向往，深为解放区人民所喜爱。从赵树理的《小二黑结婚》到王雁的《刘巧儿》再到李季的《王贵与李香香》，不仅取材相近，而且故事结构、人物设置、矛盾冲突等都极其相似，巧儿的那段表露心迹的唱词基本上就是小芹那段《清粼粼的水来蓝格莹莹的天》的重复与翻版，“巧儿我自幼许配赵家，我跟柱儿不认识怎能够嫁他？我叫我的爹跟他把亲退，这一回我可要自己找婆家。在那次劳模会上我爱上人一个，他的名字叫赵振华，都选他做模范，人人都把他夸。从那天看见他我心里就放不下，因此我偷偷地爱上了他。但愿得这个年轻人也能把我爱，过了门，他劳动，我生产，又织布纺棉花，学文化，他帮助我，我帮助他，做一对模范夫妻立业成家”②。整个画面呈现的是一派明丽的前现代生活景象，单纯的女性、富有民歌风格的抒情笔调、互帮互助的夫妻恩爱，极大地满足了工农大众对男耕女织太平生活的想象。稍显不同的是，赵振华、小二黑是民主政权下成长起来的劳动模范，作为新时代的独立女性代表，巧儿和小芹爱上他们，自由恋爱

①毛泽东：《毛泽东选集》第3卷，人民出版社1991年版，第869页。

②王雁改编：《刘巧儿》，中国戏剧出版社1963年版。

起了主导作用。但不可否认的是,她们心仪已久的是小伙子们胸前的那枚奖章,是奖章的隐喻所指——英雄、才子。因此,我们说,这类作品在“才子佳人”、“英雄美女”结构模式上,符合了解放区工农大众的接受习惯,满足了青年男女倾心相爱的想象性建构。

以革命斗争为题材的作品,在抒写国内革命战争和抗日战争、弘扬英雄主义的同时,也洋溢着翻身解放的喜悦。一方面战争改变了人们的生活轨迹,实现了农民分田、分地、分物的愿望,土改运动前农民郁积多年的仇恨感来了个集中爆发。另一方面家国兴亡的责任感也激励着工农大众积极参战、备战、援战,巩固土改成果,赢得国家独立,并跨越式地实现从农民到主人再到英雄的身份提升。《吕梁英雄传》中的武得民、雷石柱,《新儿女英雄传》中的牛大水、杨小梅,《铜墙铁壁》中的石得富、金树旺,《荷花淀》中的水生、水生嫂,他们在中国共产党引领下,由贫弱农民成长为坚强的革命战士,有的甚至在战斗中建立了深厚的感情,结为终身伴侣。作家孔厥、袁静用群众送给杨小梅、牛大水的结婚喜联,直白地道出了《新儿女英雄传》的主题:“新人儿推倒旧制度,旧伴侣结成新夫妇”、“打日本才算好儿女,救中国方是真英雄”。与婚恋题材相比,这类小说以回肠荡气的英雄气概、丝丝入扣的情节脉络、传奇般的人物经历见长,作家把源自火热生活的激情宣泄了出来,读者也把心中潜在的创造历史的要求对象化到武得民、雷石柱、牛大水、杨小梅等英雄人物身上。

阅读解放区文学,我们不仅能真切地感受到新生活的扑面气息,而且也目睹了新人成长的全过程。在婚姻恋爱、移风易俗、土改运动、革命战争等多种题材中,我们首先看到的是“新生活”与“新小说”联手对女性命运的改写。无论是小芹、巧儿,还是李香香、水生嫂,她们都不再是哀怨缠绵、命运任人主宰的传统妇女形象,不再听命于媒妁之言、父母之命,而是婚恋自由、热情奔放的生命主体。即使是与异性青年一见钟情,也摆脱了“待月西厢下”、“茶饭不思量”的闺帏怨情,而是积极主动地去争取爱情,充分显现了解放区新女性的独立精神和自我意识。女性命运的“改写”不仅调动了工农大众的个人想象力与对未来婚姻的憧憬,而且成为现实生活中青年人的婚姻范本,尤其是女性青年,她们会自觉或不自觉地在小芹、巧儿、李香香等具有传奇色彩的爱情经历中寄寓个人的内心向往，同时也从精神上追求新政权诞生时代的青春气息。此后，小芹、巧儿、李香香、杨小梅等新女性便一直活跃在各种戏曲舞台上，为观众们所传诵，直至被罩上一层神圣的"新人"光环。从《小二黑结婚》中的小芹到歌剧《刘胡兰》中的刘胡兰、《红珊瑚》中的珊妹、《江姐》中的江姐、《洪湖赤卫队》中的韩英，再到《沙家浜》中的阿庆嫂、《红灯记》中的李铁梅、《红色娘子军》中的吴琼花等，这些乡村女性都在新人因素的映照下，实现了由"娇弱小花"成长为"参天大树"的愿望。其次是男性人物英雄化的战争需要与道义承担。中国现代史战火不断，军阀战争、国内革命战争、抗日战争、解放战争……每次战争的主体都是工农大众，工农大众中又以男性为主。虽然历来就有"战争让女人走开"这一说法，但是面对灾难深重的国度，刘胡兰、江姐、韩英、李铁梅、吴琼花们并没有走开，而是义无反顾地留下来，与男性们并肩战斗，书写她们作为"新女性"的华美乐章。不过，它毕竟道出了战争的某些真谛——战争选择了男人，战争属于男人，并铸就了他们的英雄品格，远的如古希腊的阿卡琉斯、奥赛罗，中国古代的黄帝、蚩尤，近的如葛云飞、邓世昌等。解放区严酷的战争环境注定作家笔下的男性人物牛大水、刘双喜、石得富、金树旺等非英雄莫属，这是战争本质使然。至于道义承担，主要是指男性人物身世的苦大仇深、战斗的勇往直前、人格操守的纯净高标。经过作家一定程度的提纯和抽取，他们的情感世界趋于明净单一，道德品格远远超出常人，少了家长里短、儿女情长，多的是保家卫国的责任感和舍小家顾大家的自觉意识。

新生活与新人物的互动互证不仅使工农兵大众走到前台，成为文艺民主化的直接体现者，而且也对作家们产生了前所未有的影响。从当时解放区文化的整体来看，中国共产党倡导的新民主主义战时文化处于绝对的中心地位，它着眼于社会政权和政治制度的整体变革，把抗战救亡作为战斗旗帜，文化建设收缩在社会变革、夺取政权的政治层面上，"政治之力"加大了对文艺群体的整合力度，阶级意识、集体意识成为文化观念的核心成分，抗日救亡、巩固边区政权、夺取全国胜利成为了文化建设的关键所在。这种功利型战时文化以最权威的姿态规范、制约着“五四”以来的启蒙主义文化和传统的乡土文化，决定着解放区文化重构的正反合过程。

在解放区作家队伍构成中，以赵树理、马烽、孙犁、李季等人为代表的土生土长的农民型作家因为迎合了战时文化需要，在解放区文化整合中起到了先锋和价值定位作用，赵树理更是因忠实践行“工农兵方向”，而成为这一文化的代言人。凭借对农村社会人、事、情、景的熟稔和对民间艺术形式的准确把握，他们从一开始便占据解放区文学的中心地位，创作中，他们有意识把农民置于民主与专制、光明与愚昧的尖锐冲突中进行精心构思，既塑造了解放区文化整合中的新人范型，也以“问题”的切实凸显了主流政治文化的功利性和迅捷性，同时作家主体也在民间风格的牧歌声中与工农兵情感融合在一起。如此，翻身解放的劳苦大众不仅在物质生活方面成为主人，而且在精神生活方面有了自己的代言人，解决了一个文艺大众化的实质性问题——大众文艺的身份认定。1940年，毛泽东在《新民主主义论》中将新民主主义文化归结为“民族的科学的大众的文化”，认为文艺“应为全民族中百分之九十以上的工农劳苦民众服务，并逐渐成为他们的文化”。到了1942年，《讲话》中他又将“工农劳苦大众”简化为“工农兵”，随之，“他们的文化”也被命名为“工农兵文艺”。“大众”与“工农兵”概念外延的相对限定昭示我们，文艺大众化已由语言形式的争论阶段跃升到作家身份的认同阶段，集体的力量远远胜于个体的努力，身兼农民与知识者双重身份的作家已经在革命队伍中被确立为一种标准、一种方向——赵树理方向，他们的作品表现出来的革命意志也极大地满足了时代需要。赵树理的《小二黑结婚》、孙犁的《荷花淀》、马烽、西戎的《吕梁英雄传》、李季的《王贵与李香香》等作品，要么取材抗日救亡，要么反映土地革命，人物形象小二黑、小芹、水生、王贵、李香香或者是打击日本侵略者的英雄，或者是反封建争民主的模范，他们是在革命斗争中锻炼成长起来的一代，革命意志与党的要求是一致的，活动方式与时代的运动节奏是合拍的，目标追求与新民主主义战时文化的功利性是吻合的。以社会革命为特征的民族情绪在他们心目中已经内化为一种理性诉求，支配着他们从事革命事业的一言一行，他们的生命价值也由此得以体现。同时，新农民翻身解放的主人翁精神和热血沸腾的新生活气息也为未来的新中国文学定下了颂歌基调。

比较而言，作家队伍构成的另一部分，丁玲、周立波、艾青、何其芳、萧军、罗烽、王实味、高长虹等来自国统区的作家就没有这么幸运了，他们因为沿着“五四”文学的启蒙主义方向，作品中有较强的个体意识和理性批判精神，表现出与解放区文化不相适应的尴尬。初到解放区，为新生活、新景象鼓舞，他们创作热情高涨，捧献出一曲曲婉转动听的颂歌与赞歌，“解放区的天是明朗的天，解放区的人民好喜欢，人民政府爱人民，解放区的生活比蜜甜……”随着时间的推移，词曲中的“高天流云”、“莺歌燕舞”虽然还在，但他们的认识已经发生了一些微妙变化，原来这里并非想象中的天堂，明朗的天底下也会有阴雨飘飞，旧的思想观念仍弥散在空气中，禁锢着人们的思想，于是，颂歌声里开始夹杂一些不和谐的音调。丁玲在《三八节有感》中批评解放区的女性歧视现象，为广大妇女同志鸣不平；王实味在《野百合花》中将革命圣地延安的等级差别指斥为“衣分三色，食分九等”，批评其间的“歌啭玉堂春，舞回金莲步”的升平气象与前线艰苦的抗战现实“不太和谐”；萧军在“解放区是否需要杂文”的争论中，旗帜鲜明地指出：“我们不独需要杂文，而且很迫切，那可羞耻的‘时代’不独没有过去，而且还在猖狂。”①这些闪烁着启蒙光亮的批判声音很快就被解放区文艺领导层察觉，结合“整风运动”开展了对他们个人主义启蒙思想的批判，其中王实味问题还上升到政治路线层面，酿成冤案。

由于解放区战时文化形态将民族危机的“整体解决”放在首位，体现了时代方向，因此在对启蒙文化的整合过程中，尽管有王实味的强硬、高长虹的愤然出走以表现知识分子在文化信仰上的执著与坚守，但经过不断选择与调适，丁玲、周立波、艾青、何其芳、萧军、罗烽等人还是接受了战时文艺秩序的安排，回到了工农兵文艺阵营。丁玲把这种选择与归顺称之为“投降”，即“缴纳一切武器”，“从那一个阶级投降到这一个阶级来”，“把一种人格改造成另一种人格”②。周立波更是带着忏悔的心情说：“我们都是小资产阶级出身的人，身子参加了革命，心还留在自己阶级的趣味里，我们上了资产阶级文艺的当。没落阶级有时提倡自由文化，标榜为艺

①萧军：《杂文还废不得说》，《谷雨》第5期，1942年6月。

②丁玲：《关于立场问题》，《谷雨》第5期，1942年6月。

术而艺术，来欺骗民众，我们跟着也糊里糊涂的，不和斗争着的工农协同一致，努力去争取民族的、阶级的自由，却向自己的人来闹个人的自由了。”①至此，我们说，解放区的战时文化形态已经完成了对农民型作家和知识分子型作家的整合与排序，“农民如何享有文艺问题”获得了较好解决，摆在他们面前的两条必由之路是：(一)无条件地向工农大众学习，以工农大众的思想要求和审美爱好作为自己的创作目标；(二)无条件地投入战争，一切为战争的胜利服务。可以看出，这两种途径都烙有主流意识形态的鲜明印痕。

新中国成立后，毛泽东宣告“占人类总数四分之一的中国人从此站起来了”，人们欢呼新中国的诞生、新生活的开始，精神上、心理上、情绪上完全为“站起来”的喜悦所溢满，诗句“满眶热泪情涨，周身血沸千度”尽管手法上夸张了点，却真实地道出了民族解放的欢慰之情。在欢庆胜利的凯歌声里，曾经因时代原因而分属解放区和国统区的两支文艺队伍在解放了的土地上会师。新中国的诞生既是国家独立、民族解放的真正实现，也是几代文学家社会理想的实现。一时间，他们抛开各种分歧和争论，情不自禁地为新时代、新生活以及它们的缔造者——中国共产党泼墨挥毫，纵情歌唱。歌颂新生活、赞美新时代、抒写对中国共产党及其领导的革命事业的崇敬、感恩之情，理所当然地成为文学创作的主旋律。他们回顾曾经的苦难，叙述英雄的业绩；展望未来，他们坚信在中国共产党领导下一定能够迈向新的征程，迎接更大的胜利，作品洋溢着一种理想主义的豪情。因此，颂歌与战歌成为新中国文学的最初主调。

综观这一时期的文学创作，人们大都采用新旧对比的二元结构，主题表现可以用一幕歌剧的情节来概括：“旧社会把人变成鬼，新社会把鬼变成人。”其中，“旧社会”对应的是黑暗、剥削、压迫、地主、资本家、地狱……“新社会”则对应的是光明、幸福、和平、翻身、当家作主、天堂……它们之间的历史分界线是1949年。与之相对应，人物形象也截然分明地隶属两大阵营：(一)新人，即工人阶级、贫下中农、解放军战士、党的领导人，他们的品质可概括为先进性、革命性、纪律性、大公无私、英勇无畏、光明磊落、同仇敌忾、视死如归。(二)敌人，即地主、资本家、叛徒、特务、国民党反动派，他们的

①周立波：《后悔与前瞻》，《解放日报》1943年4月3日。

性格特征可归结为落后性、腐朽性、破坏性、阴险、狠毒、自私自利、贪生怕死、蝇营狗苟。知识分子由于其阶层归类的模糊，以及革命意志的动摇，大多沦为反动阵营的帮凶，只有极少部分在中国共产党引导、教育下，经受考验而走向了革命。

从文学创作的题材分布来看，革命历史题材和农村变革题材占据主导地位。革命历史题材作品的聚焦点主要是“战争和战争中的人”，因为满足了工农大众对战斗生活的深情眷顾和自豪回忆，而成为文艺创作的一片丰茂园地，小说家几乎涉足它的全部领域，从国内革命战争到抗日战争，从解放战争到抗美援朝，每个时期都有所反映。梁斌的《红旗谱》以恢弘的篇章叙写了大革命时期北方农村和城市的革命形势，绘织出横跨两个时代的农民英雄图谱——朱老忠、朱老明、运涛、江涛等；王愿坚的《党费》、《七根火柴》叙述了土地革命斗争时期南方人民可歌可泣的动人故事，歌颂革命者质朴而纯美的人性；李英儒的《野火春风斗古城》、冯志的《敌后武工队》、刘知侠的《铁道游击队》从不同角度表现了抗日战争时期中国人民坚韧、机警而又气壮山河的斗争精神；吴强的《红日》全景般描绘了解放战争时期华东战场的雄浑画卷，再现了我军高级指挥员的动人风采；曲波的《林海雪原》以极富传奇性的情节表现了东北地区的剿匪斗争，展示了解放战争时期白山黑水之间正义与邪恶的较量，以及正义的最终胜利；杨朔的《三千里江山》用散文的笔调抒写了一支工程兵部队的生活，歌颂了志愿军的国际主义精神。这些反映战争生活的作品在严格遵循现实主义原则再现历史的同时，也用血的事实诠释了“人民，唯有人民，才是历史的创造者”，并教育人们珍惜来之不易的新生活。

新中国成立至50年代中期，反映农村新生活、新变化的农村题材作品在数量上占据绝对优势。作家们对土地和农民的深厚情意，对工农思想的礼赞、尊崇，使他们情不自禁地选取农村作为表现对象。如果说新中国成立初期作家们关注的是解放了的农民对民主自由新生活的追求，如赵树理的《登记》、马烽的《结婚》，那么随着农业合作化运动的展开，作家们的创作重心开始转移到赞颂讴歌社会主义集体化经济上来。柳青的《创业史》以史诗化的鸿篇巨制描绘了中国农民的“创业”之路，力图说明“合作化”是农村改革的必经之路；浩然的《艳阳天》以反右斗争为背景，写出了合作化后中国农村仍然存在的阶级斗争；周立波的《山乡巨变》在充满诗情画意的乡村风俗画卷中，表现了农业合作化运动对每个人生活的巨大冲击，标题“山乡巨变”可以用来概括这一时期农村题材作品的总主题——以一种真诚的心态歌颂新生活、拥抱新生活，作家主体的思想取向与时代生活的走向达到了前所未有的一致。

在对新中国成立初期的文学题材进行一番梳理之后，我们发现，工农兵方向不仅规范着新中国的文学实践，而且也为国统区作家上了生动的一课，让他们又一次感受到思想的落伍、改造的艰难和深深的自责。活跃在新中国文坛上的两支力量，一是来自解放区的工农兵型作家赵树理、丁玲、周立波、柳青、康濯等；一是《讲话》精神指导下成长起来的青年作家郭小川、贺敬之、闻捷、李瑛等。他们自觉落实党的文艺政策，把文艺看作“整个革命机器的一个组成部分”，歌颂火热的斗争生活，表现“新的阶级、新的人物和新的思想”，自然而然地成为文坛的主力军。受他们影响，战士高玉宝从文盲经过刻苦努力成长为一名真正意义上的“工农兵”作家，写出自传体小说《高玉宝》，被誉为工农兵文学的典范。赵树理在编辑通俗文学刊物《说说唱唱》时，发现用符号替代不会写的字的小说稿《活人塘》，帮助作者陈登科修改文稿，一时传为佳话。而来自国统区的作家茅盾、巴金、老舍、曹禺、沈从文、钱钟书、夏衍等在新中国成立后很长一段时间都处于“无所作为”的状态，明显表现出对工农兵文学的陌生。他们中有不少人认识到自己与“新生活”的差距，重新修改旧作，删除不够“进步”的情节，增加积极向上的“革命”成分；有的忙于政务，不可能有太多精力投入创作；有的则干脆脱离文学界，从事其他研究。即使仍坚持创作的“巴老曹”，作品也大都“无甚新意”，与理想主义的颂歌、赞歌文学格格不入。巴金曾亲赴抗美援朝前线，写过几篇表现志愿军的散文，似乎影响甚微。曹禺的《明朗的天》有“解放区的天是明朗的天，解放区的人民好喜欢”之风，却少了《雷雨》中的人性深度。老舍勤奋笔耕，写作了许多反映新生活的话剧，除《龙须沟》外也很少有成功之作，堪称20世纪中国话剧经典之一的《茶馆》，其主题表现虽是“只有社会主义才能救中国”，剧情却设置在清末、北洋政府和国民党时代。其他如郭沫若、田汉、姚雪垠等索性徜徉在历史文学天地里，创作了《蔡文姬》、《武则天》、《关汉卿》、《文成公主》、《李自成》等。

事实上，这种工农兵型作家"中心"、知识分子型作家"边缘"的文学新秩序早在解放区就已初露端倪，它的前身可追溯到革命文学的倡导者那里，"真正的文学只有革命文学一种"，它是"表同情无产阶级的写实主义的文学"，为此，文学家必须要"到民间去，兵间去，工厂间去，革命的漩涡中去"[①]。在救亡的紧迫、政治革命的速效、工农阶级的领导地位等多种因素的合力作用下，新中国文学的范式注定要走一条"革命文学——解放区文学——工农兵文学"的演进之路，这既是历史的一种必然选择，也是文学依托政治而确立自身合法性的一种策略，它最终势必导向文艺领域里政治批判的泛滥、文化运动的不断、非文学因素的大举入侵以及知识分子角色的遮蔽。如果说革命文学、解放区文学中，知识分子地位由启蒙主体到改造客体的反转已经昭示着某种文学新秩序的确立，那么1949年7月2日至19日全国第一次文代会的召开则把这种工农兵主导的文学新秩序由解放区扩展到了整个新中国，并在"文艺为什么人"的问题上，与工农群众的进步要求趋于一致，承担起巩固政权、净化思想、发展经济等社会学、政治学"负荷"。全国第一次文代会上，周恩来代表中共中央在会上作政治报告，他高度评价了来自解放区和国统区的文艺工作者，"在解放区，许多文艺工作者进入了部队，进入了农村，最近又进入了工厂，深入到工农兵群众中去为他们服务，在这方面我们已看到初步的成绩，在以前的国民党统治区，革命的文艺工作者坚持着自己的岗位，在敌人的压迫之下绝不屈服，保持着从五四以来的革命的文艺传统"[②]。一个是"深入到工农兵中去为他们服务"，一个是"保持五四以来的革命文艺传统"，并没有流露出主次轻重之意。但在接下来周扬和茅盾的发言中，我们却捕捉到某种秩序上的差别。周扬刚开始宣读报告，就以斩钉截铁的口吻自豪地说："毛主席的《在延安文艺座谈会上的讲话》规定了新中国的文艺方向，解放区文艺工作者自觉地坚决地实践了这个方向，并以自己的全部经验证明了这个方向是完全正确，深信除此之外再没有第二个方向了，如果有，那就是错误的方向。"[③]

①郭沫若：《革命与文学》，《创造月刊》第1卷第3期，1928年3月。

②周恩来：《在中华全国文学艺术工作者代表大会上的政治报告》，《文学运动史料选》第5册，上海教育出版社1979年版。

③周扬：《新的人民的文艺》，《文学运动史料选》第5册，上海教育出版社1979年版，第684页。

里，潜在的思维逻辑是解放区文学的方向就是新中国文学的方向，新中国文学的方向就是“赵树理方向”，即周扬誉之为“新的人民的文艺”的方向。而茅盾的报告在总结斗争经验的同时，更多的是在检讨国统区文艺中的种种错误倾向，尤其是批判捍卫“五四”新文学传统的一面旗帜——胡风和团结在胡风周围的一些进步作家。显然，两个地区、两种传统在未来文艺发展道路上所处的主次、轻重关系摆得非常清楚，可以这样说，新的文艺秩序早在《在延安文艺座谈会上的讲话》发表之时便已经预设了。

不过，新中国文学新秩序虽然早在解放区文学中就已初露端倪，但它真正成型并左右整个文艺界则是在新中国文学里。1951年开展的对电影《武训传》的批判，1954年对《红楼梦研究》和胡适派唯心主义的批判，1955年对“胡风反革命集团”的批判，1957年文艺界开展的反右派运动，1959年对“修正主义文艺思想”的批判，以及1966年开始的“无产阶级文化大革命”，每一次政治运动的发生都是由文艺界论争引起，而每一次文艺界批判声音的涨落都与知识分子的“五四”启蒙情结的隐显有关。不管是“资产阶级反动思想入侵”①，“胡适派资产阶级唯心论毒害”②；还是“资产阶级、小资产阶级思想对马克思主义的否定”③，“无产阶级与资产阶级之间在意识形态方面的阶级斗争还是长时期的、曲折的”④判断；抑或是“文革”期间的“文艺黑线专政”论，都直接或间接与知识分子所谓的资产阶级、小资产阶级思想痼疾联系在一起，尤其是来自国统区的知识分子型作家，无视共和国“新人”的成长，反而执著于“精神奴役创伤”的批判，这就使他们与工农大众隔膜起来。虽然他们中有许多人进行了不同程度的思想改造，也真诚地为新生活叫好，但是启蒙思想的一时难以消除，还是使他们发出了与社会主义颂歌、赞歌不一致、不和谐的声音。当知识分子型作家因持守“五四”启蒙精神而被作为资产阶级思想代言人，遭受批判，进牛棚、入囹圄的时候，一直处在文坛“中心”位置的工农型作家赵树理，也因作品中工农人物形象弱化，有违社会主义新人特征而遭到批判，由工农阶级的一员沦落为它的对立面——小资产阶级。于是，“文革”时期的文坛上，我们能够见到的除浩然的《艳阳天》、《金光大道》外，更是一味赞美工农兵的革命样板戏《智取威虎山》、《沙家浜》、《红

①《应当重视电影〈武训传〉的讨论》，《人民日报》社论，1951年5月20日。

②毛泽东：《关于红楼梦研究问题的信》，《毛泽东选集》第5卷，人民出版社1991年版。

③周扬：《我们必须战斗》，《文艺报》1953年第3期。

④毛泽东：《关于正确处理人民内部矛盾问题》，《人民日报》社论，1957年6月18日。

灯记》、《红色娘子军》等。这种单一的文艺秩序直到新时期，才为思想解放的多元化选择所打破，“人民”一词的外延才从工农兵扩展到知识分子。

第二节　知识分子的集体化与话语方式的政治化

在革命圣地延安，当塑造新人物、表现新生活成为文学界的一种普遍的自觉行为，当“思想改造”被视为知识分子工农化的必由之路的时候，集体主义取代个体经验便成为了一种必然。“阶级的文学”、“民族革命战争的大众文学”、“工农兵文学”中的阶级、大众、工农兵都是不同时期、不同语境下集体主义的代名词。在这些文学中，知识分子的个体声音常常处于缺席状态，文学大众化、革命化要求他们站在阶级、大众的立场，做集体主义的忠实代言人。其实，阶级、大众、工农兵均是复合概念，他们无法要求作家为他们代言，于是，主流话语作为其利益的集中体现者，便代表他们对作家提出要求，要求作家在作品中反映新生活、新面貌以及符合时代要求的新道德，作家主体的个体经验在这一要求中被忽略了，主流话语召唤他们做的仅仅是通过“入伍”、“下乡”、“改造”、“批评与自我批评”等方式去反映集体的生活，并努力使自己的创作接近人民大众的审美趣味。

从革命文学倡导之时起，作家的集体化趋势就已彰显出来，郭沫若、成仿吾、蒋光慈、李初梨等人坚信“一切文学，都有他的阶级背景”①，一切作家都“有他的阶级背景”，受“阶级心理”驱使，作家经意不经意间总会以“某一个社会团体的代表”的身份进行创作②。从创作主体的思想感情、价值取向到人物形象的性格特征、阶级属性无不烙有革命的印痕。“谁在说话”、“为谁说话”的阶级立场要求作家抛弃自我，投身集体。1930 年 3 月 2 日，中国左翼作家联盟在上海成立，从此，革命作家有了统一的集体组织，关于该组织的性质，执委会文件明确指出：“它不是单纯的作家同业组合，而应该是领导文学斗争的广大群众的组织。”③“左联”与“五四”时期的文学研究会、创造社等社团有着本质区别，作为同仁社团，文学研究会、创造社既没有严密的组织，也没有统一的思想立场，尽管文学

①李初梨：《怎样地建设革命文学》，《文化批判》第 2 号，1928 年 2 月。

②蒋光慈：《关于革命文学》，《太阳月刊》第 2 期，1928 年 2 月。

③《无产阶级文学运动新的任务》，《文化斗争》第 1 卷第 1 期，1930 年 8 月。

研究会主张为人生的文学，倾向现实主义；创造社主张为艺术的文学，倾向浪漫主义，但这些主张对于作家创作并没有限制，社团活动相当松散、自由。而左联则不然，它和政治活动结合在一起，对作家创作从题材取舍到方法运用都有严格规定，成仿吾认为："世界形成了两个战垒，……各个的细胞在为战斗的目的组织起来，文艺的工人应当担任一个分野。"① 夏衍要求作家由分散的个体归顺到"集团艺术之路"上来②。左联的这些政治化、阶级化文学主张引起了自由主义文人的极大不满，梁实秋、徐志摩、胡秋原、苏汶等人相继从"健康"、"尊严"的"人性"和"勿侵略文艺"的"自由"方面提出批评，反对文学的阶级性和革命化，主张文学超越政治、阶级，表现"基本的人性"③，"文学与艺术，至死也是自由的，民主的"，"将艺术堕落为一种政治的留声机，那是对艺术的叛徒"④。

针对"永恒人性论"和"文艺自由论"主张，瞿秋白、周扬、鲁迅、冯雪峰等人先后著文，从作家的使命意识和文学的现实关怀等方面进行批驳。瞿秋白指出，在阶级社会里，不可能有超出阶级利益之外的"文艺自由"，"当无产阶级公开要求文艺的斗争工具的时候，谁要出来大叫'勿侵略文艺'，谁就无意之中做了伪善的资产阶级艺术至上派的'留声机'"⑤。言外之意，文学的阶级性是由阶级社会中作家的阶级属性所决定的，是阶级对抗的一种折射。鲁迅则认为，"生在有阶级的社会里而要做超阶级的作家，生在战斗的时代而要离开战斗独立，生在现在而要做给予将来的作品，这样的人，实在是心造的幻影"，"要做这样的人，恰如用自己的手拔着头发，要离开地球一样"⑥。这场与其说是文学性质的理论论争，不如说是意识形态斗争的论争最终以左联的胜利而告一段落。虽然在文学与政治、文学与生活关系问题上，左翼理论家把文学反映生活原则狭隘地理解为只是反映阶级斗争，把文学与阶级性、党派性简单等同起来，激进地否定"五四"新文学和自由主义文学，犯有"左"倾错误，但作家集体化、作品工农化使文学的社会功能得到极大发挥，为取得"军事"反围剿和"文化"反围剿的双重胜利做出了巨大贡献。

从抗战开始到1942年，文艺界发生了三件大事，它们的发生和发展清楚地表明集体主义与个体经验的某种冲突。第一件事是

①成仿吾：《从文学革命到革命文学》，《创造月刊》第1卷第1期，1928年2月。

②沈端先：《到集团艺术之路》，《开拓者》第1卷第4、5号，1930年5月。

③梁实秋：《文学是有阶级性的吗？》，《新月》第2卷第6、7号合刊，1929年9月。

④胡秋原：《阿狗文艺论》，《文化评论》创刊号，1931年12月。

⑤瞿秋白：《文艺的自由和文学家的不自由》，《现代》第1卷第6期，1932年10月。

⑥鲁迅：《论"第三种人"》，《鲁迅全集》第5卷，人民文学出版社1981年版。

1938年中华全国文艺界抗敌协会(简称"文协")的成立,这是"五四"以后第一个全国性文艺组织,它得到各阶级、各派别的一致拥护。"文协"力图结束以往作家"各自为战"的分散局面,提出"我们必须有统盘筹妥的战略,把文艺的各部门配备起来,才能制胜。时间万不许浪费,步调必须齐一。在统一战线上我们分工,在集团创造下我们合作"的主张①。与仅限于进步作家局部联合的"左联"组织相比,这里的"统盘筹妥"、"配备起来"、"集团创造"更具整齐划一的组织性。虽然这种半军事化的文艺政策在当时的条件下不可能实现,但作为"文协"成立宣言而提出来,已经具备了全国的统一文艺政策的雏形。

第二件事是关于民族形式的讨论,当广大作家深入前线、深入农村向大众宣传抗日,开展"文章下乡、文章入伍"工作时,立刻就碰到文艺作品如何为工农大众接受的问题,于是"民族形式"讨论就自然而然地摆上了议事日程。抗战使中国文学的地理环境发生了根本变化,文学活动离开城市,移至乡村,这种看似地理空间的位移却牵涉到有关"现代化"命题的理解。中国现代文学是在西方文学影响下发生的,尽管30年代随着文艺大众化讨论的深入,旧形式的利用问题已经被提出,但并没有落实到实践层面,只有到了抗战爆发,在新的政治需要面前,"五四"以来传统与现代的认识结构才发生新的调整,城市陷落了,农村成为抵抗的重要阵地,然而,这种抵抗本身并不是对于"现代"的抵抗,恰恰相反,而是为了建立一个现代的民族国家。正如艾思奇所说,"在今天全国的文艺人都卷在战争的浪潮里,由专家的生活改变成群众的生活,由城市的工作转入了乡村的工作,……旧形式的问题正是许多文艺工作者在实际工作中提起来的"②。1938年,毛泽东在《论中国共产党在抗日战争中的地位》中首次提出,要把"国际主义的内容和民族形式"结合起来,创造"新鲜活泼的,为中国老百姓所喜闻乐见的中国作风和中国气派"的文艺作品。1940年,毛泽东又在《新民主主义论》里将其阐发为"民族的形式,新民主主义的内容——这就是我们今天的新文化"。此后,艾思奇、周扬、胡风、萧三等人分别发表文章展开讨论。论争中,胡风、萧三等人"发表一点个人意见,后来他们的意见受到批判,也就不那样主张了"③。其实,以民族形式批判者

①《中华全国文艺界抗敌协会宣言》,《文艺月刊·战时特刊》1938年第9期。

②艾思奇:《旧形式运用的基本原则》,《文艺战线》第3期,1939年3月。

③茅盾:《在戏剧的民族形式问题座谈会上的讲话》,《戏剧春秋》第1卷第3期。

面目出现的胡风，在抗战期间所写的文章《民族战争与文艺性格》、《论民族形式问题》都是在探讨文艺如何为抗战服务等问题，胡风与论战对象的主要分歧是在“如何为”上，说到底是要不要捍卫“五四”新文学传统。这些论争只有置于个人与集体两种价值观念冲突背景下才能得到合理解释。事实上，“民族救亡”从一开始需要的就是集体力量，而不是启蒙思想家津津乐道的个体觉醒，思想启蒙固然重要，但短时间内毕竟没有集体动员来得迅速、来得实在，文学组织的政治化、文学作品的民族化、作家主体的工农化从思想上为革命战争提供了动力，确保了中国共产党在文化宣传方面的相对优势。

第三件事是延安文艺座谈会的召开。当许多知识分子奔赴抗日根据地，与战争的主要承担者工农大众广泛接触之后，“五四”以来的个体经验与民族抗战的集体主义的冲突由单一的议论发展成为现实生活中的摩擦。这里包括两个相互联系的内容：一方面农民在战争中人性得到高扬，显现出美的境界，改变了原来知识分子对他们的看法，许多知识分子在实践中感同身受，思想感情发生了转变。另一方面原有的启蒙主义价值观仍在起作用，许多知识分子到了根据地以后，对已形成的战时文化环境感到不适应，发生各种各样的冲突。

延安文艺座谈会确立了文艺为工农兵服务的总方针，并号召作家深入生活，向工农兵学习，一大批作家奔赴农村体验生活。他们中，有些人是真诚地崇信毛泽东的“现身说法”，加入到工农集体中去，“拿未曾改造的知识分子与工人农民比较，就觉得知识分子不干净了。最干净的还是工人农民，尽管他们手是黑的，脚上有牛屎，还是比资产阶级和小资产阶级知识分子都干净。这就叫做感情起了变化……要使自己的作品为群众所欢迎，就得把自己的思想感情来一个变化，来一番改造”①。另有一些人是整风运动之后，克服了自由主义、个人主义、教条主义，主动接受统一意志要求，服从组织，服从多数，服从上级而走上“下乡”锻炼之路的。作为一个有着巨大整合功能的集体名词，工农兵也好，人民也好，从延安时代开始，就具有某种神话般的伟力。在这种伟力作用下，知识分子身份如果不能实现转化，他们的地位与归属就得不到解决，与人民

①毛泽东：《毛泽东选集》第3卷，人民出版社1991年版，第808页。

的喜好、趣味、欣赏习惯、表现手法等不相符合的追求就成为“思想”落伍、世界观对立的有力证词，新中国成立后历次文艺批判运动的起因多肇始于此。

在“五四”以后的文学实践中，政治、革命、救亡、集体、工农兵等名词大量出现，相互之间的互补性极强，即使是看起来“纯粹”关乎人情、人道、人性的作品，也“总是以民族寓言的形式来投射一种政治:关于个人命运的故事包含着第三世界的大众文化和社会受到冲击的寓言”[①]。民族寓言征询、召唤着“第三世界情况下”的知识分子亦步亦趋，承担起独立自主、强国富民的历史使命，在“永远是政治知识分子”的历程中实现身份认同。为演好代言人这一角色，他们既要投身创作，发挥文学艺术是“革命机器上‘齿轮和螺丝钉’”的宣传教育作用，又要充当思想斗士，极力抹去个体经验印痕，做一个集工人、农民、战士于一身的“新人”。托马斯·曼在谈到当代社会无所不在的政治性这一问题时，说“在我们的时代里，人的命运是在政治术语中呈现其意义的”[②]。同样，在解放区文学中，作为一种称谓，“知识分子”只有在改造、工农兵、下乡等政治术语中才能找到其存在的意义。无论是对政治术语的借用还是化用，政治已经衍生为一种普泛性的权威话语，渗透在文艺活动的方方面面。诚如福柯所言，“重要的不是话语讲述的时代，重要的是讲述话语的时代”，“五四”以后文学中的政治话语、工农兵话语、革命话语、集体话语的讲述亦然。在这个意义上，卡尔维诺把文学的政治性运用分成“可能是正确的和可能是错误的”两种形式，并且指出“正确的运用不仅有益于文学，也有益于政治”的主张是很有见地的[③]。据此，我们说，集体声音压倒个体声音、政治超越于文学之上有其存在的某种合理性，尤其是当社会问题的整体解决迫在眉睫时，政治的整合力量就会置文学本体于不顾，征召其参与社会革命的滚滚洪流，发挥宣传、动员作用。这个时候，虽然文学本体的诗性含量大大降低，但依托激进的政治宣传，文学却拥有了更大范围的受众，抗战文学是这样，新中国文学也是这样。当文学以话语形式参与到国家政治生活中去，文学对现实的说话就必然衍化为对政治的说话，因为现实在很大程度上是以政治的面目出现的，现实是无法逃避的，政治也是无法逃避的。换言之，“逃避”现实是

①转引自张京媛:《新历史主义与文学批评》，北京大学出版社 1993 年版，第 243 页。

②托马斯·曼语，转引自裘小龙:《现代主义的缪斯》，上海文艺出版社 1989 年版，第 176 页。

③Italo Calvino, *Right and Wrong Political Uses of Literature*, Harcourt Brace Jovanovich, Inc. 1986.

一种现实，“逃避”政治亦是一种政治。

当文学被置于政治化、集体化框架中，“谁在说话”的立场问题就显得尤为重要。为此，《讲话》以一套政治的权威话语对作家主体进行了原则规范。(一)程式原则。作为对话语主体的要求，《讲话》号召文学工作者首先要与工农兵打成一片，具备工农兵的情感操守、思想素质，了解他们，熟悉他们，“认真学习他们的语言”。其次才是选取适合工农兵欣赏趣味的“中国作风和中国气派”，来塑造他们，表现他们。(二)集体原则。为了确保文学在广大工农群众中的接受度，《讲话》要求作家创作大量的普及性作品，“普及的东西简单浅显，因此也比较容易为目前广大人民群众所迅速接受。高级的作品比较细致，因此也比较难于生产，并且往往比较难于在目前广大人民群众中迅速流传”。任何与工农兵集体形象有悖的话语生产都是被禁止的，“轻视和忽视普及工作的态度是错误的”。(三)思想原则。与前两个原则相比，思想原则更为根本，它不仅要求话语方式服从主体身份，而且要求主体身份服从话语方式。《讲话》特别强调对工农兵话语的尊崇，要求作家“真正站在人民的立场上，用保护人民、教育人民的满腔热情来说话”，这样，人民话语在歌颂与暴露之间只能是“一切危害人民群众的黑暗势力必须暴露之，一切人民群众的革命斗争必须歌颂之”。如果不符合人民话语，那么“这样的人不过是革命队伍中的蠹虫，革命人民实在不需要这样的‘歌者’”。如果符合人民话语，那么他就能够创造出许多“为人民大众所热烈欢迎的优秀作品”，他就是一个革命的作家。

从《讲话》的立场要求中，我们可以看出，作家主体和话语方式之间存在两种相互制衡的关系：“说什么话的是什么人”，即话语方式是对作家原则的检视；“是什么人说什么话”，即作者原则对话语方式的预设。合起来，就是主体与立场的互证互涉，“站在无产阶级和人民大众的立场”不仅要求作家组织上入党，而且要求在思想上入党，“我们的文艺工作者一定要完成这个任务，一定要把立足点移过来，一定要在深入工农兵群众、深入实际斗争的过程中，在学习马克思主义和学习社会的过程中，逐渐地移过来，移到工农兵这方面来，移到无产阶级这方面来。”显然，这里作家叙事的合法性依据是工农兵的价值认定。换言之，就是思想“立场”的不容动摇，

“你是资产阶级文艺家，你就不歌颂无产阶级而歌颂资产阶级；你是无产阶级文艺家，你就不歌颂资产阶级而歌颂无产阶级和劳动人民，二者必居其一”。如此，文学作品是否具有无产阶级的党性、集体性就由作家主体的思想立场来决定，即“说什么”是由“怎么说”来完成的。“人们要求作家说明那些置于他名下的诸文本的统一性；要求作家来揭示或至少证实那些贯穿在他文章中的隐含意义；要求作家扮演这样一种角色：他那令人迷惑的虚构语言能具有统一性和某种连贯性，并同现实发生联系”①。由是观之，作为集体主义话语的一种象征，文本统一性印证了政治实践的无所不在，从文本中抽取出来的作家思想注定要成为政治运动的传声筒，不再是作家个体经验自由流动的产物。

既然话语要求最终归结到作家思想立场的工农兵化上，那么对作家“立场”或“身份”的辨识也就成为对作品进行批评与检验的重要尺度。1951 年，在对萧也牧的批判中，康濯、冯雪峰、丁玲等人运用的便是这一尺度，康濯指出：“我觉得也牧同志创作上的错误，是在于脱离政治，因而就歪曲政治、歪曲党的政策和人民的斗争生活，丑化劳动人民，错误地表扬未经改造或未完全改造的小资产阶级知识分子，捏造一些劳动人民的所谓趣味和噱头，编制一些小资产阶级的所谓聪明和才智，来迎合小资产阶级知识分子和旧市民层；因而，也即是打着毛泽东文艺方向的旗号，实际却顽强地表现他们自己，宣传他们自己的主张，要求人们按照小资产阶级知识分子的面貌来改造党，改造世界。”②劈头就将萧也牧创作问题简化、提升到“脱离政治”的高度，继而又把个体经验与集体主义对立起来，完成对萧也牧“小资产阶级分子”的身份认定。如果说康濯的批评是对作家的身份指认，那么冯雪峰（化名李定中）的批评则是对作家话语方式的界定：“一切鸟儿到晚上总都要回到窝里过夜，所以把我们文艺上的一切缺点和不良倾向都归因于‘小资产阶级的观点’，我想总不会错的。但是，我想补充一句，假如作者萧也牧同志真的也是一个小资产阶级知识分子，那么他还是一个最坏的小资产阶级分子。”③丁玲的批评着眼于立场的转变和创作的改进：“也牧同志，我一口气同你谈这许多，只是想帮助你思考你的作品。你是有写作能力的，希望你老老实实地站在党的立场，站在人民的

①徐贲：《人文科学的批判哲学——福柯和他的话语理论》，《中国当代文化意识》，三联书店（香港）1989 年版。

②康濯：《我对萧也牧创作思想的看法》，《文艺报》1951 年第 5 卷第 1 期。

③李定中：《反对玩弄人民的态度，反对新的低级趣味》，《文艺报》1951 年第 4 卷第 5 期。

立场，思索你创作上的缺点，到底在哪里？”① 当文学批评把文本问题归结为作者问题、把作者问题归结为立场问题时，针对文本的批评实际上也就变成了文本之外的政治化批评。

这种从作家身份到文学创作的集体化、政治化，谢冕称之为中国文学中的一场“巨大的标准化工程”②，工程的具体实施是通过对“非标准化”问题的发现、改造来进行的，针对它们的批评与其说是对标准化作者、作品的确认（如赵树理），毋宁说是对非标准化作者、作品的发现（如胡风）。通过在文本中寻找那些没有标准化的思想印痕，进而“虚构”、“抽取”出一个作为“另类”的他者来，再通过对这个被认定为他者的作者进行批判、劝告，来肯定作为对立面的主体话语——工农兵话语。综观《讲话》以后的中国文学，立场批评、身份批评尤其发达，原因即在于“立场”本身是一种政治意义上的“立场”，“身份”本身是一种集体意义上的“身份”，对“立场”、“身份”的批判自然就是一种政治批判、集体批判。

标准化工程的一个基本假设是个人可以超越阶级出身的局限，在思想改造过程中变为革命者——工农兵，延安时期的统一战线将大量学生和知识分子吸收到党内，就是对这种假设的成功预演，它为新中国成立以后的集体身份确认和社会关系重建构筑了想象空间。50 年代末期的人民公社、大跃进运动中，每个人被理想化为世界的主宰，每个人都在为能量的超常发挥欢欣鼓舞，6 亿人民勃发的创造力可以无限多地生产粮食、钢铁，中国离共产主义只有 20 年之遥。这种浪漫主义式的信念在毛泽东诗歌中也时有表现，“春风杨柳万千条，六亿神州尽舜尧。红雨随心翻作浪，青山着意化为桥”，“人定胜天”的喜悦之情溢于言表。郭沫若在《跨上火箭篇》中提出文艺也要大跃进，呼吁：“文艺也有试验田，卫星何时飞上天？”“文革”十年中这种浪漫主义想象达到了顶点，它肆意对社会意识、社会关系进行变更改造，试图塑造一个无所不能的工农兵“新人”。为此，“立场”问题已经解决的知识分子在党的召唤下，投入到民歌作品的搜集、整理中。作为文艺大跃进的范本，民歌运用想象、夸张手法，极力放大工农兵的理想、豪情，以政治宣传的集体性取代文艺创作的个体性。《一只篮》、《牵牛花》用新旧对比、忆苦思甜的方式大唱赞歌，“姐姐用过这只篮，领着爹爹去讨饭。妈

①丁玲：《作为一种倾向来看——给萧也牧的一封信》，《文艺报》1951 年第 4 卷第 8 期。

②谢冕：《文学的绿色革命》，贵州人民出版社 1988 年版，第 78 页。

妈用过这只篮，篮篮野菜度荒年。嫂嫂用过这只篮，金黄窝头送田间。我今挎起这只篮，去到食堂领花卷。人民公社无限好，党的恩情大如天”。“一大清早我们就吹奏起喇叭：‘太阳出来了，快把干劲放大！’万只喇叭齐奏，雷霆都喑哑，吹起六亿人民都有如奔腾万马。倒海排山，不要怕把天弄垮，人们有补天能力，赛过女娲。天下已是劳动人民的天下，提早建成社会主义的中华。”一副号令天下、万物顺从之势，将工农群众的创造力发挥到了极致。

在党的文艺政策引导下，在“村村要有李有才，社社要有王老九，县县要有郭沫若”的硬性指标规定下，知识分子的集体立场与工农群众空前的共产主义想象相契合，放飞了一颗又一颗文艺卫星。写谷子大丰收：“一个谷穗不算长，黄河上面架桥梁，十辆卡车并排走，火车驶过不晃荡”；写玉米大丰收：“俺社玉米田，玉米长高钻上天，飞机不按航线行，碰断俺社玉米秆”；写小麦大丰收：“麦秸粗粗像大缸，麦芒尖尖到天上，一片麦壳一片瓦，一粒麦子三天粮”。诗歌可以这样写，报告文学也可以这样写，徐迟在《钢和粮食》中兴奋地写亩产12万斤的水稻田，说“12万斤不是一个希奇的数字，更不算是一个先进的数字，中国的农民在向着更高的高峰攀登了”。康濯在《徐水人民公社颂》中激情满怀地写下“一亩山药120万斤”、“一棵白菜500斤”、“小麦亩产12万斤”、“皮棉亩产5 000斤”的丰收景象。显然，这些诗文并不是作家自己对生活的感知，而是对未来的一种想象。这种想象为文学回避真实生活提供了依据，为文学超越现实生活而直接表现理想状态提供了方法，同时也印证了周扬的理论阐释：“我们处在一个社会主义大革命时代，劳动人民的物质生产力和精神生产力都获得了空前的解放、共产主义精神空前高涨的时代，人民群众在革命和建设的斗争中，就是把实践的精神和远大的理想结合在一起的。没有高度的浪漫主义精神不足以表现我们的时代，我们的人民，我们工人阶级的共产主义风格。”① 民歌运动扭转了新诗和“五四”新文学的发展方向，实现了对知识分子话语权的某种剥夺。

①周扬：《新民歌开创了诗歌的新道路》，《红旗》创刊号，1958年6月。

第三节　工农兵文学中的英雄叙事

随着作家“集体化”步伐的加快，“五四”文学包含的日常生活和私人空间开始隐退,“新人”形象的塑造问题凸显出来。不能或不敢写生活中的“小人物”,势必要写重大事件中的“大人物”;不能或不敢有个人话语的表达愿望,势必要有传达集体话语的艺术要求。工农兵方向召唤下,对新生活、新人物的由衷感奋也诱导着作家寻找新的表现对象,以承担新的历史重任。在众多的人物形象中,英雄人物最具有超人的勇气与智慧,最能够表现工农兵高尚的道德情操,从而一跃成为人物形象系列中的“主能指”。

走与工农兵相结合的道路,在前进的旗帜上始终如一地抒写新生活、表现新人物,说到底就是要塑造具有革命现实主义与革命浪漫主义油彩的英雄形象。英雄群体的大规模出场不仅恢复了人们关于战争的历史记忆,而且在对代表人民意志与要求的党的领导人和战斗英雄的反复叙说中,强化了人们对领袖、对英雄的景仰与感恩,营造出一个学英雄、追英雄、当英雄的社会氛围。

在充满金属质感的英雄谱系中,依据他们的阶级出身,大体可以分为战士英雄、农民英雄和工人英雄三种类型。

革命战士以及由此支撑起来的军事题材小说,由于深受主流意识形态肯定和读者青睐,在新中国成立前后的文学中占有举足轻重的地位。《铜墙铁壁》(柳青)、《保卫延安》(杜鹏程)、《红日》(吴强)、《林海雪原》(曲波)、《铁道游击队》(刘知侠)、《战斗的青春》(雪克)、《烈火金刚》(刘流)、《敌后武工队》(冯志)、《党费》(王愿坚)、《黎明的河边》(峻青)等小说,都从不同侧面描绘了人民军队浴血奋战的壮丽画卷,塑造了众多可歌可泣的战士英雄。周大勇、沈振新、梁波、石东根、杨子荣、少剑波、刘勋苍、栾超家……构筑了一个连绵不绝的英雄谱系。在一个需要英雄而又产生英雄的时代,是他们前赴后继、慷慨悲歌,以一种承担者的献身情怀推动了中华民族的解放进程。被冯雪峰誉为第一部“真正可以称得上英雄史诗”的军事小说《保卫延安》中,杜鹏程倾注了全部激情和理想,塑造了一个不怕任何困难、始终勇往直前的我军基层干部周大勇形象,崇高的目的、坚定的信念、高尚的情操等英雄品格为他在一系列战斗中筑起了一座生命价值的金字塔,焕发着人民军队的凛然正气。在周大勇身上,我们看到了战士英雄的集体精神和阳刚之美。与《保卫延安》相比,《红日》尽管主题相同,但无论是人物性格塑造还是情节构成都显示出许多不同。人们在紧张战斗之余,出乎意料地看到一个接一个的爱情场面和富有情趣的日常生活描写。《保卫延安》中的将军是叱咤风云、高远明快的,部队生活的高度集体性使得周大勇们只能将个体自我消融在生与死的火热战斗中;《红日》中的将军在为艰苦的战事日夜操劳的同时,也对妻子报以温柔的微笑,有时还在溶溶月色下与姑娘谈笑风生。小说开创了表现军人情感世界丰富性的先河,沈振新有沈振新的脾气,石东根有石东根的粗莽,梁波有梁波的风度……较之周大勇来说,沈振新、石东根、梁波等英雄形象更接近现实,更贴近战士生活。

综合战士英雄的特点,我们可以将其性格内涵归结为以下五个方面:一、神圣——使命性。作为"民族的脊梁",战士英雄对国家解放、民族独立有着执著的承担感,所谓"国家兴亡,匹夫有责",投笔从戎乃大丈夫义不容辞之举。从踏上革命征途的那天起,他们就把自己的生命交付给了民族的解放事业,不管条件如何艰苦,环境如何恶劣,他们始终坚信无产阶级革命事业是神圣的,是终将取得胜利的。事实也确乎如此,战争的胜利不说,即使是英雄英勇就义,也必然伴有敌军更大的伤亡或我军的胜利场面出现。二、忠诚——反抗性。一般来说,在英雄人物身上,我们可以清楚地看到是非分明、忠奸对立的二元思维。他们首先在正义与邪恶、人民与敌人、光明与黑暗之间作出明确区分,然后自觉站在正义、人民、光明的一边,在党的英明领导下抗击侵略者,打败反动派。曾经担任过武工队小队长,亲身参加过大大小小无数次战斗的峻青这样说过:"在战争中,我看到了许多英勇顽强忠诚无比的英雄人物,他们为了党和人民的事业,奋不顾身地战斗着。许多战友在我的身边倒下去了,直到流尽了最后一滴血之前,还不肯停止射击。这一切都深深地感动着我,教育着我,给我打下了永恒不灭的烙印。每一想到这些人物的时候,我的心就强烈地激动起来。而在这种时候,我就开始意识到:我必须把这些使我感动的英雄事迹讲出来,写出来,使得更多的人都知道。于是,我开始写作了。"① 三、献身性。在英雄们心目中,把自己的一生献给世界上最壮丽的事业是一件无比光荣的事情,无论是血染沙场,还是狱中受难,同样地悲壮。曲波在谈《林海雪原》创作动机时说:"党所有领导的伟大的革命

①峻青:《峻青谈创作》,中国文联出版公司 1984 年版,第 64 页。

争，把压在中国人民头上的三座大山——帝国主义、封建主义、官僚资本主义连根拔掉了，这是多么伟大的斗争；党所领导的武装斗争，从无到有，从小到大，我们这支党和人民的斗争工具——人民解放军，斗争于山区，斗争于平原，斗争于交通线，也斗争于海滨湖畔，同时也斗争于林海雪原。在这场斗争中，有不少党和祖国的好儿女贡献出了自己的生命，创造了光辉的业绩，我有什么理由不把他们更广泛地公诸于世呢？"[①]是英雄们的壮烈牺牲，是战士们的无私无畏，让作者拿起笔记录下这段难忘的历史。四、坚韧性。面对巨大的伤亡和可怕的酷刑，战士们非但没有被吓倒，反而愈加坚强了。美学家王朝闻在评论《红岩》时曾说，在监狱斗争中，革命者与反革命者的冲突常常表现为精神世界的较量，"作者深切地体验过革命者在监狱内外的精神生活，所以他运用的各种方式的内心描写成为贯彻革命英雄主义和革命乐观主义的一些必要环节。胡浩的入党申请书，'小萝卜头'的梦，丁长发病中的呓语，爆炸声对龙光华引起的幻觉，成岗想象重庆解放后的未来，……这些动人的心理描写充实了许多章节"[②]。在这场比毅力、比意志的精神较量中，英雄们即使偶有动摇，也会很快跳出小我平庸的拘囿，完成意志上的提升和道德上的净化。五、胜利性。黑暗终将过去，反动派终将垮台，伴着喜庆的锣鼓，战士们凯旋归来，脸上绽放着胜利的笑容。生者如斯，死者几何？一个江姐倒下了，千万个江姐站起来，"砍头不要紧，只要主义真。杀了夏明翰，还有后来人"。坚定的共产主义信念使他们坚信：革命必胜，正义必胜。

与战士英雄一道成长的还有农民英雄。早在延安时期，毛泽东便向革命作家提出表现"新的人物、新的世界"的主张，新中国成立后，在电影《武训传》讨论中，在《合作化的带头人陈学孟》一文的按语中，他又进一步号召作家要歌颂促进历史进步的人物，学习陈学孟这样的农民英雄。

从延安文学到新中国文学，农村题材始终是作家取之不尽的富矿，土改运动、合作化运动、人民公社运动……作家们都捧献出大量优秀作品。一方面许多作家出生农村，对农民生活有深切体会；另一方面为了实现思想上的根本转变，知识分子纷纷选取"下放"、"蹲点"等方式深入农村，与农民"打成一片"。由于有充分的

①曲波：《关于林海雪原》，《林海雪原·后记》，作家出版社1957年版。

②王朝闻：《战斗性的心理描写》，《文艺报》1962年第3期，1962年3月。

生活体验和自觉的艺术追求，他们笔下的农民英雄极具感染力，为中国文学的人物画廊平添了几多生气。《太阳照在桑干河上》中的张裕民、程仁、《暴风骤雨》中的赵玉林、郭全海、《三里湾》中的王金生、《红旗谱》中的朱老忠、《创业史》中的梁生宝、《山乡巨变》中的刘雨生、《李双双小传》中的李双双、《艳阳天》中的萧长春等农民英雄不仅健朗明快、积极向上，而且心系集体、大公无私，他们或者是走社会主义道路的带头人，或者是忠心耿耿跟党走的先进农民，或者是农村新生活、新风尚的积极实现者。

取材于解放区土地改革运动的两部小说《太阳照在桑干河上》和《暴风骤雨》，一部以心理描写见长，真实可信地再现了广大农民在土改斗争中，既战胜地主阶级又在精神上获得解放的心路历程；另一部以场面宏大、情节紧张取胜，史诗般地反映了农民在中国共产党领导下与地主阶级展开殊死斗争并取得彻底胜利的全过程。小说中的农民英雄张裕民、赵玉林、郭全海，一个雇农出身，受尽地主盘剥；一个佃农出身，一贫如洗，人送外号“赵光腚”；一个长工出身，与地主韩老六有血海深仇。作为新一代先进农民代表，他们在斗争地主钱文贵、韩老六、杜善人中虽然也曾有过顾虑、动摇，但在工作组教育下，苦大仇深的复仇情绪和斗争精神很快占据了上风，身世的艰辛、地主的欺压、宗族观念的沉重非但没有把他们压垮，反而使他们变得越发坚强，工作组刚一进村，他们就成为土改积极分子，在工作组组长章品、萧祥带领下，依靠群众粉碎了地主阶级的多次阴谋反攻，并成长为土改斗争中的农民英雄。

新中国建立后，分得土地的农民还没有来得及分享自主劳动的喜悦，又在党的指引下迈上了农业合作化征程。这场由私有制到公有制的社会关系改造，在占人口总数80%的农民身上引起的震撼是广泛的、深刻的，作家也不例外。柳青的《创业史》、周立波的《山乡巨变》、浩然的《艳阳天》从不同角度表现了农业合作化是农民摆脱贫苦、走上富裕的必由之路这一主题。作为私有制改造的一种形式，小说对农业合作化运动作了前所未有的肯定与颂扬，不容有任何偏离时政的倾向存在，农民梁生宝、刘雨生、萧长春个个都是农业合作化运动的骨干，具备革命话语下农民英雄的一切要素：勤劳朴实、任劳任怨、胸怀宽广、敢作敢为、想集体之所想、群众之所急、富有人格魅力、在群众中享有很高的威信，前进道路上无论遇到怎样险阻，他们始终坚信合作化是“创业史”的前提、“山乡巨变”的所在、“艳阳天”里的美丽画卷。

如果说土改运动中涌现出来的先进分子张裕民、赵玉林、郭全海的英雄性格主要表现为苦大仇深的复仇心理、坚定不移跟党走的政治自觉、斗争地主的革命意识，那么合作化运动中成长起来的农民干部梁生宝、刘雨生、萧长春的性格构成则主要表现为带领群众共同致富的集体观念、危机关头挺身而出的奉献精神、互帮互助的宽广胸襟。从人物叙事上看，土改运动中的张裕民、赵玉林、郭全海面对的是农民与地主的阶级矛盾，人物性格的核心部分是阶级性，矛盾解决的诉诸方式是惊心动魄的阶级斗争，不是你死就是我亡，不存在任何中间道路可走，它需要的只能是身体力行，甚至是巨大牺牲。到了合作化运动时期，摆在梁生宝、刘雨生、萧长春面前的则是农村的路线斗争——是集体合作还是个体单干，其间虽然也伴有复杂的思想分歧、阶层矛盾，甚至有来自资本主义自发势力的阻挠，但情节发展、性格推进的“斗争”动力明显弱化，引导农民摆脱私有制束缚，走互助合作道路依托的主要手段已不再是暴风骤雨式的敌我斗争，而是和风细雨式的说服教育、无声的榜样示范与适度的思想批判。从性格的发展历程上看，无论是张裕民、赵玉林、郭全海，还是梁生宝、刘雨生、萧长春，他们从人物出场的那一刻起，就注定是“土改”、“合作化”运动的英雄，先进性、革命性、感恩性、集体主义、乐观主义、大公无私、没有精神危机，人物形象通体闪亮，不容你有丝毫质疑，即使是斗争中受地主引诱，有过短时间的动摇、犹豫，但在党和先进分子的教育下，很快便恢复了英雄本色，保持道德上的崇高与向善——革命话语中英雄无私无欲、果敢坚毅的性格底线能确保其超越“小我”规限，升华为“大我”形象。这一过程中，如果出现英雄非死不可的情况，则必然伴有更大胜利场面来冲淡悲情，以维持英雄的壮烈和高尚。

与“战士”、“农民”相比，新时代的工人形象塑造在性格的内涵与实现方面，要显得薄弱与贫乏一些，这自然与工人生活题材的创作长期处于不景气状态有关。尽管不少作家深入工厂，深入铁路、矿山，也写出一些以工人生活为表现对象的作品，如《铁水奔流》

(周立波)、《五月的矿山》(萧军)、《百炼成钢》(艾芜)、《原动力》、《火车头》、《乘风破浪》(草明)、《在和平的日子里》(杜鹏程)等,但实事求是地说,这些小说都不是也不可能是成熟之作。即使是被写入当代文学史教材的《百炼成钢》,也难免烙有包括阶级斗争在内的多种流行观念的印痕,工人形象秦德贵因顾及当时政治需要而不断被概念化和简单化。工人形象塑造的整体贫弱除了与教条主义创作导向的制约有关,也与作家不熟悉工人生活或少有独到体验的“硬伤”分不开。现在,我们来看另一部被载入当代文学史的工人题材作品《上海的早晨》(周而复),小说描写了新中国成立以后党领导工人阶级对民族资产阶级和资本主义工商业进行社会主义改造的全过程,既表现了工人阶级的斗争精神,也写了资产阶级的抗争及被改造、被征服的经过,但塑造得相对成功的却是资本家群落徐义德、马慕韩、朱延年、潘信诚等人,工人形象则明显薄弱。这一问题的出现固然与“为政治服务”的指导方针有关,作家对工人生活的隔膜也是不能忽视的。这也许是现代文学英雄人物画廊中充斥着农民英雄和战士英雄,而少有工人英雄的一个重要原因。

在英雄辈出的工农兵文学中,几乎见不到知识分子的身影,更遑论英雄可言。探究原因,自然不是作家不熟悉知识分子的生存状态,更不是对知识分子在推动社会进步方面已经起到并仍将起到重大贡献这一事实缺乏了解,而是时代的某种教条主义所致,转变立场、改造世界观、走与工农兵相结合的道路是造成知识分子形象匮乏的最主要原因。其实,从“工农兵方向”甫一提出的那一时刻起,知识分子就被赶出了英雄形象的理想国,他们的身份只有在被工农兵同化的过程中才得以确认。纵观从延安时期开始的文学创作,知识分子形象要么沦为汉奸、帮凶(《红岩》里的甫志高),要么被改造、锤炼为革命战士、人民英雄(《青春之歌》里的林道静),前者是资产阶级、小资产阶级的劣根性使然,后者则是党的“教育”、“改造”的结果。从小资产阶级分子到革命战士,“成长”总是其形象完成的中心词。作为成长的引路人,工农阶级在知识分子“改造”、“锤炼”过程中起着非同一般的作用,它既是成长的具体引路人,也是目标的实现者。为这种既定的成长程序制约,1958 年

《青春之歌》刚一发表就遭到了"批评"，指责小说"充满小资产阶级情调，作者站在小资产阶级的立场上，把自己的作品当作小资产阶级的自我表现来进行创作的"；而且认为，"林道静从未进行过深刻的思想斗争，她的思想感情没有经历从一个阶级到另一个阶级的转变"①。为了使林道静的成长符合"既定路线"，杨沫在"讨论"的当年就对小说人物作了很大修改，增加了林道静从事农村革命活动的大量章节。从这一典型事例中，我们可以看出，新中国成立前后文学中的知识分子形象塑造走了一条艰难而狭窄的道路。

从英雄人物的叙事模式上看，这一时期文学中的英雄话语主要有三种类型。

(一) 以对立面的失败完成英雄的塑造。小说《红旗谱》表现的是冀中平原锁井镇两家三代人与一家地主两代人尖锐的矛盾和斗争历程，人物叙事是在正面、助手、反面、胜利者、失败者五个角色之间展开的。第一代农民朱老巩首次亮相就一派英雄气概，"大闹柳树林"的壮举是千百年来农民反抗斗争的一个缩影，为了全镇48村的穷人，他敢"伸一下大拇指头"，带头与地主冯兰池斗争，然而斗争失败了，他在气愤中吐血而死。第一回合较量中，正面人物豪爽侠义，有着一群数量可观的反抗农民支持，但面对反面人物的强大和狡猾，终于没有实现正面——胜利者、反面——失败者的顺向转化，而是倒了个个。第二代农民朱老忠秉承父志，闯关东，回家乡，誓死要为穷人伸冤复仇，但在未找到党之前，只能饮恨苍天，找到党后，开始从自发斗争走向自觉斗争。朱老忠性格构成中有父亲朱老巩的影子，比如古道热肠、爱憎分明、疾恶如仇，但又不同于父亲的卤莽草率，而是深思熟虑。这里，正面人物显得更为成熟，尤其是在找到党之后，反压迫、求解放的思想更为坚定，并且在朱老忠的背后又多了一个能够提供思想支援的正面角色——共产党。正是在党的引导下，阶级兄弟严志和由中立者转向正面的助手，斗争形式开始向着正面——胜利者的方向转化。为了增加人物的性格力度，在朱老忠之前，小说还设置了胞兄朱老明为反对摊派兵款与冯兰池对簿公堂，连输三状，倾家荡产的情节，为正面角色的历练提供经验舞台，同时也从侧面强调了党对农民斗争胜利的至关重要性。第三代农民代表是朱大贵等人，他们的斗争从一

①参见《就〈青春之歌〉谈文艺界创作和批评的几个原则问题》，《文艺报》1959年第4期。

开始就在党的帮助下，接受马克思主义阶级理论指导，节节胜利。至此，我们看到，小说叙事主角不仅实现了家族接力式传递，朱老巩——朱老忠——朱大贵，而且扩大到党组织、人民军队，并且在党的领导下革命性、阶级性进一步增强。而反面人物冯家父子对贫苦大众的剥削、压迫依旧，阶级对立情绪越演越烈，他们不只是冯、严两家的对立面，也是全镇人民的对立面，毁灭因素在一点点积聚。就在双方力量此消彼长过程中，助手严家及其他贫苦农民摆脱了沉重的精神负担，在革命的道路上继续前进。于是，在决定性的第三回合较量中，正面人物取得了彻底胜利，反面人物——地主阶级代表冯兰池、冯贵堂以失败而告终。

既然是斗争就一定会有正反面，有正反面就必然有胜利者与失败者，无论是政治领域的革命斗争，还是思想领域的路线斗争，任何意义上的中立者都是不存在的，他们要么融入时代激流，成为斗争的正面人物、助手；要么变节投降，成为斗争的反面人物、对立面，这既是斗争哲学的必然，也是时代审美旨趣的体现。在新中国文学的人物塑造中，这种正面、反面、助手、胜利者、失败者的英雄叙事占据了主导地位，从军事题材的《保卫延安》、《红日》、《林海雪原》到农村题材的《太阳照在桑干河上》、《创业史》，英雄人物的最终完成都要通过对立面的失败而充分体现出来。

(二)使用替代、比喻、象征等手法完成英雄的塑造。在一些取材于革命战争的作品中，当其中的一个或多个正面人物为革命而光荣牺牲时，这类作品中的英雄形象的塑造如何完成呢？作为一个完整的叙事作品，作者无论如何也不会忘记正面人物向胜利英雄这一角色的转换，以红色江山守护人身份出现的正面人物必然要由新的人物来替代，让革命火种能够延续。这里，我们以王愿坚的小说《党费》为例，来分析这种塑造方式。《党费》的正面人物无疑是共产党员黄新，在艰苦的革命战争年代，她将自己腌制的一坛咸菜作为党费交给了党组织，最后为了掩护同志脱险惨死在敌人的屠刀之下。黄新牺牲后，“我”活了下来，“当天晚上，村里平静了以后，我把孩子哄得不哭了。我收拾了咸菜，从砂罐里菜窝窝底下找到了黄新同志的党证和那一块银洋，然后，把孩子也放到一个箩筐里，一头是菜，一头是孩子，挑着上山了”。“是的，一筐咸菜是可以用数字来计算的，一个共产党员爱党的心怎么能够计算呢？一个党员献身的精神怎么能够计算呢？"在此，作者并未直接写出这场斗争的胜利者和失败者，而是将笔锋转向黄新的献身精神。小说中出现的人物不多，有杀害黄新的白鬼子们，他们理应是人物叙事的反角；有黄新掩护的那个"我"，在作品中"我"接受县委书记魏杰的指示下山和地方党组织联系，是革命队伍的一员，是与正面人物同类型的人物；小说中还出现了村里一些帮助黄新腌菜的妇女，她们是正面人物的助手。正面、反面、助手，《党费》中的人物类型似乎只有这三种。但如果细致分析革命胜利后交党费的人物角色"我"，就能发现帮助黄新完成从正面人物向胜利者转换的重要人物正是这个"我"，"我"与黄新同为革命而斗争，"我"作为新中国主人追忆曾在革命战争年代为救护自己而英勇牺牲的黄新，"我"责无旁贷地承担了英雄的继承人角色。

假如正面人物在牺牲之前无法完成由正面向胜利者的转化，在此，作家们就会找到正面人物向胜利者转化的另一种灵丹妙药，这就是以象征手段来喻指革命斗争的胜利。《红岩》的结尾这样写道，"齐晓轩仿佛看见了无数金星闪闪的红旗，在眼前招展回旋，渐渐溶成一片光亮的鲜红……他的嘴角微微一动，朝着胜利的旗海，最后微笑了。……东方地平线上，渐渐透出一派红光，闪烁在碧绿的嘉陵江上；湛蓝的天空，万里无云，绚丽的朝霞，放射出万道光芒"。这种胜利美景的描写在其他一些以英雄人物为主角的小说中经常出现，类似的例子我们可以一直举下去，它们都具有同一特征，那就是以太阳比喻胜利的曙光，让英雄人物置身于这种胜利之光的披照之中，从而以象征、比喻的方式完成英雄的塑造，满足读者对胜利者的期待。

（三）在助手的帮助下完成英雄的塑造。《百合花》写的是1946 年中秋人民解放军发动总攻时发生在后方的故事。小说对"我"描写不多，但仍能够从中看出"我"在人物形象塑造方面的结构功能。"我"作为部队文工团成员，是为战斗去各连帮助工作的，就战争而言，"我"无疑是助手，"我们文工团创作室的几个同志，就由主攻团的团长分派到各个战斗连帮助工作"。"我"与小说主人公小通讯员一行到了目的地，需要向附近老乡借被子，小通讯员两手空空没借到，新媳妇不借给他。但是当“我”从新媳妇手中借到被子时，小通讯员对新媳妇的误解也就消除了。“果然，他一边走，一边跟我嘟哝起来了。‘我们不了解情况，把人家结婚被子也借来了，多不合适呀！……’我忍不住想和他开个玩笑，便故作严肃地说：‘是呀！也许她为了这条被子，在做姑娘时，不知起早熬夜，多干了多少零活，才积起了做被子的钱，或许她曾为了这条被子，睡不着觉呢。可是还有人骂她死封建。……’他听到这里，突然站住脚，呆了一会，说：‘那！……那我们送回去吧！’‘已经借来了，再送回去，倒叫她多心’。”文中“我”既是一个亲历性的叙事视点，也是英雄人物的助手。除了“我”之外，英雄人物的助手还有其他一些人，如新媳妇，“她低着头，正一针针的在缝着他衣肩上那个破洞。医生听了听通讯员的心脏，默默地站起身说：‘不用打针了。’我过去一摸，果然手都冷了。新媳妇像什么也没看见，什么也没听到，依然拿着针，细细的、密密的缝着那个破洞。我实在看不下去了，低声说：‘不要缝了。’她却对我异样地瞟了一眼，低下头，还是一针一针的缝”。新媳妇在通讯员生前没有把被子借给他，在他死后不仅将衣服缝好，还把那条百合花被子盖在他身上。这是小说最生动的一处细节描写，也恰好说明了新媳妇作为助手角色的隐性内涵。

小说用大量笔墨来写正面人物和助手，尽可能避开对对立面的描写，只有一处作了简单交代，“‘这都是为了我们’……那个担架员负罪的说道，‘我们十多副担架挤在一小巷子里，准备往前运动，这位同志走在我们后面，可谁知道狗日的反动派不知从哪个屋顶上撂下颗手榴弹来，手榴弹就在我们人缝里冒着烟乱转，这时这位同志叫我们趴下，他自己就一下扑在那个东西上了……’”要是没有这段追述文字，我们几乎无法找到主人公的对立面，是“狗日的反动派”使通讯员丧生，人物的反角终于以对英雄个体伤害的形式出现了。通观整篇小说，我们找不出胜利者和失败者，人物设置只有正面、反面、助手，同志间深厚的革命情谊将正面人物、助手联系在一起，并且在助手的全力帮助下，英雄人物呈现出一派立体化的丰姿。一般说来，这种英雄人物塑造模式有较多的人性内涵，革命性与人情性能够在人物个体身上得到充分体现。类似作品还有路翎的《洼地上的"战役"》、宗璞的《红豆》等。

当然,作为新中国文学人物塑造的一种基本范式,英雄形象还广泛存在于其他文学类别中,如诗歌《雷锋之歌》(贺敬之)、《复仇的火焰》(闻捷)、《将军三部曲》(郭小川),散文《雪浪花》(杨朔)、《土地》(秦牧)、《谁是最可爱的人》(魏巍),话剧《战斗里成长》(胡可、胡朋)、《万水千山》(陈其通)、《霓虹灯下的哨兵》(沈西蒙),民族新歌剧《红霞》、《红珊瑚》、《江姐》、《洪湖赤卫队》等。一部新中国文学史(特别是"十七年"文学)几乎就是一部努力塑造英雄形象的历史,从战争题材到农村题材,从小说到诗歌到散文到戏剧,人们在缅怀英雄的同时,也在现实中重塑着英雄。

第四节　知识结构的失衡与主体精神的弱化

"革命文学"倡导以来,作家队伍的工农化和集体化不仅与无产阶级革命的现实需要有着直接的、必然的联系,也与作家主体的纯真信仰和精神状态有关。当我们沿着历史的轨迹来梳理革命文学的发展历程时,首先感到心灵震撼的往往不是作品中无处不在的英雄主义,而是作家们那种勇于奉献、敢于牺牲的乐观精神。他们中的大多数人,走上革命或创作道路时的年龄都在 20 岁左右,思想激进,情绪冲动,富于幻想,在苦难的现实面前表现出强烈的叛逆精神。阅读他们的传记,我们发现,那些走上革命文学道路的现代作家,绝大多数都出身于中产阶级家庭,虽谈不上锦衣玉食、家资万贯,但也是家有良田百十亩、长工佃农数十人。尽管我们的传记作家曾用"家道中落"、"生计艰难"、"破落不堪"等模糊性词语进行虚饰,来拉近他们与工农群众之间的距离,可透过"出生不久家庭即遭变故"、"家境日渐衰落"、"少年好学"、"向往光明"、"走向革命"等描写,还是能够从中发现他们的家庭背景、受教育程度以及走向革命的许多微妙之处。

"义勇军进行曲"的词作者、被后人称为半部中国现代话剧史的田汉,其祖上是晚清大地主,家里田地数十亩不说,还拥有六七张织绢机,家境殷实程度可想而知。"普罗文学"创始人之一的胡也频,父亲是在福州开戏院的,父慈母爱,生活富庶。"左联五烈士”中的女强人、生于潮州地区名门望族冯公馆的千金小姐冯铿，父亲是当地的盐官。以《为奴隶的母亲》、《二月》享誉中国现代文坛、备受鲁迅青睐的柔石，父亲在浙江宁海开有一家水产店，虽不是大富人家，但生活过得还算不错。被称为“红色鼓动诗人”的殷夫，其家在浙江象山不仅有大片水田，而且哥哥还是国民党的高级军官，他曾多次被捕，均因为哥哥的政治关系而获释放。无产阶级文学理论家、中国共产党驻“左联”的领导人冯雪峰，家中“置有两进两横的砖瓦房，在村中和邻村的农家中，也是数一数二的房舍”。出身四川安县的沙汀，其家族有 200 亩地产，他自己也曾说，“我们的房子相当大，前后三进”，“门堂很深，夜里要是没有人伴送，我一个人是不敢进出的”。“五四”时期以一篇《莎菲女士的日记》崭露头角、后又以《太阳照在桑干河上》获得斯大林文学二等奖的女作家丁玲，家族四代为官，父亲曾留学日本，家中开有一个药铺，还置有几十亩稻田。“戴着脚镣走上诗坛”、用“芦笛”吹出一曲感人至深的“大堰河——我的保姆”的艾青，父亲是金华市的大地主兼资本家，除了“拥有几百亩土地、几十个佃户”之外，还与人合伙开了“永富祥”、“蒋贤兴”两家杂货店。被人们称为“中国的吉卜赛作家”、以流浪汉眼光写西南边陲风光的艾芜，家族也有良田 60 亩，长工数十人，他后来的流浪生涯肯定与家境“贫寒”无关。“白洋淀”派创始人、以诗化小说创作著称的孙犁，父亲是冀中平原经营榨油、轧棉花以及金融业务的“永吉昌”号的掌柜，家庭生活十分富裕。为革命事业放声高歌的诗人郭小川，家族是冀北地区一个“中等水平”人家，“独门独户的小四合院比一般人家稍显精致，幽静”，其父曾做过县教育局长兼禁烟局局长。文学生命从延安开始，喝着延河水、吃着小米饭写出“东方黎明的钟声”的刘白羽，生于北京“一个富有的商人家庭，据说最阔绰的时候，在北京有九家店铺”。“山药蛋派”领军人物赵树理，家中也有十几亩“薄地”。即使是那些被传记作者认为是真正贫农出身的革命作家，如叶紫、胡风、牛汉、贺敬之等人，他们的家境也不像人们所想象的那样贫穷，而是或有一份可观的资产，如房子、田地、店铺等；或有一定的固定收入，如开店面、做官吏、当教师等，他们与阶级论意义上的劳苦大众有很大区别。

在对革命作家的家庭背景有了初步了解之后，我们再来看一下他们的受教育程度。与“五四”新文学阵营中大多数知识分子出身“学院”并接受过良好的高等教育相比，后起的革命作家则大多数没有接受过正规化与系统化的高等教育。依据学历构成情况，我们大体可以将他们走上革命道路前受教育程度分为四类：一、中学或高小。如胡也频、李劫人、萧军、萧红、李辉英、舒群、姚雪垠、丘东平、路翎、骆宾基、马烽、西戎、柳青、周立波、康濯、刘白羽、贺敬之、林默涵、李季、闻捷、峻青、杨朔、杨沫、吴强、陈登科、雪克等。二、中等师范。如冯雪峰读的是“浙江省第七师范”；柔石读的是“浙江省第一师范”；田汉读的是“湖南长沙师范学校”，后来到日本留学读的也是东京高等师范；叶紫读的是“湖南省立第一师范学校”；臧克家读的是“山东省立第一师范”，1930 年 25 岁时才进入国立青岛大学；欧阳山读的是“广州市师范高中”；草明读的是“广东省立女子高中师范学校”；沙汀与艾芜读的都是“四川省立成都师范学校”；孙犁读的是“保定师范学校”；赵树理读的是“山西省立第四师范学校”；郭小川读的是“中山中学高级师范班”；梁斌读的是“河北保定二师”。三、大学肄业。如茅盾、胡风、张天翼读过北京大学预科，蒋光慈结业于莫斯科东方共产主义劳动大学中国班，艾青肄业于杭州艺术专科学校，丁玲、戴望舒曾在上海大学短暂就读。四、大学毕业。如郭沫若、冯乃超、李初梨毕业于东京帝国大学，卞之琳、何其芳、李广田毕业于北京大学，绿原毕业于复旦大学，汪曾祺毕业于西南联大①。以上这四类人物作为中国现代革命文学的主体，不仅文化程度参差不齐，而且知识结构也明显不合理。

什么原因使得这些家庭境况尚不错的青年人中的大多数没有完成渴望已久的高等学业，就匆匆走上了文学创作道路？是动荡不安的社会时局，“华北之大，已难容下一张课桌”所致，理由似乎并不充分。我个人认为，这与政治革命的理想召唤、社会变革时期青年人的叛逆性格密切相关。在中国现代文学上，有三个时段政治革命对作家的召唤尤其强烈：一是“五四”退潮到“大革命”兴起，二是“左联”成立到抗战爆发，三是解放区“讲话”发表到新中国成立以后。这三个时段的革命斗争和建设运动对作家从个体主义转

①参见宋剑华：《百年文学与主流意识形态》，湖南教育出版社 2002 年版，第 265—267 页。

向集体主义起到了至关重要的推动作用。

“左联”前后走上文坛的那些青年作家大都是在“五四”精神影响下，抱着思想启蒙、救亡图存的美好愿望，从青少年时代便开始走出家门，直接面对动荡不安而又充满无限诱惑的社会时局，他们当时的年龄还只有十几岁，正值求学的最佳时间。政治革命的巨大冲击和《新青年》、《新潮》、《每周评论》等刊载的新思想的反叛魅力，使得这些莘莘学子既感兴奋又无所适从，一方面他们还没有来得及储备足够多的学养就匆忙拿起笔来，实现自己的作家梦；另一方面他们又以未成年的青春期躁动参与到社会变革的成年人行为中，学生运动、群众集会、阶级斗争取代了正常的知识学习。丁玲、殷夫、艾青、田间虽然曾进入过大学，但没有心思认真读书，胡风、张天翼考上北京大学，革命洪流却很快便将他们拉出校门。在这些年轻人的心理天平上，革命的重要性远远超过了读书求学的兴趣，年仅 15 岁的殷夫读中学时，就忙于参加各种各样的学潮活动，“整日在外奔忙，家里很少见到他的身影”①。16 岁的叶紫在北伐军攻克武汉之后，就毅然放弃了正常学业，“生活在这样一个大革命时代，他的家又在湖南这样一个革命搞得热火朝天的地区，不可能不被卷到革命的漩涡中去”②。16 岁的艾青“第一次义无反顾地走进大的时代的斗争行列”，“他仿佛望见了一个至真的时代真理，像一团火球向他滚来，他多兴奋，他想欢呼，却又眼花缭乱”，他告诉父亲“他决定去广州投考‘黄埔’”③。其他如臧克家、沙汀、丁玲、丘东平等人，也都在革命的狂热召唤下，远离了书斋，走向社会舞台。“抗战”前后走向文坛的青年作家，情况基本相同，国破家亡的危难关头，他们渴望投入战斗，成为革命的主体力量。16 岁的贺敬之、18 岁的郭小川、15 岁的刘白羽、18 岁的康濯、17 岁的杜鹏程、16 岁的马烽、20 岁的田间都是在民族矛盾空前激化的紧要关头中断学业，以笔代枪参加抗日战争的。

如果说救亡图存的革命召唤是年轻人未能完成学业而匆匆走上文学创作道路的一个外在诱因，那么年轻人青春期的情绪躁动、叛逆心理则是中断学业、走向革命的一个内在动因。阅读革命作家们的传记，我们发现，他们在校学习成绩往往一般，但接受新思想、新事物的能力明显高于常人，“五四”运动的科学、民主大旗以

①参见郑择魁：《左联五烈士评传》，重庆出版社 1995 年版。

②参见周葱秀：《叶紫评传》，重庆出版社 1993 年版。

③参见骆寒超：《艾青评传》，重庆出版社 2001 年版。

及反帝反封建的启蒙思想，在他们成长道路上起到了巨大的精神“照亮”作用，以至于后来他们每每谈及“五四”，无不心潮澎湃，激动不已，说“那时候心中的落寞全靠床头的几本《新青年》打发，脑子里装的除了陈独秀、胡适之，就是易卜生、尼采……”青春期的多愁善感、情绪浮躁、思想偏激、耽于幻想等特征经“个性解放”、“平等自由”思想的点燃，反叛性愈加强烈。丁玲十五六岁时思想就非常活跃，中学三年换了三个学校，“对社会的不满意和对美好未来的幻想与憧憬”使她较早地萌生了改造社会的愿望。她积极参加学生运动，要求男女平等，“用旗杆打跑议员的革命举措”充分显示了这位湖南辣妹子的泼辣个性。富家子弟殷夫天性浪漫，想象奇幻，15 岁时就自我宣称“我早知光明的去路”，“积极参加党所领导的革命活动”，并被确定为“培养和发展的对象”。艾青在中学时代就极具叛逆精神，他“不算是守纪律的学生”，学习成绩也不好，经常与老师发生思想冲突，而且还敢戏称父亲为“父贼”，这种被研究者普遍认为是“反叛精神”的行为，直接导致了他后来的浪漫主义诗人气质的形成。在胡风、田汉、沙汀、艾芜、叶紫、胡也频、臧克家、田间、孙犁、郭小川、刘白羽、赵树理等革命作家的传记中，也有类似的相关记载。我们姑且不去考证这些材料的真实性如何，但有一点是可以肯定的，他们青春期呈现出来的叛逆性情与无产阶级革命的激进要求是合拍的。

值得一提的是，在革命斗争和青年人的反叛情绪之间往往有一个重要的中介角色——职业革命家。从已出版的传记作品来看，他们在走上无产阶级革命道路的过程中，几乎都曾有过革命家的思想教育和政治引导。叶紫中学时代就与共产党人卜息园交往密切，他的叔叔余潢则更是对他进行过直接的共产主义理想教育。丁玲早期的思想启蒙老师是她的九姨、中共妇女运动领导人向警予，后来共产党人瞿秋白、冯雪峰也先后对她的人生道路产生过很大影响。冯雪峰在北京大学当旁听生时，从李大钊那里接受了无产阶级革命教育，后来他曾说：“李大钊同志才是真正革命的‘理想的人’，他的马克思主义的思想和信念促使我开始读一些社会科学的书。”臧克家在武汉中央军事政治学校学习时，从恽代英、邓演达、郭沫若、苏兆征那里接受共产主义思想，并加入中国共产党，他说，“这一时期的生活，印子似地深深打在我的生命史上！”16 岁就到延安的贺敬之，完全是在毛泽东思想的阳光雨露滋润下成长起来的“红小鬼”。正是在这些革命家的引导下，一批批热血青年从四面八方奔赴延安，走上了革命道路。社会的动荡不安、无产阶级革命理想的召唤、青年人特有的叛逆个性这三个因素在使他们尚未来得及完成高等学业，就匆促走上社会的同时，也造就了他们“战士”与“诗人”的双重身份。当他们把一腔热血献于民族救亡的伟大事业，以笔为枪记下那段难忘的血泪史时，他们的作品必然会洋溢着强烈的集体主义战斗精神。

走上革命道路之后，他们一方面身体力行，参加革命活动，以战地记者身份深入前线采访慰问，下乡任职，巩固农村政权；另一方面自觉响应革命文艺号召，调整创作视角，“渐由个人主义趋向集体主义”①。依据“左联”执委会决议，他们把理应广泛取舍的创作题材局限在以下五个方面：“(1)作家必须抓取反帝国主义的题材——描写帝国主义对于中国劳苦民众残酷压迫和剥削，分析帝国主义和封建势力，军阀地主资本家的政权，以及各派资产阶级的利害冲突，暴露帝国主义瓜分中国和以中国作军事根据地进攻苏联的阴谋，中国民众反帝国主义的各种英勇的斗争等；(2)作家必须抓取反对军阀地主政权以及军阀混战的题材——分析这些和帝国主义的关系，分析中国社会的阶级关系，描写农民和士兵对军阀混战的憎恶及其反抗的斗争和兵变等；(3)作家必须抓取苏维埃运动，土地革命，苏维埃政权下的民众生活，红军及工农群众的英勇的战斗的伟大的题材；(4)作家必须描写白色军队‘剿共’的杀人放火，飞机轰炸，毒瓦斯，到处不留一鸡一犬的大屠杀；(5)作家还必须描写农村经济的动荡和变化，描写地主对于农民的剥削及地主阶级的崩溃，描写民族资产阶级的形成和没落，描写工人对于资本家的斗争，描写广大的失业，描写广大的贫民生活等。”② 正是在反帝反封建革命思想指导下，青年作家们开始了“战歌”抒写，以前所未有的豪情揭示了中国民族资产阶级的软弱性和妥协性，以及他们与西方资本主义、中国封建势力千丝万缕的错综关系的《子夜》(茅盾)，表现中国工农民众阶级意识空前觉醒和奋起反抗的《短裤党》(蒋光慈)、《丰收》(叶紫)，用革命的理想主义去教育和鼓舞人

①蒋光慈：《关于革命文学》，《太阳月报》第 2 期，1928 年 2 月。

②《中国无产阶级革命文学的新任务》(“左联”执委会决议)，《文学导报》第 1 卷第 8 期，1931 年 11 月。

民大众的革命斗志以及增强他们革命信心的《尘影》(华汉)、《前线》(洪灵菲)……可以说革命作家们以其思想认识的高度一致性,表达了他们对政治革命的主观理解,宣泄了他们作为革命战士的浪漫情怀。

《讲话》发表以后,革命作家们在思想改造之风的触动下,纷纷选择"下乡"、"小组学习"、"批评与自我批评"的方式深入阶级斗争生活,试图在革命战争的疾风暴雨中全面实现世界观、人生观、文艺观的转向。在他们的思想视野里,既然"工农兵"大众是中国革命的主力军,是推动人类历史向前发展的原动力,那么"描写工农,表现工农,把他们的平凡而又光辉的姿态,在文艺作品中如实地表现出来"就成为了理所当然[①]。既然"我们"的人生态度与"人民大众"的革命需要有着惊人的一致性,那么"我们"就应该自觉站在"人民大众"立场,去表现他们的战斗生活和理想追求。由于"群众"、"人民大众"、"我们"在任何时候都是一种抽象的集合概念,所以"文艺为工农兵服务"实际也就变成了为"工农兵"意识形态代表服务。

进入解放区文学世界,读者目光所及的是一个"没有暴力的统治,没有政治的腐化,没有中世纪的黑暗,没有令人难以提防的恐怖,没有监视光明行动的阴影"的理想社会[②],几乎看不见作家主体的自我意识和批判精神。在这块梦幻般美丽的土地上,工农大众争相传递着翻身解放的喜讯,自由呼吸着民主、平等的生活气息,普遍都具有崇高的思想觉悟和人生理想,他们精神饱满,思想健康,敢于牺牲,乐于奉献,以一种乐观、向上的英雄形象出现在我们面前。不同于"五四"文学的思想型"狂人",他们似乎更加注重行动,个体意识大大淡化。人物形象画廊中挤满了无产阶级新人,如赵树理笔下的小二黑与小芹、丁玲笔下的程仁与张裕民、李季笔下的王贵与李香香、周立波笔下的赵玉林与郭全海,他们对于日本帝国主义侵略和地主阶级统治有着本质认识,对革命前途充满信心,他们的反抗斗争已不再是左翼作家笔下那种粗犷式的"暴民"行为,而是在党的领导下,有着明确革命目的的集体斗争。在这些"以写光明为主"的工农兵文学中,革命作家放弃了知识分子的个人立场,走上了阶级化的集体道路。

①林默涵:《关于人民文艺的几个问题》,《群众周刊》(香港)1947年第19期。

②艾青:《我对于目前文艺上几个问题的意见》,《解放日报》1942年4月23日。

为了对革命作家的话语转换有一个清楚的了解，下面，我们来看一看解放区作家的创作谈话。赵树理说他之所以要把“小二黑结婚”从原始材料的悲剧改变成现实作品的喜剧，在于他从主观上已经认定受过无产阶级革命思想教育的新型中国农民已具备了把握自己命运的能力，他自己不过是“真实”地预示了这种潜在的趋势[①]。柯蓝说她把《洋铁桶的故事》写成浪漫传奇，是“有意识地来集中反映我们人民愚弄日本帝国主义者，并最后击败它，也有意识地来集中反映我们人民的智慧、幽默和他们的斗争艺术”，这两个“有意识”是时代赋予作家的神圣使命[②]。丁玲说她在构思《太阳照在桑干河上》时，已经让强烈的主观意识“钻到人心里面去”，并将工农阶级的爱憎情感注入到每一个被表现人物的灵魂里，从而使作品正反两方面形象都成为工农阶级感悟历史、认知现实的思想结晶[③]。孙犁说得更加坦率，他的“荷花淀系列”就是“要追求一种生活与艺术的真善美极致”，要充分展示人民大众对革命战争的乐观态度与坚定信心[④]。从解放区作家的内心独白中，我们深切地感受到，在《讲话》精神的鼓舞下，他们深入田间地头，体验工农生活，用生动丰富的民间形式表达“我所认为”的生活真实。由于革命形势的飞速发展和人民解放战争的一路凯歌，人们在以胜利的喜悦迎接、拥抱一种新政权形式的同时，也以热烈的心态接受了一种浪漫的艺术真实，在这种背景下，解放区文学被作者和读者同时赋予了现实存在的合理性和道德教育的有效性。

从新中国成立到“文革”结束，革命话语、阶级斗争话语成为文艺界的主导声音，整个文坛几乎是一种思想、一种色调、一个话题，那就是在颂歌、赞歌的声中，发出的“生命不熄，战斗不止”、“革命革命再革命”的呐喊。凭借一股不可阻挡的理想主义豪情，文学创作从“追忆历史”和“美化现实”两个方面同时展开。

首先，广大作家以参与者的身份深情地缅怀革命历史，以胜利者的姿态来重新抒写历史，他们尽情发挥文学创作的艺术虚构性和自由想象力，自觉承担起创作革命英雄史诗的时代重任。梁斌在谈到《红旗谱》创作初衷时说，小说通过描写朱老忠坎坷不平的人生道路，以及他从一个缺乏阶级觉悟的落后农民成长为一名革命战士的思想历程，用艺术化的表现手法生动地展示了中国农民

①董均伦：《赵树理怎样处理小二黑结婚的材料》，《文艺报》1947年7月第10期。

②柯蓝：《洋铁桶的故事·后记》，转引自许志英、周忻主编：《中国现代文学主潮》（下），福建教育出版社2001年版，第202页。

③丁玲：《生活、思想与人物》，《人民日报》1955年第3期。

④孙犁：《文学和生活的路》，《文艺报》1980年第6期。

革命的伟大壮举，进而见证“中国共产党领导农民夺取政权的全过程”。吴强说他创作《红日》，是因为“全国解放以后，——有一种欠了债急需还债的感觉”，所以他要以饱满的政治激情去追忆历史并重塑历史。雪克在谈到《战斗的青春》的主题时，说得更为直接，“一部作品思想健康，就能够在思想战线上成为有力的武器”，“为了能使作品在思想战线上起一些战斗作用，还是冒了宁可降低艺术性的风险，夹进了一些议论”。甚至连以古代历史为创作对象的姚雪垠也声称，“我作为毛泽东时代的作家”，虽然写的是明末农民起义，但运用的却是现代革命斗争的思维方式，“为无产阶级专政的利益占领历史题材这一角文学阵地，填补起五四新文学运动以来长篇小说的空白”①。作家们如此坦诚直言，无非是要告诉人们，他们对于革命斗争历史的追忆与赞誉，并不是出于文学本身的自觉和主体精神的昭示，而是出于政治一体、思想一致的忠诚。他们对于英雄主义的高度渲染，也是出于对革命历史的主观认同。正是在这一点上，我们说，军事题材小说的存在意义在于以一种记忆的方式去传递革命斗争的光荣传统，而这一光荣传统的形象化表述，反过来又会作用于翻身解放的工农大众，使他们主动地继承和发扬这种传统，并最终将其定格为人类历史的永恒价值。

其次，追忆历史是为了抒写现在，而抒写现在是为了拥有光辉的未来，实现革命的远大理想。作为联系历史与未来的中间纽带，“现在”在某种程度上起着为历史定性和为未来立法的作用，因此，作家们在追忆历史的同时，也没有忘记美化现实。革命斗争的全面胜利不仅给工农大众带来了无限欣喜，也让他们看到了实现无产阶级革命的最高理想——共产主义——的一缕晨光。他们强烈渴望将“革命”在各个领域、各条战线上进行到底。投射到文学作品中，我们看到，作家们大多“人为”地把社会划分为两个尖锐对立的阶级群体：一方是以新型农民为代表的工农大众，另一方是以“地”、“富”、“反”、“坏”、“右”为代表的反动势力。作家们就是在这种“革命”与“反革命”的两极对立叙事中，舒展着他们的政治想象力，“真实”而“生动”地表现了人民大众的革命理想和走社会主义道路的空前热情。赵树理的《三里湾》、周立波的《山乡巨变》、陈登科的《风雷》之所以被人们视为反映新中国农村社会变革的经典作

①参见孔范今主编：《20世纪中国文学史》(下)，山东文艺出版社1997年版，第1014页。

品，就在于作者以文学的方式美化了这段复杂的社会历史，有意识地将那些农民形象描写成为“党的忠实儿子”，并精心塑造他们身上表现出来的“当代英雄最基本、最普遍的性格特征”①。阅读这些作品，印象最为深刻的莫过于那些翻身解放的新型农民，他们不仅具有一定的马克思主义理论水准，坚决拥护走社会主义的革命道路，而且也能果断地诉诸行动，旗帜鲜明地同一切反动势力作斗争，并最终取得胜利。

“文革”中，为多次政治运动洗礼，作家中有一部分人已经从骨子里投身到革命的怀抱，即使遭受到难以承受的人格凌辱和精神摧残也一如既往，丝毫不怀疑这场“大革命”本身的正确与否，而是以虔诚的心态积极响应革命召唤，继续跟上革命。与共和国一起成长的政治抒情诗人郭小川，“文革”期间在湖北咸宁干校“劳动改造”时，常常手握镰刀，赤裸上身，边走边使劲唱歌。艰苦劳动之余，仍然坚持写作，写下了这样豪迈的诗句，“我们怎能不欢乐！——因为我们拼命劳动；我们怎能不欢乐啊！——因为我拼命劳动。”(《江南林区三唱》)从他写给妻子的家信中，我们可以进一步看到这位诗人忠于党、忠于革命的真实心态。“早已下定决心，照着伟大领袖毛主席的教导办事，永远在学习毛泽东思想、和工农兵结合中改造世界观，永远生活战斗在第一线。”②有着相似“忠心”的还有郭沫若、赵树理、巴人、沙汀、臧克家等。

无论是人物形象中的工农兵与知识分子之间“进步”与“落后”的思想对位，还是作家本人的自卑自艾，都意味着知识分子主体精神的某种丧失，这无疑是一个充满痛感的时代悲剧。

①柳青：《提出几个问题来讨论》，《延河》1963年第8期。

②郭小川：《郭小川家书集》，百花文艺出版社1988年版，第193页。

第六章

革命叙事的经典化与知识分子的精神形态

第一节　权威主义与唯意志论倾向

形形色色的权威主义，亦即专制主义，在中国历史上一直不绝如缕，20世纪亦然。晚清后期，为了疗治封建沉疴，挽大清帝国于即倒，1906年，梁启超在《新民丛报》上撰文，明确提出，“今日之中国，与其共和，不如君主立宪；与其君主立宪，又不如开明专制”的主张，在知识界引起广泛共鸣。何谓“开明专制”，文中梁氏以分类界定的方式进行了解说，“凡专制者，以所专制之主体的利益为标准，谓之野蛮专制；以所专制之客体利益为标准，谓之开明专制”。“吾欲申言野蛮专制与开明专制之异同，吾得古人两语焉以为之证：法王路易十四曰：‘朕即国家也。’此语也，有代表野蛮专制者之精神也；普王腓力特列曰：‘国王者，国家公仆之首长也。’此语也，则代表开明专制之精神者也。”①

显然，梁启超心目中，作为君主立宪前奏的所谓开明专制，指的是在开明君主统治下，实行一些带有资本主义色彩的社会改革，逐步为实行君主立宪打下基础。在梁氏看来，“夫开明专制，非不美之名词也”，它“以发达人民为目的”，“与立宪同一状况”，“是立宪所由之阶段”，区别仅在于宪法公布与否。经过若干年的开明专制，再“移于立宪，拾级而上”，既为立宪准备了施政资源，又缓解了新政权初建时与“旧社会一大部分人”的利害冲突。应该说，梁氏开明专制思想确有其合理成分，如重视开民之智，包括启蒙理性之智、参政议政之智、思想解放之智。一定意义上说，民主的实施依赖的就是民智的开化程度，梁氏把开明专制作为“民主”践履的起步是有其道理的。但是，无论怎样“开明”，开明专制终归仍是专制。既然是专制，就意味着统治者手中掌握着最高权力，没有另外

①梁启超：《饮冰室合集·文集之十七》，中华书局1989年版，第22页。

一种权力来制约他。“开明”与否，全仗权力本身，没有任何一种外在机制的保证。换句话说，欲通过开明专制走向民主，就得把民主的希望寄托在个别强权人物身上。在近代中国，这种强权人物不能不是封建势力的代表，而他们恰恰又是民主革命的对象，怎么能作为“开明专制”的动力出现呢？民主与专制的二元对立，以及封建军阀的别有用心，注定梁氏的“开明专制”结局只能是“与虎谋皮”，播下龙种，收获跳蚤。1898 年借光绪帝之名行“开明专制”之实，1915 年前后拥袁复辟，1917 年段祺瑞政府的“入阁”实践无不以失败而告终。

梁启超的“开明专制”实践虽然失败了，但专制主义的幽灵却依然存在，1933 年，蒋廷黼、丁文江、钱端升抛出“谬论”——独裁是当时中国最好的、唯一的选择，他们这种异乎寻常的见解立即引起胡适等人的强烈反对，进而拉开了“民主与独裁”论战的序幕。作为论战的始作俑者，蒋廷黼同当时大多数知识分子一样，对中国四分五裂的局面痛心疾首，在他那里，统一与建国是中国最紧要之事。1933 年底，在《革命与专制》一文中，他先是对中国近代以来的革命活动进行抨击，认为“我们没有革命的能力和革命的资格”，接着又引证英法俄三国近代化经验，作为佐证材料。“各国的政治史都分为两个阶段，一是建国，二是用国来谋幸福”。中国“虽经过几千年的专制，不幸我们的专制君主，因为环境的特别，没有尽他们的历史职责”，故当务之急便是建立这种专制，建立一个无所不能的中央政府①。“我所要求的是……有一个中央政府。有了个这样的中央政府，教育、工商业及交通就自然而然的会进步。”② 这段文字很好地反映了蒋廷黼对国家、政府、社会三者关系的整体理解。

蒋廷黼的“独裁论”很快得到了钱端升、丁文江的积极响应。1934 年 1 月，钱端升在《东方杂志》上发表《民主政治乎？极权国家乎？》一文，笃信“独裁是一种最有力的制度，苟不用独裁则民治时代一盘散沙式的生产制度将无法可以纠正过来”，极力为“独裁派”张目，并异想天开地表达对国民党独裁的乌托邦幻想：“如果国民党能独裁，一方面铲除破坏统一及阻碍中国近代化的阶级，一方面则偏重于大多数人民的利益，则这种独裁的结果必定可以增加国家的权力，增进民族的经济地位，并得到大多数人民的赞助。”③

①蒋廷黼：《革命与专制》，《独立评论》第 80 号，1933 年 12 月。

②蒋廷黼：《论专制并答胡适之先生》，《独立评论》第 83 号，1934 年 2 月。

③钱端升：《民主政治乎？极权国家乎？》，《东方杂志》第 30 卷 1 号，1934 年 1 月。

时局危难，人心思变，启蒙思潮渐成大势，为什么在这种情形下，还会出现梁启超的“开明专制说”、蒋廷黼的“独裁论”呢？从广泛的文化背景来看，是“救亡压倒启蒙”。在中国文化中，群体、社会、国家的利益始终高于个人利益，为了群体和国家，个体往往可以牺牲一切，乃至自由。因此，作为启蒙要义的个性解放、自由、民主等思想必须置于富国强兵的标尺下进行衡量，一旦不能在短时间里实现救亡图存，它们便会遭到挤兑与压制。对于20世纪30年代出台的“新独裁论”，人们的惯常解释是“富国强兵重于自由民主”。公允地说，救亡图存的战时文化心态在其中起到了至关重要的作用，“独裁论”倡导者无一例外地均把立论基础置于“国难时期的需要”，丁文江在《再论民主与独裁》一文中曾有一段沉痛的表白：“我宁可在独裁政治之下做一个技师，不愿意自杀，或是做日本的顺民。”①但我们也应看到知识分子面对时局的主体选择因素，否则，便无法解释这批知识分子为什么在“国难当头”之时没有提出其他的救国策略，而仅仅是提出“权威主义”的独裁专制。其实，在中国近代化过程中，知识分子一直都扮演着意识形态传播者和维护者角色，无论是激进还是保守，他们都试图通过意识形态的倡导来一揽子解决问题，独裁、专制只是其中的一种罢了。只不过，因为“开明专制论”和“独裁论”系封建思想流毒，为虎作伥，有悖自由、民主思潮和马克思主义阶级斗争理论，所以遭到以胡适为代表的自由主义知识分子和早期马克思主义者的一致批判，最后不得不在“复辟逆流”声中草草收场。

权威主义不仅是一种政治制度，而且是一种有着广泛影响的社会思想。与梁启超“开明专制论”、蒋廷黼“独裁论”相对应的是文学中的“强力”主义、“伟丈夫”思想、“唯意志”倾向。早在1902年，梁启超就提出带有启蒙色彩的“新民”说，希望通过小说这一民间文体，实现“立国”的政治目的。梁曾在《新民丛报》上对“政治小说”进行了界定，他说：“政治小说者，著者欲以吐露其所怀抱之政治思想也。其立论皆以中国为主，事实全由于幻想。”为了说明“新民”的人格理想，他引证英美等国现代化的经验，认为“然今之亚美利加，犹古阿美利加，而央格撒逊民族何以享其荣？古之罗马，犹今之罗马，而拉丁民族何以坠其誉？或曰：是在英雄。然非无亚历

①丁文江：《再论民主与独裁》，《独立评论》第137号，1935年1月。

山大，而何以蒙古几不保残喘？呜呼噫嘻，吾知其由”①。从这里我们依稀可以见出，在梁的心目中，之所以要“新民”，是为了“强国”，而“强国”得依靠英雄，因而“新民”的指向就非圣君贤相、英雄力士莫属。梁启超作小说《新中国未来记》（未完）和剧本《新罗马传奇》，其中就出现过大段的英雄主义议论，《新中国未来记》第三回“求新学三大洲环游，论时局两名士舌战”，记黄克强（与黄兴字号偶合）与李去病两人自欧洲留学归来，途经山海关，进行一场辩论，黄主张君主立宪，利用“一位君主，几位名臣，风行雷厉，把这民间事业整顿得件件整齐，桩桩发达，这岂不是事半功倍吗？”李主张重演“法兰西革命戏本”，把中国“划到干干净净”，然后建立美国式代议制政体。其实，无论是“君主立宪”还是“法兰西革命”，它们的共同之处都是极力强调圣明君主、革命英雄“强力”的作用。

为了集体、民族、国家的利益，梁启超主张强力、进取、冒险精神之必要，“欧洲民族所以优强于中国者，原因非一，而其富于进取冒险之精神，殆其尤要者也”②。“新民”思想中强力、进取、冒险精神的强调倾注了梁启超对民族的深情、对国家的挚爱，但也在不经意间使他陷入了“利群”与“利己”、“自由”与“强力”、“民主”与“专制”的二元吊诡。“权利何自生活？曰生于强……古代希腊有供养正义之神者，其造像也左手握衡，右手提剑，衡所以权权利之轻重，剑所以护权利之实行……国民不能得权利于政府也，则争之，政府见国民之争权利也，则让之；欲使吾国之国权与他国之国权平等，必先使吾中国人人固有之权皆平等；必先使我国国民在我国所享之权利，与他国民在彼国所享之权利平等，若是者国庶有廖。”③这里，梁启超不是没有看到个人权利的重要性，也不是否认个人权利在整个“权利”天平上的地位。如果说有什么原因令其无暇旁顾的话，那就是现实的“强力”需求。思想历来很难在不安的灵魂中生成，权利“生于强”的判断不就意味着“强权即公理”吗？顺着这一思路，我们便不难理解他在《论政府与人民之权限》一文中对“集权主义”的维护，从“人各有权”的民主倡导者转变为“权各有限”的专制维护者。试问：面对一位饥肠辘辘的乞讨者，你与他大谈特谈“吃得太饱”的害处，不是在拿他寻开心或不负责任吗？在中国，根本不是什么“人民之权无限以害及国家”，而历来都是“政府滥用权

①梁启超：《梁启超选集》，上海人民出版社 1984 年版，第 207 页。

②梁启超：《饮冰室文集》，中华书局 1936 年版，第 37 页。

③同上书，第 50 页。

限侵越人民”。对此，梁启超并非没有认识，“中国先哲言仁政，泰西近儒倡自由，此两者其形质同而精神迥异”①。然而，不可思议的是梁启超在接受政府必须保护民众权限理论的前提下，又将国家、政府、英雄的权限高高置于民众头上，这显然是封建专制主义的某种改良与延续。

新文化运动前后，各种各样的西方思潮蜂拥而至，康德、叔本华、尼采、柏格森对“五四”文学产生了广泛而深刻的影响，第一次“尼采热”就发生在这一时期，陈独秀、李大钊、胡适、鲁迅、蔡元培、傅斯年、郭沫若……几乎人人都谈尼采，谈“重估一切价值”，甚至是新文化运动的反对者林琴南也在其文言小说《荆生》、《妖梦》中呼唤强力英雄——“伟丈夫”出现，希望他能用武力镇压金心异（影射钱玄同）等新文化运动健将。面对积重难返的封建文化，陈独秀、李大钊从人的主体意志出发，强调斗争，重视伟力。陈独秀用生物进化论的生存竞争、优胜劣汰来论证“人力胜天命”，得出结论：“抵抗力者，万物各执其避害御侮自我生存之意志，以与天道自然相战谓也。”②李大钊不但认为整个生物进化史是生命系列为了达到“全生之志”而不断与环境作斗争的历史，而且认为牛顿力学的宇宙“阖辟”两种力量、叔本华哲学的“意志”、斯宾塞学说的“抵抗”是“言不必相谋，理实有相通，森罗万象，各具意志”③。虽然在历史与意志的关系问题上，陈、李均不同意英雄史观，认为历史取决于“众意总集”，而非个体意志，但在用人的意志解释历史进化方面，与梁启超的英雄史观并无二致。在一个反封建、反传统的革命时代，或曰叛逆时代，张扬个体的“意志”伟力、呼唤反封建的“斗士”，对于动摇、颠覆僵化的封建专制机制，自有其一定的现实合理性，并且一旦这种呼唤与时人的个性解放、婚姻自主等启蒙要求相遇合，产生的影响将是深远的。

陈独秀、李大钊之后，唯意志论倾向成为现代知识分子的一种群体现象，鲁迅、郭沫若、茅盾等都不同程度地在作品中呼唤意志、张扬力量。在鲁迅的“国民性”改造体系中，唯意志论倾向占有相当比重。在日留学期间，与友人许寿裳讨论“怎样才是最理想的人性”时，鲁迅曾鲜明地表示自己尊崇唯意志论，认为只有唯意志论才能振奋起压抑于畸形文明之下的主观精神，恢复个人的尊严感、

①梁启超：《梁启超选集》，上海人民出版社 1984 年版，第 319 页。

②陈独秀：《陈独秀文章选编》（上册），三联书店（北京）1984 年版，第 91 页。

③李大钊：《李大钊文集》（上册），上海人民出版社 1984 年版，第 373 页。

独立性和创造性，所以他断言："二十世纪之新精神，殆将立狂风怒浪之间，恃意力以辟生路者也。"①并称这种精神为"意力主义"。从鲁迅的众多杂文来看，他大声疾呼争取人的意志自由，反对宿命论和一切偶像崇拜，强调主体创造价值的意义。从鲁迅的小说创作来看，他特别着意揭露和批判黑暗社会环境对人的幸福的吞噬，强调一种"力"的自救。在他开始"遵命文学"创作之前，先驱者的"将令"曾一度失灵，"战士"自有其理由："假如一间铁屋子，是绝无窗户万难毁灭的，里面有许多熟睡的人们，不久就要闷死了，然而是从昏死入死灭，并不感到就死的悲哀。现在你大嚷起来，惊起了较为清醒的几个人，使这不幸的少数者来受无可挽救的临终的苦楚，你倒以为对得起他们吗？"②探究微言，这是鲁迅先生追求"自由"、"意志"思想的一个反例。

相对而言，鲁迅的唯意志倾向既没有梁启超浓重的专制色彩，也缺少陈独秀力抗社会的外在政治性，更多的是针对个体意义上的"立人"，难度更大。正是这个缘故，他笔下的未来与希望总给人以渺茫之感。《希望》一文中鲁迅用匈牙利诗人裴多菲的酒杯来浇自己心中的块垒，说"绝望之于虚妄，正与希望相同"。即使表述自己对"希望"的看法，也是一派模糊的说法："然而说到希望，却是不能抹杀的，因为希望在于将来。"③《故乡》里，他认为"我们的后辈应该有新的生活，为我们所未经的生活"，但转眼间这种"新的生活"又变成为"我自己手制的偶像"，离开故乡时的那段结语，让我们生出一种难以名状的复杂情感。"希望"的有无，正如地上的路，走的人多了，也便成了路。冷峻美与孤独感深深地浸入鲁迅的作品，与梁启超的"英雄气"、陈独秀的"救世感"形成鲜明对比。

如果说鲁迅是以一种冷峻、深邃的启蒙眼光透视个体的自由意志与封建专制主义的矛盾，那么郭沫若则是以激越豪迈、亢奋锐利的诗人情怀直接呼唤与赞颂自由、意志，在他的诗歌、历史剧中对自由、意志的礼赞是一以贯之的主题。诗人以觉醒并日益扩张的自我意识，感受着旧的僵死权威对人的桎梏，并以火山爆发似的诗情号召人们去打破旧时代的偶像。"我崇拜炸弹，崇拜悲哀，崇拜破坏；我崇拜偶像破坏者，崇拜我！我又是个偶像破坏者哟！"（《我是一个偶像破坏者》）其狂暴、强悍宛如一个炸弹，直指旧权威

①鲁迅：《鲁迅全集》第1卷，人民文学出版社1981年版，第55页。

②同上书，第5页。

③鲁迅：《鲁迅全集》第4卷，人民文学出版社1981年版，第356页。

的坍塌、旧偶像的焚毁、旧事物的溃败。抛弃外在的限定与框范，主体才能自由地创造理想的世界，为此，郭沫若不惜将“意志自由力”推向暴力革命程度。《匪徒颂》中，他向“一切社会革命的匪徒们”三呼“万岁”，高呼口号：“为自由而战哟！为人道而战哟！为正义而战哟！至高的理想只在农劳！最终的胜利总在吾曹！同胞！同胞！同胞！”郭沫若的唯意志论倾向中没有叔本华悲观主义的哀音，响彻的是尼采、柏格森的创造之声，“我把月来吞了，我把日来吞了，我把一切的星球来吞了，我把宇宙来吞了，我便是我了”。(《天狗》)这里，创造之力凭借的不仅是生命、胸襟、气度，而且是意志、自由。“待我们新造的太阳出来，要照彻天内的世界、天外的世界!”只有敢于否定“旧我”，并在否定中获得“新我”，才能够创造风雨雷电、日月星辰，乃至整个宇宙。意志支配着行动，行动催生着创造。诗集《女神》让自由意志长上翅膀，超越了有限的暂时的此在，而趋向于无限的永恒的彼在。正因为此，郭沫若在创作历史剧时，常常让人物以悲剧形象出现于历史的转捩点，他对英雄的赞誉决不停留在肯定人的感性存在层面，而是追求精神的独立与意志的自由上。

与鲁迅、郭沫若相似，茅盾对尼采思想也有很大吸收，他以尼采“重估一切价值”的叛逆精神来否定封建礼教，提倡新道德；以进化论为要旨，从建设新的社会理想和人格操守角度接受尼采的“超人”学说；从人的自由、解放角度赞扬尼采的权力意志说。谈到自己怎样走上文学创作道路，茅盾在《从牯岭到东京》一文中说：“我是真实地去生活，经过了动乱中国的最复杂的人生的一幕，终于感到了幻灭的悲哀，人生的矛盾，在消沉的心情下，孤寂的生活中，而尚受生活执著的支配，想要以我的生命力的余烬，从别方面在这迷乱灰色的人生内发一星微光，于是我就开始创作了。”①正是因为有“生命力”的驱动，他的小说即使是表现大革命前后知识分子心理状态和精神面貌，色调较为灰暗的《蚀》三部曲——《幻灭》、《动摇》、《追求》，也不忘记在革命青年理想幻灭、前途受阻的情况下让生命力“发一星微光”，点燃起“追求”的希望。《子夜》中，他调动心理分析、人物互现等艺术手法，塑造了一个有着铁腕风格和独断意志的民族资本家吴荪甫形象。作为中国第一代民族资本家，吴荪

①《中国当代文学研究资料·茅盾专集》第1卷，福建人民出版社1983年版，第331页。

甫精明能干、野心勃勃、果敢坚毅,有眼光有魄力,为发展实业,他信奉商场如战场的“强力”主义,不惜用欺诈、买通手段兼并小厂。在公债市场上与买办资本家赵伯韬斗智斗勇,更是雄强自决。尽管他的行为有很大的盲目性,最后不得不在“子夜”乘车出逃,但某种程度上却体现了作者按照自由意志笑骂生活、自己选择自己、自己决定自己的人生理想。

唯意志论鼓励人们追求意志自由、人格独立,既与启蒙思潮的个体主义要求同向,也与政治上反天命、反封建的现代化进程有着天然的联系。有鉴于中国现代个人主义的非纯粹性,唯意志论倾向在培育“特立独行的人格”、“反抗传统文化对个人的压抑”、民族解放等方面都有着它不可替代的积极意义。但也应看到这种“意志至上”思想的现实危害性。一旦这种“意志自由”再向前跨出一步,它就由最初的个体自我实现导向了个体的某种强权,其自身内在的非理性思想很容易对社会产生消极作用。当自由、意志衍生出一种腐蚀人性的强权,并且这种强权没有得到很好限制,与人们的英雄崇拜观念相联手时,就可能成为专制政治的奴婢。譬如国民党专制统治就很欢迎天才崇拜和唯意志论,20 世纪 40 年代国统区知识界出现的“战国策派”即是如此,同样,“文革”时期唯意志论也相当流行。

“战国策派”因《战国策》杂志而得名。1940 年 4 月至 1941 年 7 月,云南大学、西南联大教授林同济、陈铨、雷海宗等人在昆明创办《战国策》半月刊,1941 年 12 月至 1942 年 7 月,他们又在重庆《大公报》上开辟“战国副刊”,提倡“国家至上、民族至上”,宣扬“强力主义”和“英雄崇拜”,要求“一切政论及其他文艺哲学作品,不离此旨”。从办刊宗旨看,“战国策派”致力于战时文化重建,试图以一种超越的目光审视“二战”时期的世界形势,把战争看作是民族竞存、国力竞争,似乎并不在意战争性质的正义与非正义之分。“战国策派”对战争性质和战争背后的阶级矛盾视而不见,立即引起国民党好感,1942 年,张道藩发表《我们所需要的文艺政策》,陈铨、林同济等人与之唱和,主张文学的“民族意识”和“民族主义”,企图控制文艺,与延安的《讲话》精神相对抗,从而遭到进步文艺界的批判。抛开意识形态上的政见差别不说,“战国策派”的出发点仍在于反对法西斯的侵略战争，在于中华民族的振兴，只不过他们开出的“药方”有误罢了。

为了发掘民族“精神酵素”，激活文化原动力，鼓励大众积极投身抗战，陈铨、林同济们一方面从对历史的再阐释中寻求“列国酵素”，以“救大一统文化之穷”，促进文化“新生”。林同济根据对世界文化发展历史的观察，得出结论：“凡是自成体系的文化，只须有机会充分发展而不受外力中途摧残的，都经历了三个大阶段：(一)封建阶段，(二)列国阶段，(三)大一统帝国阶段。”①三个阶段中，列国阶段“是任何文化体系最活跃、最灿烂、最紧张、最富创造的阶段”②。目前，欧西文化正处于列国阶段的顶峰——战国时代，中国早已过了战国阶段，步入“大一统帝国”的文化衰落期。为了自救与自强，中国必须要从古代“兵”文化(即战国文化)中寻求“强力”，“我们的理想是恢复战国以上文武并重的文化”③。批判传统文化中的“软性”因子，弘扬“刚性”精神，是“战国策派”文化重建的重要一维。另一方面他们还主张从其他强势民族文化汲取经验。当时德国法西斯正向外侵略扩张，出于侵略宣传的策略，大肆散布尼采的超人思想与唯意志论，陈铨、林同济们十分欣赏尼采蔑视懦弱、崇尚勇武的“超人”思想，把尼采视为“一个积极的哲学家”、“一个积极的人”④。同为权力意志论思想家，叔本华悲观厌世，尼采乐观入世，“尼采认为人生不是求生存，乃是求权力；支配人生的一切，不是生存意志，乃是权力意志。我们对人生不应当消极逃避，而应当积极努力”⑤。在他们看来，推崇尼采的权力意志思想可以作为一服清醒剂，用来批判传统文化的消极因素，重塑民族精神，给抗战增加活力与动力。

“战国策派”对尼采权力意志哲学的借鉴主要体现在权力意志和英雄崇拜两个方面。“权力意志”是尼采哲学的核心，具有本体论意义，陈铨、林同济们立足中国经验，将其功利化理解为“力量意志”，或者索性称为“力量”，既包括政治权力，也涵盖文化活力。在《尼采与红楼梦》一文中，陈铨指出“尼采和曹雪芹，代表着人生态度极端相反的两个方向”，一个是积极进取，自强不息，一个是消极解脱，逃避畏缩。中国人的人生态度、待人处世的方式都深深地染上了“红楼梦”色彩，这种色彩对抗战是极为不利的。“在民族危急

①林同济：《战国时代的重演》，《战国策》第1期，1940年4月1日。

②林同济：《文化形态史观》，大东书局1946年初版，第13页。

③雷海宗：《建国——在望的第三国文化》，《中国文化与中国的兵》，岳麓书社1989年版，第168页。

④陈铨：《从叔本华到尼采》，《战国策》第9期，1940年9月。

⑤陈铨：《尼采的思想》，《战国策》第7期，1940年7月。

存亡的时候，大多数贤人哲士，一个个抛弃人生逃卸责任，奴隶牛马的生活，转瞬就要降临，假如全民族不即刻消亡，生命沉重的负担，行将如何负担？”①正因为此，陈铨呼吁更多的“萨亚涂师贾”（查拉图斯特拉）下山，而少一些贾宝玉出家，以恢复民族生命力。林同济对尼采权力哲学的阐发着眼点也是抗战需要，他抨击中国人胆小懦弱、明哲保身、息事宁人的性格，号召青年们积极投身抗日战争，“你们抗战，是你们第一次明了人生的真谛。你们抗战，是你们第一次取得了‘为人’——为现代人——的资格。战即人生。我先且不问你们为何而战；能战便佳！当然，你们抗战，自有你们的理想，自是为着你们的理想。我愿你们的理想永远是你们最高的企图……我不劝你们做循良子弟。我劝你们大胆做英雄……”②面对民族空前的灾难，林同济希望青年成为积极进取的战士，而不要做安分守己、逃避责任的懦夫，是有着较强现实意义的。

不可否认，陈铨、林同济们在宣扬权力意志思想时，偏离了文化重建的理想轨道，被强权主义牵着鼻子走，误入专制主义和法西斯主义泥沼。如陈铨错误地把希特勒当做尼采式的强者典范，作为德国民族性格的代表，认为“这种思想的潮流，庞大的集合力量，下定摧毁征服的决心，其他的民族国家，如果还想保持自己的生命自由，不赶紧于他们传统的习惯外另取一种新的态度，新的手段，新的精神，是决没有侥幸的”③。这种公然为法西斯张目的行为，遭到批判自是情理之中的。

与“权力意志”紧密相连的是“英雄崇拜”。“战国策派”代表人物陈铨说，他的“英雄崇拜”来自一种历史观——与唯物史观相对立的唯意志史观，“把人类的意志作为历史演进的中心”④，这种意志是少数人的意志，是英雄的意志，“英雄是群众意志的代表，也是唤醒群众意志的先知”⑤。对于抗日战争，陈铨认为，应尽快“养成英雄崇拜的风气”，让英雄们承担起救国重任，但他没有看到历史进程中广大人民的创造作用，以至得出“世界历史不过是伟人的传记”的错误结论。这也是“战国策派”为进步文艺界诟病的地方。

在宣传强权主义思想的同时，“战国策派”在文学上也提出了相应的主张——“民族文学运动”，以民族矛盾掩盖阶级矛盾，极大为国民党政治服务。1941年至1943年，陈铨在《战国副刊》、《文化

①陈铨：《尼采与红楼梦》，《战国策》第8期，1940年8月。

②林同济：《萨拉图斯达如此说！——寄给中国青年》，《战国策》第5期，1940年5月。

③陈铨：《德国民族的性格和思想》，《战国策》第6期，1940年6月。

④陈铨：《再论英雄崇拜》，《大公报》（重庆）1942年4月21日。

⑤陈铨：《论英雄崇拜》，《战国策》第4期，1940年4月。

先锋》、《民族主义》等报刊上发表文章，提出"民族文学"口号，并躬身实践，创作长篇小说《狂飙》、剧本《野玫瑰》等。他说，"只有强烈的民族意识，才能产生真正的民族文学"，反过来，民族文学又可以强化民族意识，鼓励人们"为祖国而生，为祖国而死，为祖国展开一幅浪漫、丰富、精彩、壮丽的人生图画"，他还主张，"民族文学"应是一种"盛世文学"，是表现人类精神的壮美的文学，而不是那种否定人生、抛弃精神、一味形式的"末世文学"[①]。林同济在《寄语中国艺术人——恐怖·狂欢·虔恪》一文中，认为"恐怖"、"狂欢"、"虔恪"是一切文学创作的"三道母题"，声称"恐怖是生命看到了自家最险暗的深渊"，狂欢是叫人"不要忘了醉酒香，异性之美"，虔恪则是"神圣的绝对体面前严肃之屏息崇拜"。他还号召作家"不要一味画春山，春山熙熙惹睡意"，而要"描写暴风雪"，创造"可以撼动六根，可以迫着灵魂发抖"的文学[②]。

创作中，"战国策派"高举"权力意志"大旗，在"民族主义"掩饰下，推行着它的强权思想。小说《狂飙》中，陈铨带着同情的笔调写大汉奸王立民，正是"力量"、"权力"、"意志"追求的生动再现。王立民小时候就"很自负"，长大后对权力更是有着特殊的嗜好，但是"在政治上失望了多年，虽然做了不少事，始终没有势力"。日本发动侵华战争使他有了改变自己命运的"机会"，他卖身投靠，顺利当上北平政委会主席。于是，他利用权力逞凶肆虐，为所欲为，宣称"人生不是求生存，乃是求权力。求生存的人，可以做奴隶，只有求权力的人，才可以做英雄。"但好景不长，他得了不治之症，双目失明，变成一个傻子，丧失了为之奋斗一生的权力。

应该说，在艰苦的抗战年代，"战国策派"张扬文学创作的"力量"美，不仅是他们政治上"权力意志"、"英雄崇拜"的必然延伸，而且也迎合了战争环境下的时代要求，有着一定的积极意义。但是"战国策派"对"力的文学"的极端提倡，客观上起到助蒋反共的负面作用，尤其是美化特务组织，神话强权政治，不仅混淆了战争的正义、非正义性质，而且也影响了如火如荼的抗战进程。

新中国成立以后，批判运动接连不断，一会儿是资产阶级思想"糖衣炮弹"进攻（1951 年电影《武训传》批判、1954 年《红楼梦研究》和胡适派唯心论批判）；一会儿是"资产阶级当权派"还在走

①陈铨：《盛世文学与末世文学》，《大公报》（重庆）1942 年 5 月 14 日。

②林同济：《寄语中国艺术人》，《大公报》（重庆）1942 年 1 月 21 日。

(1959 年“修正主义文艺思想”批判、1966 年“文化大革命”);一会儿是打倒“胡风反革命集团”(1955 年);一会儿是取得“反右派”斗争胜利(1957 年)……文艺基本上成为了政治斗争的附庸,文艺为工农兵服务、为政治服务始终是变化中的“恒定”,文学创作的一元化倾向越来越显著。工农兵作为新社会的主人翁、无产阶级对资产阶级进行专政的体现者,承担起革命、革命、再革命,前进、前进、再前进的全部想象,人物系列中的工农兵形象大都是先进分子、革命英雄,而他们的对立面则是地、富、反、坏、右分子,是有着“小资产阶级、资产阶级思想”的知识分子。正面与反面、工农兵与知识分子、英雄与另类、结合与被结合……的叙事模式在为意识形态提供足够话语支持的同时,也为文艺界的政治批判铺平了思想道路。

论及“文革”前后的文艺政策,西方学者詹姆逊认为,无论是“反右派”斗争、“文艺大跃进”运动,还是“三突出”要求、“文艺黑线专政”批判,背后潜在的思想话语都是“毛主义”的三个相关的治国策略:“破除西方霸权的激进议程;恢复国家活力,更新社会关系的乌托邦想象;以新阶级范畴为基准的阶级斗争新模式。”①

首先,经历多次社会变革的中国人民终于在共产党领导下变成了历史的主人翁,民族意识空前高涨,针对帝国主义敌对势力的阴谋破坏,毛泽东成功领导中国人民穿越西方 20 多年的封锁,走出一条不同于西方的社会主义道路。借用阿里夫·德里克的话说,西方的发展话语以经济维度为基础,“经济效益较之工作组织和一般性的社会关系中平等、民主而言,应优先考虑”②。毛泽东没有沿袭这一发展模式,而是另辟蹊径,设计了一条“与过去进行的持续不断的激进的革命式断裂,对既定现实的质的突破以及社会关系和俗常意识的变革”之路③。他坚信,依据“意识形态反作用”的建设模式,西方用 400 年才完成的现代化事业,他和中国人民通过几十年的文化革命和意识形态改造就能完成。其次,为了让一个有着沉重历史的民族进行再生,唤起全民族在一种充满激情的变革中抛弃过去,毛泽东试图对社会关系和政治、文化意识形态进行激烈变更,在未来 20 年时间里实现共产主义。这种浪漫主义式的革命信念在毛泽东的诗作中也时有体现,“春风杨柳万千条,六亿神州尽舜尧。红雨随心翻作浪,青山着意化为桥”,“新人”们不

① Fredric Jameson, *The Political Unocnscious*. Cornell Universit Press, 1981.

② Attridge Derek, Geoff Bennington, and Robert Young, *Post Structuralism and the Question of History*. Cambridge Universit Press, 1987. p. 30.

③Meisner, Maurice, *Marxism, Maoism and Utopianism*. Wisconsin Universit Press, 1982. p. 227.

仅个个德才兼备，有尧舜之志，而且自然界也不再成为“新人”的限制，他们改天换地，随心所欲。为了确保“新人”的批量涌现，干部下放基层或干校从事体力劳动和思想改造，大学生下放农村，工人、农民、士兵成为学术机构的掌权者……所有这些都显示出毛泽东的理想主义情结。最后，在进行生产资料所有制的社会主义改造之后，敌对式的阶级和阶级斗争已经大大减少，但是毛泽东相信，新的官僚阶级又出现了，他们是正在走的资产阶级当权派，是与工农阶级作对的资产阶级代表——知识分子，于是，革命内部的斗争便提上议事日程。斗争的一方是有着“无产阶级意识”的工农兵大众，另一方则是走资派、知识分子。

从上述分析中，我们不难看出，“文艺黑线专政”、“三突出”等多项文艺政策诠释的正是“文革”期间的极左思潮。“拿枪的军队”的使命是实现社会政权的革命，“拿笔的军队”的使命则是新政权下的继续革命，是文化领域的直逼阶级敌人心脏的革命，一定程度上，可以说是史无前例的革命中的“再革命”。既然是革命，依靠的自然是群体力量，无论是“拿枪的军队”还是“拿笔的军队”。《热风·三十八》中，鲁迅把“五四”文学的精神概括为以“个人的自大”反对“合群的自大”，以“狂人”或自由的个人反对“阿Q”式的合群。与此相反，“文革”文学则是以“合群的自大”反对“个人的自大”，以社会群体来压制个人的自由，以阶级的共性来抹煞个体的个性。任何表现个人感情、喜好的文字全被禁止，留存的仅有阶级感情，这种感情是在消灭了个人“私心杂念”之后出现的被纯化、抽取的遍感情。《红灯记》中李玉和唱道：“人说道世间只有骨肉的情谊，依我看，阶级的情谊重如泰山。”重“阶级”轻“个体”，赞“集体”“个人”，这是“文革”文学的总体特点。小说《林海雪原》中，少剑对女卫生员白茹有爱慕之情，而到了京剧《智取威虎山》中，就纯为革命同志关系。李勇奇虽然有妻子，但一出场就遭遇不幸，只下他与母亲，如此安排剧情，恰好与猎户老常只剩下父女俩相互应。舞台上不仅不能出现夫妇或恋人关系的男女，而且连思念性的念头都不能产生，猎户老常的女儿小常宝在向杨子荣控诉雕暴行时唱道：“到夜晚，爹想祖母我想娘。”在正面群众形象中，念父母的伦理情感是可以有的，就是不能有思念异性的念头。

《沙家浜》人物谱系与《智取威虎山》相似，沙奶奶与四龙正如李母与李勇奇，阿庆嫂是有丈夫的，但阿庆早就跑单帮去了。《海港》、《龙江颂》等剧情中男女主人公都是独身，《杜鹃山》中的柯湘与丈夫一道寻找雷刚，但一出场，丈夫就牺牲了，最典型的莫过于《红灯记》，祖孙三代皆是光棍。

除了个体感情的缺席外，阶级感情也要强调在斗争中见智慧、见英雄、见成长。在“文革”文学的词汇里出现最多的语词就是“斗争”、“打倒”、“批判”等，当时到处张贴着鼓励“斗争”的最高指示：“千万不要忘记阶级斗争”，“八亿人民，不斗行吗？”“敢批判、敢斗争，革命造反永不停”……尖锐的阶级斗争使阶级感情进一步得到净化、升华，工农兵大众也在斗争中经受考验、锻炼，成长为革命英雄。《智取威虎山》中人物反复吟唱的是“斗倒地主把身翻”、“看那边练兵场上杀声响亮”、“战天斗地志气昂”等革命标语。从人物塑造角度看，当时的小说、剧本在结构情节时，总是要在阶级敌人的陪衬下展开，《海港》中的韩小强稍微放松对“阶级敌人”的警惕，就受到方海珍、马洪亮的严厉批评。对“斗争”的推崇使文革文学充满“英雄气”，一扫传统诗学的“温柔敦厚”之风，即使是歌曲创作也多半以战歌、进行曲面目问世。偶有例外，热情颂歌、温柔牧歌也总是唱给党、唱给领袖。“敬爱的毛主席，我们心中的红太阳……我们有多少知心的话儿要对您讲，我们有多少热情的歌儿要对您唱。哎，千万颗红心向着北京，千万张笑脸向着红太阳……”①“我”基本消失了，只有作为批判、检讨对象时才使用，处处充斥的都是“我们”的阶级情感。

“文艺黑线专政”和“三突出”原则，作为“文革”文学的中心语，在为“文化革命”牢牢掌握话语阐释权的同时，也将文艺界的专制主义思想引向了极致。前者从组织上为启蒙文学和革命文学定性——文艺黑线，后者从文学实践层面对人物塑造进行规范；前者直奔主题，将资产阶级思想改造作为突破口，后者间接专政，让工农兵英雄一枝独秀。

1963年和1964年，毛泽东先后两次对文艺问题做出批示，指出“社会主义改造在许多部门中，至今收效甚微。许多部门至今还是‘死人’统治着”，“许多共产党人热心提倡封建主义和资本

①“文革”期间的歌曲《敬祝毛主席万寿无疆》，又名《敬爱的毛主席，我们心中的红太阳》。

义的艺术,却不热心提倡社会主义的艺术”,“十五年来,基本上不执行党的政策,做官当老爷,不去接近工农兵,不去反映社会主义的革命和建设。最近几年,竟然跌到了修正主义的边缘”①。已经显露出对“资产阶级文艺”进行思想专政的端倪,作家、艺术家的世界观、立场问题开始作为“大是大非的根本问题”,提高到工农兵与知识分子、无产阶级与资产阶级抢占思想阵营的高度。1966 年 4 月 18 日,《解放军报》发表社论《高举毛泽东思想伟大红旗 积极参加社会主义文化大革命》,正式提出“文艺黑线专政”论,认为“建国后的十几年,文艺界存在着一条与毛泽东思想相对立的反党反社会主义的黑线。这条黑线就是资产阶级的文艺思想、现代修正主义的文艺思想和所谓三十年代文艺的结合。‘写真实’论,‘现实主义广阔的道路’论,反‘题材决定’论,‘中间人物’论,反‘火药味’论,‘时代精神汇合’论,等等,就是他们的代表性论点”。社论全面否定了“五四”以来的文学路向与成就,号召“彻底搞掉这条黑线”,‘开创人类历史新纪元的、最辉煌的新文艺”。在批判“文艺黑线专政”运动中,“五四”新文学的“个人主义”被批判者赋予了两重罪名:一、“个人主义”与“现代民族国家”的价值目标关系由一致转变为对抗,认为“个人主义”在民主革命阶段还有一些革命性,而在社会主义革命阶段则成了“万恶之源”。二、人本主义思潮中的“个人主义”与道德范畴的“自私自利”划上等号,置“个人主义”于被批判、被憎恶、被质疑的资产阶级思想位置。这种对“知识分子”的重新命名,不仅抑制了个人主义的微弱声音,代之以祖国江山一片红的乌托邦权威想象,而且还直接或间接地使大批作家因此罹难,老舍、以群、傅雷、罗广斌、杨朔、丽尼、李广田、田汉、赵树理、萧也牧、胡捷、邵荃麟、王任叔、孟超、魏金枝……唯一能够留在历史上的鲁迅,也被“四人帮”拉入其“造神”运动,鲁迅竟成了江青的“亲密战士”,早在 30 年代就一起与以周扬为代表的文艺黑线作斗争。

“三突出”一语,原本出自《文艺报》总结“样板戏”经验的一篇评论文章,“我们根据江青同志的指示精神,归纳为‘三个突出’作为塑造人物的重要原则,即:在所有人物中突出正面人物;在正面人物中突出英雄人物;在主要英雄人物中突出最重要的中心人物。江青同志的上述指示精神,是创作社会主义文艺的极其重要的经

①转引自韩毓海主编:《20 世纪的中国·文学卷》,山东人民出版社 2001 年版,第 350 页。

验,也是以毛泽东思想为武器,对文学艺术创作规律的科学总结”①。后来,姚文元将“三突出”进一步精炼为:“在所有人物中突出正面人物;在正面人物中突出英雄人物;在英雄人物中突出中心人物”②,并钦定为一切文艺创作不得违反的金科玉律。为了对“三突出”原则有一个感性认识,我们不妨回过头来看一篇经典性时文。《智取威虎山》舞台上,“分成了欲向不同目标进发的两组人员,杨子荣一组位于前,参谋长一组位于后。在前一组中,杨子荣昂然挺立于舞台之主要地位;他的侦察班战士,以较低的姿势簇拥在他身边。在后一组中,参谋长位于台侧,杨子荣示意,众战士以有坡度的队形,衬于参谋长之身旁。整个造型的画面是:众战士烘托了参谋长,参谋长一组又烘托了杨子荣一组;在杨子荣一组中,他的战友又烘托了杨子荣。于是形成以多层次的烘托突出主要英雄人物的局面。”③解说虽然繁琐了点,却把“三突出”思想贯彻到家了。

按照“三突出”创作原则,任何作品中的人物均被分为英雄人物、正面人物、反面人物,英雄人物又继续分级,即主要英雄人物、一般英雄人物。塑造人物的手段是清一色的烘托、陪衬,为主要英雄人物作铺垫。通过铺垫,使其“高大全”形象在整个演出中居于“绝对的中心”位置。这种鼓吹高踞于群众之上的救世主的理论正是专制主义英雄史观的体现。当年,群众曾编顺口溜讽刺《龙江颂》一类“样板戏”中的英雄形象,说“一个女书记,站在高坡上。手捧红宝书,抬手指方向。敌人搞破坏,队长上了当。支书抓斗争,面貌就变样。群众齐拥护,队长泪汪汪。敌人揪出来,戏儿收了场”。正是在这种政治化创作方式的操纵下,文学沦为了阶级斗争的宣传工具和权威主义的御用奴婢,背离了文学应有的主体性和自由精神。也许是物极必反,当权威主义盛极一时的时候,食指、芒克们的诗歌写作已经开始摆脱权威主义的制约,向“人的自由”的主体精神回归。到了新时期,随着思想解放运动的全面展开,权威主义影响渐次式微,文学重新回到了“人的主题”之下。

第二节 “文革”期间知识分子的精神形态

在红色革命深入人心、权威主义盛行的年代,从事文学艺术

①于会泳:《让文艺舞台永远成为宣传毛泽东思想的阵地》,《文艺报》1968年5月23日。

②上海京剧团《智取威虎山》剧组:《努力塑造无产阶级英雄人物的光辉形象——对塑造杨子荣等英雄人物的一些体会》,《红旗》1969年第11期。

③上海京剧团《智取威虎山》剧组:《源于生活,高于生活》,《红旗》1969年第12期。

知识分子主要面临两大任务：一是努力挖掘人民群众喜闻乐见的艺术资源，创作出更多的"有中国作风和中国气派"的文学作品；二是以实际行动，全面完成从身份到情感的思想改造。前者因有延安文学经验和范本存在，新中国成立以后的文学创作基本上实现了与主流意识形态的同步；后者的实现却要艰巨得多、复杂得多，尽管他们也曾真诚地投身工农大众，接受改造，但知识分子阶级属性的暧昧不明注定他们一直处于一种诚惶诚恐的精神状态，他们的动摇、可疑堪称是与生俱来。半个多世纪以来，知识分子始终在灵魂的炼狱中痛苦挣扎，虔诚地向工农兵学习，渴望思想改造的完成和脱胎换骨的实现，尽早成为革命队伍中的一员。

如果说延安时期的知识分子改造尚属革命队伍内部统一思想、一致行动的需要，还没有推进到路线斗争、政治斗争的敌对层面，丁玲、何其芳们接受批评还带有某种程度上的自觉意识，下乡锻炼、批评与自我批评、小组学习对于克服他们的小资产阶级自怨自艾、柔弱缠绵、虚妄高蹈的性格起到了一定的矫正作用，那么"文革"期间的知识分子改造则是社会主义工商业三大改造任务完成之后的又一次"触及灵魂的深刻革命"，是一场所谓以知识分子为代表的"资产阶级"和以"工农兵"为代表的"无产阶级"争夺思想领域领导权的政治斗争，严重偏离了"百花齐放，百家争鸣"的文艺方针。在政治高压下，知识分子或主动或被动地进行思想改造，呈现出不同的精神面貌和话语方式。

周扬，这位在"左联"时期就已登上中国政治舞台的革命文艺领导人，按照党的部署，提出"社会主义现实主义"创作原则，组织领导了电影《武训传》批判、《红楼梦研究》批判、胡风反革命集团批判、反右斗争等一系列运动，紧紧跟随阶级斗争的时代战车，与思想改造、灵魂救赎的"革命"大潮共舞。周扬大概怎么也不可能想到，"文革"刚一开始，他这位有着钢铁般革命信念的知识分子竟首当其冲，被指责为"文艺黑线的祖师爷"，"扛着红旗反红旗"、所谓以革命的姿态写反革命文章的资产阶级文艺代表人物，早在 30 年代起就伙同林默涵、邵荃麟等人借修改《答徐懋庸并关于抗日统一战线问题》的机会，"公然同毛主席同志对三十年代文艺运动的历史总结唱反调，攻击左翼文艺运动的伟大旗手鲁迅，把一条资产阶级、修正主义的文艺黑线说成是马克思列宁主义的文艺路线，把一个资产阶级投降主义的‘国防文学’口号说成是无产阶级的口号”。30年代的文艺黑线，实际上就是“反对党和反对毛泽东同志的文艺路线”①；周扬问题已不完全是一个资产阶级文艺理论主张问题，而是一个有着政治图谋的反革命路线问题，“周扬这些钻进党内来的资产阶级代表人物，长期篡踞我国文艺工作的领导地位，对无产阶级的革命文艺实行资产阶级专政”，他们的真实目的是“为在我国复辟资本主义准备条件”②。转眼之间，周扬这位曾经威名显赫的中宣部副部长，一下子变成了十恶不赦的阶级敌人，由审判者变成了受审者，被定性为“叛徒”、“特务”、“反革命的两面派”，多次遭到批斗、毒打，并被关进监狱，进行长达9年的精神洗礼。在狱中，周扬不断反思和忏悔自己思想不纯、革命意志不坚定等“反革命”罪证。

据夏衍回忆，1975年当专案组通知他和周扬出狱时，他当天就回到家中，而周扬则提出给毛主席的检查还没有写完，要在狱中多待几天，写完再回家，结果比夏衍晚出狱一个星期。我们无缘得知周扬这份检查的具体内容，但从周扬出狱后的言行可见，作为一个真诚的共产党人，他没有介意个人的冤屈，而为之不安的仍是国家和民族的命运。当周扬走在北京街头，见国家仍然贫穷落后的时候，竟不顾自己仍是负罪之身的处境，难过地流下泪来，对人说“十年过去了，北京仍然有这么多破房子，这是我没想到的。当我在关押期间，广播里说‘形势大好’时，我就想，如果把我打倒了，真的把生产搞上去，我宁愿被打倒。可是出来一看，国家如此贫穷人民生活水平如此之低，真使我难过……”③

从写检查反省到无怨无悔表白，“文革”中的周扬显然是从内心承认是自己犯了错误，改造、坐牢是不应该感到委屈的。在他看来，“思想改造”、“精神禁锢”、“捕风捉影”……这些对“文革”的指责、批判都是多余的，“文化大革命”不仅是无产阶级专政下工农大众继续革命的需要，而且也是知识分子以实际行动融入革命集体的一次精神圣宴。是什么力量促使周扬如此近乎“愚忠”？探究来，主要原因为：首先，周扬从骨子里认为，毛主席是器重他的，的方针政策是不会错的。主持文艺界工作期间，他多次被召进

①阮铭等：《周扬：颠倒历史的一支暗箭》，《光明日报》1966年7月4日。

②穆欣：《“国防文学”是王明右倾机会主义路线的口号》，《光明日报》1966年7月4日。

③露菲：《文坛风雨路——回忆周扬同志片段》，《新文学史料》1993年第2期。

南海与毛主席单独交谈，足见主席对他的赏识。当有人告诉他，“文革”后期他所以能获释出狱是因为最高领袖有话：“周扬一案从宽处理”，“鲁迅活着也不会把周扬抓起来”，“周扬问题仍是人民内部矛盾，工资照发，恢复党籍，安排工作”，周扬对此更是感激涕零，他认为自己的一系列罪名不可能是党的结论，而很可能与江青有关。一次与毛泽东谈话，周扬就曾斗胆表示：“江青说的一些意见，不知哪些是主席的，哪些是她个人的。是主席的指示，我们坚决执行。如果是她个人的意见，大家还可以讨论。”① 其次，周扬从走上文学道路开始起，就不是一个自由、超脱的“文人型”知识分子，而是一个有着急功近利思想的“政治型”知识分子，文学创作看重的个体意识常常淹没在政治家倚重的党派性、斗争性之中，思考、分析文学问题的思维方式常常被组织纪律的集体、服从、一致原则取代。

在“左倾”文艺思想盛行的年代，知识分子为了在革命队伍里找到一个位置，一方面要礼赞工农大众，表达积极向上的思想要求，什么“活，一万年，活在，伟大毛泽东的事业中”，“工农阶级真高尚，祖国山河披霞光”……② 另一方面又要自我批评，转变立场，什么“我们中间的许多人出身没落的封建地主或其他剥削阶级家庭，就教养和世界观来说，基本上都是资产阶级知识分子。……我们投身于工人阶级的解放事业，但存在于我们脑子里的资产阶级个人主义的思想、情绪和习惯都没有根本改变”③。“我的‘斗私批修’件不好，尚有一个问题需要补批。……同志们都在祝贺我，但我认识到这只是革命的新起点，没有什么可满足的，只是斗争和改造的任务更加加重而已。”④ 工农崇拜与自我批判双向“同构”使知识分子在思想改造的道路上越走越远。为了与工农兵“一致”，他们不仅要转变思想、精神、情趣，尽量使用截然分明的思维方式表示忠心，而且还要努力获取粗糙鄙陋的外貌，包括红黑的脸膛、皴裂的皮肤、粗笨有力的手脚。如《隐形伴侣》中的郭爱军，为获得“工农气质”较重的男青年欢心，对方黑，她也想办法把自己变黑，太阳晒不黑，她就用手抠掉脸上的白皮肤。丁玲到北大荒农场后，主动拎起大粪勺，一掏就是几百下，连疲倦、休息都忘记了。她还打算摘帽后当个好养鸡场队长，愿望暂时无法实现，她就在监狱里用旧报

①露菲：《文坛风雨路——回忆周扬同志片断》，《新文学史料》1993 年第 2 期。

②何其芳：《何其芳文集》第 3 卷，人民文学出版社 1984 年版，第 40 页。

③周扬：《周扬文集》第 2 卷，人民文学出版社 1985 年版，第 321 页。

④郭小川：《郭小川家书集》，百花文艺出版社 1988 年版，第 225 页。

纸在床上摆图形,一一设计养鸡场、运动场、饲料场的位置。

如果说周扬、郭小川、何其芳、丁玲等人出于对革命事业的忠诚,当初以一种感恩的心态自愿接受"思想改造",身体虽然受到不同程度的摧残,并没有将其视为一次精神上的"折磨"的话,那么茅盾、叶圣陶、曹禺、艾芜、孙犁、刘白羽等人面对不期而遇的政治风暴,则表现出一种难以排遣的愁闷。他们或者心存疑虑,不知所措;或者惊恐万分,精神几近坍塌。有"流浪文豪"、"中国的高尔基"之称的四川籍作家艾芜,"文革"开始不久就沦为造反派的搜捕对象,为了躲避灾难,他东奔西藏,先是找到二女儿,躲进四川医学院的空教室里,后又隐姓埋名藏到郊区的一家电影院楼上,1968 年的除夕之夜,这本是中国人合家团圆的时候,因害怕连累妻子儿女,家虽然近在咫尺,艾芜却不敢回去,一个人在楼上踱来踱去,最后还是被造反派发现,关进了临时监狱。他怎么也想不通,一个青年时代就投身革命,曾经坐过国民党监狱的共产党员在革命胜利之后,竟然被认为是"叛徒"、"黑帮",刚出国民党监狱,又进"同志"所设的囹圄。解放以后一直远离世事纷争、患病多年的孙犁也未能逃脱被批斗、折磨的厄运。第一次遭到揪斗的当天夜里,孙犁就曾"触电自杀,未遂"①。后来在干校劳动时,他仍惴惴不安,惶惶不可终日,"一点点生的情趣也没有,只想到一个死字,但又一直下不得手"。1976 年 2 月 7 日,在一则"书衣文录"中,孙犁表达了这样一种难以自拔的苦闷心态:"余之无聊赖,日深一日,四顾茫茫,即西天亦不愿去。困守一室,不啻画地为牢。裁纸装书,亦无异梦中所为。"②

与艾芜、孙犁有着相似精神苦闷的还有战争时代曾出生入死,长期担任战地记者,深得叶剑英、罗荣桓等革命将领赏识的刘白羽,以及一生追求进步,忠诚于社会主义革命事业的曹禺、萧乾、丁玲、流沙河等人。"他们逼着你招供,供了以后不但别人相信,甚至连你自己也相信,觉得自己是个大坏蛋,不能生存于这个世界,产生自卑感,觉得自己犯了大错,不要写戏了,情愿去扫街"③。曹禺的这番话可谓精神崩溃的真情表白。试想,一个毕生追求革命理想的知识分子当他的忠诚受到误解,无力申辩、不容申辩,只能默默接受时,还有什么比这更让他感到苦恼的呢?更为可悲的是,

①孙犁:《言戒》,《尺泽集》,百花文艺出版社 1982 年版。

②孙犁:《书衣文录》,河北人民出版社 1981 年版,第 205 页。

③田本相:《曹禺传》,北京十月出版社 1988 年版,第 425 页。

连不断的反省、检查、招供、批斗在使他们的身心受到极大摧残的同时，也使他们中的某些人在思想深处把“追求革命的自我”与“反革命的自我”叠加在一起，认为自己真的“有罪”。

从思想的倾向性上看，一生都有强烈“庙堂情结”的郭沫若的精神状态大体介于忠诚与苦闷之间。急功近利的政治诉求使他天然地对“革命”情有独钟，从“革命文学”的倡导到“讨蒋檄文”的发表，从抛妻别子回国参战到走上社会主义康庄大道，历任过政务院副院长、中国社会科学院院长、中国科学技术大学校长、全国人大副委员长等要职。郭沫若始终对党一片赤诚，不仅拥护党的文艺政策，而且还冲锋陷阵，发起、参加批判运动，勇当意识形态斗争的排头兵。“文革”刚一开始，他就站出来宣称：“拿今天的标准来讲，我以前所写的东西，严格地说，应该全部把它烧掉，没有一点价值。主要原因是什么呢？就是没有学好毛泽东思想，没有用好毛泽东思想来武装自己，所以，有时候阶级观点很模糊。”① 在这种思想支配下，郭沫若紧跟形势，将毛泽东思想提升为文艺工作的绝对话语，取消任何审美形式的中间转换，从思想直奔思想，由观念生成观念。1967 年 6 月 5 日，亚非作家常设局举行会议纪念《在延安文艺座谈会上的讲话》发表 25 周年，郭沫若朗诵自己的诗作：“亲爱的江青同志，你是我们学习的好榜样，你善于活学活用战无不胜的毛泽东思想。你奋不顾身地在文艺战线上陷阵冲锋，使中国舞台充满了工农兵的英雄形象。”

但是，这一切并没有使郭沫若置身于“文革”炼狱之外，知识分子的人文道义和艺术良知，以及家庭的一系列变故使他陷入深深的苦闷之中，虽然对党的忠心依旧，但面对日益升级的迫害运动，不满与无奈之情时有表露。1968 年 4 月 26 日，郭沫若在北京农业大学读书的爱子郭世英被一伙红卫兵作为“反党分子”关押在私设的牢房里，四肢反绑在椅子上，惨遭批斗与毒打，后来从三层楼的一个窗口坠地身亡。得知儿子遭绑架的消息，郭沫若正在陪同周恩来总理接见外宾，考虑到周恩来当时处境的艰难，他没有请求总理出面干预。事后，当于立群哭诉着责备他时，郭沫若满怀悲哀地呻吟道：“有什么办法呢？”从这无可奈何的慨叹声里，我们不难体会郭沫若当时内心的怨愤。几年后，批林批孔运动发生，江青、张

①秦川：《郭沫若评传》，重庆出版社 1993 年版，第 382 页。

春桥等人多次上门，威逼他写文章，承认抗战期间所写的剧本和论著是“王明路线的产物”，是“反毛主席的”，并且诱导他著文批判秦相吕不韦。郭沫若心里明白，江青等人的真实目的是要他参与影射批判周恩来的大合唱，郭沫若当然不能屈从，但又无法公开抵抗，只好报之以沉默。

郭沫若，这位“五四”新文化运动的旗手，北伐战争的勇士，抗日战争的急先锋，在“文革”期间却陷入一种进退两难的尴尬处境：他想跟上时代，却又忧心忡忡；他看到“革命”导致的血腥与灾难，却又不清楚这是不是历史前进必须付出的代价；他未尝不明白江青等人的政治阴谋，但面对的毕竟已不是革命战争年代阵营清晰、面目可憎的阶级敌人；他心怀疑虑，却又不敢公然对抗，而只能默默吞咽时代的悲哀。

同郭沫若一样，当批斗之风横行京城的时候，茅盾亦被周恩来列入经毛泽东同意的被保护者名单。尽管如此，报纸上还是经常有文章点名批评他。1966 年 8 月的一天，当得知老友、人民艺术家老舍先生含冤自尽太平湖的消息时，茅盾抑制不住内心的怨恨，慨叹道：“他是受不了横加在他身上的对人格的极大侮辱啊！他自杀在太平湖，显然，是对这种不公平的无声的抗议。不过，自杀终不是办法，为何不坚持一下，亲眼看看这世界究竟怎样发展变化呢？我是相信即使沧海桑田，最终逃不脱社会发展规律的制约。”①不满之情溢于言表。面对风起云涌的革命大串连，茅盾更是心急如焚，痛心疾首地说：“工人不生产，干部不工作，学生不学习，这样下去岂不要天下大乱吗？”当他不时地听到外面一些关于“文革”运动的传闻时，经常在家人面前重复的一句话是“天怒人怨！天怒人怨！”②显然，凭借艺术家的直觉和敏锐的政治眼光，茅盾已认识到这场运动的错误与荒谬，但因身份的变化，他只能报之以沉默。

当然，“文革”期间，我们还看到这样一类知识分子，他们于一片赤潮的“批判声”里，为捍卫正义真理、坚守人格操守，选择了宁折不弯的抗争。他们中，有不畏强权、刚烈不屈的吴晗、萧军，有面对铁窗、大义凛然的廖沫沙、胡风，亦有宁为玉碎、不为瓦全的老舍、傅雷、李广田、闻捷等。

最早受到批判的“三家村”成员吴晗，在批斗会上，拒不承认

① 钟桂松：《茅盾传》，东方出版社 1996 年版，第 323 页。

② 韦韬、陈小曼：《茅盾的晚年生活》，《新文学史料》1985 年第 1 期。

己的罪名，当他被打得头破血流、遍体鳞伤，头发扯得精光时，仍不屈服，意志坚定地对女儿说："我只要不死，就要与姚文元斗争到底。"吴晗的反抗显然是基于这样一种自信：作为一名进步学者，他曾长期投身革命文化事业，解放后，更是坚定地站在党的立场上，积极参加"反右"。1957 年，他曾以民盟北京市委主任委员身份，登台批判章伯钧、罗隆基，揭发他们"反党活动是一贯的，有组织、有计划、有部署、有策略、有最终目的，并且，还和各方面的反共分子有配合，异曲同工，互相呼应，妄想钻整风的空子，夺取党的领导权"①。正是因为吴晗"反右"运动中的积极表现，当许多人被开除党籍的时候，他则被批准加入共产党。接着，为响应毛泽东同志向海瑞学习的号召，在有关领导倡议下，他又创作历史剧《海瑞罢官》，公演后毛泽东同志曾大加赞赏，并在家中接见了主演海瑞的著名表演艺术家马连良。但批评者们却全然不顾这些事实，硬说他是指桑骂槐，是在阴险地反党、反社会主义、反对伟大领袖毛主席。吴晗显然不相信这是党的意思，而只能是姚文元等人的作祟。在狂热吞噬了一切理性的年代，吴晗的命运可想而知，可怜一代明史专家，终被折磨致死。

萧军，这位早在 40 年代就被定性为"反党反共反人民"分子、被剥夺创作权利的作家，面对"文革"中的抄家、关押、殴打等"武斗"行径，非但没有低头，而是愤然宣称："拿破仑说他的字典里没有'难'字，我的字典里没有'怕'字。你眼瞪得再大，能瞪我个跟头吗？你嘴张得再阔，能把我吞下去吗？你有能耐，枪毙我好了！你拿起枪，我冲你的枪口！""一个人民真正需要的作家，是打不垮、骂不倒、掩盖不住的。至于人民并不需要的作家，那垮掉也没有什么值得可惜的。"在批斗会现场，当造反派头目大喝："牛鬼蛇神——站起来！"时，萧军纹丝不动，有人要上前动手拖他，他大吼一声，谁上？你们敢动手动脚，我叫你们血染会场"，造反派终于未敢近身。刚直不阿的人格追求和坦荡无私的革命情怀使吴晗、萧军们实在无法接受一夜之间成为"反党反革命反人民"的阶级敌人的社会现实，他们不会不清楚对抗"革命"的结果意味着什么，但为了正义与真理，他们分明已做好了英勇献身的准备。

同为"三家村"成员的廖沫沙，即使在监狱里也没有停止过反

①叶永烈：《反右派始末》，上海人民出版社 1995 年版，第 323 页。

抗。1972年上级来人找他谈话，廖沫沙愤怒地说：“我现在有三个糊涂。第一个糊涂：入党十年被打成反党分子，我弄不清什么是党；第二糊涂：从小学马列，学了几十年反被指为‘反马列主义’，我弄不清什么是马列；第三个糊涂：革命几十年被打成反革命，我弄不清什么是革命。”气得看守大动肝火，骂他反革命。廖沫沙把桌子一拍，大声吼道：“你既然给我定了性，我是反革命，那好啦，什么也不用谈啦，把我枪毙好啦！一个人不是只能死一次吗？压迫、枪毙也只能是一次！”当他被释放出狱，下放江西时，他提出回家看看，竟不得允许。廖沫沙厉声痛斥：“这叫什么下放，完全是流放！我已被关了八年，现在又流放江西，连与家属见面都不让。俄国沙皇政府宣布列宁流放后，还让他回到莫斯科家中度过了一个礼拜呢，你们连沙皇政府都不如。”① 虽然人生自由受到限制，但廖沫沙的精神世界却是自由的。1966年7月，周扬被揪斗出来，监管人员希望“负罪”在身的胡风揭露周扬以立功赎罪，胡风严词拒绝，回答道：“我是判了刑的犯人，早已没有谈文艺问题的资格。”他私下里对妻子梅志说：“不管报上说得多么吓人，我应该有我自己的看法，决不在这里为某个人说一句坏话或一句好话，问题是怎么样就说怎么样。今天，周扬虽然被拎出来示众了，但我连拍手称快的心情都没有。文艺理论矿藏是整个文化界的问题，可是一个严肃的问题，必须做过细的工作，展开自由、广泛的讨论，而不是这样靠大批判能得到结论的。”② 从这些真实的史料中可以看出，即使在强权威逼下，胡风不仅没有打击报复曾经迫害自己的周扬，而且对大批判始终保持高度的理性认识，始终保持着一个知识分子应有的品格与操守。

令人遗憾的是，也有一些作家由于不堪忍受侮辱，径直采取了最为极端的反抗方式：以死相争。1966年9月2日，傅雷与夫人朱梅馥双双自缢于家中。1968年8月25日，老舍在北京太平湖投水自杀。1968年11月2日，李广田跳进昆明市郊的莲花池中直立而死。1971年1月13日，闻捷在家中打开煤气罐自杀……从这些不屈的灵魂中，我们读出了什么是“宁为玉碎，不为瓦全”、什么是“士可杀不可辱”……他们宁折不弯的抗争精神不仅捍卫了生命的尊严与人格的高标，而且也以血肉之躯撞击着邪恶与黑暗，于历史

① 刘茵：《繁星闪耀——记廖沫沙》，周明主编：《历史在这里沉思》第3辑，华夏出版社1986年版。

② 戴光中：《胡风传》，人民文学出版社1994年版，第128页。

回音壁上留下了滴血的回声。从一些自杀未遂的作家中，我们也许可以进一步看清这种自杀心态中所包含的抗争精神。秦牧在晚年的回忆录中记载道：当被诬指为“反共高手”、“反革命分子”之后，“我气愤，悲哀，痛苦，消沉到极点，心想：‘中国为什么变成这个样子？’‘党为什么变成这个样子？’‘葫芦里究竟卖的什么药？’百思不得其解，报纸这样的‘轰炸’，已经剥夺了我生活的权利，我越想越气愤，越想越悲哀，终于横下一条心，决意一死了事。”后来，正当秦牧四处寻找自杀地方的时候，被有关人员发现，才未走绝路。事后，有人问他为什么要走自杀这条道路？他愤然答道：“对当年和我们打仗的日本鬼子、美国鬼子，对国民党俘虏，都没有采取的手段，用来对待自己人，这对吗？”① 政治高压的胁迫搀和着阶级斗争新理论的煽动，不知使多少知识分子为之困惑终身。然而，令人感佩的是，许多身陷灾难的诗人、作家，以昂然不屈的人格操守呵护正义，抗争邪恶，写下了一首首浩气永存的篇章。

与“思想改造”几乎同步，为了检验“思想改造”的结果，文学界加快了剥夺知识分子话语权、推行集体创作方式的步伐。一方面，狂热的崇拜心理已经形成一种氛围，好像整个社会的命运和前途已经维系在伟大领袖和他必然英明的决策上，无论是文学家还是其他知识分子，只需要在正确思想指导下无条件地参加各项运动，肃清资产阶级思想，而不需要任何独立性与自由精神。这种“愚民政策”及“一元化”的思想状态不仅限制着知识分子的精神世界，而且禁锢着整个社会的思想活力。作家们只能按照反映论要求，以权威话语的意志确定题材、人物、情节、语言，表现火热的、蒸蒸日上的革命建设生活。任何与权威话语不一致的思想感情都要在“思想改造”的熔炉中淬火。如此，作品中的人物才会进入“新人”行列，主题才会与工农大众一起为主流意识形态认可。

然而，问题的另一方面是，知识分子的独立思想并没有在权威话语面前完全消失。无论是在文学创作还是学术活动中，知识分子的个体意识都会以或隐或显的方式存在，甚至是与权威话语抗争。“文革”中，尽管无产阶级专政以其强大的上层建筑力量诉诸舆论和武力，对整个社会的价值观念进行整合，而知识分子精神生活中的自由、民主、平等思想仍然很难根除。表面上，在政治学习、

①秦牧：《寻梦者的脚印》，人民文学出版社 1991 年版，第 186 页。

思想改造、检讨批判中，知识分子中，除胡风、萧军、陈寅恪、顾准等少数人外，大多数人都愿意表示接受与顺从，但骨子里，他们却自觉或不自觉地持守着一种启蒙的价值观念，使他们很难接受左倾路线的政治标准，更不要说“文革”期间的武斗思想。这里，并不是说他们在“思想改造”面前阳奉阴违，而是缘于他们内心世界早已存在、自己也未必能够意识到的另一套价值观念。在“文革”发动者眼里，“五四”新文化培养的知识分子启蒙话语始终是一种威胁，它不仅意味着价值取向的差异，而且还呈示出某种阶级的“异质”。因为不管你阶级隶属如何，一旦步入文学殿堂，就会面临这样一个很难调处的矛盾：文学话语与政治话语的背离。某种意义上说，每一学科、每一行业都可能产生自己的宗教，都可能产生自己的崇拜偶像，作为一门人文学科，文学亦然，它是一座座由大师们构成的思想和艺术高峰。作家一旦进入这一领域，就会自觉或不自觉地向大师们看齐。而那些艺术高峰之所以成为高峰，恰是因为有一套属于自己的闪耀着人性光辉的话语体系，这里，存放的是与专制、愚昧、荒谬、唯命是从迥异的民主、科学、自由、正义等思想。于是，他们在走近这些文学大师的同时，也就不可避免地进入到人类思想高地。尽管这些艺术高峰有时也会被权威话语所利用，比如通过选择和遮蔽只留下鲁迅、高尔基，但是，一旦真正进入他们的世界，就会发现政治化、脸谱化的鲁迅和高尔基并不是真实的鲁迅和高尔基。

因此，即使“根正苗红”的劳苦大众，进入文学殿堂也有可能逃离自己所谓的阶级出身，而成为“革命阵营”的对立面，贫下中农的子弟进入大学，就意味着成为了“资产阶级”的继承人，这是那个时代政治领袖为之苦恼的事情。这种苦恼甚至直接催生了“资产阶级知识分子统治我们学校的现象再也不能继续下去了”与“知识青年到农村去，接受贫下中农再教育”的错误判断。工农阶级的后代也要接受再教育，就出自这样一种逻辑：他们本来是红色的、可以信任的，但因为上了中学或大学，就褪色了、不可以信任了。学校之所以有这样非无产阶级化的功能，原因就在于无产阶级虽然在政治革命中取得了胜利，但思想文化和教育阵地却没有完全占领，学校仍然是资产阶级培养接班人的地方。要使青年一代成为无产阶级革命事业的合格接班人，就需要通过上山下乡、插队落户等“再教育”形式，将他们从资产阶级阵营的边缘争取回来。这一思考问题的逻辑很荒谬，它为批判知识分子又提供了一个舞台——与无产阶级争夺接班人。旧人（主要是知识分子）思想还没有改造好，新人（主要为工农出生的青年学生）教育又遇到了新情况。鉴于任何社会都没有能力也没有勇气拒绝接受人类历史所积累的精神文化成果的传递，大学还得继续办下去。“文革”期间，虽然毛泽东主要说的是理工科大学还要办，但文科大学也照样办了起来。不办文科大学而只办理工大学传达的一个讯息是，“文革”发动者们只接受技术层面的知识，而排斥与意识形态不一致的人文知识。为了防止“异质”思想的“侵袭”，无产阶级的文艺被反复筛选、过滤，被区分为“香花”和“毒草”两大类。

经由新中国成立后的一系列文艺批判运动，知识分子基本上处于失语状态，作家、诗人要么被剥夺了创作的权利，要么响应号召走向民间，到工厂农村和部队去获得工农兵的思想感情，从贫下中农的立场体会“人民公社”的幸福感，从工人阶级的立场体会当家作主的自豪感，从战士的生活感受革命的激情。“深入生活”是这一时期文学创作的最初要求，理论上讲，一个人只要活着就不可能外在于生活，只要不有意把自己封闭起来，就不可能外在于生活，这一时期文学批评常用词汇中的“没有生活”、“不熟悉生活”等的潜在意思是：知识分子的生活是排除于“生活”概念之外的，工农兵生活才是生活的真正所指。

如果说“思想改造”是从思想上削弱知识分子的自由精神，“深入生活”是从创作源头上限制知识分子的个体活动空间，那么“集体创作”则是从创作方法上阻断知识分子自我表述的可能性，完全将文学变为主流意识形态的宣传、教育工具。早在 40 年代，毛泽东在提出文艺的“工农兵”方向的同时，就明确要求“广大文艺工作者”和“工农兵大众打成一片”，走集体化和大众化的创作道路，只是考虑到抗战的紧迫形势和解放区文艺尚在建设初期的经验现实，《讲话》侧重动员与团结一切可能的力量，对作家的身份、阶层才没有作过多的限制，也没有把创作方法的“集体化”问题提上议事日程，尽管毛泽东对于“资产阶级、小资产阶级出身”、受过传统与西方文化教育的知识分子的"革命性"素有腹诽。为了使知识分子写作能够为工农兵接受并服务于革命政权，解放区文学强调作家的思想改造和作品的政治意识，以对工农兵集体生活的熟悉程度来判定作品的价值。到了新中国成立以后，毛泽东渐渐对作家队伍的构成状况有所不满，提出"文学艺术也要建军，也要练兵"的主张，要组建一支"新型的无产阶级文艺大军"[①]。不仅文艺工作者要与工农兵结合，而且工农兵也要直接参与文艺创作。如此，作为一种文艺生产方式，集体创作就自然而然地成为一种理想的文艺状态和文学生产的手段。

其实，集体创作并不是什么新面孔，它的最早实践可追溯到解放区文艺中。当时，广受观众喜爱的秧歌剧《兄妹开荒》、新编剧目《逼上梁山》、《三打祝家庄》以及歌剧《白毛女》等都是集体智慧的结晶，这些作品的创作既不是某个人独立完成的，而且表现的感情也不是个人化的。以《白毛女》为例，周扬对剧本主题"新旧社会对比"的概括，使编创人员在处理民间传说的素材时较多地考虑作品表现阶级斗争的一面。初稿里的"喜儿对黄世仁要把自己娶进门表露出的天真幻想"，很快就被改换为"阶级压迫的刻骨仇恨"。《白毛女》公演的第二天，中央书记处的意见指出"黄世仁应当枪毙"。后来，"剧组不断收到观众来信和从《解放日报》转来的批评文章。演出过程中，听取各方面意见而对剧本作修改，几乎每天都在进行"[②]。《白毛女》尽管由贺敬之、丁毅署名，却是鲁艺成员以及解放区众多工作人员参与的集体作品。1958年，随着经济"大跃进"的开展，文艺"大跃进"主张也随之被提了出来。其后，在以"新民歌"为代表的多种文学运动中，"领导出思想，群众出生活，作家出技巧"的所谓"三结合"的创作方法应运而生，并被确定为作家创作的唯一方法，贯彻到文学活动的方方面面。"集体创作"能在较短时间里"写出又多又好的作品"，不但"充分发挥了群众的智慧"，还是"对群众的教育和提高的过程"。"集体创作适用于多种文体，可以是小说、戏剧、论文，也可以是工厂史、公社史、革命回忆录；写作上，可以几个人一起讨论提纲，一人执笔或分别执笔，也可以发动全厂全社群众参加讨论和写作……"[③] 比如革命历史小说《红岩》，是由事件亲历者对其报告底稿、革命回忆录反复修改而来，四

①周扬：《文艺战线上的一场大辩论》，《文艺报》1958年4月，引文部分为毛泽东审阅时所加。

②王培元：《抗争时期的延安鲁艺》，广西师范大学出版社1999年版。

③华夫（张光年）：《集体创作好处多》，《文艺报》1958年第22期。

易其稿，其间介入写作的有中共重庆市委、文联组织、中国青年出版社编辑等，作者听取了各方面指示和意见，把原本"低沉压抑"、"血腥"的叙事氛围改换为明朗、向上的革命气息。

"文革"期间，"集体创作"发展到了极致。1964年，林彪指示文艺创作要搞好"三结合"，实现"三过硬"——思想过硬、生活过硬、技术过硬，对作品的"思想"、"生活"、"技术"全面把关。这个时候，集体创作与个人创作完全"趋同"，"从工农兵中培养作者，形成一支宏大的无产阶级创作队伍，是无产阶级在文艺领域中的一项战略措施"。工农兵在创作中的位置"不是可有可无的'陪衬'，而是有发言权的'主人'"。与知识分子把创作看成个人精神劳动成果相比，工农兵作者懂得"他们所从事的工作，无论从哪一方面来说都不属于个人，就像他们在生产某一个机件时一样，绝没有想到这是我个人的产品，因而要求在产品上刻上自己的名字。"① 即使是以个人署名发表的作品，也是"隐性"的集体创作。《朝霞》上发表过一位短篇小说作者的创作谈，文中，他把自己的作品比作"千人糕"，以此来说明个人署名作品背后集体写作的实质。韦君宜在《思痛录》中提到，"文革"期间浩然小说《金光大道》写作的一些具体情况。当时，"《金光大道》的架子是由编辑帮他搭的，先卖公粮，后合作化……"到第二卷时，书的编辑组长提出，"小说故事发生时间正是抗美援朝，不写抗美援朝怎么成"。浩然只好收回稿子，想办法把这一内容加进去。可事情还完不了，那位编辑还要"在四五页稿子上，每页都加上'抗美援朝'"，并且要"把小标题《堵挡》改成颇有战斗性的《阻击》，把《让房》改为《让房破阴谋》"。诸多的限制使得写作不再是个人意愿所能决定的了。与《金光大道》有着相似创作过程的还有《虹南作战史》、《牛田洋》等作品。

文学写作之外，集体创作还大量运用于文艺批评和"样板戏"的创作上。前者的写作主体或者是工农兵读者，或者是有政治话语权的"写作班子"，他们对作品的解读往往都是各种政治批判运动的前兆。如"文革"初期姚文元的重头文章《评新编历史剧〈海瑞罢官〉》实则是由江青、张春桥等人操纵的"写作组"集体创作，用姚文元个人名义发表的。这样做，是为了使文章看上去"操作"的痕迹少一些。至于"样板戏"创作，作为无产阶级革命文艺的"范本"

①周天:《文艺战线上的一个新生事物——三结合创作》,《朝霞》1975年12月。

更是集结各方面人士、经过反复改写与提纯的大制作。

从集体创作的文学作品看，它们不仅见证了意识形态左右下的“个人”与“集体”的冲突，而且也目睹了“思想自由”与“政治一体”的间离悲剧。声势浩大的集体创作以阶级的共性遮蔽个体的人性，以物质生产的普遍性取消精神生产的特殊性，它的所有努力只有一个结果，那就是削弱文学的审美性和人性，强化文学的所谓政治性、革命性。

第三节 “样板戏”文学的审美效应

作为“文革”文学的特殊形态，样板戏承载着“文化革命”的丰富信息，它在传播接受中显现着民间艺术的自由取向，在改编移植中回避文化革命的主导话语(与走资派斗争)。究其原因，除了意识形态对民间戏剧的借用之外，还与国人普遍存在的乌托邦理想有关。在样板戏演出过程中，观众的狂热激情被空前地激发出来，与主流政治、编创人员一道融入到样板戏的教育体系中。

1988年，王元化先生在《样板戏及其它》一文中，客观、冷静地阐述了他对“样板戏”文学的看法。“十亿人在十年中只准看这八出戏，整整看了10年，还说什么百看不厌，而且是以革命的名义，用强迫命令的办法，叫人去看，叫人去听，去学着唱。只要还留着那段噩梦般生活记忆的人，都很清楚，样板戏正如评法批儒、唱语录歌、跳忠字舞、早请示晚汇报一样，都是‘文化大革命’‘大破’之后所‘大立’的文化样板。它们作为文化统治的构成部分和成为我们整个民族灾难的‘文化大革命’紧紧联在一起。”① 如果说思想改造、文化革命的主体对象是知识分子，批判否定的主要形式为“大破”，那么样板戏演出的接受主体则是工农兵群众，展开方式为“大破”之后的“大立”，是供人们效仿的文化样板。1967年5月9日，上海的《智取威虎山》、《海港》、芭蕾舞剧《白毛女》和山东的《奇袭白虎团》，会同北京的《红灯记》、《沙家浜》、芭蕾舞剧《红色娘子军》以及交响乐《沙家浜》齐聚首都北京，“汇演”结束之后，当时最具权威性的新闻媒介“两报一刊”(《人民日报》、《解放军报》和《红旗》杂志)竭力渲染此事，还不惜版面全文刊载几出“样板京剧”剧本，以

①王元化：《样板戏及其它》，《文汇报》1988年4月29日。

飨观众。自此，政治意识形态携戏曲演出的广泛性、参与性、互动性等群众优势在全面否定"五四"以来知识分子启蒙话语之后，迈上了工农兵文化的重建之路。

所谓"样板"，一则意味着创作编剧上的集体运作、精工细作，剔除知识分子的个人话语，添加、保留工农群众的集体话语。二则意味着政治意识形态通过改造、渗透、抽取等手段，在对民间艺术形式进行适度"入侵"之后，成功地诱导观众"顺着艺术家的设计轨迹走到预期的目的地"①。王富仁在一篇文章里说鲁迅和毛泽东是现代中国两个最了解中国农民的人，前者是从"思想革命"的角度，后者是从"政治革命"的角度，这种思想革命、政治革命的两分法在样板戏教育中奇迹般地走到了一起，实现了视界融合。其典型载体为这样一个常讲常新的传奇故事：共产党员某某来到一群民众当中，在他的带领下，民众云合景从，参军拥军，并在党的指引下，由自发走向自觉。后来，这支深受人民爱戴、英勇善战的军队历经千辛万苦，终于战胜敌人，取得了胜利。这类故事最早的蓝本出自多卷本革命回忆录《红旗飘飘》和《星火燎原》中的回忆性自叙，相似情节亦见于电影《回民支队》的马本斋故事。提炼得最精粹、最典型的当属革命现代京剧《杜鹃山》片段：草莽英雄们打算劫法场，"抢一个共产党员领路向前"。到了法场才发现探马情报有误，临刑的共产党员是一个女的。"女的"，造反头目稍稍犹豫了一下，接着命令："只要是共产党，抢。"剧情发展至此，充其量只能算是传统历史小说"劫法场"的现代翻版，毫无新意可言。好就好在，历史的河流恰好在这里打了一个回旋。一个在生死关头被草莽们营救的女子，反过来拯救了这支走投无路的队伍，给予他们政治上的新生。"奴隶代代求解放，战鼓连年起四方。只因为行程渺茫无方向，有多少暴动的英雄，怒目苍天，空怀壮志饮恨亡！……革命真理：党指挥枪，党指挥枪，你千万不能忘，乘风破浪向前方，永不迷航！"拯救与被拯救、支配与被支配、革命与抢劫、女子与暴动者的巧妙置换，与任何的女权主义都不相干，其真实目的在于将一个强有力的意识形态话语召唤到场，并且这到场的意识形态在"男与女、拯救与被拯救、支配与被支配"的悬殊对比下，更见出力量的强大。否则，草莽怎能心悦诚服地唱道："党代表！我雷刚不懂共产

①余秋雨：《艺术创造工程》，上海文艺出版社1987年版，第256页。

党的王法，从今后该怎么办，由你当家。"①

艺术一旦与政治联姻，它在走向群众过程中必然会带上某种"指令"和"强迫"色彩。无庸讳言，在这方面，样板戏取得了前所未有的成功，"整整十年，叫人去看，叫人去听，去学着唱"。不唯受众上的被动性，而且在题材选取上也显示出它独特的政治敏感性、现场教育性，甚至是话语策略性。样板戏占据"文革"舞台整整10年，其间中国政坛先后发生了"批判刘少奇资产阶级反动路线"、"批林批孔"、"批《水浒》"、"反击右倾翻案风"等一连串重大的政治斗争，但样板戏中却无一部戏直接与这些政治斗争相关。换言之，文化革命的主导话语——与资产阶级"走资派"斗争，这个用当时流行的政治术语表述，就是反映了"社会主义时期的阶级斗争、路线斗争实质"的显要命题，却未能进入被视为"无产阶级向资产阶级发动新的进攻战的重要组成部分"的"样板戏"编创者视野②，这不能不说是一个十分有趣的问题。"样板戏"90%的内容取自革命历史题材，像我们熟悉的《红灯记》、《沙家浜》、《智取威虎山》、《奇袭白虎团》，表现的是半个世纪以来中国共产党及其领导下的广大人民群众艰苦卓绝的革命斗争画卷，着力宣传与歌颂的是英雄主义、爱国主义。即使是少数反映社会主义建设时期生活的剧本，也没有一个抒写与"走资派"斗争的内容。如《海港》表现的是无产阶级国际主义主题，尽管这出戏后来为了强化阶级斗争越来越尖锐的政治观念，硬在剧中加入阶级敌人钱守维，可他的身份也只是暗藏的国民党特务，与"走资派"仍无直接关系。

最典型的"文革"文学竟没有反映最典型的"文革"的主导话语，即与"走资派"斗争，这实在是"样板戏"编剧的一大吊诡。也许有人会说，八个"样板戏"大多在"文革"前就已产生，它们的人物形象、剧情冲突基本趋于定型，很难任意改动。1964年在北京举行的首届全国京剧现代戏观摩大会上检阅了来自全国各地的29个京剧团的36部作品，其中，北京京剧院的《芦荡火种》、中国京剧院的《红灯记》、上海京剧院的《智取威虎山》、山东京剧团的《奇袭白虎团》、云南京剧院的《黛诺》、天津京剧团的《六号门》等一大批现代戏，因为思想艺术上的成就而获得较高评价，这些剧目后来大都成为"样板戏"的蓝本。因此，上述剧本中看不到"文革"期间的主导

①《革命样板戏剧本汇编》第1卷，人民出版社1974年版，第619—639页。

②初澜：《中国革命历史的壮丽画卷——谈革命样板戏的成就和意义》，《京剧革命十年》，北京人民出版社1975年版。

话语实属自然，但是在“文革”中产生的新剧本《海港》、《龙江颂》、《杜鹃山》、《平原作战》、《沂蒙颂》里，我们看到的仍然是与前者相似的取材角度，尽力规避现行的政治斗争话语，这就有些令人费解了。

为什么在“文艺要为无产阶级政治服务”口号喊得震天响的年代，“样板戏”置当时的“主导话语”于不顾，不约而同地把关注视野投向刚刚逝去的革命战争题材呢？细究起来，问题的焦点主要集中在“样板戏”统摄生活的路径和教育目的上。

我们发现，几乎所有的“样板戏”都来自小说、话剧、电影的改编或地方剧种的移植。编剧过程中，“生活”并没有以它原初的面貌直接作用于剧本，而是以工农兵接受视野的间接方式影响编剧者。如《红灯记》，在它之前就已经有了故事影片《自有后来人》、昆剧《红灯记》和沪剧《红灯记》等多个版本，同名京剧“样板戏”就是从它们中移植而来的。同样，《沙家浜》先是由上海人民沪剧院依照崔左夫的一篇革命回忆录《血染着的姓名——三十六个伤病员的斗争纪实》改编成《芦荡火种》，尔后才被移植为现代京剧《沙家浜》的。至于《智取威虎山》，最初的演出本在扉页上特意标明该剧“根据小说《林海雪原》并参考同名话剧改编”。作为文学介入生活的一种方式，改编、移植参与“样板戏”的编写并不为奇，问题是当编剧者在着手每出“样板戏”创作时，都经意或不经意地把关注的目光投向它们，那就需要进一步分析了。

首先，从改编与移植来说，它们十分易于营造一个良好的接受前提，能很好地契合观众的心理期待。因为剧目由改编、移植而来，本身就说明它已先行经历了某种内容的普及，只要看一看“样板戏”大多以家喻户晓、脍炙人口的小说、电影为蓝本，便不难理解其接受目标的优先考虑。当观众进入剧场，看见他们熟悉的故事换上“新装”，通过京剧形式在上演，必定会产生一种既亲切又新鲜的感受，这就在很大程度上为京剧改革的成功预设了先决条件。

其次，就改编、移植地方剧种而言，按“样板戏”编创者的理解，同属虚拟、写意表演体系的地方剧种，相对来说程式限制较少，离群众生活较近，浓郁的地方风情和乡土狂欢的仪式化表演成分的引入，能收到“寓教于乐”的接受效果。因此，“用地方剧种来表现思想容易为观众接纳，在此基础上，京剧进行改编与移植就能够取得预期的成效”①。如沪剧《沙家浜》中一段唱腔：“摆开八仙桌，招待十六方，砌起七星灶，全靠嘴一张。来者是客勤招待，照应两字谈不上……”在京剧改编本中，情节基本保持了原貌，只是语言上更富有文人气。“垒起七星灶，铜壶煮三江，摆开八仙桌，招待十六方。来者都是客，全凭嘴一张，相逢开口笑，过后不思量，人一走，茶就凉……”

最后，从革命历史题材切入编演现代戏，优势除了因其反映的革命斗争画卷能够有力回应那个年代观众巨大的政治热情之外，还在于它和当时火热的文化革命拉开一定距离，改编的新程式不太会受到观众的挑剔和拒斥，既收到忆苦思甜的感恩式教育效果，又能找回当年的革命英雄主义气概，以百倍的信心与勇气投身社会主义建设生活。

真应了那句俗语，成也萧何，败也萧何，即使在“样板戏”演出异常“成功”的时候，透过它们选取生活的路径和教育方式的背后，我们仍能意识到某种“潜在”的错位——政治意识形态对民间艺术进行渗透、移植，仅仅在文本思想的宣传、灌输上获得了胜利，并未触及民间戏曲自由不拘的精神取向。“样板戏”中，除了《海港》等纯粹宣传性作品外，大都有民间艺术的文化背景。作为民间文化中的一种，京剧艺术的唱腔、程式不可能不含有浓重的民间意味。“尽管政治意识形态对其一再进行改造、抽取，但民间意识在审美形态上还是顽强地保存了下来，并反过来制约着编创者的创作意图。”②如“样板戏”《沙家浜》，主人公阿庆嫂的身份是双重的，其政治符号是共产党的地下交通员，深明大义，机智果敢；民间符号是江南小镇的茶馆老板娘，泼辣恣肆，敢作敢为。剧中，她的对手分别是权力阶层中愚蠢、蛮横的胡传魁和知识阶层中堕落、怯懦、自私的酸文人刁德一，战胜前者需要的是胆识，战胜后者需要的则是智力。除了对立双方之外，还有另一方，作为阿庆嫂的同道、革命路上的引路人，郭建光可谓集共产党的优秀干部和民间英雄双重符号于一身。立足民间审美趣味，《沙家浜》中，阿庆嫂与胡传魁是斗勇，与刁德一是斗智，与郭建光则是互衬互补。上述角色配置一旦进入主流政治视野，权势者、酸秀才、民间英雄纷纷换上了政治

①陈昌本：《争取京剧艺术的新繁荣》，中国戏剧出版社1992年版，第55页。

②陈思和：《中国新文学整体观》，上海文艺出版社2001年版，第133页。

符号，对象化为国民党反动派、汉奸文人和共产党员。与剧中人物关系一样，剧情演变也经历了一个逐渐政治化的过程，从沪剧本到京剧本再到京剧改编本，政治意识形态在不断地缩小民间艺术的自由空间。如在沪剧本《茶馆智斗》一场，胡传魁与阿庆嫂见面时一些拉家常式的谈话，到京剧改编本中就被取消了。沪剧本结尾，胡传魁喜庆之时，郭建光等人乔装改扮成戏班子混入敌巢，瓮中捉鳖，到了京剧改编本，就由偷袭变为正面袭击，从巧取变为强夺。但是，民间艺术在与主流政治周旋过程中，也不是一味地处于被动支配地位，而是以对白、婉语等隐性方式对主流政治进行着反改造、反渗透，即使到了京剧样板戏《沙家浜》，仍然不能改变阿庆嫂与三个男人之间的固定关系，郭建光的不断抢戏，除了增加空洞、乏味的豪言壮语之外，并没能为京剧艺术带来任何亮色，春来茶馆老板娘的角色地位仍然无法改变。

同样，在京剧"样板戏"《智取威虎山》中，我们也能见到政治话语与民间话语并存的交错现象。杨子荣只身深入匪巢，假扮成饲马副官胡彪，与座山雕对"暗语"一节，唱词这样写道：

座山雕：天王盖地虎。
假胡彪(杨子荣)：宝塔镇河妖。
座山雕：脸红什么？
假胡彪：精神焕发。
座山雕：怎么又黄了？
假胡彪：防冷涂的蜡。
八大金刚：么哈？么哈？
假胡彪：正晌午时说话，谁也没有家。

在小说《林海雪原》中，这段"黑话"大多加有注脚，如上引的开头两句话分别解释为："你好大的胆！敢来气你祖宗。""要是那样，叫我从山上摔死，掉河里淹死。"黑话译成白话简直大煞风景，不仅对仗、对等的气势没有了，而且还破坏了黑话文本的"自足性结构"。因此，在"样板戏"《智取威虎山》中，尽管"土匪黑话"被"官方红话"编进政治意识形态的人物对白，但政治话语也为此付出了必要的代价:它不得不承认另类话语的存在,革命英雄必须以假土匪的身份才能合法地在舞台上说黑话。

在对"样板戏"接受心理和编剧上的话语交错现象进行一番分析之后,我们不禁要问,政治意志与民众接受为什么会在"样板戏"演出中趋于一致呢?这就触及一个较为隐秘的话题——乌托邦文化的承传和再塑。

何为乌托邦文化?就其功能意义而言,是人们关于至善至美世界的一种"想象性满足"。由于这一文化形态是与道德理想主义的推行联系在一起的,它的最终指向必然是一场观念革命,一场对人的全面改造运动,因此乌托邦本质上就是一种意识形态,一种理想与专制的双重衍生物。关于这一点,我们可以从乌托邦文化的源头——柏拉图的著作《理想国》中看出,在那个至善至美的国度,柏拉图构想了"一些有关美善、秩序、正义的观念"[①]。他认为国家的头等大事,便是要把这些观念灌输给公民,让他们循此通向"道德同一"的理想境界。柏拉图的乌托邦思想到18世纪法国卢梭那里,又得到进一步延伸。《社会契约论》中,卢梭将人类步入至善至美王国的途径,武断地归属到对公民自然天性的"清洗"上。他说:"敢于为一国人民进行创制的人,——可以这样说——必须自己觉得有把握能够改变人性,能够把每个自身都是一个完整而孤立的个人转化为一个更大的整体的一部分,这个个人以一定的方式从整体里获得自己的生命与存在,以作为全体一部分的有道德的生命来代替我们得之于自然界的生理上的独立的生命。总之,必须抽掉人类本身固有的力量,才能赋予他们以本身之外的,而且非靠别人帮助便无法运用的力量。这些天然的力量消灭得越多,则获得的力量也就越大、越持久,制度也就越巩固、越完美。"[②]在卢梭看来,如果要实现一个理想政体的建设,公民必须是人为的。因为"如果说能够按照人们本身的状态去驱动人们是高明的话,那么能够按照需要他们成为的样子去驱动人们则更高一筹"。他认为,重铸公民素质的最主要的力量来自道德,按照他的理解,"道德不是别的,它是个人意志与公共意志的一致"。"谁拒不服从公意,全体就要迫使他服从公意。"[③]这种对个性进行道德清洗的准宗教救赎情怀势必"把人们再次拖到祭坛的脚下",其结果自然是大众法庭

①伏尔泰:《哲学辞典》,商务印书馆1991年版,第225页。

②卢梭:《社会契约论》,商务印书馆1961年版,第165页。

③卢梭:《卢梭全集》第3卷,商务印书馆1991年版,第15页。

代替理性审判，政治斗争取代道德冲突，社会生活趋于整体划一，民众行为高度规范。一定意义上说，接受乌托邦文化就意味着接受它的德化政治，接受它的一整套人为公民塑造学说。

在中国，乌托邦文化有着它天然的生存土壤，以道德至上为内核的大同理想本身就称得上是卢梭观念世界的一个近亲。不难想象，当这一观念传入中国，必然会激活国内广大知识分子潜在的“乌托邦情结”。20 世纪初叶，“乌托邦想象”不仅能缓解因全面反传统而导致的“无根”焦虑，而且还能为知识分子失落已久的“强国梦”重新找回漫游的寓所。被新文化运动主将奉为圭臬的政治导向型启蒙，以“公意”克服“私意”，以“有道德的整体”挤兑“孤立的自然生命个体”，很快便得到了动荡不安的社会现实认可，并取代个体至上的思想启蒙。某种意义上说，乌托邦文化在 20 世纪中国社会的再度兴起，以救世为宗旨的政治型启蒙释放的理想主义追求和浪漫主义激情起到了推波助澜的作用。为了激发人民投身民族独立与解放的革命洪流，向他们描绘关于未来生活的美好蓝图，几乎成为主流意识形态一个非常重要的宣传策略。受启蒙大潮的冲击，肩负宣传教育使命的文学艺术也表现出对政治话语不同程度的倚重，30 年代中期，左翼文学理论家倡导的社会主义现实主义，就是强调删除“非本质的琐事”描写，写出社会生活的历史趋势，“把为人类的更好的将来而斗争的精神灌输给读者”①。为乌托邦想象所鼓舞，一度遭到“唯物辩证法创作方法”贬抑的浪漫主义被重新纳入主流理论框架，现实主义与浪漫主义在描绘社会美好未来理想和光明前景上找到了最佳结合点，至于浪漫主义的另外一翼——主体性，则因无法与革命斗争的政治话语相融合而被肢解。

乌托邦时代的最大特征，在于以一整套道德理想主义的符号来实现对民众思想、言语和心灵的诱导、改造，它用“大善”与“大恶”来划分生活，凡有是非，必生善恶，它的存在和膨胀直接导致了整个民族的“精神失语”，“不是我们说语言，而是语言说我们”。在这样一种“乌托邦文化”支配下，人们为了想象中的美好明天的早日到来，完全陷入了对包括个人利益在内的各种牺牲的偏执崇拜之中。

①周扬：《关于“社会主义的现实主义与革命的浪漫主义”》，《现代》第 4 卷第 1 期，1933 年 11 月。

“文革”期间乌托邦文化的盛行大大促进了“样板戏”的编辑、创作、演出和接受，以《红灯记》为例，当年在羊城演出的每场，“都使无数观众热泪盈眶，闭幕后观众们还久久不散，争相拥到台前与演员握手”；“在上海连演40场，场场爆满，售票处前排成长队”；“许多有幸看到戏的观众纷纷热情地给剧组去信，表达自己看戏后的激动心情”①。观众对“样板戏”的热烈反响传达出一个重要讯息，即经过一段时间的政治熏陶和现场教育，作为“样板戏”的接受者，广大民众已经与主流意识形态达成了一致，他们实际上是在与编剧、演员一起创造“样板戏”。正因为此，倘若一部“样板戏”稍有和既定革命话语不符之处，不仅主流意识形态出面干涉，而且观众也会对其加以指责。最典型的莫过于芭蕾舞剧《白毛女》中关于杨白劳形象的艺术处理，先前的改变基本上是遵循歌剧的情节，除夕之夜，躲债在外的杨白劳回家与喜儿团聚，他心事重重，因为地主黄世仁已威逼他以喜儿抵债，痛苦的杨白劳一气之下喝盐卤自杀。1964年5月，该剧进行试演时，杨白劳服毒这一出戏招致观众的强烈批评，一位码头工人不满地说：“要我说杨白劳喝盐卤自杀太窝囊了！……杨白劳得拼一拼，不能这样白死！”面对观众的呼声，新剧本对杨白劳形象进行了“重塑”，设计了他拿起扁担三次奋起反抗，最后被地主黄世仁活活打死的情节。修改后，“阶级意识”狂热的观众纷纷对杨白劳的“三扁担”称颂备至，认为他在舞台上“抡起扁担向黄世仁的有力打击，大长了革命农民的志气”，是“临死前向旧制度进行的坚决挑战”②。

至此，我们说，“文革”期间虽然左倾政治风行，对社会施以道德强制，但在当时的中国却很大程度上迎合了人们心灵世界的感恩心理和精神崇拜，主流意识形态、编创人员、接受群众以及乌托邦文化的合力营构了一个“样板戏”的教育体系。

①戴嘉枋：《样板戏的风风雨雨——江青、样板戏及内幕》，知识出版社1995年版，第24页、104页。

②李希凡：《在两条路线尖锐斗争中诞生的艺术明珠》，《光明日报》1967年5月19日。

下编

「五四」传统与新时期启蒙

从“五四”到新时期，中国文学一直在“大众化”、“民族化”道路上奔突，其间虽然也有过人性写作与争论，但并没有留住“五四”启蒙渐行渐远的身影。随着“文革”的结束，压抑多时的文学的“人学”本体得以苏生，久违的“五四”精神再度成为文学阐释的中心话语，无论是伤痕文学的情感控诉，还是反思文学的思想溯源，抑或是寻根文学、先锋文学的现代、后现代主义，“思想”大于“审美”的现象都是显在的。

第七章

文艺大众化、民族化的符号意义

第一节　大众化、民族化的路径之争

“大众化”、“民族化”、“民族形式”、“民族风格”、“中国作风与中国气派”等范畴，在中国现代文学论争史上显得尤为突兀，它们之间不仅在概念的外延和内涵上互有交叉，而且常常冠以“民族性”前缀，与“西方化”、“资产阶级化”等殖民话语针锋相对。不同时段、不同语境下，平民文学、大众文学、民族文学的语义也会发生变化，有时相互通约，指向一致；有时相互差异，争议丛生。不过，抛开理解上的歧见和论争中的偏颇，它们至少在以下两个方面是一致的。

文学精神上，无论是“五四”时期的平民文学，还是“抗战”后期的工农兵文学，走的是同一条道路——从“化大众”到“大众化”，简言之，曰“普及”。胡风说：“新文学运动一开始，就向着两个中心问题集中了它的目标。怎样使作品底内容适合大众底生活欲求，是一个；怎样使表现那内容的形式能够容易地被大众所接受——能够容易地走进大众里面，是又一个。……八九年来，文学运动每推进一段，大众化问题就必定被提出一次。”①在传统与现代的时空冲突下，新文学运动在“五四”时期被表述为贵族与平民的价值对抗，其中“平民化”因为隶属时间链条上的“现代”一环、空间延展上的“普及”一维，而居于主导地位。所以，朱自清说：“所谓现代的立场，也可以说是偏重俗人或常人的立场，也可以说是近于人民的立场。”②在“五四”以后的革命文学阶段，新文学运动则被表述为知识分子与工农兵的价值对抗，其中“工农兵”阶级因从属革命的主体力量，始终处于文学的前台，扮演主要角色。“从工农兵中培养一支宏大的无产阶级创作队伍”，成为无产阶级在文艺领域中的一项

①胡风：《大众化问题在今天》，《胡风评论集》，人民文学出版社1984年版。

②朱自清：《论雅俗共赏·序》，《朱自清全集》第3卷，江苏教育出版社1988年版。

战略措施。由于“生活本身就是工农兵创造的，如果工农兵不参加反映他们生活的文艺创作，生活的本质很难反映出来”。文学活动中，“工农兵不是可有可无的‘陪衬’，而是有发言权的‘主人’”①。如此，“人民”一词的外延就仅限于革命主体力量——“工农兵”，知识分子被排除在外，随之，理应一体两面的“化大众”和“大众化”也人为地对立起来。

民族精神上，由于中国的现代化进程并不是传统文化自身孕育的结果，而是在外来文化强烈冲击与震荡下发生的，甚至是在炮舰武力的威逼下被动展开的，因而，现代化进程中“民族情绪”和“民族性”问题被不断地提出。一方面先进的知识分子从理性上积极引进西方文化，把西方文化作为民族进步的参照和精神资源；另一方面他们又在西方武力侵略的灾难面前怀有一种深层的屈辱感，民族意识被空前激活。在革命者和普通民众眼里，高涨起来的民族意识包括前后密切相关的两个精神目标：建立民族国家和平等参与世界对话。在这样的总体氛围下，作为一种精神意象的话语代码，“民族形式”、“民族风格”、“中国作风和中国气派”在理论界不断被人提起也是理所当然的事。正是因为我们对西方文化既推崇又仇恨、既敬畏又敌视的复杂情绪，“民族形式”、“民族性”“中国作风与中国气派”等概念才有论争中的那么多矛盾和悖论。当民族形式、民族性指向传统文化的自尊、自重、自强时，它却与新文化运动一开始起就遭到人们批判的“国粹”、“国故”、“国民性”等精神实体搅混在一起，难以分辨。我们不妨做一个逻辑上的追问：“民族形式”、“民族性”的正面因素怎样能从“国粹”、“国故”、“国民性”的负面因素中剥离出来而使一个被肯定与提倡，另一个遭否定与批判呢？

一个世纪以来，我们的文学活动始终在贵族与平民、知识分子与工农兵、民族与世界、民族性与殖民性等话语论争中展开，从“文言与白话”之争到“化大众与大众化”之争，再到“民族形式与‘五四’传统”之争，喧闹的话语权力背后潜在的是深层价值观念的冲突：“普及”工作因为契合民族国家的重建需要而始终处于论争的支配地位，“提高”工作因为“救亡”任务的急切而未能充分展开。

（一）“文言”与“白话”之争。“五四”文学革命对传统文学秩序

①周天：《文艺战线上的一个新生事物——三结合创作》，《朝霞》1975年12月。

的巨大冲击主要表现在白话文学主张的提出和文学进化观念的确立两个方面，其中，白话与文言之争是“革命”的关键。论争中，胡适把中国文学分为对立的两个部分：一是上层的、贵族的、文言的，一是下层的、平民的、白话的，并从文学史角度得出结论：“两千年的文学史上，所以有一点生气，所以有一点人味，全靠有那无数小百姓代表的平民文学在那里打一点底子……从此以后，中国的文学便分出了两条路子：一条是那模仿的、沿袭的、没有生气的文学；一条是那自然的、活泼泼的、表现人生的白话文学。后来的文学史只有那前一条路，不承认那后一条路。我们现在讲的是活文学史，正是那后一条路。”[1]这“后一条路”不仅颠覆了传统文学的正统地位，而且建立了白话文学的新视野，宣称“以今世历史进化的眼光观之，则白话文学之为中国文学之正宗，又为将来文学之利器，可断言也”[2]。在胡适看来，“言语本为思想之利器，用之以宣达者”，白话无疑是宣达思想的利器，“那所谓‘引车卖浆之徒’的俗语是有文学价值的活语言，是能够产生有价值有生命的文学的”。显然，新文学先驱立论的基点是“以人为尺度”，文言以晦涩的外衣养成国民“笼统的心思”，以贵族的姿态垄断语言的专利，造成人与人之间的隔膜，而白话文则真正使语言成为了人与人之间交际的工具，达到了相互了解、相互沟通的目的。针对林纾、梅光迪等人对白话文乃“贩夫走卒之语”，不登大雅之堂的指责[3]，胡适反驳说：“所谓‘俗’，其简单的意义便是‘通俗’，也就是深入人心。”在文学上，它表明白话有着广泛的社会基础，是建立在“教育普及”的合理性之上的，即“文章是人人会做的”，不是独夫与文妖的专利[4]。

于此，我们说胡适的“白话文学”主张并不是一个简单的语言概念，而是一个有着深刻寓意的文化概念。周作人在《平民文学》中说：“就形式上说，古文多是贵族的文学，白话多是平民的文学。”[5]贵族文学与平民文学的区别在于：“第一，平民文学以普通的文体，记普通的思想与事实；第二，平民文学以真挚的文体，记真挚的思想与事实。”也就是说，平民文学不仅能够满足广大民众生活需要，而且还因与口语的接近，使得它更契合“五四”时期要求婚姻自主、个体自由的人们的情感诉求。鲁迅在批判文言时说，“汉字的艰深，使中国大多数的人民永远和前进的文化隔离”[6]，而白话的

[1]胡适：《白话文学史》，第14—17页，岳麓书社1986年版。

[2]胡适：《文学改良刍议》，《新青年》第2卷第5号，1917年1月。

[3]林纾：《致蔡鹤卿书》，《公言报》1919年3月18日。

[4][5]周作人：《平民文学》，《每周评论》1919年1月第5期。

[6]鲁迅：《病中答救亡情报访员》，《鲁迅全集》，人民文学出版社1981年版。

“切近人情”正是要使大多数的人民与前进的文化相联系，从文化的前进中实现自我解放。这之中，人的前进与白话的前进相得益彰，前者规定着后者的价值尺度，后者为前者的实现提供必要的思想支持。林纾、梅光迪等保守派把文言与白话的对立视为雅与俗等级之别，胡适、刘半农、吴虞等革新派则运用文学进化的观念颠覆了这种等级森严的秩序藩篱，将传统的雅与俗对立改写为传统与现代的对立。平民文学正是在这样一种开放的文化视野下，以读者接受的广泛性、价值取向的人民性和思想情感的现代性，于颠覆后的秩序真空中重建了一种新的表意规范和文类系统，并以“人的尺度”和“文类进化”的理性特征，与一般意义上的通俗文学以及慈善文学区别开来。在“五四”文学革命之后形成的现代文学格局中，那些采用“高雅”的文言写作的恰恰是被新文学称之为“通俗文学”的作品，如“鸳鸯蝴蝶派”的艳情小说和武侠小说。

在“文言与白话”论争中，文言派持守的是一种贵族主义和保守主义立场，他们并不反对白话文本身，因为林纾本人就参与了晚清白话文运动，用近乎白话的文言文翻译了许多西方作品，他们反对的是白话文学对传统文学地图的改写，是白话文学背后的“平民主义”价值立场。白话文学破坏了传统文言与白话之间严格的等级秩序，引发的不仅是文学观念的变革，而且也使传统文化与现代文化的冲突，由形而下的表意规范层面延及形而上的价值体系层面。早在胡适与梅光迪的私人论争中，胡适就曾说过：“吾以为文学在今日不当为少数文人之私产，而当以能普及最大多数之国人为一大能事。吾又以为文学不当与人事全无关系，凡世界有永久价值之文学，皆尝有大影响于世道人心者也。”①这里，“普及最大多数之国人”和“大影响于世道人心”道出了胡适白话文学观念的两个方面：人的文学与平民的文学。作为民族国家话语的重要组成部分，文学形式的变革势必折射民族、民众的心理情绪，“文学的国语”、“国语的文学”主张本身就包含着民族独立、国家自主的政治诉求。因此，语言的“由雅变俗”、受众的“由士大夫而平民”，不仅是文学形式本体使然，而且也是出于救国和启蒙的需要，白话取代文言反映的正是传统与现代两种不同价值观念的冲突和对立。

当然，“文言与白话”论争的展开也宿命般地充满着矛盾与

①胡适：《觐庄对余新文学主张之非难》，《藏晖室札记》卷十三，《胡适留学日记》，上海商务印书馆1947年版，第956页。

论。首先，平民文学实践难以贯彻。尽管“五四”白话文学倡导者主张“推倒雕琢的阿谀的贵族文学，建设平易的抒情的国民文学”，“推倒迂晦的艰涩的山林文学，建设明了的通俗的社会文学”①，但事实上，白话绝非通俗到如白居易的诗歌那样，一般老太太都能读懂。接受传统文化熏陶和西方现代教育的新文学先驱们不可能完全迎合老百姓的欣赏趣味，采用他们的日常口语、俗语来进行写作，而是在作品中保留有浓厚的“欧化色彩”，于是，“国语文学”的对象——文化程度很低的普通民众对这种“欧化”的白话文能在多大程度上接受，实在值得怀疑。事实确实如此，当时识字的人们宁可去读鸳鸯蝴蝶派文白相杂的小说，也不要读白话的新文学作品，鲁迅的母亲就是一例，她宁愿读张恨水等人的小说，也不喜欢看儿子所著的小说。

新文学不通俗的原因是多方面的，其中之一就是语言上的“欧化”现象。文学形式变革本来与现代民族国家建立的历史要求有着直接关系，但它却与文学语言的“民族性”产生了抵牾，白话不仅在一定程度上切断了现代文学与传统文学的精神脐带，而且也没有很好折射民族的心理情绪。“欧化”似乎是白话文运动的一种必然产物，因为从发生学角度看，白话文学的可能性与实践的必要性，主要并不是由白话本身提供的，而是由近代以来西方的启蒙实践和知识实践所支持的。为了适应西方思想资源引介的需要，语言上的“欧化”是不可避免的。胡适说：“白话文必不可避免‘欧化’，只有欧化的白话文才能够应付新时代的新需要。”②他确信汉语要严密，要讲究文法，必须借助于“欧化”。语言上的“欧化”以及思想上的凌空蹈虚，使得新文学传播圈仅限于知识阶层（主要是青年学生），无法扩展到广大的工农阶层。“五四”先驱们的“平民战略”远未展开，白话形式并没有催生出新鲜活泼的“活文学”，文学与民众之间的隔膜依旧如故。二三十年代文学与民众之间的错位尽管多少在通俗文学中有所弥补，但“懂与不懂”始终是困扰着作家创作，并成为理论界争论不休的话题。新文学先驱们倡导白话，要求作品通俗易懂，出发点是使新文学更容易为广大读者所接受，而不是要求文学去迁就和适应工农大众。新文学运动致力于语言革新的全部目的在于现代性启蒙，即使是当年提倡“平民文学”的

①陈独秀：《文学革命论》，《新青年》第2卷第6号，1917年2月。

②胡适：《中国新文学大系·建设理论集》，上海良友图书印刷公司1935年版，第18页。

周作人，也认为“平民文学不是专做给平民看的，乃是研究平民生活——人的生活——的文学。他的目的，并非要想将人类的思想趣味，竭力按下，同平民一样，乃是想将平民的生活提高，得到适当的一个地位”①。另外，由文言或白话来区分“死文学”与“活文学”，对于作为审美存在的文学来说，也是一个重大失误：抽掉了价值内涵，艺术标准不再是判定“死文学”与“活文学”的依据，而是由语言形式来决定的。于是，“两个黄蝴蝶”之类的作品成为了新诗的发端。轻率地否定所有的文言作品使得格律音调传承无以为继，自由诗“白话”到了极点，格律诗自然也就应运而生，进行反拨与矫正。

其次，文学主题表现的矛盾与张力。现代文学从一开始起，对待现代性的态度就不统一，主题呈现充满矛盾。如果我们不是把现代文学简单地等同于新文学，而是将鸳鸯蝴蝶派小说、古典诗文、市井通俗文学都视为其总体构成，就会发现，在以西方文化为蓝本、以青年学生为主要读者的新文学之外，并行着以市井百姓为读者对象的大量文言通俗文学，如鸳鸯蝴蝶派的艳情小说、武侠小说，不仅与当时针贬时弊的“人生派”文学大相径庭，而且对现代文学的启蒙母题也表现出极大的麻木与冷淡，平民文学的“人学”本质形同虚设，启蒙民众的精神目标一再落空。其实，即便是在白话文学内部，也有鲁迅式国民性批判叙事和巴金式封建大家庭的复调叙事之别。在抗战时期以及其后的解放战争时期，尽管“民族形式”一直是不同政治倾向、不同文化背景下作家的共同追求，但是由于现代性主题在文学发展中的不平衡性、自身的矛盾性，张爱玲的市情小说、钱钟书的知识分子批判小说等也是主流叙事之外值得深思的一种声音。

某种意义上说，多种叙事话语的并行存在昭示着文言与白话之争已经悄然转换为传统与现代之争。经验事实告诉我们，白话语体承载的现代主题以一种显性姿态处于文学话语的中心，而文言语体传承的传统命脉则以一种隐性方式处于文学话语的边缘。出现这种极富矛盾性、张力感话语格局的原因，可以追溯到“五四”先驱们的主体精神上。随着科学、民主、自由观念的传播，知识阶层对工农大众的认识发生了一些变化：“知识”赋予的优先特权者

①周作人：《平民的文学》，《每周评论》1919年1月第5号。

所淡化，劳工神圣的平等思想有所增强。他们一方面把社会变革的希望寄托在劳工身上，呼吁知识分子"到田间和工厂里去"①；另一方面又以社会先锋自诩，认为"中国现代文化状况虽已非三千年前可比，但是一般民众智识仍是落后，士的阶级仍有领导民众的责任"②。这里可以看出，知识阶层的主体意识十分矛盾，理智上他们接受了"劳工神圣"的思想；情感上又不愿放弃"士阶层"的优越性，去平视或仰视体力劳动者。反映到语言变革——白话文运动之中，就形成了一种知识分子俯身"布道"、工农大众被动接受的精英化倾向，他们在运用白话文启蒙民众的同时，也不忘闲情雅致一把，把玩士大夫的贵族情调。郁达夫的古体诗，周作人的"苦茶"主义即是。在白话文运动倡导者心目中，工农大众还是一如既往的"畏革命如蛇蝎"的"苟偷庸懦"之辈③。虽然他们视白话文为自己与工农大众的共同语言，但接受上的单向给予性还是让他们拥有一种语类上的优越感。胡适说："造中国将来白话文学的人，就是制定标准国语的人。"言下之意，语类的选取权责无旁贷地落在知识分子肩上，这俨然是现代意义上的学统、道统、政统三位一体说。

（二）"化大众"与"大众化"之争。文艺大众化是随着1928年无产阶级革命文学的倡导而提出来的，革命文学从一开始起就明确提出"文艺为第四阶级服务"的口号，大众化不过是阶级意识在文学形式上的一次折射，它要求文学普及到广大被剥削、被压迫的工农大众。"五四"文学虽然提出了"人的文学"和"平民的文学"主张，但实际上白话文学的接受面仅限于城市资产阶级和小资产阶级，普及工作远未展开，尚停留在"化大众"阶段。为了克服这种内容与形式矛盾、创作与接受脱节现象，革命文学倡导者纷纷要求，我们的文艺"要努力获得阶级意识"、"要使我们的媒质接近工农大众的用语"、"要以工农大众为我们的对象"④。阶级意识的觉醒与强化使得文学形式上的变化成为一种必然，它不仅涉及作家的文学观念、思想取向，而且关系到语言的运用、体裁的选取。1932年3月，"左联"通过《关于"左联"目前具体工作的决议》，以组织的形式向作家提出要求，"首先，'左联'应当'向着群众'！应当努力的进行转变——实行'文艺大众化'这目前最紧要的任务。具体的说，就是要加紧研究大众文艺，创作革命的大众文艺，以及批评一

①郑振铎：《学生的根本上的运动》，《新社会》第12号，1920年2月21日。

②玄珠：《"士气"与学生的政治运动》，《民铎杂志》第8卷第4号，1927年3月1日。

③陈独秀：《陈独秀著作选》第1卷，上海人民出版社1984年版，第260页。

④成仿吾：《从文学革命到革命文学》，《创造月刊》第1卷第1期，1928年2月1日。

切反动的大众文艺”①。

“大众化”口号由革命知识分子提出，并在其后的论争中一直占据主导地位，然而，革命文艺本身并没有为工农大众所接受，“五四”文学“化大众”的启蒙思想仍在无形地支配着作家们的创作，理论倡导与创作实践呈现二元分离状态。大众化论争的初期，冯乃超、成仿吾、沈端先等就将“大众化”与“化大众”对立起来，认为文学创作应走一条逆向适应的通俗化道路，工农大众的文化水平、欣赏趣味应取代作家们的艺术资质、创作技巧。但实际创作中，他们不经意间仍会以一种启蒙主义的眼光和态度来审视文艺大众化问题，他们强调知识分子是大众的导师，“应该有提高民众意识的责任”，“不能不负起改革群众生活的任务”②。后来，随着论争的深入，对于文艺大众化性质的认识也发生了巨大变化：大众化并不是居高临下地启蒙大众、教育大众，并不是将某一种知识抽象地扩散到大众之中，而是要创造一种新型的艺术；文艺大众化并不是简单的降低艺术要求，俯就民众，而是要求文艺性质的变化；它是对“五四”新文学观的一次全面否定，而不是它的合理延伸；大众化的目标只有一个，那就是对艺术的重新界定和诠释。在《“我们”是谁?》一文中，瞿秋白就对早期革命文学创作中存在的“化大众”倾向提出了批评。他说：“普洛文学运动还没有跳出知识分子的‘研究会’阶段，还只是知识分子团体，而不是群众的运动。这些革命的知识分子——小资产阶级，还没有决心走进工人阶级的队伍，还自己以为是大众的教师，而根本不肯‘向大众去学习’。因此，他们口头上赞成‘大众化’，而事实上反对‘大众化’，抵制‘大众化’。”③至此，知识分子身份已经发生戏剧性变化，一向以社会精英自居的知识阶层突然由“化大众”的自信一变而为“大众化”的自卑。

文艺大众化口号的提出，某种意义上是对现代文学格局进行新的规划，试图将“五四”文学的人学观、平民观，由“小资产阶级资产阶级、青年学生”推进到广大未接受良好教育的工农阶级，在对“五四”启蒙文学的批判中深化着革命文学的表现主题和内容，并规定着文学的表现方法和接受对象。“五四”文学革命通“文言与白话”、“贵族文学与平民文学”之争来敞开文学的新范和新秩序，1928 年以后的革命文学则通过“化大众与大众化”、“

①《关于“左联”目前具体工作的决议》，《秘书处信息》第 1 期，1932 年 3 月。

②冯乃超：《大众化的问题》，《大众文艺》第 2 卷第 3 期，1930 年 3 月。

③瞿秋白：《“我们”是谁?》，《瞿秋白文集》（文学编）第 1 卷，人民文学出版社 1985 年版。

学革命与革命文学”之争来完成对“五四”文学历史局限性的否定与批判，进而实现从启蒙话语到革命话语的转变。本来，如果单从形式变化角度看，大众化论争可以看作是白话文论争的自然延伸，它们的逻辑前提都是一种进化论的文学观。白话文运动产生的理由是：文学应随着时代而变迁，“一时代有一时代之文学，周秦有周秦之文学，汉魏有汉魏之文学，唐宋元明有唐宋元明之文学”①。大众化运动发起者也是以这种进化论文学观为依据，认为既然“一时代有一时代之文学”，君主时代是文言文，共和时代是白话文，那么“现在时代的产物就是大众语”了②。可以说，白话文运动诞生之日，就为其后否定自身的大众语运动的出现预设了前提。不过，大众化论争之所以出现在30年代而不是在其他时间，这就不是形式因素所能解释清楚的，它还涉及另外一个更深层次的原因——知识分子主体意识的变化。

大众化论争与白话文论争的最大不同之处，在于它将对工农大众的同情心转化为一种近乎盲目的崇拜心。白话文呈现的是知识分子尝试与大众结合的顺向过程，大众化运动呈现的则是知识分子学习大众的逆向过程。这种甘做小学生的心态在大众化论争中显露无遗，陈子展在谈到如何创作大众语诗歌时，曾满怀激情地自责说：“只有同情大众，理解大众，投身到大众一群里，和大众同呼吸、共疼痒，携手前进，取得大众的意识，学得大众的语言，才能创作大众的诗歌。……只因我是一个知识分子，没有站在大众的一群里，成为这一群里的一个细胞，取得大众的意识，学得大众的语言，怎么做得出大众语诗歌？”③大众化争论中对“大众”一词的解释尽管颇不相同，但人们对大众顶礼膜拜的心情却是一致的。如有人认为“大众”应“经历着同一的生活，形成着同一的意识，同处着同一的环境”④，这实际上是指工人阶级。有人认为“大众”主要“还是占全民百分之八十以上的农民，以及手工业者、新式产业工人、小商人、店员、小贩等”⑤，这实际上是指体力劳动者。另外也有人认为，“大众决不是代表某一地域的民众，也决不是代表某一阶级的人民，较妥当的办法为，‘大众’就是大多数人”⑥。不管“大众”定位在哪一个阶层，有一点却是相通的，在他们心目中，“大众”是辉煌、崇高、英雄的代名词，是拯救民族危机、抵御外来侵略的希望

①胡适：《文学改良刍议》，《新青年》第2卷第5号，1917年1月。

②阿垅：《对于家为先生检讨一个更小问题瞎说几句》，《申报》1934年8月10日。

③陈子展：《大众语与诗歌》，《社会月报》第1卷第3期，1934年8月。

④任白戈：《“大众语”的建设问题》，《新语林》创刊号，1934年7月5日。

⑤陈子展：《文言——白话——大众语》，《申报》1934年6月18日。

⑥高觉敷：《大众语与大众文化》，《文学》第3卷第2号，1934年8月1日。

所在，是社会变革的主力军。

尤其值得注意的是，与“五四”时期蔡元培将体力劳动者和脑力劳动者统一归属为“劳工”的做法不同，文艺大众化论争中，革命知识分子特别强调它们之间的区别。在他们看来，体力劳动者（即所谓“劳力者群”）与脑力劳动者（即所谓“劳心者群”）的区别，不仅在于劳动方式的不同，而且在于“参加生产过程跟离开生产过程”的差异。根据存在决定意识的原则，“因为有的参加生产过程，有的离开生产过程，两者之间底生活习惯就慢慢不同起来；不但行为，就是观念也慢慢不同起来；不消说，两者之间底生活习惯行为思想所需要的话，自然也跟着不同起来”①。事实上，将体力劳动者与脑力劳动者划分为泾渭分明的两个不同阵营，即意味着把知识分子排除在生产过程之外，在那些身为“劳心者群”而又鄙视脑力劳动者的人眼里，知识分子不仅与少数权贵一样，无益于社会进步，而且应对大众的愚昧无知负责。他们认为知识分子“为巩固自己特权起见，就利用封建汉字来推行愚民政策，一方面把僵死了的汉字捧为‘国粹’，另一方面也做点改良主义的欺骗——方块汉字识字、‘平民千字课’之类。大众要求获得文字，但是无法像知识分子那样‘十年窗下’来一块又一块地攻钻这难说难识难写的方块字，于是永远被禁锢在‘愚昧、黑暗、野蛮’的深渊里”②。本来一个社会教育水平低下的原因是多方面的，知识分子仅承担有限的责任。但是，从上述有失公允的论述中，还是可以看出大众化论争中，知识分子以前那种以社会中坚、民族精英自居的主体意识在日趋衰微，甚至走向其反面。

与知识分子自我贬抑相伴随的是，对大众力量的认可与依赖。然而，这种大众崇拜心理不可避免地会碰到一个两难的问题：理论上讲“人多肯定力量大”，即所谓众人拾柴火焰高；但在具体时空下对大众进行分析，又发现大众的水平也是参差不齐的，并不是十全十美、威力无穷的整体。这一点颇令大众化倡导者们头痛，他们猛然地发现，“大众”一词实在太笼统，“在封建君皇面前，山呼万岁的人民，固然可叫大众；在革命的广场里，大喊打倒拥护的也可叫大众。……落后的大众意识和前进的大众意识，其间相差的距离，差不多有一世纪之远。寄希望真命天子底出现，以至于发现

①耳耶：《话跟话的分家》，《中华日报》1934年6月22日。

②叶籁士：《一个拉丁化论者对于汉字拜物主义者的驳斥》，《中华日报》1934年8月11日。

己，——想由自己来负担历史的任务的大众，在现阶段的中国，恰巧对比地出现着"[①]。

这种理论上的大众与现实中的大众之间的巨大反差，对于30年代知识分子的大众崇拜心理不能不说是一个打击，比如当时就有人感叹道："质高便不多量，量多便不质高。"[②]正是在这一两难问题上，知识分子的"文艺大众化"观念出现了类型学意义上的分歧。一部分人既倚重大众，也不妄自菲薄，大众化讨论中，他们与"五四"白话文运动发起者相类似，认为既然大众的力量、觉悟尚不足恃，那么"大众化文学还得由非大众中出来的文人来代写"[③]，比较强调知识分子在社会变革，尤其是文化建设中的主导与示范作用。另一部分人则持否定知识分子（包括他们自己）作用立场，主张一切应以大众为中心。在他们看来，大众即使有时显得愚昧无知，那也是知识分子垄断文化的过错，而不是大众自身的过错。当然，这种大众化态度上的差异仅限于大众崇拜心理的轻重之别，并没有形成文言与白话论争中两极分化的局面。如果将问题引向道德领域，他们又会殊途同归：异口同声地赞美大众，而贬低自我。即使是沈从文这类对大众化颇有微词的自由派知识分子也未能免俗，如他在30年代描写湘西水手与矿工的两段文字：

> 便因为这点哲学，水手们的生活，比起"风雅人"来似乎洒脱多了。若说话不犯忌讳，无人疑心我"袒护无产阶级"，我还想说，他们的行为，比起读了些"子曰"，带了《五百家香艳诗》去桃源寻幽访胜，过后江讨经验的风雅人来，也实在还道德得多。
>
> 这就是我们所称赞的劳工神圣，一个劳工家庭的故事。……读书人面对这种人生时，不配说同情，实应当自愧。正因为这些人生命的庄严，读书人是毫不明白的。[④]

这种道德上的自责与心理上的从众现象在30年代知识分子中是屡见不鲜的，究其实质，既是大众崇拜的诱因，也是大众崇拜的结果，其流风遗韵汇集成一种道德理想主义，影响了此后数十年的中国社会政治、经济变革。

①王任叔：《关于大众语文学底建设》，《申报》1934年7月3日。

②陈望道：《大众语论》，《文学》第3卷第2号，1934年8月1日。

③高植：《关于大众语的过时话》，《社会月报》第1卷第4期，1934年9月。

④沈从文：《沈从文文集》第9卷，三联书店（香港）1983年版，第241、383页。

（三）“民族形式”与“五四”新文艺之争。 民族形式的提出是与文艺大众化的讨论联系在一起的，限于阶级斗争形势的掣肘和启蒙思想的一时难以清除，大众化实践尚待进一步深入。抗战的爆发改变了中国社会的发展进程，也改变了文学活动的外部世界。由于抗战宣传的需要，利用旧形式和通俗化成为文艺界的当务之急。在新的政治面前，尤其是面对异族的入侵，“五四”以来传统与现代的二元关系变得复杂化了，现代的意义已经发生了某种转移。如果对于现代化持一种被动迎取态度，那么现实情势下，就意味着接受帝国主义入侵的现实。在全民抗战的语境下，传统与现代、知识分子与大众关系已不再是简单的现代克服传统的问题，而是转移到确立民族地位、建立民族国家的“民族化”理论视点上。民族化成为这一时期文学思考和讨论的中心话题，有关民族形式的论争在解放区和国统区相继展开。

1938 年，毛泽东在中共六届六中全会上做了《论中国共产党在抗日战争中的地位》的报告，提出马列主义中国化和反对教条主义的问题，针对教条主义的诘难，他富有策略性地指出：“使马克思主义中国化，使之在其每一表现中都带着中国的特性，即是说，按照中国的特点去应用它，成为全党亟待了解并亟须解决的问题。洋八股必须废止，空洞抽象的调头必须少唱，教条主义必须休息。而代之于新鲜活泼的，为中国老百姓所喜闻乐见的中国作风和中国气派。”① 这里，毛泽东使用“民族形式”命题，并用“中国作风和中国气派”这样一个含义丰富的概念加以修饰，显然是出于政治性的隐喻，暗示一个具有中国特色的马克思主义学说即将形成。

“民族形式”问题提出以后，延安文艺工作者召开多次座谈会进行讨论。讨论中，尽管在对待旧形式和利用旧形式方面有意见分歧，但“让真正的民族的新文艺”“能够在广大的民众中发生大力量”，是各方基本一致的立场。陈伯达主要是从肯定“旧形式”利用方面谈论“民族形式”问题，他说：“旧的文化传统，旧的文化形式，是根深蒂固的，和人民年代久远的嗜好和习惯相联结的。”“经过旧形式而传播给他们以新的文化内容，新的东西，是他们最容易接受的。”“旧形式新内容”是陈伯达对民族形式的基本理解②。与陈伯

①毛泽东：《毛泽东选集》，人民出版社 1991 年版，第 500 页。

②陈伯达：《关于文艺的民族形式问题札记》，《文艺战线》第 3 期，1939 年 4 月。

达的旧形式新内容的主张不同，艾思奇是把“旧形式”整体理解为文学本身的内在要求，而不是政治宣传的外在需要，他认为，利用旧形式“并非完全投降旧形式，无条件地主张旧形式至上主义，也并非仅仅以旧形式为敷衍老百姓的手段，把它看作艺术运动本身以外的不重要的东西，而是要把它看作继承和发扬旧文艺传统的问题”。这里，艾思奇把利用旧形式和民族形式关系问题提升到文学史高度来进行思考，得出结论：“新文艺运动并不是建立在真正广大的民众基础上的，主要的是中国的力量薄弱的市民阶级的文艺运动，它并没有向民间深入。”究其原因，便是忽视了“旧形式”的生成意义，尤其是旧形式作为载体的传播价值，新文艺有这样一种矛盾：“一方面有现实主义和平民化要求，另一方面生活在广大的民众之外的作者和外来的写实形式，不能达到真正的现实主义和平民化的目的。”[①]

总体上看，在延安，民族形式的讨论明显地带有某种反思“五四”新文学的倾向。虽然有何其芳、萧三等人为新文学的合法性辩护，把新文学视为旧文学的正当发展，“目前所提出来的民族形式，不过是有意识地再到旧文学和民间文学里去寻找更多的营养，无疑地只能是新文学向前发展的方向，而不是重新建立新文学。因此它的基础只能放在新文学上面”[②]，但是，在解放区，民族形式讨论是作为一项文艺政策和政治思想来贯彻的，服务于当时的战时文化建设需要，学理性论争并没有深入展开。

有关民族形式的进一步争论是在国统区展开的。在重庆，民族形式论争产生了明显分歧，民族形式是建立在民间形式上，还是在“五四”以来新文学传统上，成为论争的焦点。谁是民族形式的真正主体？要在“民间形式”和“五四新文学传统”之间做出非此即彼的价值判断，不仅关系到发生学意义上的传承、扬弃问题，而且还涉及抗战语境下重组民族资源、寻找抵抗支点等道德判断问题。论争中，向林冰和葛一虹分别代表了两种极端观点。在《论“民族形式”的中心源泉》、《民间形式的运用与民族形式的创造》等文章中，向林冰明确提出“民间形式是民族形式的中心源泉”的观点，他说：“新质发生于旧质的胎内，通过旧质的自己否定过程而成为独立的存在。因此，民族形式的创造，便不能是中国文艺运动中的

①艾思奇：《旧形式运用的基本原则》，《文艺战线》第3期，1939年4月。

②何其芳：《论文学上的民族形式》，《文艺战线》第5期，1939年11月。

'外铄'的范畴,而应该以先行存在的文艺形式的自己否定为本质。"民族形式的中心源泉不是接受外来文化影响的"五四"启蒙文学,而是"广为中国老百姓所习见常闻的自己作风与自己气派的民间形式"。

为了给"民间形式中心源泉论"提供足够多的佐证,向林冰站在民间立场向新文学传统发难,列举了五大理由:一、民间形式是大众"习见常闻的自己作风与自己气派";二、"习见常闻"是争取文艺大众化——通俗化的先在前提,"它在本性上具备着可能转到民族形式的胚胎";三、"如果民间形式和革命的思想结合起来,则是有力的革命武器";四、"五四"以来的新文艺"由于是畸形发展的都市产物,是大学教授,银行经理,舞女,政客以及其他小布尔(引者注:'小布尔乔亚')的适应的形式,所以在创造民族形式的起点上,只应置于副次的地位";五、如果以新文学形式为民族形式中心源泉,民间形式的口头告白性质就会丧失,"必将导致大众失去直接欣赏的可能。这里,存在一个文艺大众化的外因论逻辑推理,即在起点上将大众置于纯粹被教育的地位,通过对大众的启蒙、教化,然后才把文艺交给大众,而成为大众的自己文艺。这种文艺运动上的民众阿斗论,实际上是要先提高大众知识,或先扫除文盲然后再建立大众文艺的等待主义"①。

由于向林冰的理论触及到谁是中国当前文化正统的原则问题,引起新文学拥护者的一致反对。针对"民间形式中心论",葛一虹在《民族形式的中心源泉是在所谓"民间形式"吗?》一文中,认为这是新国粹主义的沉渣泛起,有开文学发展史倒车之嫌。"我们并不否认我们的民族遗产中间多少有些有助于我们完成民族形式的东西,但却不是'主导契机'或'中心源泉'。"葛一虹运用"五四"时期的进化论思维方法,认为民间形式代表了时间序列里的过去维度,与现在、未来不相融通,"新事物一定需要一个新鲜活泼的新形式,这个新形式是它所决定出来的,发展出来的,与旧事物的旧形式是绝然不相等的"。所以,无产阶级文化只能由"五四"新文化传统发展而来,不能倒退到旧民间文化基础上滑行。他号召人们"继续五四以来新文艺艰苦斗争的道路,坚决地站在已经获得的劳绩上,来完成表现我们新思想新感情的新形式——民族形式"②。

①向林冰:《论"民族形式"的中心源泉》,《大公报》(重庆)1940年3月24日。

②葛一虹:《民族形式的中心源泉是在所谓"民间形式"吗》,《新蜀报》1940年4月10日。

站在新文学立场思考民族形式，批判向林冰观点的，还有郭沫若、茅盾、胡风等人。总的来看，他们的意见相对中肯、辩证，一致认为，民族形式的提出既是民族抗战的宣传策略，又是对新文学的一次集中质疑与否定。虽然30年代文艺大众化讨论中“旧形式利用”问题已经提出，但性质还没有上升到否定新文学主体地位的高度，而仅仅是提倡“通俗化”、“大众化”，只有在民族主义语境支配下，在抗日战争的严峻形势下，“旧形式”论争才意味着话语权力的某种转换，使得整个精神气候为之一变，在国统区是新儒家的兴起，在解放区则是赵树理方向的肯定。

批判向林冰“民间形式中心源泉论”中，走得最远、也最为激进的是国统区的胡风和解放区的王实味两人。作为“五四”新文艺传统代言人，胡风认为，民间文化代表封建意识形态的毒素，“五四”新文化则是无产阶级兴起后，“世界进步文学传统的一个新拓的支流”。二者负载的话语内涵决定着无产阶级文化只能从“五四”新文艺中继承发展，而不能倒退回旧民间文化毒素上滑行。胡风坚持“移置论”，将现代文学的发生看作是一种历史的断裂，他说：“文艺史上每一新的思潮、新的形式底发生和繁盛没有不是和前一代底思潮、形式作过激烈的斗争。”“新的文艺要求和先它存在的形式截然异质的突起。”①王实味比胡风更加激烈，全面否定旧形式，认为“旧形式不是民众自己底东西，更不是现实主义的东西，它们一般是落后的”。与旧形式构成鲜明对照的是，新文艺不仅是进步的，而且是民族的，“创造民族形式”的同义语就是“发展新文艺”②。

尽管在民间形式与“五四”新文艺论争中，葛一虹、胡风、王实味、茅盾等人极力为“五四”新文艺方向进行辩护，但政治意识形态的驱动和战时文化心态的左右，论争的天平还是倾向了民间形式。向林冰的“民间形式中心源泉论”在延安的政治生活中得到回应。《在延安文艺座谈会上的讲话》中，毛泽东把“农民如何享有文艺”问题放在中心位置加以论述，作家创作已经不是要不要抛弃“五四”新文艺传统问题，而是要把思想情感转移到农民文化立场上来。他说：“所谓文艺的提高，是从什么基础上去提高呢？从封建阶级的基础吗？从资产阶级的基础吗？从小资产阶级知识分子的基础吗？都不是，只能是从工农兵群众的基础上去提高。也不是

①胡风：《胡风评论集》（中），人民文学出版社1984年版，第232页。

②王实味：《文艺民族形式问题上的旧错误与新偏向》，《文艺阵地》1942年4月10日。

把工农兵提到封建阶级、资产阶级、小资产阶级知识分子的'高度'去，而是沿着工农兵自己前进的方向去提高，沿着无产阶级前进的方向去提高。”如果撇开语汇使用上的不同，把“小资产阶级知识分子”置换成“五四”新文化传统，把“工农兵群众”置换为“民间文化传统”，那么这段论述阐释的就不再仅仅是“普及”与“提高”的关系问题，而是折射出中国共产党人对未来文艺政策和文化走向的设想。主体方式发生了变化，农民文化成为抗衡新文艺传统的有力武器，被解放区确立为文艺发展方向。这也是赵树理后来一再强调的“普及”与“提高”不是二元文化跨越，而是民间文化一元立场上自我提高的观点。赵树理是个典型的民间文化正统论者，始终把“五四”新文化传统与民间文化传统对立起来，认为新文化不及民间文化。赵树理的这种“民间文化正统”观点，与向林冰的“民间形式中心源泉”论不谋而合，不过，赵树理是以朴素的民间艺人眼光，把向林冰运用的形式辩证法逻辑更加简单地表述了出来。

从“文言与白话”论争到“化大众与大众化”论争，再到“民间形式与'五四'新文艺”论争，虽然论争方式、价值指向、展开策略有别，但基本上走的是同一条道路——大众化、民族化。“五四”新文学先驱倡导者标举民主、自由大旗，反对愚昧、专制，个体主义在摧毁传统文化牢笼方面发挥了不可低估的作用，尤其是“人的文学”和“平民文学”观念的倡导，将文学从文言、贵族、宫廷、士大夫桎梏中解放出来，大大推进了文学的民主化进程。但在日后的社会整合过程中，个体主义与民族国家之间产生抵牾，结果是“革命文学”取代了“文学革命”，集体主义取代了个体主义，否则，社会整合便无法实现。30年代，随着民族危机的日趋严重，凝聚国家力量呼声不断高涨，知识分子的个体主义愈加不合时宜。急剧动荡的社会现实使得他们不得不把视阈外移，将救亡图存的希望寄托在人多势众的工农大众身上，“化大众”一变而为“大众化”。不过，在集体主义召唤个体经验的过程中，由于阶级分析方法的滥用，也使知识分子由对工农大众的期许、推崇，一变而为自身与工农大众的严重对立。知识分子不仅成为社会前进道路上的落伍者，而且还成为妨碍工农大众进步的寄生虫，如左翼文化人士曾不止一次指出“中国的劳动民众还过着中世纪式的文化生活。说书，演义，小唱西洋镜,连环图画,草台班的'野蛮戏'和'文明戏'……到处都是;中国的绅商阶级(阶级分析论者把知识分子归入与普通大众尖锐对立的绅商阶级)用这些大众文艺做工具,来对劳动民众实行他们的奴隶教育"①。这种对知识分子的不满情绪发展到最后,就是以工农为中心的大众崇拜心理的形成。诚然,在对大众的一片颂歌声里,也有个别不谐和音,如钱钟书在看到好友吴宓诗集遭到非议时,就大胆地将其归因于批评者过分相信公众的评判能力,认为过分相信大众,就会迷失自我。但像这样公开与大众抗衡的做法毕竟为数不多,不占主流。事实上,崇拜大众、否定自我在其后的解放区文艺界已经形成一项文艺政策,在作家队伍中贯彻实施。这中间,毛泽东在延安文艺座谈会上的一番现身说法颇为典型,他说:

> 我是学生出身的人,……那时,我觉得世界上干净的人只有知识分子,工人农民总是比较脏的。知识分子的衣服,别人的我可以穿,以为是干净的,工人农民的衣服,我就不愿意穿,以为是脏的。革命了,同工人农民和革命战士在一起了,我逐渐熟悉他们,他们也逐渐熟悉了我。这时,只是在这时,才根本地改变了资产阶级学校所教给我的那种资产阶级和小资产阶级的感情。这时,拿未曾改造的知识分子和工人农民比较,就觉得知识分子不干净了,最干净的还是工人农民,尽管他们手是黑的,脚上有牛屎,还是比资产阶级和小资产阶级知识分子都干净。这就叫做感情上起了变化,由一个阶级变成另一个阶级。②

经过这种脱胎换骨式的思想改造,许多知识分子对大众化、民族化有了新的认识。刚到延安之初,他们中的不少人还抱着个体主义的启蒙理想,高呼:"作家并不是百灵鸟,也不是专门唱歌娱乐人的歌妓。希望作家把癣疥写成花朵,把脓包写成蓓蕾的人,是最没有出息的人……他竭尽心血的作品,是通过他的心的搏动而完成的。他不能用欺瞒他的事情去写一篇东西,……作家除了自由写作之外,不要求其他特权。"③但不久,民族形式论争和思想改造

①宋阳(瞿秋白):《大众文艺的问题》,《文学月报》创刊号,1932年6月。

②毛泽东:《毛泽东选集》第3卷,人民出版社1991年版,第808页。

③艾青:《了解作家,尊重作家》,《解放日报》1942年3月11日。

运动使他们融入到工农大众洪流，并从尊崇大众的伟大力量发展到主动学习大众的高尚品德。

“大众化”、“民族化”在加快文艺的民主化进程，密切知识分子与群众联系的同时，也使知识分子在很大程度上丧失了主体评判能力，并使整个社会逐渐滑入一种新的道德理想主义——认为大众比知识分子具有更高尚的道德水准，一切行为都要建立在大众完美无缺的道德假设之上。到了新中国成立以后，这种新的道德理想主义占据了大多数知识分子的心灵，成为他们的一种自觉意识。如萧乾曾赞美农民：

> 善良、纯朴、炽热的农民在土地改革中的表现真了不起！他们的爱和恨，就像晴和雨那样截然分明。在琐碎事情上，他们显得比知识分子迟钝——他们不会虚伪的客套，但是在关键性事情上，他们一丝不苟。他们斗争时，坚决到底；修起堤来，太阳落山也不肯歇手。他们也有公私利益的矛盾，也有眼前利益与远大利益的矛盾，然而他们处理起那些矛盾来，真是又明朗又干脆。①

这种以工农大众道德标准衡量一切，自愿与之结合的现象，可以视为文艺大众化、民族化过程中知识分子大众崇拜心理的逻辑发展。

第二节　大众化、民族化的语义分歧

在大众化、民族化讨论如火如荼、革命文学广为左翼知识分子接受之时，另有一些作家却在专心从事营造“希腊小庙”、“供奉人性”的文学写作，如沈从文与废名的小说、李广田的散文、卞之琳的诗歌、李健吾的话剧，他们中最具代表性的作家当属沈从文。

显然，在对“大众”一语的理解上，沈从文与左翼作家存在很大分歧。前者眼里的“大众”，似乎与革命、阶级、斗争、集体等政治话语无关，天然亲合于湘西那些有着丰饶原始魅力的下层民众，他们未受现代文明浸染，保持着纯朴的乡风民韵和自然强悍的生命力

①萧乾：《在土地改革中学习》，《土地回老家》，平民出版社1951年版。

态，生活在这片土地上的人们，敢爱敢恨，敢作敢为，社会秩序驯服不了男人的老拳铁脚，道德观念无法约束女人骚动的情欲，生活的残酷扭曲不了人的自然本性。后者视野中的“大众”与革命、阶级、斗争、集体同属一个知识谱系，虽然人民、大众、无产阶级之间存在所指上的交错，但有一点是可以肯定的——“大众”是作为类型学意义上的革命群众、战士来使用的，阶级性、革命性、人民性是构成“大众”性格的核心要素。

显然，“大众”语义分歧折射出的是文学立场的迥异。作为文化守成主义代言人，沈从文以乡土叙事为个体微不足道的“生”和“死”进行牧歌式的抒写，他的大众写作可以视为“五四”时期平民文学观的深化和延续。而左翼知识分子从革命斗争出发对文学的宣传、教育功能提出要求，把“大众”与“革命”联系起来，强化人物的革命意志和英雄主义，让人们不禁联想到 20 世纪中国历史上不绝如缕的文化激进主义。“革命”与“人性”的性格对立使得革命文学的大众写作始终处于主流中心位置，而人性写作一直受到批评和批判，成为一种边缘化写作，甚至沦为“官的帮闲”和“与抗战无关论的同道”①。

如果把左翼知识分子的大众写作比作革命时代的“战歌”，那么沈从文的人性写作无疑应是乡土文明的“挽歌”。在沈从文精心建构的“乡下人”世界中，自然山水苍茫而又秀美，人物单纯而又勇敢，他们不分贫富，不讲地位，以诚相待，以善相亲。他笔下的人物画廊，无论是生计艰辛的农家夫妻、终生漂泊的行脚人、开小客店的老板娘，还是靠做水手生意谋生的吊脚楼里的妓女、携带农家女私奔的士兵，都以一种从容、安适的人生态度应对生命旅程。他们生的执著，死的静美，了无腐浊、退缩、萎顿的都市气，持守着一种个体而非群体的“优美、健康、自然而又不悖乎人性的‘人生形式’”②。“不问所过的是如何贫贱艰难的日子，从不逃避为了求生而应有的一切努力”，生命力异常顽强，“按照一种命定，很简单的把日子过下去……很从容的各在那里尽其性命之理”③。《三三》中的女孩三三，5 岁时“爸爸就丢下碾坊同母女，什么话也不说死去了。爸爸死后，母亲做了碾坊的主人”。“三三先是眼见爸爸成天全身是糠灰；后来爸爸不见了，妈妈又成天全身是糠灰……于是三

①鲁迅：《“京派”与“海派”》，《申报·自由谈》1934 年 2 月 3 日。

②沈从文：《从文小说习作选》，《沈从文文集》第 11 卷，三联书店（香港）1983 年版，第 45 页。

③沈从文：《沈从文文集》第 9 卷，三联书店（香港）1983 年版，第 254、283 页。

三在哭里笑里慢慢长大。”如此艰辛环境里长大的三三，依然能从生活中发现生命的乐趣：捉蝈蝈、煨栗子、吹芦管，总也玩不厌倦。在三三乐观自足的生活里，一举一动、一言一行都流淌着生命的活力。

“与生的执著”同样有着艺术美感的是“死的静美”，考察沈从文笔下的人物命运，我们能够发现，尽管主人公的生存背景较为灰暗，但丝毫读不出生灵涂炭、不堪重负的呻吟和悲叹，相反，倒是氤氲着几分难得的超脱和淡然。《月下小景》讲述的是一对青年男女的爱情悲剧。某民族规定姑娘只能同第一男友恋爱，同第二个男友结婚，主人公初恋在现实生活中注定是有始无终的，因而两人相约同死。“两人快乐的咽下那点同命的药，微笑着，睡在业已枯萎了的野花铺就的石床上，等候药力发作”，在爱的光辉沐浴下，他们死得从容、静美，正如他们临终所说的那样，“水是各处可流的/火是各处可烧的/月亮是各处可照的/爱情是各处可到的”，两人的生世生命结束了，但他们追求爱情生活的精神却在神圣的天国获得了永生。又如《生》，在这篇以诉说卖艺人流浪生活为主题的小说中，同样能够读出底层“大众”生的执著、死的坦然。小说写一个年过六旬的老人顶着烈日讨游人欢心，然而观众寥寥，反而引来收捐的巡警。文中，作者以平淡的语调告诉我们，这个老人每天表演的戏文乃是他自己死去多年的儿子与他的仇人之间争斗的片段，“王九已经死去了十年，老头子在北京城里表演王九打倒赵四也有了十年。那个真的赵四，五年前在保定府早就害黄疸病死掉了”。就这样，老人在日复一日、年复一年的“假想”表演中渐渐老去，临终时眼角留着微笑，好像刚刚完成了复仇使命似的。

乡下人对待“生死”达观、超脱，认命中透出执拗，洒脱中不乏真情。《习作选集代序》里，沈从文是这样为读者导读的：“从一个乡下人的作品中，发现一种燃烧的感情，对于人类智慧与美丽永远的倾向，健康诚实的赞颂以及对愚蠢自私极端憎恶的感情。”在回答“为什么要写作”这一问题时，他又说：“因为我活在这世界有所爱……人类能够燃起我情感的太多了，我的写作就是颂扬一切与我同在的人类美丽与智慧……”这种人性写作的牧歌取向不仅体现在创作文本的生命主题上，而且还渗透到周围的人事上，形成一个生意盎然的"桃源世界"。生活在这里的人们"既重义轻利,又守信自约,即便是妓女,也常常较之讲道德和羞耻的城市中的绅士还更可信任"[①]。水手与妓女是湘西社会最底层的人物,生活的艰辛自不待言,但他们的生命激情并没有因生活的重轭而趋于枯竭,那炽热的情欲和畸形生活下特有的忠贞方式,让人们无法从伦理道德角度去评判。他们之间多是露水夫妇,但绝非及时行乐、放荡无耻之徒,也不是逢场作戏的肉体交易,对于水手和妓女来说,别离时的思念和相见时的欢娱无疑是他们灰暗无光生活中的最大亮点。《边城》中这样描写过他们之间的感情:"妓女多靠四川商人维持生活,但恩情所结,却多在水手方面。感情好的,分别时互相咬着嘴唇咬着脖颈发了誓,约好了'分手后各人不许胡闹'。"真诚的感情增添了生命的质量,消解着现实的残酷。他们尽情地享受造化赋予的"生命本来的种种",宣泄生命的美丽和强健,同时也将"乡下人"的精神气质以一种略显极端的方式表现出来。

行文至此,也许有人会认为,沈从文的"乡下人乐园"存在虚化阶级斗争、脱离社会现实、高度提纯生活等弊端,但是,我们并不能因为乡下人世界的乌托邦色彩而否定小说对底层人们的体恤和关爱。哲学家蒂利希在《政治期望》中曾为乌托邦作过辩解,他说:"乌托邦也是真实的,就其反映人的本性以及愿望这一点而言,它是真实的。"[②]卡西尔也说:"乌托邦的伟大使命在于,它为可能性开拓了地盘以反对当前事态的消极默认","在人类的文明史上,为人类描画新的未来并使之产生新的任务,总是由乌托邦来承担的。"[③]于此,我们说,沈从文的底层人性写作在左翼革命文学和新感觉派文学之外,提供了一个新的审视底层人民的姿态和立场,隐含了他对乡土文明的留恋以及对民族精神再造的尝试,也表现出对生命潜在可能性和超越性的独特理解。

沈从文笔下的另一类人物,是与"乡下人"可亲、可敬、可爱形象截然相反的"城里人",他们虚伪、浅薄、自私、猥琐,浑身上下散发着俗气、暮气、死气,真诚朴实、勇敢豪爽与他们毫不沾边,旺盛的情欲、强壮的体魄和他们无缘。他们异常驯服,近似"阉人",不敢爱也不敢恨。《有学问的人》中的那位教授想调情却又碍于身份踌躇不前,错失良机;《八骏图》中的"八骏"表面上"为人很庄严,很

①沈从文:《边城》,《沈从文文集》第6卷,三联书店(香港)1983年版。

②蒂利希:《政治期望》,四川人民出版社1988年版,第214页。

③卡西尔:《人论》,上海译文出版社1985年版,第78页。

老成”，实际上情欲无时无刻不在“被压抑、被堵塞”，只能靠“望梅止渴”的方式予以平息，如枕边放艳诗、帐子里挂半裸体美女画、对希腊裸体雕塑发生兴趣等；《绅士的太太》中的淑女终日打牌、念经拜佛、招蜂引蝶、偷鸡摸狗，却又装扮成若无其事守节重义的样子。“城里人”这种庸俗、虚伪、糜烂的生活方式，恰恰与“乡下人”自然淳朴的美好人性形成鲜明对比，“绅士的太太”和“八骏”们精神空虚，聪明中见出虚伪，大度中见出自私，自大中见出怯懦，在他们身上，人性已经扭曲，古老的价值观念和道德信仰已经丧失殆尽，有的只是对金钱、物欲、美色的顶礼膜拜。

从情感认同上看，沈从文对“城里人”有着一种与生俱来的鄙视和敌意，他说：“这种城里人仿佛细腻，其实庸俗，仿佛和平，其实阴险，仿佛清高，其实鬼祟……老实说，我讨厌这种城里人。”①从创作心理上看，沈从文潜意识里有着一种乡下人的“自卑情结”，从乡村走出来的他一直固守着那份珍贵的乡村梦影，这梦影一方面使他不能完全融入都市，对城市产生无法弥合的心理距离；另一方面也让他漂泊、受伤的灵魂暂时可以得以驻足。既然早年乡村“那本社会实践的大书”上写满了战争的残酷无情和险恶环境下人生命运的难以预卜，后来城市中的求学受挫、卖文受辱、生活潦倒又一次次使他心灵受创，为了不至于在都市的伤感中沉沦下去，沈从文采取逃避的方式本能地把自我保护起来，在乡村梦影里寻求精神的解脱。“都市中人生活太匆忙，太杂乱，耳朵眼睛接触声音光色过分疲劳，加之多睡眠不足营养不良，虽俨然事事神经异常尖锐敏感，其实除了色欲意识和个人得失以外，别的感觉官能有点麻木不仁。”言语之中明显流露出一种“乡下人”的优越和对“城里人”的怜悯。“乡下人”不知不觉成为了沈从文的情感依托和人格力量来源，成为他战胜都市、超越自卑意识的阵地与堡垒。

沈从文曾说，“自己写都市的小说就是为都市上等人‘造镜’”，一个“造”字表明，他写都市小说时并不是怀着感同身受的认同态度去创作，而是戴着“乡下人”的变色镜，对都市人和都市文化进行批判。他说，城市人缺乏个性，“城市中人全为都市教育与都市趣味所同化，一切女子的灵魂，皆从一个模子里印就，一切男子的灵魂，又皆从另一模子印就，个性与特征是不易存在的”。又说“城市

① 沈从文：《篱下集·题记》，《沈从文文集》第11卷，三联书店（香港）1983年版。

大多数人都十分懒惰、拘谨、小气，全都是营养不良、睡眠不足、生殖力不足”。绅士淑女们之所以人性尽失，虚伪庸俗，原因即在于都市里有森严的社会秩序、僵死的生活方式、繁缛的交往礼节、虚伪的道德观念，它们压抑、束缚了人性的自由伸展。

为“乡下人”与“城里人”爱恨对立、美丑二分的思维方式所左右，沈从文毫不掩饰他对“乡下人”世界的一往情深和对“城里人”世界的极度厌恶。一方面，“乡下人”的美好使他发现“城里人”的丑恶，不惜用漫画式笔法进行批判；另一方面，“城里人”的丑恶使他更加感到“乡下人”的美好，情不自禁地用理想化的笔调进行讴歌。一边是乡村朴拙的劳动者，率真自然、重义轻利；一边是城市萎缩的文明人，庸俗虚伪、自私浅薄。两种人生形式在参照对比中愈发凸显了它们的逆向属性。“‘都市文化’使‘湘西文化’具有理想化形态，而‘湘西文化’进一步使‘都市文化’呈现真正的病态。”① “乡下人”世界温情脉脉、静谧恬然，人性美、人情爱弥漫于文本的字里行间，“城里人”世界不仅充溢着都市文明的俗气、暮气，而且看不见一丝一毫的希望和亮色，批判、批判、再批判成为沈从文的唯一目的。比如，同是写婚外情，沈从文《绅士的太太》与曹禺《雷雨》大异其趣，前者写的绅士的太太的无聊、庸俗，写她们的调情、偷情，是群丑图、讽刺画，而后者却写繁漪的“雷雨”性格，写她生命遭压抑后的扭曲与反抗，令人震撼，发人深思。即使把同样出自沈从文之手的《绅士的太太》与《萧萧》、《柏子》、《连长》、《旅店》作一比较，也能够发现他对“城里人”的偏见和对“乡下人”的偏爱。同样是畸形恋情，《绅士的太太》经由作者的“变形镜”折射，产生的效果大相径庭，沈从文俨然一幅道德家面孔，指指点点说：“喏，这就是丑陋的城里人，庸俗而又浅薄”；《萧萧》、《柏子》中的萧萧、柏子，沈从文则赞叹有加，引为知己，“看，这就是我的同类，有着旺盛的生命活力和热烈的情感世界”。

卡西尔说：“喜剧作家们的辛辣并不是讽刺家的尖刻，也不是道学家的严肃，它并不导致对人类生活作出一个道德判断。喜剧艺术最高程度地具有所有艺术共有的那种本能——同情感(sympathetic vision)。由于这种本能，它能接受人类生活的全部缺陷和弱点、愚蠢和恶习。”② 这里，同情感并不是通常所说的怜悯之情，把

①赵园：《沈从文构筑的“湘西世界”》，《文学评论》1986年第6期。

②卡西尔：《人论》，上海译文出版社1985年版，第191页。

它理解为一种"关怀"似乎更合适——一种包括作家在内的人类整体命运的关怀,只有这样创作出来的作品才能最大限度地趋近"人性"。作家不能充当生活和人类命运的局外人,他应该去感受、去同情、去拥抱,如此,他笔下的人性才不至于偏颇。沈从文笔下的人性世界之所以出现"乡下人"与"城里人"的两极对立,一个重要原因即在于他是从一个乡下人的视角,以一种隔岸观火的情感定势和极端排斥的心理去观照都市的,因而无从敞开都市人性的全部存在。

其实,沈从文的"乡下人"世界也远非净土一块,古朴的乡风民韵、和谐的人际关系、"优美、健康、自然的人生形式"掩盖不了农业文明下人的自然本能的恶性膨胀和道德禁忌的严重失范。在"湘西"这个人生舞台上,上演着人情美、人性爱的同时,也弥散着人性的贫困和简陋。虎雏 8 岁时就用石头砸坏了一个比他大 5 岁的人,然后到大上海潇洒一番,打死人后又一次回到生他养他的土地上做了副官(《虎雏》)。"野性"本能无限发展,文明真空下生命显得如此脆弱。如水手,"个个强壮、勇敢、眉目精悍,善唱歌、泅水、打架、骂野话。下水时如一尾鱼,上船接近女人时像一只小公猪"(《白河流域几个码头》);妓女,"全身壮实如母马,精力充沛如公猪,平常时节不知道忧愁,放荡时节就不知道羞耻","每逢一个宽大胸膛压到她胸膛上时,她照例是快乐的"(《厨子》)。性欲本能的放纵,使得健全人性的"神性"光芒黯然失色,对于自然本能胜过社会规范的虎雏、水手、妓女们来说,人之为人的社会性、主体性、创造性实在是太奢侈、太昂贵,他们懒散任命,安于现状,"满足于现有需要和重复旧生活方式的状况"①,"头脑局限在极小的范围内","表现不出任何伟大和任何历史首创精神"②。虎雏的伟绩不过是在大上海打死一个人,水手们的幸福不过是急切地投入老相好的怀抱,妓女们的希望在于和情人咬着颈脖,马斯洛的自我实现的高峰体验在他们身上是找不到的。卡西尔说:"人被宣称为应当是不断探究他自身的存在物——一个在他生存的每时每刻都必须查问和审视他的生存状况的存在物。人类生活的真正价值恰恰就存在于这种审视中,存在于对于人类生活的批判态度中。"③虎雏、水手、妓女们非但没有查问、审视、批判他们的生存状态,反而沉溺于本

①《马克思恩格斯全集》第 46 卷,人民出版社 1962 年版,第 393 页。

②《马克思恩格斯全集》第 9 卷,人民出版社 1962 年版,第 148 页。

③卡西尔:《人论》,上海译文出版社 1985 年版,第 8 页。

能的宣泄、放纵、恣肆上。不仅未能获得人之为人的社会规定性，更不必说“优美、健康、自然的人生形式”。但是，上述这些人性“恶”的成分在沈从文的湘西世界里却被有意忽略和着意美化了，被用来从另一侧面陪衬他的人性神庙。

什么原因促使沈从文在人性的丰富存在中，仅仅彰显人性中“善”的一面，而对“恶”的一面讳莫如深呢？要想回答这一问题，必须深入到沈从文小说世界的牧歌属性和文化隐喻之中。

首先，乡土文明的牧歌属性。在沈从文的许多自述文字中，都能够看到他总是以“乡下人”自居：“在都市住上十年，我还是乡下人”[①]，“我是从另一个地方来的人，一切陌生，一切不能习惯，形成现在的自己，坐在房间里，我的耳朵里永远响的是拉船人声音、狗叫声、牛叫声”[②]，“我实在是个乡下人，说乡下人我毫不骄傲，也不自贬，乡下人照例有根深蒂固永远是乡巴佬的性情，爱憎和哀乐自有它独特的式样，与城市中人截然不同！”[③]1981 年，他在接受美国学者金介甫采访时，依然说自己是个乡下人[④]。“乡下人”身份的确认，一方面使沈从文在乡村与城市的二元格局中找到了可资依存的价值支点；另一方面也使他笔下的湘西成为一个福克纳小说中约克纳帕塔法式的文学世界，并以湘西本真和原初的眼光来呈现那个近乎封闭的“文化自足体”。在中国社会已不可避免地走向现代化的时候，沈从文以一种乡下人的视角为我们记录下乡土文明的最后背影。这“背影”用一个取自西方的文学术语来表述，就是“牧歌”。在中国现代作家里，沈从文是被冠以“牧歌”写作最多的作家。刘西渭说：“《边城》是一部 idyllic（“田园牧歌”，引者注）杰作。”[⑤]夏志清赞誉《边城》、《月下小景》等湘西风情写作是“可以称为牧歌型的”、“有田园气息”的代表作品[⑥]。杨义说沈从文“小说的牧歌情调不仅如废名之具有陶渊明式的闲适冲淡，而且具有屈原《九歌》式的凄艳幽渺”，是真正的“返璞归真”[⑦]。

在西方，牧歌是一个有着悠久传统的文学类别，远在古希腊时代，诗人们用它表现牧羊人在村野和自然中的纯朴生活，它天然地与乡土、田园有着亲缘关系；在中国，也是如此。在沈从文笔下，“牧歌”以其固有的抒情性、诗意化和挽歌图式，不仅表现了他对乡土和家园的守望，一定程度上缓解他骨子里的“乡下人”自卑心理，

①沈从文：《沈从文文集》第 11 卷，三联出版社（香港）1983 年版，第 91 页。

②同上书，第 87 页。

③沈从文：《从文小说习作选》，《沈从文文集》第 11 卷，三联书店（香港）1983 年版，第 45 页。

④朱光潜：《我所认识的沈从文》，岳麓书社 1986 年版，第 181 页。

⑤刘西渭：《〈边城〉与〈八骏图〉》，《文学季刊》第 2 卷第 3 期，1935 年 6 月。

⑥夏志清：《中国现代小说史》，友谊出版社有限公司 1979 年版，第 162、176 页。

⑦杨义：《中国现代小说史》第 2 卷，人民文学出版社 1993 年版，第 619 页。

而且也蕴涵着一个"后发"现代化国家知识分子对民族身份的追寻和对即将远去的乡土文明的哀悼。沈从文小说中的湘西世界处处弥漫着牧歌气息，建立在人性善、人情美的基础之上的牧歌理想，投射到人物性格、人际关系、社会习俗、自然环境等各个层面。正如刘西渭在评论《边城》人物性情时所说的那样，"这些可爱的人物，各自有一个厚道然而简单的灵魂，生息在田野晨阳的空气。他们心口相应，行为思想一致。他们是壮实的，冲动的，然而有的是向上的情感，挣扎而且克服了私欲的情感。对于生活没有过分的奢望，他们的心力全用在别人身上：成人之美"[1]。湘西世界的人们勤劳、健康、美丽、本分，虽然有时也不乏固执、迂腐之处，但绝不做作、虚饰。他们日出而作、日落而息，人与人之间相亲相爱，毫无芥蒂。这里，既没有政治角逐的明争暗斗，也没有现代都市人的虚伪、腐浊气息，生活的恬然而又诗意！

当然，所有这些都是建立在凸显传统伦理意识和道德观念的优越性、忽视乡土文明的负面效应基础之上的，否则，乡土文明的牧歌圣殿顷刻之间便会化为乌有。其实，在《边城》的结尾处，作者写小城的标志性建筑——白塔——在祖父死去的那个夜晚轰然倒塌，已预示着田园牧歌神话的必然终结。沈从文自己曾说："中国农村是崩溃了，毁灭了，为长期的混战，为土匪骚扰，为新的物质所侵入，可赞美的或可憎恶的，皆在渐渐失去了原来的型范。"[2]事实上，从牧歌诞生之时起，哀怨凄楚的挽歌就是牧歌的天然组成部分。在早期牧歌中，牧羊人经常面对各种挫折：失败的爱情，暴虐的主人，死去的朋友，恶劣的自然环境……于是，牧羊人就向同伴倾诉忧伤，感怀身世。后来，牧歌进一步发展出一个分支——哀歌。《边城》里弥漫着这种忧伤的气息，"这个人也许永远不回来了，也许明天回来"，蕴涵着多少令人心痛和颤栗的迷茫，其他如《月下小景》、《阿黑小史》亦然，爱得如痴如醉的一对青年男女最终双双殉情而亡。也许"美丽总是使人忧伤"，沈从文在以明丽舒缓的语调为我们谱写出一首首田园牧歌的同时，也在不动声色之中编织出一曲曲温婉、悲凉的挽歌。湘西是美丽丰饶的，但在现代化大举"侵入"的现实面前，它又是脆弱的、虚幻的。湘西注定要属于"抽象的过去"，属于"清丽的梦境"[3]。沈从文说："你们能欣赏我故

①刘西渭：《〈边城〉与〈八骏图〉》，《文学季刊》第 2 卷第 3 期，1935 年 6 月。

②沈从文：《论中国现代创作小说》，《沈从文文集》第 5 卷，三联书店（香港）1983 年版。

③沈从文：《沈从文文集》第 10 卷，三联书店（香港）1983 年版，第 280 页。

事的清新，照例那背后蕴藏的热情却忽略了；你们能欣赏我文字的优美，照例那作品背后隐伏的悲痛却忽略了。”①将沈从文的“美丽”与“忧伤”共时态地置于30年代中国民族危机语境下，我们发现，沈从文的小说不仅是一曲唱给“乡下人”的牧歌，更是一曲唱给“乡土文明”的挽歌。

其次，民族形象的文化隐喻。严家炎先生在评论《边城》时指出：“沈从文的长篇《边城》蕴含着较全书字面远为丰富的更深意义，可以说是一种整体的象征。”事实上，沈从文的“牧歌”写作本身就是一个象征，一个关于民族形象的整体象征。透过这“整体象征”可以认识其深层的文化隐喻是试图用民族“过去的美好”来重塑民族形象，张扬民族品格。尽管这愿望在“堕落的趋势”面前有时显得无可奈何、孤寂落寞，但它毕竟在“阶级话语”和“启蒙话语”之外，为我们呈示了别一种话语形式——借“古典话语”表现乡土文明魅力，重塑民族自我。沈从文小说在充分展示乡土与传统的诗意的同时，也将30年代的中国形象——一个有着悠久历史的泱泱大国，它曾经的辉煌，它现实的苦难，它的文化优势——凝聚成可感可触的艺术形象。“湘西世界”里，人生形式优美、健康，人际关系和谐、融洽，民风淳朴、自然。从温顺幼稚的弱女子到如牛似虎的壮小伙，从生于斯长于斯的当地居民到来也匆匆去也匆匆的商人水手，从家境殷实、深孚众望的头面人物到处于社会底层的船工妓女，人人乐善好施，个个古道热肠。这里，没有《故乡》的隔膜、《祝福》的鄙视、《二月》的流言、《丰收》的幻灭，更没有元茂屯里的暴风骤雨和桑干河边的矛盾纠葛，人与人、人与自然、人与自我之间和谐一致、亲密无间，处于一体化状态。

如果把鲁迅《阿Q正传》和沈从文《边城》的文化隐喻作一比较的话，就会发现，它们分别代表了后发国家应对“现代化”的两种不同维度和路径：启蒙主义和文化守成主义。按照美国汉学家艾恺(Guy S. Ailtto)所下定义，“现代化”是指“一个范围波及社会、经济、政治的过程，其组织与制度的全体朝向以役使自然为目标的系统化的理智的运用过程”②。现代化进程使社会能够更有效地调动资源和劳动力，为国力强盛和人民富足开辟道路，因而得到广泛拥护。但是，现代化的利益最大化原则也为社会预设了价值真空和

①沈从文：《沈从文文集》第11卷，三联书店(香港)1983年版，第40页。

②艾恺：《世界范围内的反现代化思潮——论文化守成主义》，贵州人民出版社1991年版，第5页。

道德失范的陷阱，人的工具化和物化成为必然之事。由于工具理性与人性的健全目标相悖，与传统衍生的诸多文化和道德判断抵触，所以现代化进程不断受到质疑和批判。在中国，现代化进程是一个被动、移植、强加的过程，并伴随着殖民者的军事入侵和经济掠夺，同时又与本国传统发生剧烈的冲突。因此，现代化及其观念生成在唤起民众空前的皈依热情的同时，也引发了民族的屈辱感和本土文化的认同危机。启蒙主义和守成主义即是现代化进程在文化思想上的必然反应。以鲁迅为代表的启蒙知识分子，以改造国民性为己任，将启蒙主义的核心命题"国民性批判"推向极致，塑造了阿Q、七斤、四铭、华老栓等文学形象。由于"国民性"话语的特定指向，加上鲁迅高度的艺术概括和提炼，阿Q形象近乎成为国民劣根性的代名词。

几乎和国民性批判同时，另一种现代化方案也被知识分子们提上议事日程。从梁启超、辜鸿铭，到梁漱溟、学衡派，众多知识精英为本土文化张目，他们在强调差异中凸显中国传统文化的优越性和对人类文明的特殊贡献。早在20年代，周作人的散文、废名的小说就表达了知识分子对地方传统、文化、习俗的眷恋和依赖，进入30年代，"京派"作家沈从文、何其芳、李广田、卞之琳、芦焚更是以文学流派的强大阵容对传统和乡土作了诗意诠释。在"乡愁"的发酵、"原始人性"的塑造、"古典意象"的开掘等方面，进行了民族形象探索的新尝试。《边城》堪称是这一时期"民族形象"隐喻的典范，它把乡土文明映照下的人情、人性以及牧歌情调表现得淋漓尽致。《边城》出版时，沈从文在"题记"中曾说，他的这本注定要落伍的书，是给那些"极关心全个民族在空间与时间下所有的好处与坏处"的人去看的，并对小说的潜在读者提出如下要求："我的读者应是有理性，而这点理性便基于对中国现社会变动有所关心，认识这个民族的过去伟大处与目前堕落处，各在那里很寂寞的从事与民族复兴大业的人。这作品或者只能给他们一点怀古的幽情，或者只能给他们一次苦笑，或者又将给他们一个噩梦，但同时说不定，也许尚能给他们一种勇气同信心。"①

虽然在现代化大潮冲击下，作为乡土抒情的牧歌注定要演变成它的支流——挽歌、哀歌，文化守成主义也不免有复古、静态、被

①沈从文：《沈从文文集》第6卷，三联书店(香港)1983年版，第72页。

狭之嫌，但“健康、优美、自然的人生形式”和继承民族优秀文化传统却是一个历久弥新的文学话题。当我们从牧歌属性和民族隐喻视角走进沈从文的“人性”世界，在为优美隽永的牧歌一唱三叹之余，也“触摸到沈从文内心的沉忧隐痛”，以及“那处于现代文明包围中的少数民族的孤独感”。唯其如此，我们才会真正理解他小说创作的“人性”内涵和“民族”隐喻。

第三节　“五四”传统与革命现实之间的艰难选择

30 年代，沈从文、废名、李广田、卞之琳等“京派”知识分子的身份比较单一，新中国成立前后，他们的人性写作因为远离革命斗争生活，不同程度地受到冷落和批判，但还未上升到反党、反革命的政治高度。相比之下，胡风就没有他们幸运了，文艺理论家、作家、编辑的多种身份纠缠，使得胡风一直处于半主流半民间的尴尬地位。相对于朱光潜等“资产阶级学者”来说，他是主流的；而相对于周扬等左翼文学界领导来说，他又是非主流的。作为左翼文艺领导之一的胡风，从社会解放的整体原则出发，标举革命文学大旗，批评朱光潜放弃对政治压迫的分析而只关心“知识和思想的危机”，没有看到知识和思想危机的解决不能仅仅通过知识和思想的方式，而必须通过政治解放的方式，即知识和思想上的创造活动和独立思考无法离开政治民主的实现①。另一方面，作为文艺理论家的胡风，秉承“五四”启蒙主义，与同为左翼文艺界领导的周扬、何其芳、邵荃麟等人意见常常相左，他对周扬等人把文学等同于政治、把文学工具化的做法持不满态度，认为是“一种没有知识也没有思想的表现”②。

韩毓海先生对胡风半官方半民间的身份错位，曾作过如下解释，他说：“‘胡风事件’首先是这样的一个重大事件，那就是标志着文学‘公共领域’的国家科层化和官僚管理化的形成。它是 50 年代‘生产资料所有制的社会主义改造’的重要内容。”“胡风的问题并不是一个单纯的文艺问题或者关于文艺的知识和思想分歧问题，而是一个‘组织问题’，那就是如何组织革命政权或者社会主义国家的文化领域的问题。”③胡风及其同仁之所以被视为“异端”，被

①胡风：《胡风评论集》上，人民文学出版社 1984 年版，第 411 页。

②同上书，第 341、353 页。

③韩毓海主编：《20 世纪的中国·学术与社会·文学卷》，山东人民出版社 2000 年版，第 317 页。

从革命阵营中驱逐出去，并不是由于封建专制主义的结果，而是因为文学作为个人的、感性的生命活动，是对同质化、一体化的政权组织的反抗，是对于革命话语逻辑的反抗。胡风悲剧的深层原因可以追溯到对“五四”新文艺精神的认识，以及由此衍生的另外两个互文性问题：民族化讨论的“新文艺方向”与现实主义理论的“主观战斗精神”。

作为左翼文艺组织领导和文艺理论家，胡风经常遇到“五四”新文艺精神的评价问题。因为立论角度的差异，这些评价成为胡风与他人论争的关键所在，终其一生，胡风都没有放弃“五四”启蒙精神，即使遭受指责、批判，他仍不忘捍卫“五四”传统，“我不过为知识分子多说了几句话。真不知十多年来为什么那样轻视知识分子，不知为什么离开‘五四’精神越来越远”。“国统区作家也并不是个个都脱离人民，或者站在人民的对立面，以致需要脱胎换骨完全否定自己，才能为人民服务。这样看，把鲁迅精神又置于何地呢？”①由于胡风对“五四”新文学运动的评价涉及并一定程度上决定他对民族形式、现实主义理论等问题的看法，因此，对于“五四”新文艺精神的评价，实际上成为了胡风论争和胡风事件的一个焦点。

不同场合，胡风对“五四”作过多种评价：“五四”运动“融合了个性解放的要求和民族解放的要求”，“它代言了一个伟大的精神——用‘科学’和‘民主’把亚细亚的封建残余摧毁。”②“五四”传统可以简称为“由《呐喊》所开拓出来的战斗的文学底传统”。“五四以后的中国文学底主潮一向是随着社会的进步的战斗力发展而发展的。”③不过，作为对“五四”的总体评价，则是1935年评论刘半农杂文集时作出的，胡风说：“五四运动是从反帝国主义运动开始的。这个反帝运动虽然是出于一种新的要求，但当时的观念基础非常朦胧。”又说：“这个反帝的要求一定要发展成反封建运动，在人生观社会观艺术观等意识形态的领域上掀起一个大的革命。”④尽管在胡风的评价词汇中，“反帝反封建”术语前面没有加上限定语“彻底”，借以区别旧民主主义革命，但所谓“在人生观社会观艺术观等意识形态的领域上掀起一个大的革命”，已经暗示了“五四”新文艺的方向是新民主主义和社会主义。联系他在1934年初

①绿原：《胡风与我》，《新文学史料》1989年第3期。

②胡风：《胡风评论集》中，人民文学出版社1984年版，第125页。

③胡风：《胡风评论集》上，人民文学出版社1984年版，第79页。

④同上书，第215页。

的答问文章《目前为什么没有伟大的作品产生》中的说法——“新文艺是随着社会进步的战斗力发展而发展的”，我们可以看出，胡风对“五四”的评价与毛泽东在《新民主主义论》中把“五四”以来的新文化定性为“人民大众的反帝反封建文化”并无二致。

确立“五四”运动的方向，是胡风总体评价“五四”的一个关键。从上面分析可知，胡风的评价并没有什么大的偏差，可以对之加以诘问的不过是他对这场革命的彻底性认识稍嫌不足。这样，我们就可以将关注视点转向“五四”评价的另一关键方面，即发动、领导这次运动的主导阶级是谁？征引的胡风论述，我们看到，胡风的认识似乎不够明朗，甚至是存在一些偏差。在《文学与生活》中，他写道：

> 五四前后，是中国市民阶级（民族资产阶级）稍稍抬头的时候。当然，需要自由发展自由竞争的市民阶级，一抬头就遇着了帝国主义和封建势力底两重压迫。帝国主义是它底强力的竞争者，在金融上技术上以及优越的政治地位上具有随时能够把新兴的民族资产阶级屈服的力量；同时，封建势力是发展民族资本的障碍，它束缚了占中国人口绝对大多数的农民底消费力量，它不能在政治机构上使民族资产阶级得到助力，它顽固地抵抗新兴市民阶级底一切意识形态底发展……这两种力量又互相勾结，互相依靠，想维持住中国社会底固有秩序。这就使初生的民族资产阶级忍耐不住，不得不和无产阶级携起手来，掀起了五四的革命怒潮。①

值得注意的是，这里的“市民阶级”特指中国民族资产阶级，而非泛称的资产阶级。因为受到帝国主义和封建主义的双重夹击，民族资产阶级“不得不和无产阶级携起手来”，共同“掀起五四的革命浪潮”。革命统一战线的主导者是谁？接下来，胡风给出答案：“以市民为盟主的中国人民大众底五四文学革命运动，正是市民社会突起了以后的、累积的几百年的、世界进步文艺传统底一个新拓的支流。”这里，胡风的“民族资产阶级领导论”同毛泽东后来的“无产阶级领导说”存在明显偏差。在《关于解放以来的文

①胡风：《胡风评论集》上，人民文学出版社 1984 年版，第 268 页。

艺实践情况的报告》中，胡风曾坦然承认了这一认识错误，并作了深刻检讨，但"市民阶级盟主"论还是给他带来了深重的灾难。

客观上说，胡风的认识偏差并不是不可饶恕的，一方面，当时文艺界大多数人士对"五四"的认识尚未深入到马克思阶级斗争理论层面；另一方面，在激烈的文艺论争中，双方很难保持清醒的理性自觉，不免意气用事，论战对手如此，胡风也不例外。但是，这样解释明显忽视了另外一个因素——作为一个思维严谨、逻辑缜密的文艺理论家，胡风对"五四"的认识除了客观原因之外，与其精神世界里的"五四"情结有着密不可分的关系。胡风是"五四"精神的"乳儿"，三四十年代胡风在繁忙的文学批评中，反复撰写纪念"五四"的文章，如《文学上的五四》、《对于五四革命文艺传统一理解》、《以〈狂人日记〉为起点》等，积极从"五四"文艺中寻求精神支撑，并逐渐形成自己的文艺思想。胡风对"五四"新文艺传统的继承主要表现在发扬和捍卫"五四"启蒙精神上。

首先，胡风继承了"五四"反传统的批判精神，终其一生对封建主义保持一以贯之的批判与怀疑态度，不断提醒人们要对"亚细亚落后的生产方式"和"亚细亚的封建残余"保持清醒认识和高度警惕。在无产阶级暴风骤雨式革命斗争年代，当人们正在遗忘或否定"五四"的时候，胡风反复强调"五四"文学革命和"五四"以后革命文学根本任务的一致性：既要为民族的解放（反帝），又要为民族的进步（反封建）。在以农民为主体的人民大众已经成为社会革命斗争的主力军年代，胡风从农民阶级与封建主义母体的"精神遗传"现象入手，分析、批判农民阶级"精神奴役的创伤"，明确指出："在封建主义里面生活了几千年，在殖民地意识里面生活几十年的中国人民，那精神上积压是沉重得可怕的。"①即使是农民"脚踏实地"的品格，"同时也是以封建主义底各种各样的具体表现所造成的各式各样的安身立命精神为内容的"。由此，在《大众底"欣赏力"从哪里来，向哪里去？》一文中，胡风写道："农民的觉醒，如不接受民主主义的领导，就不会走上民族解放的大道，自己解放的大道。"针对民族形式讨论中出现的功利化宣传和民粹主义倾向，他公开批评了"人民"、"大众"、"工农"的偶像化崇拜现象：

①胡风：《〈财主的儿女们〉序》，《财主的儿女们》，人民文学出版社1985年版。

> 在“人民”或“群众”这说法下面所包括的是怎样广泛的内容，那里面占绝对大多数农民却是小私有者(无论那是小到怎样可怜的私有)，还正是在封建主义底几千年的支配下面生活了过来的。
>
> 如果封建主义没有活在人民身上，那怎样成其为封建主义呢？用快刀切豆腐的办法，以为封建主义和人民是光光净净地各在一边，那决不是咱们这个地球上的事情。①

从这种认识出发，胡风秉承鲁迅的“改造国民性”主题，由“国民劣根性”批判引申出主观战斗精神，提醒作家在发掘“人民”身上所蕴含的巨大精神力量和美德的同时，更要正视并揭露“把这些力量这些愿望禁锢着、玩弄着、麻痹着、甚至闷死着的各种各样的精神奴役的创伤”。也许是意识到反封建使命的漫长与艰巨，胡风始终没有放松对封建主义遗毒的警惕和批判，直到解放以后。

其次，胡风身上烙有“五四”思潮的“情感性”印痕。既然“五四”新文化运动的重要特征是它的对象性——对于中国传统文化的批判与怀疑，那么“态度”的对象性特征决定这次思想运动的各个组成部分也会在与对象的否定性关系中一致起来。当“五四”思潮在“态度的同一性”的支配下形成一个历史运动时，它的情感性判断就比理性分析来得更加鲜明和突出。“五四”思潮的情感性特征可以归纳为两个方面：一、“五四”文化批判经常不是从某种理论逻辑出发，而是和个人的独特经验相关，对于对象的分析也是以个人的热烈激情为基础，如鲁迅、胡适等人对“孝道”、“节烈”观的猛烈批判。二、“五四”启蒙先驱对于传统秩序的自我流放感和叛逆者的批判心态，如激烈反传统，进化论时间观等②。

“五四”思潮的这种“情感性”特征在胡风身上留下很深的印痕。众所周知，胡风起初是以诗人身份步入文坛的，诗人特有的情感性气质一直洋溢在他的文学活动中。另外，与现代文坛的大多数作家相比，胡风可谓是“地道”的农家子弟，由于他对农村生活有着深切的个人体验，所以对“农民文化”批判最为鲜明、激烈。“亚细亚的封建残余”、“精神奴役的创伤”、“民间形式的陈旧落后”等否定性评判，直指“农民文化”的封建劣根性深处。与胡适、鲁迅等

①胡风：《论现实主义的路》，《胡风评论集》(下)，人民文学出版社 1984 年版，第 349 页。

②汪晖：《预言与危机》(下)，《文学评论》1989 年第 3 期。

前辈启蒙思想家相比，甚至与茅盾、周扬、冯雪峰、何其芳等同代人相比，胡风与封建主义制度的社会基础——广大农村社会——联系最为紧密。正如胡风自叙，他是“从田间走来的”、“一个地地道道的农民的儿子”。残酷的家族斗争、宗法势力的相互倾轧、等级制度的森严威慑……都在胡风心里留下了无法磨灭的阴影。这也是抗战期间，一些没有“实感”的知识分子发出“农民”、“人民”的民粹主义偶像崇拜呼号时，胡风却在揭露、批判农民“精神奴役创伤”的深层心理原因。当然，与大多数“五四”启蒙先驱一样，胡风也曾离开家乡到异国接受西方现代文明的熏陶，传统与现代、启蒙与愚昧的尖锐对立使得胡风成为真正意义上传统秩序的流放者，并促使他以一种游离于这个秩序之外的叛逆者姿态，对乡土秩序、宗法意识进行充满感性激情的批判和否定。

最后，胡风恪守着“五四”运动的启蒙思想。“五四”新文化运动是由先知先觉的知识分子精英层发动、领导的，启蒙的主体与客体非常明确：由“精神界之战士”来对广大“国民”进行启发、照亮，使其从“‘亚细亚的落后’中脱出，接受而且获得现代的思维生活”①。胡风对启蒙思想的继承具体表现在他对“批评家”和“读者”二元对立局面的严格区分上。他认为，“批评家”就是具有正确判断、揭示力，或者说具有科学、民主精神的特殊读者，而一般读者则是普通的、饱受封建主义精神奴役创伤的具体的人们，“批评家”的使命就是必须担负起“和读者斗争……从一般读者底惰性的意识状态里面揭示出新的文化生命”的责任，并“从中开发出反映一代社会现实的文艺思潮”②。

至于“五四”启蒙思想的“改造国民性”命题，胡风主张采取“思想启蒙”和“实际斗争”相结合的循环互动方式，认为“意识斗争底任务是在于摧毁黑暗势力的思想武装，由这来推进实际斗争，再由实际斗争的胜利来完成精神改造。”③完成这一任务的主体，胡风通常将其具体化为“伟大的批评家”和具有“主观战斗精神”的作家。联系他后来的对作家主体的要求，我们可以看出胡风对知识分子“化大众”的使命的承担精神，以及对启蒙先驱鲁迅的理解。在胡风看来，与其他思想家相比，鲁迅至少在以下两个方面显示了超越时代的意识。一、鲁迅“不但用对于科学的信仰来确定了丰富了对

①胡风：《胡风评论集》中，人民文学出版社 1984 年版，第 48 页。

②胡风：《胡风评论集》下，人民文学出版社 1984 年版，第 33 页。

③同上书，第 17 页。

于封建势力的认识和仇恨，而且通过对于科学的信仰，把对于封建势力的仇恨和对于祖国更生的志愿统一成为了一个二而一的战斗的意识立场”，“这就使他和当时各种各样维新知识分子、一鼓作气的绅、商、士大夫底子弟们有了决定性的分歧”①。二、鲁迅的国民性思考和批判，“一方面反映出了他痛切地关心到在几千年的封建力量底压迫和封建意识底麻醉下的人民精神状态，另一方面说明了他对于科学的真诚的追求终于使他接触到了意识斗争的课题。在当时的历史阶段上，这个问题底提出本身就是一个伟大的控诉，几千年的封建意识第一次遇到了的控诉”②。鲁迅的“立人”主张和“国民性批判”主题对胡风产生了深远影响，胡风的“个性解放与民族解放融合”的历史意识、“精神奴役的创伤”、“主观战斗精神”等文艺思想都与鲁迅的启蒙思想有着紧密关系。一定意义上，胡风对“五四”启蒙精神的继承主要是通过追随鲁迅来进行的。

正是因为继承了鲁迅“当思想成了自己的生命机能才算是思想”的实事求是精神，胡风才在自己的一生中，不太理会“观念形态上的闹声”，始终坚持“实践”态度，将其“深深地肉搏到历史底核心”深处。他说：“真正的斗争是本着真实的斗争要求，向着具体的斗争对象。前者是由于战斗人格底完成，后者需要对于敌情的透彻理解……真正的战斗，不能是和主观要求、客观对象离开的‘思想’，非得是这两者底结合不可。”③作为“精神界”的战士和“文艺界”的斗士，胡风一生都不肯低下“思想”的头颅，与教条主义者论争，与左倾路线斗争，即使在形势极为不利的情况下，他仍向党中央呈送《关于解放以来的文艺实践情况的报告》（即所谓的“三十万言书”），公开指出解放以来的文艺界为“五把刀子”所笼罩④，作家没有创作自由。

对“五四”精神的评价与继承，是理解和把握胡风文艺思想的关键所在，由此衍生的文艺论争不断，其中，民族形式与大众化讨论可谓是又一个焦点问题。民族形式与大众化问题的提出主要是为了解决文艺与人民群众斗争生活、欣赏趣味、接受水平脱节的问题，提倡民族形式，就意味着作家创作要将民族的审美传统和人民群众的欣赏习惯等因素考虑进去。因此，这里包含了民族文学遗产继承、改造、文学大众化等诸多话题。

文学的民族形式与大众化要求是新民主主义革命发展的必

①胡风：《胡风评论集》中，人民文学出版社 1984 年版，第 330 页。

②同上书，第 332 页。

③同上书，第 335—339 页。

④“五把刀子”分别是：作家要从事创作实践，非得首先具有完美无缺的共产主义世界观不可；只有工农兵的生活才算是生活，日常生活不是生活，而且谁的作品里写的工农兵生活不是一帆风顺的胜利故事，那就是歪曲了革命；只有思想改造好了才能创作；只有过去的形式才算是民族形式，如接受国际革命文艺和现实主义文艺的经验，就是拜倒在资产阶级文艺面前；题材有重要与否之分，题材能决定作品的价值。

然。新民主主义革命与新文化运动是相互促进的,新民主主义革命促成并加速了新文学的现代化,反之,新文学的现代化也促进了新民主主义革命战线的形成与扩大。在这种语境下,新文学为了承担起自己的使命,必然会思考自己与这场革命的主体——工农群众的关系。"五四"后的新文学理论建设反映了这一价值取向,唾弃封建的载道文学,扫清了文学与劳动者结合的障碍,文学获得了反映劳动人民生活和接受劳动人民鉴赏的机会。但是,具体的文学实践中,由于从事文学创作的大多是与劳动人民生活、感情颇有隔膜的知识分子,他们以自己的思想、理念、语言、方式来看取人生和从事创作,作品与工农群众接受之间尚有一定距离,这种情况自然会削弱革命文学在工农群众中的影响。于是,"左翼"文艺界在1930—1932年间掀起了三次"大众化"讨论。这一时期的讨论主要集中在要使文艺能为工农大众爱看易懂的语言层面,通俗化被理解为实现大众化的关键,并由此涉及旧形式利用、作家向工农群众学习等问题。经过讨论,人们"对'五四'文学革命以来的'欧化'倾向及其在无产阶级文学运动初期的'左'的发展,有所警惕和批评;对一向受到排斥和轻视的文学传统形式,开始注意批判地继承,加以采用;对'五四'以来的白话文学和工农群众脱节的现象也有所认识,提倡学习人民口头语以创造新的文学语言。以上各点,都有助于缩短文学和群众的距离"①。

40年代初,文学的民族形式问题又一次成为进步文艺界讨论的热点问题,对于以向林冰为代表的"民间形式中心论",胡风从一开始便颇为反感,出于捍卫"五四"新文学传统的明确目的,胡风对民间形式持较多的批判态度,他心目中的民族形式构想更多的是继承与发扬"五四"传统。首先,他认为,"五四"反帝反封建的战斗使命依然是"五四"以来"革命文学"的任务,后者不过是"使五四文艺底传统得到了一个新的进展"。"'革命文学'运动并没有从五四的'文学革命'运动底民主主义的任务,为民族底解放(反帝),民族地进步(反封建)这任务突变出去。"所以,文艺大众化的方向只能是"汇合着五四以来的新的现实主义理论底发展和进步的创作活动所积累起来的艺术的认识方法底发展"②。"大众化不能离五四传统","五四传统也不能抽去大众化"。也就是说,一方

①唐弢:《中国现代文学史》第2卷,人民文学出版社1985年版,第62页。

②胡风:《胡风评论集》中,人民文学出版社1984年版,第209、216页。

'五四"文学反帝反封建传统应该为革命文学所继承；另一方面"五四"文学传统中本来就包含有大众化要求，革命文学无须脱离"五四"新文学运行轨迹，另辟什么文学"大众化"道路。其次，胡风认为，"旧形式"是"五四"现实主义文学发展中的一个负累，革命文学之所以缺乏"新鲜活泼的中国作风与中国气派"，不是没有吸收借鉴"旧形式"，而是"大众文艺底作者还只是疲乏地彳亍在反刍式的旧形式'里面"；不是"五四"文学革命中形成的现实主义方法，而是"因为现实主义方法没有被作家融化成象它所要求的那样在活的形象上认识(表现)今天这样丰富的现实的能力，至多也只能说是因为我们所把握到的现实主义方法还没有坚强到把今天这样丰富的现实最大限度地最高速地化为自己底血肉"①。民族形式的论争，一方面成为胡风宣扬"五四"精神的论坛，另一方面也被胡风引向他所积极倡导的现实主义理论，他认为，只要发扬"五四"文学革命的现实主义传统，就能改变文学实践中脱离生活、脱离斗争的趋向。

胡风之所以对"民间形式"持保留和批判态度，不愿正视"五四"文学传统中客观存在的"大众化"不足，除了思想上的"五四"情结和论争中"矫枉过正"的感情用事因素之外，还与他启蒙与救亡、先锋与落后、主体与奴役的二元对立文化观有关。在胡风的文化观中，"启蒙"、"先锋"、"主体"有着共同的所指，即肇始于"五四"的启蒙主义文化，而"民族"、"落后"、"奴役"则代表积淀数千年的中国传统文化和民族心理。胡风立足"五四"启蒙立场，主张用"科学"和"民主"的精神对民族文化进行改造和再塑。他说："文艺，只要是文艺，不能对于大众底落后意识毫无进攻作用，通体都像甜蜜蜜的花生糖一样，连白痴都是高兴接受的。"②在胡风的文化形态分析中，知识分子代表的、处于时代领先地位的文化就是"先锋文化"，它与工农群众代表的大众文化之间是启蒙与被启蒙、批判与被批判的关系。"先锋文化"存在的目的就是破坏已经趋于停滞、凝结的文化结构，促使新的现代文化形态产生。

关于"先锋文化"，胡风先是肯定其导源于"20 多年来的这一点启蒙运动"，是"新文化运动所养成的这一批文化先锋队"建设的结果。接着，他又从知识分子与工农大众关系角度指出："所谓'先锋

①胡风：《胡风评论集》中，人民文学出版社 1984 年版，第 219 页。

②胡风：《论民族形式问题》，《胡风选集》第 1 卷，四川人民出版社 1996 年版，第 341 页。

队伍’,不能是孤立的存在,而是反映了一般(落后大众)所抱有的、有大的发展要求的趋向,是一般里面的特殊的东西。然而是新生的、向上成长的、‘给自己开辟道路’的东西。”“先锋文化”必须“从民众底生活、困苦、希望出发,诱发并养成他们底自动性、创造力,使他们能够解决问题,理解世界,由此参加战斗,同时又会从战斗里面涌出解决问题、理解世界的欲望,使他们底自动力、创造力继续成长,‘从亚细亚的落后’(今天的状态)脱出,接近并获得现代的思维生活。这结果,是活的战斗力底养成。也就是,迎头赶上现代文化,‘使自己的历史进入一个新阶段,获得更进一步、更高一步的文化的时代’”①。这里,我们可以清楚地看出胡风所认同的“先锋文化”的内涵与特质——知识分子要用“主观战斗精神”、“人格力量”和“自我扩张”突进现实生活,来医治工农大众“精神奴役的创伤”。

在胡风的启蒙文化视野中,知识分子与工农大众的文化意识分别对应为“五四”新文化和旧的传统文化。知识分子具有“革命性”和“先锋”作用,而人数占优的工农则负累着沉重的“精神积压”。无论是“启蒙”,还是“革命”,知识分子一直是“人民中的先进”,是“思想主力和人民之间的桥梁,开初是唯一桥梁,现在依然是重要的桥梁”②。而农民阶级则与封建精神母体有着深层的“精神遗传”,有着深刻的“精神奴役的创伤”。胡风指出:“在封建主义里面生活了几千年,在殖民地意识里面生活了几十年的中国人民,那精神上的积压是沉重得可怕的。”③在确立知识分子的“启蒙”“先锋”地位之后,胡风也没有忘记肯定“人民”身上蕴含的巨大精神力量和美德,如“伴随劳动重负的坚强和善良”、几千年中国文化史在他们身上投射出的自发的“民主主义思想成分”。不过,总的来说,大众化讨论和民族形式论争中,“五四”启蒙先驱开创的“先锋文化”还是主宰了胡风的整个文化判断和价值评估,使其在文化上走的是一条启蒙主义的“化大众”道路。

在继承、发扬“五四”新文艺精神和大众化、民族化论争过程中,胡风通过阐释“五四”、言说“民族形式”,逐渐形成了自己的现实主义文艺观和文学批评范畴。新时期以来,文艺界对胡风的现实主义理论给出了许多命名,“主体现实主义”、“启蒙现实主义

①胡风:《胡风评论集》中,人民文学出版社 1984 年版,第 252 页。

②胡风:《胡风评论集合》下,人民文学出版社 1984 年版,第 168 页。

③胡风:《〈财主的儿女们〉序》,《财主的儿女们》,人民文学出版社 1985 年版。

"深层现实主义"、"心理现实主义"、"体验现实主义"……这些命名从不同角度对胡风文艺观进行了阐释,如真实性、主体性、亲历性。为了让理论之树活在丰饶的现实土壤上,也为了规避命名的歧义与模糊,这里,笔者试图以理论还原的方式,对胡风的现实主义理论作一现象学意义上的描述。

胡风的现实主义理论形成于20世纪前期中西文化激烈碰撞、交汇的时代,从思想渊源上看,它同时接受以鲁迅为代表的"五四"启蒙主义文艺思想和马克思主义文艺思想(即普罗文学理论),与以周扬、瞿秋白、冯雪峰等人为代表的现实主义和革命文学内部居于主导地位的社会主义现实主义相比,胡风的现实主义理论摒弃了前者政治学意义上的"集体主义"和"庸俗社会学"倾向,更多地接近了现实主义文学的本质规定性。在胡风看来,传统现实主义和主观表现主义的缺憾是显而易见的,被动地仿写现实,以及离开现实的自我表现,都无法达到现实主义的真实性要求。"现实主义的中心问题是'写真实'",这种真实性必须依赖具有"主观战斗精神"、"人格力量"、"自我扩张"能力的创作主体才能获得,文学作品的创造是作家主体向对象世界的"突入"、"拥抱"、"燃烧"、"蒸沸"、"肉搏",是"伴着肉体的痛苦的精神扩张"和"血肉追求",是主体世界与客体世界的激烈碰撞和"相生相克"的人生活动,通过作为主体的作家和作为客体的对象的斗争,才能臻于主、客体统一的真实境界。

"主观战斗精神"一语,本出自黑格尔哲学的主要概念"主观精神",经胡风改造后,褪去了原本固有的主观先验论色彩,用来"说明作家的主观和客观生活的关系",并要求文学创作主体"把彻底战斗精神潜入到生活对象底层的本质里面"①,"深刻地认识生活对象,勇敢地征服生活对象,由此来提炼出一个人生世界,创造出一个艺术世界"②。一句话,"我说的'主观战斗精神'是指作家在创造过程中对人物的爱爱仇仇的态度",是作家对生活的"把捉力、拥抱力、突进力"。"主观战斗精神要求作家高扬人的主体精神,强化个体人格力量,并由此在创造过程中经过作家的主观有意识地筛选出客观对象,扬弃其'自在之物'的特性,由作家精神欲望'所肯定、所拥有、所蒸拂、所提升'"③。不仅在对象选择

①胡风:《胡风评论集》下,人民文学出版社1984年版,第175页。

②同上书,第189页。

③同上书,第19页。

上，而且在对象表现上，高扬作家的“主观战斗精神”都是必要的。

由于胡风的“主观战斗精神”与现实主义的真实性原则是一对互生互文的概念，所以胡风才在后来的阐述中用大段篇幅对“主观精神”进行设限，他说：“对于对象的体现过程或克服过程，在作为主体的作家这一面同时也就是不断地自我扩张的过程，不断的自我斗争的过程。在体现过程或克服过程里面，对象的生命被作家底精神世界所拥入，使作家扩张了自己；但在这‘拥入’的当中，作家的主观一定要主动地表现出或迎合或选择或抵抗的作用，而对象也要主动地用它底真实性来完成、修改、甚至推翻作家底或迎合或选择或抵抗的作用，这就引起了深刻的自我斗争。经过了这样的自我斗争，作家才能够在历史要求底真实性上得到自我扩张，这是艺术创造底源泉。”① 在胡风的批评视野中，创作主体要真实地表现生活，就必须真实地表现自己对生活的突入、拥抱和体验，而不是抛开自我情感，以一种“无我”的客观方式呈示现实，更不是用观念思想和抽象思考去取代对生活的真实感受，艺术的真实性存在于审美感性之中，在感性世界艺术里，主体与呈现对象是一种多维度统一关系。胡风以文学创作的感性之维既批判了客观主义的“无我”真实观，也否定了主观主义的“虚妄”真实观。他说，“客观主义”虽然也在表现时代，但由于作家主体以静观态度面对时代，使“他和他的人物之间隔着很远的距离”。以这种“超然物外”的创作方法产生出来的作品“使现实虚伪化了，也就是在另一种形式上歪曲了现实”②。

“主观战斗精神”、“人格力量”、“自我扩张”概念构筑的“真实性”大厦不仅存在于“感性意义”里，而且包裹在“理性思想”中。“文艺创造，是从对于血肉的现实人生的搏斗开始的。血肉的现实人生，当然就是所谓的感性的对象，然而，对于文艺创造，感性的对象不但不是轻视了或者放过了思想内容，反而是思想内容底最尖锐的最活泼的表现。”③ 这里，真实性原则中的感性与理性关系不是一般意义上的对立和统一，也不是一个事物的两面，而是相互转化、彼此共生的。只有“在对象底具体的活的感性表现里面捕捉底意义，在对象底具体的活的感性表现里面溶注作家底同情的

①胡风：《胡风评论集》下，人民文学出版社 1984 年版，第 20 页。

②同上书，第 165 页。

③同上书，第 182 页。

定精神或反感的否定精神”，才能“创造出包含有比个别对象更高的真实性的艺术世界”①。“个人的血肉，不能够不同时是社会的血肉”②。因此，现实主义真实是创作主体“主观战斗精神”、“人格力量”的真实，是创作过程中作家“自我扩张”与“对象渗透”相克相生的真实，更是艺术家作为社会存在的个体在生存意义层面上的人的真实。

胡风反对“一边是生活‘经验’，一边是作品”的文学与生活相分离的观点，认为“这中间恰恰抽象掉了‘经验’生活的作者本人在生活和艺术中间受难(Passion)的精神！这是艺术的悲剧，然而在现实却正是一个太普遍了的悲剧”③。胡风不遗余力地呼唤主观战斗精神、人格力量、自我扩张，目的只有一个，强调生命体验，“迫近”现实主义最高内核——真实性。在胡风看来，他的这一系列现实主义理论范畴，与唯心主义的先验论迥然不同，它们共同指向的是生活在具体历史条件和社会环境中的作家个体。胡风曾直接阐释过“人格力量”的内涵，他说：“把作家的思想要求叫做人格力量，那岂不是把个人主观精神力量看成先验的、独立的存在，一种和历史、和社会并立的、超阶级的东西么?”“人格也不像‘思辨哲学’那样地把它当作‘绝对理念’底显现或能够超出历史限制的‘特殊的人格’，而是历史产物的人这个‘感性的活动’底性格。”④胡风之所以强调“人格力量”的唯物性，原因在于他认为艺术创造过程是主观真实和客观真实的“同时在场”，任何一极的缺失都会导致真实性的无法实现。由此生发开去，我们可以将“主观战斗精神”、“人格力量”、“自我扩张”三者之间的关系归结为：自我扩张是主观战斗精神的运行过程及其结果，而人格力量则是自我扩张的艺术表现或整体效应。它们作为现实主义的主体因素，支撑、保证了现实主义向现实、历史、人生的真实性层面掘进，从而使艺术表现中的主、客体关系协调起来。

无论是对“五四”新文艺的思想估价，还是民族形式讨论中“先锋文化”优先性的认定，以及由这两者派生的现实主义理论，胡风始终未能从“五四”新文艺“科学”、“民主”以及“个性解放”的话语中“突变出去”。启蒙主义、主观战斗精神、精神奴役的创伤不仅使他与左翼文学的革命、集体、阶级格格不入，而且随着政治、思想、

①胡风：《胡风评论集》下，人民文学出版社1984年版，第19页。

②同上书，第18页。

③胡风：《胡风评论集》上，人民文学出版社1984年版，第293页。

④胡风：《胡风评论集》下，人民文学出版社1984年版，第297页。

文艺“一体化”进程的加快，胡风文艺思想被视为《讲话》精神传播的理论阻力，其“主观论”更是被视为对抗和反对作家思想改造的理论，成为所谓“反党、反革命”的罪证，在解放后的知识分子改造运动中遭到彻底清算。

第八章

新时期文学的精神向度

第一节 “文革”期间的民间诗人群体

语源学意义上，启蒙一词为“照亮”之意，为何启蒙？因为有暗夜一样的思想蒙蔽、精神愚昧，哪里有黑暗与愚昧，哪里就需要启蒙。20世纪60、70年代，在“文革”动乱与专制背景下，精神的“照亮”成为那个时代最有价值的文化篝火。法国思想家福柯论及启蒙主义时曾说：“康德把启蒙描述为人类运用自己的理性而不臣服于任何权威的时刻；在这个时刻，批判是必要的，因为它的作用是规定理性运用的合法性的条件。”① 某种意义上，批判是启蒙运动中成长起来的理性的先导，自由的思考、独立的批判，任何时候都是启蒙精神的应有之意。

20世纪60、70年代，一批最先有着怀疑精神的青年人开始用他们独立于时代蒙昧之外的思考，表达冲破专制牢笼、追求独立人格的批判思想，这批青年有“贵州诗人群”黄翔、路茫、哑默、曹秀青、孙唯井、李光涛、张伟林、周喻生、江长庚和“白洋淀诗人群”多多、芒克、根子、林莽、方含、宋海泉、白青、潘青萍等。他们是一群特定时期的“波希米亚”式人物②，形成了一个主流文化之外的民间“部落”群体，从事着“地下”阅读和“地下”写作的自我照亮活动。在民主、自由的声音受到压制，生存空间极度缩小的时候，他们把诗歌写作作为内心思想的寄托和生命冲动的一种宣泄方式。与小说、戏剧等其他文学体裁相比，诗歌不仅对写作时空的要求有较大弹性，能够于极小的夹缝中产生和传播，而且载体形式灵活自由。在私人书信、日记中写下一篇又一篇小说的人大概很少，但在书信、日记里写下一首又一首诗歌的人却很多，“文革”期间因“写反革命诗词罪”而罹难的地下写作者占有相当数量。

①福柯：《什么是启蒙》，《天涯》1996年第4期。

②波希米亚：英文单词为Bohemia，指中欧以前的一个国家，现为捷克的一个省。在Bohemia之后加“n”，就成了“波希米亚人”，指生活方式不正常或不合习俗的人。这个词曾被专用来形容吉卜赛人，但是到了19世纪的“发达资本主义时代”，它就变成流浪艺术家的代名词了。马克思最早勾勒出“波希米亚人”的两个主要特征：“这一类人的生活状况已经预先决定了他们的性格。他们的生活毫无规律，只有小酒馆才是他们经常歇脚的地方；他们结识的人必然是各种可疑的人，因此，这就使他们列入了巴黎人所说的那种流浪汉之流的人。”本雅明在他的《发达资本主义时代的抒情诗人》中把波希米亚人说成是精神世界的“拾垃圾者”，他们的生活动荡不定、毫无规律，由偶然事件所支配，被正统社会视为“种种可疑的人”，过着朝不保夕的生活。本雅明还戏谑地说：“诗人和流浪的波希米亚人在气质上的相通之处在于——两者都在城市居民酣睡时孤寂地操着自己的行当，采用着相同的姿态。诗人为寻求诗的灵感而漫游城市的步子与波希米亚人在他的小路上不时停下来捡起破烂玩意的步子是合拍的。”

关于地下诗歌群体，杨健在他的《文化大革命中的地下文学》一书中这样描写过赵一凡的文学沙龙："当时各图书馆已封闭，一切文学作品(除帮派文艺)都成为毒草，图书奇缺。赵一凡留心搜集各种文学作品，然后把这些书传播出去。他安排得特别巧妙，一本书让这个人看完了，然后直接传给另一个人。……起初，沙龙中传阅'文革'前出版的各类小说，以及'灰皮书'('文革'前的内部书，多为灰色)，如《第四十一》等，后来又开始传阅'黄皮书'。'黄皮书'在'文革'中，由内部书店印刷发行，只供高干阅读，封面多为黄色。"①其实，像赵一凡这种"地下文学"群落在全国各地都不同程度存在着，只是有许多成员都处于一种自生自灭状态，成为了思想史上的失踪者。当然，从绝对意义上说，这种地下诗人群落与时代的精神向度有着相似之处，同样是在寻找人类社会的某种"终极理念"——红色革命，只不过寻找和思考的方式是相对独立的、自我的，不似宗教般迷狂的人群，跳忠字舞，唱朝拜歌。

在黄翔的诗作《独唱》(1962)、《野兽》(1968)中，对个人崇拜的批判已相当有力度，《独唱》中，作为抒情主人公的"我"，已不再是一个时代或阶级的代言人，不再是当时流行的那种背后站着千军万马因而充满力量的无产阶级革命战士的化身，而是一个没有听众的歌者，一个离群索居的孤独者。诗歌表现的是一种与时代精神相悖逆的声音："我是谁，我是瀑布的孤魂，一首永久离群索居的诗。我的漂泊和歌声是梦的游踪，我的唯一的听众，更沉寂。"《野兽》中，诗人用不断置换定语的排比句式，丰富"野兽"一词的矛盾所指，并由此抒写了那个时代许多人不同而又相似的处境——沦落为"野兽"，不管是残害他人，还是被他人残害，结果都是相同的：即人情、人性、人道的丧失，"我是一只被追捕的野兽，我是一只被捕获的野兽，我是被野兽践踏的野兽，我是践踏野兽的野兽"，诗歌对那个充满愚昧和暴力的时代作了精练而集中的概括。在诗歌的结尾处，黄翔坚定地表达了一个醒悟者的反抗，"即使我只仅仅剩下一根骨头，我也要哽住我的可憎年代的咽喉"。

哑默是贵州诗人群中的又一个重要成员，他的诗是典型的个人化的心灵独白，与黄翔澎湃的激情不同，哑默的诗表现的是沉思者的思索。写于1965年的《海鸥》，用清丽的词句和短小的篇幅抒

①杨健：《文化大革命中的地下文学》，朝华出版社1993年版，第67页。

写了一个飞翔在精神空间中的求索者形象："小小的翅膀上，翻卷着大海的波浪，光洁着身子，饱吸露珠和阳光，细长的尖嘴，衔来星空和汪洋，迎着潮汐呼叫啊，唤着沉默的同伴。"从这首诗起，哑默的诗歌一直表现出作为"独行的梦想者"的人生姿态与写作立场，"坚持在主流意识形态的专控之外创作"，"死守最后的边疆——精神生产的权利。"①在另一首诗作《启明星》(1970)中，哑默用一套象征系统，表现出对启蒙理想的一种期待，如果把这首诗同后来的"朦胧诗"相比，甚至可以看出某种精神逻辑的一致来，"你是桅杆上的一盏孤灯，出没在灰蓝的沧海。浓雾没有把你吞没，始终向着，夜的另一彼岸航行。沉重的锚不曾抛下，把自己，交付黎明……夜色退去，大地在天空，看见自己的倒影。"这里，"桅杆"、"灯"、"彼岸"、"黎明"等一系列意象所形成的"隐喻"体系形象地标示出区别于时代他者的个人自我空间。

与"贵州诗人群"活动时间大致相仿，河北的白洋淀地区也活跃着一个特殊的诗人群落，他们是一批由北京赴河北水乡白洋淀插队的知青构成的诗歌创作群体，成员主要有多多、芒克、根子、宋海泉、林莽、潘青萍、方含等②，他们以读书会、诗歌沙龙的形式，自觉聚集在一起，用诗歌表达他们的内心情感，交流"异端"思想。成员之一的宋海泉在回忆文章中写道："人性在现实中丧失了合法的生存权利，但在诗歌的王国里，它却悄然诞生。肉体可以被消灭，思想可以被禁锢，但是，被麻木的感情、被压抑的欲望、对幸福的追求总是会复苏觉醒的。"③诗歌成了一种有效的精神抗争方式，把他们与时代拉开了距离，在他们眼里，献身世界革命的"勇士"心中神圣无比的"最后消灭剥削阶级的第三次世界大战"理想④，不过是"一群红色的鸡满院子扑腾，咯咯地叫个不休"（芒克《葡萄园》）。他们用自己的诗歌持守了时代的理性精神，表现了对暴力、迷信、愚昧、专制的批判，使思想得到了适度保护。《无题》中，多多用一种属于自己的语言描绘了一个暴力时代的中国："一个阶级的血流尽了，一个阶级的箭手仍在发射，那空漠的没有灵感的天空，那阴魂萦绕的古旧的中国的梦，当那枚灰色的变质的月亮，从荒漠的历史边际升起，在这座漆黑的空空的城市中，又传来红色恐怖急促的射击声。"这种直言批判的反"红色"写作，不仅意味着精神的独立，

①哑默：《豪门落英——哑默自述》，《北回归线》1996年第5期。

②此外，一些虽未到白洋淀插队，但与这些人交往密切，经常赴白洋淀以诗会友、交流思想的文学青年，如北岛、江河、严力、郑义、陈凯歌等人，也应归入广义的"白洋淀诗人群"。

③宋海泉：《白洋淀琐忆》，《诗探索》1994年第4期。

④佚名：《献给第三次世界大战的英雄》，《中国知青诗抄》，中国文学出版社1998年版。

而且还可能带来生命的危险。

芒克是“白洋淀诗人群”另一位代表人物，他的诗歌除了像多多那样以阴冷和绝望的风格表达对荒谬现实的批判之外，还以更加广阔和自由的情怀抒发对人生的思考和对自然的热爱，闪烁着深邃而健康的人性光芒。《太阳落了》一诗中，芒克用太阳的下落隐喻一代青年人的精神处境：理想崩毁，心灵坠入现实的黑夜。诗人用黑夜的“掠夺”与人的“呼救”的反复对抗和较量，表达了对时代的批判和对正义的守护。《路上的月亮》、《阳光中的向日葵》等诗中，芒克将那个制造贫困和苦难的年代送到了诗歌的被告席上，公开接受理性的审判。在人性扭曲、泯灭的年代里，生活显得是那样荒谬而令人绝望，以至诗人向“猫”发问：“你是人吗？也许你比人还可靠”，向“向日葵”致敬，“你看到了吗？你看到阳光中的那棵向日葵了吗？你看它，它没有低下头，而是在把头转向身后，它把头转了过去，就好像是为了一口咬断，那套在它脖子上的，那牵在太阳手中的绳索……”从迷茫追问到咬断绳索，我们可以明显感受到诗人强烈的反叛追求。

虽然没有“贵州诗人群”和“白洋淀诗人群”那样人员集中，在60年代末北京也活跃着一批“现代派诗人”，张郎郎曾经写过一篇回忆性散文，生动记述了这批人的文学活动，他们包括食指（原名郭路生）、郭沫若的儿子郭士英、戴望舒的女儿戴咏絮、张恨水的女儿张明明，以及后来成了著名画家的当时中央美院学生袁运生、潘曾、丁绍光、张士彦等①。他们组织文学小组，成立“太阳纵队”，在“文革”最混乱时期的“法制真空”中，发出自己独立的声音。

1967年，食指的第一首诗《再掀不起波浪的海》，写的就是红卫兵对狂热信仰的动摇与幻灭，接着又写出《命运》、《鱼群三部曲》、《我最后的北京》、《愤怒》、《相信未来》等诗作。这些诗歌典型地反映了红卫兵一代在“文革”中的悲哀与绝望，大胆率真地袒露了自己真实的灵魂苦闷与挣扎。如《相信未来》，“当蜘蛛网无情地查封了我的炉台，当灰烬的余烟叹息着贫困的悲哀，我依然固执地铺平失望的灰烬，用美丽的雪花写下：相信未来！当我的紫葡萄化为深秋的泪水，当我的鲜花依偎在别人的情怀，我仍然固执地望着凝露的枯藤，在凄凉的大地上写下：相信未来！”这首在“文革”期间已

①张郎郎：《“太阳纵队”的传说》，《今天》1990年第2期。

泛流传的诗歌,不知拨动了多少年轻人的心弦。杨健在《文化大革命中的地下文学》中曾对这首诗作过如此分析:“当千百万知识青年卧伏在草莽深处暗暗舔吮自己身上的创痕时,当昔日狂热被冷酷的现实击得粉碎时,当青年们苦闷地寻求出路时,这种孩子式的形而上的信仰尽管十分盲目,仍然能感动和鼓舞他们奋斗下去。”①1968 年 12 月 20 日下午 4 时 8 分,一列满载上山下乡知识青年的火车从北京开出。对于知识青年上山下乡运动,当时的诗歌界(公开发表)几乎是一片颂歌,欢欣鼓舞地引导“知识青年到农村去,接受贫下中农再教育”。然而,食指的《这是四点零八分的北京》写下的却是这样的诗歌:“我心骤然一阵疼痛,一定是/妈妈缀扣子的针线穿透了心胸。/这时,我的心变成了一只风筝,/风筝的线绳就在母亲的手中……”1974 年,食指写下了《疯狗》:“受够无情的戏弄之后,我不再把自己当作成人看。仿佛我就成了一条疯狗,漫无目的地游荡在人间。我还不如一条疯狗,狗急它能跳出墙院。而我只能默默地忍受,我比疯狗有更多的辛酸。”当主流诗坛在为“文革”、“上山下乡”等热情欢呼和纵情歌唱的时候,当一些诗人在政治指挥棒下大肆抒写工具诗的时候,食指们忠于内心,用诗歌的形式表达了他们这一代人丰富的内心世界,以及对极左政治、个人崇拜、强权暴力的冷静批判。

“有人评论食指为文革诗歌第一人,应该说这是一个恰当的评价。是他使诗歌开始了一个回归,一个以阶级性、党性为主体的诗歌开始转变为一个以个体性为主体的诗歌,恢复了个体的人的尊严,恢复了诗的尊严。”②在偶像崇拜、极权主义盛行的年代,正是有像食指这样“火炬”诗人的启蒙照亮,“沉重灰暗的帷幕笼罩,才被掀起了一只小角,显露出一片新的天地”③。虽然由于时代原因,除食指以外,这些地下诗人的作品罕有传世,但是他们却以宝贵的批判精神滋养、启示着后来的人们,为新时期启蒙思潮的到来肩起了“黑暗”的闸门。

第二节 个人话语空间的重建

1978 年 12 月 23 日,油印诗刊《今天》在北京的民间诗坛诞生,

①杨健:《文化大革命中的地下文学》,朝华出版社 1993 年版,第 89 页。

②③宋海泉:《白洋淀琐忆》,《诗探索》1994 年第 4 期。

这是“文革”时期以白洋淀为中心的地下诗歌的第一次公开亮相。它虽然是一份小小的油印刊物，却凭借食指、北岛、江河等一大批诗人的集体出场，拉开了诗歌革命的大幕。创刊号中，《今天》明确地把批判的视点投向了今天：“过去的已经过去，未来尚且遥远，对于我们这代人来讲，今天，只有今天！”①《今天》的创刊意味着这条承载着启蒙重任的地下河已经跃上地面，开始与中国当代社会现实展开对话。这里，我们不仅看到了“文革”时期地下诗坛的活跃人物食指、芒克等，而且看到了北岛、江河、舒婷、杨炼等一批新时期诗人。正是从“今天”出发，他们表达了“告诉你吧世界，我——不——相——信”的怀疑意识和“纵使你脚下有一千名挑战者，那就把我算作第一千零一名”的牺牲精神，对“文革”现实进行批判和清算，试图以一种舍我其谁的承担情怀，去续接迷失已久的“五四”精神，把属于人的权利重新归还给人。

朦胧诗的出现是荒谬时代在青年心灵上留下的投影和引发的回声，十年浩劫使一代青年人的心灵经历了一次特殊的洗礼，于狂热之后的冷静中萌生了强烈的悲愤之情。理想被撕碎之后的失落感和不堪回首的生活使他们情感低沉、痛苦、迷茫，但是，年轻的心却仍然拥有执著的追求和不可泯灭的希望。北岛主张：“诗人应该通过作品建立一个自己的世界，这是一个真诚而独特的世界，正直的世界，正义和人性的世界。”②这个世界的基点是北岛《宣告》中的诗行：“在没有英雄的年代里，我只想做一个人。”这两句诗几乎可以概括新时期之初思想启蒙的基本取向，“没有英雄的年代”是以往全部经验、梦魇的凝结，“上帝死了”，世界变得混乱、荒谬，没有人能够拯救我们，没有方舟可以渡我们出苦海，除了自救，别无他途。“做一个人”，一个不被扭曲、变形、异化的普通的人、平凡的人。“做一个人”既是他们的生存理想，也是他们批判荒谬世界的武器。比之食指宁愿是条“疯狗”的绝望，北岛、江河、杨炼、顾城等人无疑是幸运的，毕竟他们争取的权利是“做一个人”，而不是一条狗。“我还不如一条疯狗，狗急它能跳出墙院，而我只能默默地忍受，我比疯狗有更多的辛酸。假如我真的成条疯狗，就能挣脱这无形的锁链，那么我将毫不迟疑地，放弃所谓神圣的人权。”（食指《疯狗》）现在，“疯狗”已经跑远，“一个人”的目标正在走向清晰，走

①《今天》编辑部：《致读者》，《今天》1978 年创刊号。

② 北岛：《百家诗会》，《上海文学》1980 年第 2 期。

真实。

“做一个人”，让诗歌回到“人学”本位，让作家主体重回人道、人情、人性立场，尊重人的价值，关怀人的生命。尽管这一时期朦胧诗人笔下的“人道”还属社会化的“人道”，呈现的是个人与社会的对峙关系，还没有推进到自我反思的层面，但主体意识的觉醒已经成为新时期思想启蒙的主调。

首先，朦胧诗重新确认了个体生命的价值和意义。在很长一个时期，我们都生活在“国家”、“人民”、“集体”、“绿叶”、“螺丝钉”等“大我”观念中，不把个体的生命需要和精神祈向当回事，人为地把“人”分成对立性的两大阵营——“多数”与“少数”。“人民”一词常常因为失去具体的个人依托而变成一张虎皮，谁都可以假借它欺世盗名。事实上，当一些野心家频繁使用“人民”概念胡作非为的时候，真正的人民却失去了所指。朦胧诗人中，北岛、江河、舒婷、顾城等人在诗歌中把具体的、鲜活的个人从“人民”中分离出来，诗作不再用“我们”的口吻表述，而是公开使用“我”。“我如果爱你，绝不像攀援的冰霄花，借你的高枝炫耀自己，我如果爱你，绝不学痴情的鸟儿，为绿荫重复单调的歌曲……我必须是你近旁的一株木棉，作为树的形象和你站在一起”，一个鲜明的“自我”——作为“精神个体”的形象——出现在舒婷的诗行中。意识到“自我”的存在，热切地希望并努力争得主动去创造社会，而不是被社会所创造。没有理由认为这种分离是脱离人民或反人民的，恰恰相反，它把人民的内涵具体化、内在化了。个人不再被认为是人民之外、必须接受训导和改造的对象，而是其中的一个积极、主动的成员。郁达夫在总结“五四”成就时说：“‘五四’运动的最大成功，第一要算是‘个人’的发现”[①]。朦胧诗人的贡献之一就是把已被历史模糊了的“个人”意识续接了起来，重新确认生命的价值与意义，同时不断从精神指向和艺术要求出发，将其提升为一种社会的存在，一种自觉的精神追求。顾城曾说：“我们过去的文艺、诗歌，一直在宣传另一种非我的‘我’，即自我取消、自我毁灭的‘我’。如：‘我’在什么什么面前，是一粒沙子、一颗铺路石子、一个齿轮、一个螺丝钉。总之，不是一个人，不是一个会思考、怀疑、有七情六欲的人。如果硬说是，也就是个机器人，机器‘我’。这种‘我’，也许具有一种献

①郁达夫：《新文学大系·散文二集导言》，良友图书印刷公司1935年版。

身的宗教美，但由于取消了作为最具体存在的个体的人，他自己最后也不免失去了控制，走上了毁灭之路。新的'自我'，正是在这一片瓦砾上诞生的。他打碎了迫使他异化的模壳，在并没有多少花香的风中伸展着自己的躯体。他相信自己的伤疤，相信自己的大脑和神经，相信自己应作自己的主人走来走去。"①

其次，朦胧诗使人们普遍意识到自己的边缘地位，坚持从一个知识分子的启蒙立场，展开艺术创造。知识分子的边缘化本来是现代社会的一个重要特征，这既是"政治—文化"一体化社会体制解体后的被抛现象，也是觉醒的现代知识分子主动撤出文化中心地带的表现。这些人在现代社会形成了一个"自由漂浮"的阶层，以自由的精神、理性的向度在社会生活中发挥着批判现实、甄别优劣和重建价值的作用。在中国从传统向现代转型过程中，也曾经出现过这样一些边缘知识分子，他们不依附任何政治权威，站在边缘位置审视与批判社会现象和文化传统，如鲁迅的打破"铁屋"、"掀翻这厨房"的"立人"主张，胡风的"现实主义创伤"、"精神奴役说"，但后来随着阶级学说和"皮毛理论"的盛行，知识分子边缘处境被推向了极致，启蒙思想的传播者一变而为被启蒙的改造对象，接受贫下中农再教育，走与工农兵相结合的道路。朦胧诗人走出了这一带有宿命色彩的怪圈，自觉地行使个人话语权力，把诗人从为主流意识形态和公众代言的"他者"角色中解放出来，进入到另一个鲜活、自由的话语空间，实现了个体的重新定位。当然，这里的定位还没有超越时代的局限和个人认知的限度，仍透着"化大众"的精英意识，个体解放的背后仍然潜隐着明显的社会使命感和知识分子的"说教"愿望，北岛的诗，一副耶稣受难者的"自我"形象不用说了，舒婷的诗也有很多是公民意识极强的，如《祖国啊，我亲爱的祖国》、《风暴过去以后》、《一代人的呼声》，江河索性把主体融入抒情对象"纪念碑"中，极力行使话语中心的权力。随着市场因素的大举介入，文学迅速从意识形态中心撤退，知识分子的边缘化进一步加剧，甚至沦为"自言自语"式的独白，落得个"无人喝彩"的境地，关于这一点，90 年代诗歌的个人化写作对 80 年代的宏大叙事的反拨即是明证。

最后，重建个人话语空间。社会生活是诗歌的土壤，诗歌从

①顾城：《请听我们的声音》，《青年诗人谈诗》，北京大学五四文学社编 1985 年版，第 30 页。

生的那天起就注定要有所承担，但诗的创造又属于个人想象和精神空间的建构，任何形式的群众行为和强制人民化都是对“诗”的背叛。朦胧诗的诗学意义即在于将诗从政治、伦理、“人民”等功利化阴影下解放出来，提出“建立一个自己的世界”这个在当时来说相当先锋的诗学命题，并把一个具有复杂情感的自我塑造出来。这既是对前一时期口号诗、白话诗的反叛，也是“文革”后诗人第一次真实地表达自己的心声和感情。诗人们多用象征、意象、暗示、变形等手法表现自己痛苦而严肃的生命体验，强调通过感受来表达生命的意义、生活的思考。不过，朦胧诗中的“自我”不是存在着的人对自己生存价值的追问，而是“我们”这一代人（集体性名词）在审视和批判滋生愚昧、专制的社会温床，诗人们还未感受到那个焦灼的孤独的自我，即还未用血肉之躯去感受存在。朦胧诗之所以如此引起社会关注，是因为它代表了经历过“文革”历史的一代人对自我的确认。对人的价值和尊严的关怀、对人的心灵和生命的尊重是“文革”灾难在他们这一代人心中唤起的最珍贵的觉悟。他们反抗迷信，反抗专制，反抗愚昧，反抗群我，体现了新时期文学久违的启蒙理性。面对“文革”悲剧，他们不仅进行现象批判，而且走入历史深处，以极大的勇气表达了对民族悲剧命运的思考，并由此发出了人性回归的呼声。正是这种人的意识觉醒使朦胧诗与“五四”文学的人道主义和个性主义实现了遥远的对接。

当然，如果仅仅看到朦胧诗人对个体自我的关注是远远不够的，他们在以个人的特殊方式把握世界、言说思与诗的同时，并没有把自己封闭在自我感情的小天地。表现自我对于他们来说，既意味着忠实于自我内心的感受，也与前辈那种违背自我内心而接受流行概念和价值的“非我”做法划清了界限。事实上，朦胧诗人虽然不屑于做意识形态的传声筒，但他们并不逃避现实，恰恰相反，他们有很强的责任感，甚至有着悲壮的牺牲精神。这从北岛、江河、顾城、舒婷等人的创作和言论中都可以看出。他们愿意“沿着同伴用失败探明的航线，去发现新的大陆和天空”，并且要用自己的诗歌“去驱逐罪恶的阴影”，去“照亮苏醒或沉睡的人们的心灵”，“为了下一代比我们更高大，我们需要更多、更大、更洁净的窗子”①。在他们心目中，诗歌本身就是可以照亮人的窗子。他们悲

①顾城：《“朦胧诗”问答》，《青年诗人谈诗》，北京大学五四文学社编 1985 年版，第 38 页。

壮地表示:"如果海洋注定要决堤,就让所有的苦水都注入我心中"(北岛《回答》),"如果鲜血会使你肥沃,明天的枝头上,成熟的果实,会留下我的颜色"(北岛《结局或开始》)。他们知道,"肩上越是沉重,信念越是巍峨"(舒婷《也许》),并且相互鼓励着:"希望,而且为它斗争,请把这一切放在你的肩上"(舒婷《这也是一切》)。从这个意义上说,朦胧诗的抒情主体带有鲜明的英雄主义色彩。

第三节　宏大主题的消解

1985 年,随着音乐、美术领域前卫艺术的出现和以刘索拉、徐星、莫言、残雪、马原、洪峰、格非、苏童、余华、孙甘露等人为代表的先锋小说的兴起,实验诗也在这一年以其驳杂的面目出现在人们面前[①]。实验诗以先锋姿态出现,并以语言还原为切入口,遍布各地的诗群——"莽汉主义"、"非非主义"、"他们"、"大学生诗派"、"撒娇派"从不同层面、不同立场出发进行先锋"突围"。"莽汉主义"以对"崇高"和"英雄"进行亵渎的姿态出现,以"捣乱、破坏以至炸毁封闭式或假开放的文化心理结构"为宣言,作品中表现了一种"反文化"的姿态。莽汉主义的成员有万夏、胡冬、李亚伟、马松等,他们自称是"腰间挂着诗篇的豪猪",受到美国五六十年代"垮掉的一代"诗人的影响,有些作品带有明显的模仿痕迹。"非非主义"主张反文化、超语言,用反语言来反文化,拆解能指与所指的固定关系,反抽象,反隐喻,甚至反能指,代表诗人有周伦佑、杨黎、何小竹等。"他们"宣称"我们关心的是诗歌本身,是诗歌成其为诗歌……我们关心的是作为个人深入到这个世界中去的感受、体会和经验,是流淌在你(诗人)血液中的命运的力量。"[②]"大学生诗派"主张消灭意象,认为"诗歌是一种由语言和语言的运动产生美感的生命形式"。上述先锋诗的实验宣言使朦胧诗人们感觉"潮水已经漫到脚下"[③],产生出一种行将过时的心理焦虑。维特根斯坦曾说,"神秘的不是世界是怎样的,而是它是这样的"。先锋到底是一个怎样的概念呢?这也许是每一个诗人包括诗学研究者不得不回答的一个问题。

之所以称这些探索性的诗歌流派为实验诗或先锋诗,原因主要在于它们的诗歌主张显示了与主流意识形态和朦胧诗潮的某种

①也有学者称其为"后朦胧诗"、"后新诗潮"或"第三代诗"。

②韩东:《〈他们〉、人和事》,《今天》1992 年第 2 期。

③王光明:《艰难的指向——"新诗潮"与 20 世纪中国现代诗》,时代文艺出版社 1993 年版,第 197 页。

冲突、叛逆。虽然在冲突、叛逆程度上，各个流派之间互有差异，但“非非主义”代表人物周伦佑在分析这一时期的先锋诗时指出，对待“叛逆”基本有两种观点：“其一，认为是诗的审美观念嬗变，以韩东、周伦佑、于坚为代表。其二，认为是‘态度’的叛逆，将第三代诗划分为以现代意识反观古典文化的现代的史诗和以表现人与文化的对抗与冲突为动意的反文化诗潮，前者以杨炼、江河、欧阳江河、宋炜为代表，后者以蓝马、杨黎、李亚伟、于坚、廖亦武、韩东等为代表”①。无论是观念嬗变还是姿态叛逆，一句话，先锋的姿态就是“非崇高”、“非文化”、“非修辞”。如欧阳江河的《手枪》：“手枪可以拆开，拆作两件不相关的东西，一件是手，一件是枪，枪变长可以成为一个党，手涂黑可以成为另一个党，而东西本身可以再拆，直到成为相反的向度，世界在无穷的拆字法中分离，人用一只眼睛寻找爱情，另一只眼睛压进枪膛，子弹眉来眼去，鼻子对准敌人的客厅，政治向左倾斜。”这类诗歌大多表现出用生命反抗“文化对人的异化”，以生命、人本和某种程度的非理性对抗理性、意义乃至语言的价值向度，不仅迥异于“十七年文学”中的“国家”、“人民”、“集体”观念，而且也区别于朦胧诗中的个体自我、自由独立等启蒙思想，它们是中国现代诗的一个异类，是后现代主义文学之一种，是对一元中心的一种削平。

作为文化载体的语言体系，有一套历史积淀下来的意义符号系统，在西方被称为理性的形而上学传统，依据这一传统，凡“能指”必有一固定“所指”，而且这种对应关系是为理性先在预设的，内容是社会历史、公众行为、话语权力、体制文化赋予的，而实验诗的语言革命的目标就是要拆解这种结构。首先，他们强调“能指”的独立性，否定能指与所指之间的固定关系，使能指直觉化、形式化、视觉化。其次，他们强调语言还原，消除文化、历史话语的规定性，用直觉去把握能指，而不是用逻辑去理解和阐释所指，强调现象学意义上的回到事物本身，将本质、永恒、崇高、理想等逐出诗的理想国。对此，于坚的说法是“过去时代的诗歌精神——一言以蔽之，鲁迅，是过去时代最伟大的诗人。呐喊，作为那个时代的主调，作为一种狂飙突进的、青春朝气的、号角般的、英勇悲壮的、爱憎分明的与中国政治生活相濡以沫的浪漫主义，造就了许多杰出的歌

①周伦佑：《第三代诗与第三代诗人》，周伦佑编：《亵渎中的第三朵语言花》，敦煌文艺出版社1994年版。

手和黄钟大吕之作，它最终声嘶力竭成为单纯时代精神的传声筒，在70年代走到终极。作为自己时代的逆子，北岛们是那时代最后一批诗人"①。北岛的所指是社会与文化，杨炼的所指是文化与历史，而先锋诗人则直接指向生命。前者是社会的、历史的、理性的，而后者是身体的、现在的、碎片的；前者指向外部的社会、历史、文化，而后者指向诗本身、诗的能指与诗人自己的血肉之躯——生命直觉。这里，朦胧诗语言的真实性已经消失，历史在维特根斯坦所言的直觉中被迫昭示——我们时代的一切写作，尤其是诗歌的写作，"已卷入与语言的搏斗中"。

在先锋诗人眼中，朦胧诗基本上是用语言隐喻外在的人与事，而语言内部所受到的语义"污染"从未被怀疑过，诗歌整体上仍然是在一种古典的语言规约的确定性中滑行，缺少对语言内部复杂性的窥视。正是在这种语境下，先锋诗人们提出了"净化语言"、"语言革命"的口号，宣称诗歌写作已进入一个个人化时代，继之，作为一种语言策略，非神圣化、平民化、口语化被提了出来。如于坚的《车过黄河》："列车正经过黄河，我正在厕所小便，我深知这不该，我应该坐在窗前，或站在车门旁边，左手叉腰，右手作眉檐，眺望，像个伟人，至少像个诗人，想点河上的事情，或历史的陈账，那时人们都在眺望，我在厕所里，时间很长，现在这时间属于我，我等了一天一夜，只一泡尿功夫，黄河已经远去。"母亲河的神圣性消解了，文化破败了，诗在口语、粗俗、破碎中安家落户。在对朦胧诗所借助的语言规约的反叛中，先锋诗很快衍生出一种新的诗歌观念——现代诗歌应该在一场激进的语言实验中来重新塑造自己，充分拓展写作的可能性。用罗兰·巴尔特的话来说，就是"陈旧的价值不再被承继，不再被流传，不再引人注意。文学遭到了非神圣化的洗礼，……但这并不是说文学已被消灭，而只是说它不再被看守了，因此这才是真正从事文学的时代"②。这段文字可以看作是先锋诗的潜在宣言，为诗歌的非神圣化进行张目。换句话说，诗歌的非神圣化在我们时代的特殊语境中是对艺术神圣性的别一种看守。奇怪的是，当代诗歌写作的非神圣化竟被简单地演化为生活化、世俗化、粗鄙化，写作的个人随意性反倒被重新神圣化了。先锋诗人沉浸于个人无限制的语言快感中，无暇进行任何自省，这时

①于坚：《诗歌精神的重建》，陈旭光编：《快餐馆里的冷风景·诗歌诗论卷》，北京大学出版社1994年版。

②罗兰·巴尔特：《符号学原理》，三联书店（北京）1988年版，第131页。

写作的可能性实际上被写作的随意性悄悄替换,为写作行为的无休止发泄所淹没。于是,先锋诗迅速裂变成为一种语言自身的行动,诗歌写作的不及物性由此诞生。

当写作行为发现它自身就是目的的时候,针对诗歌的写作不再走向诗歌,而是开始作为一种独立的语言行为直奔写作本身。用诗评家臧棣的话来说:"诗歌的写作已膨胀为写作借助诗歌发现它自己语言力量的一种书写行为本身。"① 如蓝马的诗《世的界》,标题本身就表明了拆解所指的意图,仿佛在一个"纯然而在"的"前文化空间"对"世界"重新命名:"谁来看了,石头在石头上,水在水上,像海鸥,帆在帆上,而鸽子,在鸽子之上……"陈旭光在评论这首诗时,认为"诗人把'石头'、'水'、'鸽子'、'帆'等语符的原始意义都一一还给了这些自在着的物自身,这种物自身'纯然而在'的状态确实带给我们强烈的陌生化感觉。"② 长久地滞留在罗兰·巴尔特所发现的写作的不及物性上③,对于先锋诗人来说,意味着一种表述的欢悦,一种在文学符号网络中滑倒的可能,其终极境界就像布罗茨基在《蝴蝶》一诗中描绘的那样,"写出的一行行诗句,毫无目的"④。

当诗歌在先锋诗人笔下幻化成一种不及物的写作行为时,诗歌的写作径直朝向海德格尔所说的存在的"敞开"。先锋诗人迫切渴望摆脱以往唯我独尊的文学经验,让诗歌直接与生存状况对话。在他们眼里,先锋诗歌以前的中国现代诗歌几乎仅限于同经验化的现实世界打交道,而不是一种向存在敞开的诗歌。比如,朦胧诗由于自觉地为一种受抑制的话语代言,它必须在表达上借助于传统文本范畴中的经验成分,而在先锋诗里,文学经验已被认为是严重妨碍诗歌感受力在表达上保持完整和本真的一种外在因素,他们要求诗歌摆脱对文学经验的依赖,转而同写作的主体存在和生命的原初体验融合起来。随之而来,在先锋诗那里,写作有意避开对峙的话语系统,拒绝任何意识形态色彩的介入。先锋诗人注意到,在朦胧诗那里,如同意识形态禁忌"改写"诗歌那样,与意识形态禁忌的对峙也在另一种意义上挤兑着诗歌。他们不愿意诗歌的感受力受对峙主题的制约,如果说北岛手中的镜片折射了"大写"的人的悲剧形象及其社会意义,将作为个体的人归还给了人,那么

①臧棣:《后朦胧诗:作为一种写作的诗歌》,《中国诗选·理论卷》,成都科技大学出版社 1994 年版。

②陈旭光:《语言的觉醒》,《山花》1994 年第 9 期。

③转引自乔治·卡勒:《罗兰·巴尔特》,三联书店(北京)1988 年版,第 114 页。

④转引自臧棣:《后朦胧诗:作为一种写作的诗歌》,《中国诗选·理论卷》,成都科技大学出版社 1994 年版。

先锋诗人们则收集起被自己砸碎的镜片来折射他们局部的身影、他们感官的生命体验。但无论怎样，镜片终归是要成像的，“意义”终归是不可逃避的，而这意象、意义在先锋诗人那里又如何寻找到呢？

第四节 “告别”声中的诗学景观

1979 年，北岛在《宣告》中写下了“在没有英雄的时代，我只想做一个人”。如果说可以用诗歌为历史编年的话，我愿意把《宣告》看作是对时代的一种命名，一种夹杂着复杂情感的个人心灵史的命名。依据语言学家索绪尔的理论，从“符号与符号之间的关系”①角度看，在上述文本进入经典阅读时，词的所指与能指关系是单一的、明确的、不容置疑的，它们呈现的是思想观念上的对抗性——个体与群体、专制与民主。在社会运动连续不断的年代里，这类诗歌所以能得到广大群众的普遍认同，并进而引发群众性的语言狂欢，是因为在这样的社会中，一切艺术包括诗人的写作都处在功能性的活动之中。“黑夜给了我黑色的眼睛，我却用它来寻找光明”（顾城《一代人》），“我常常想，生活应该有一个支点，这支点，是一座纪念碑”（江河《纪念碑》），个人话语与国家话语的有机结合，使它们成为一代人孜孜以求的目标。思想观念的对抗性规定着当时每一个人的命运走向，同时，它也不断赋予人们写作的想象力和不断喷涌的激情。

进入 90 年代，诗歌景观和诗学特征发生了很大变化，程光炜称其为“另一意义的命名”，他说，90 年代不仅是一种时间上的指称，而且是一种观念的转变、一种“告别”②。欧阳江河认为，90 年代是一个重要的不容回避的中断：“一个主要的后果是，在我们已经写出和正在写出的作品之间产生了一种深刻的中断。每个人心里都明白，诗歌写作的某个阶段已大致结束了。许多作品失效了，就像手中的望远镜被颠倒过来，已往的写作一下子变得格外遥远，几乎成为隔世之作。”③作为一种“知识形构”④，80 年代或许很长一个时期的文学经验在一代或几代人的写作中建立起一套相当严密的价值体系，人们已经习惯于在这种话语的支配下思考和生活

①索绪尔：《普通语言学教程》，商务印书馆 1999 年版，第 16 页。

②程光炜：《90 年代诗歌：另一意义的命名》，《山花》1997 年第 3 期。

③欧阳江河：《’89 国内诗歌写作：本土气质、中年特征与知识分子身份》，《南方诗志》1993 年夏季卷。

④英文单词为 discursive formation，这是福柯“人文科学考古学”的一个重要范畴，是指某一时期全社会共同的知识背景和认知条件，它是一个时代的共识或自成一体的“知识空间”。福柯认为，自文艺复兴以来西方的知识空间里，占主导地位的是“相似性”，即人们认识一个事物总是要与其他事物类比。17—18 世纪以后，在新的知识空间里，占主导地位的是差异性原则。见《词与物——人文科学考古学》，三联书店（上海）2001 年版，第 276—325 页。

即使偶有怀疑,也局限在很小的范围中,启蒙路径的指向不过是经由“立人”手段而达于“立国”目的。“他们反复提到自己国家的名称,注意到‘我们’这一集合词:我们应该做些什么,我们应该怎样做,我们不应该做些什么,我们如何能够比这个民族或那民族做得更好,我们具备自己独有的特性,总之,他们把问题提到了‘人民’的高度上。”①《纪念碑》中,江河从个人与国家、小我与大我的关系入手,让诗承担起“人民”的隐喻功能。“我想,我就是纪念碑。我的身体里垒满了石头,中华民族的历史有多么沉重,我就有多少重量,中华民族有多少伤口,我就流出过多少血液。”令人惊叹的是即使在如此沉重的情形下,诗人仍保有对历史编排的非凡能力,希望做一块见证中华民族的过去、现在与未来的“纪念碑”。

与80年代相比,90年代诗歌的“告别”行为主要是从两个方面展开的。一、它要求诗人与自己熟悉的知识谱系分离,与“启蒙”、“理性”、“永恒”、“终极”等截然不同的另一套诗歌话语相适应,他们要习惯在没有“崇高”、“超越”、“对立”、“中心”等词语的知识谱系中思考与写作,并采取一种相对的、自嘲的、喜剧的叙述立场。写作依赖的不再是风起云涌、变幻诡异的社会生活,而是个体存在的经验的内心世界。用欧阳江河的话来说,90年代诗歌“结束群众写作和政治写作这两个神话”②,实现了由80年代普遍存在的对抗写作、意识形态写作到具有知识分子精神和文化责任感的个人化写作的转变。二、对“诗就是诗”的本体论的重视。很长一个时期以来,诗歌都是以社会运动“先声”的阐释者面目出现的,在根深蒂固的诗学观念里,大多数诗人也以获得“桂冠”头衔而非诗人身份为满足。在这种“知识形构”中,诗人的写作很少能成为个人内心生活的见证,而是自觉自愿地充当起政治、伦理乃至专制的“辩护人”。因此,从“诗是社会生活的诠释者”到“诗就是诗”的观念转换,意味着诗人的职责不再是单纯的求真、求善、求美,而是对于语言潜能的挖掘,诗人的天职在于寻求语言表现的可能性,是为语言的理想存在而写作的。

诗人“知识形构”与职责的转变引发了90年代诗歌走向的整体变动。首先是对诗人知识分子身份的置疑。在当代诗歌的现代化进程中,知识分子的思想启蒙始终是一个未完成的话题,从“五

①杰姆逊:《晚期资本主义的文化逻辑》,三联书店(北京)1997年版,第516页。

②欧阳江河:《'89国内诗歌写作:本土气质、中年特征与知识分子身份》,《南方诗志》1993年夏季卷。

四”运动的发起者到工农兵改造时的被动者，从中心到边缘，从“广场”到“民间”，几经反复，知识分子身份一直悬而未决，90 年代，身份认同更加变得暧昧、可疑。在欧阳江河看来，说诗人是“知识分子有两层意思，一是说明我们的写作已经带有工作的和专业的性质，一是说明我们的身份是典型的边缘人身份，不仅在社会阶层中，而且在知识分子阶层中我们也是边缘人，因为我们既不属于行业化的‘专业性’知识分子，也不属于‘普遍性’知识分子”①。诗人属于哪一种？两者似乎都是，似乎又都不是，处于一种尴尬的“悬置”位置。西川倾向于获得一种未经限定的知识分子的写作立场，他说：“我们并不缺乏良知和善恶观，但作为诗人，我们必须有另一种思维方式。”这种思维方式不是指写作的哲学化倾向，而是指哲学、伦理、历史、宗教等的美学意义，“我对在诗歌语言表面做手脚并不感兴趣，我要求诗歌语言表面的流畅和完整暗含着内在质地的悖论和破碎”②。

事实上，知识分子写作不是通常而言的阶层确认，而是对“知识分子”概念的一种质疑与廓清。一方面，作为一个诗人，他（她）必须坚持一种理想化的灵魂状态；另一方面，他（她）也深切地感受到“坚持”之不可能。正因为此，诗人与他的“写作”行为之间呈现一种微妙的互文关系，很大程度上，写作就意味着他与它必须时时证实双方的“在场”，并最大限度追求双方“在场”可能达到的想象张力。在张曙光的《西游记》中，知识分子便有着双重面孔：一个坐在书房里发呆，另一个是愤怒的青年。在肖开愚的《国庆节》里，一个是精神逃亡的悲剧诗人，另一个是对女性充满准色情心理的幻想者：“漂亮的检票员突出的嘴唇为了有力的接吻？”就王家新来说，80 年代，他的叙说是激烈的、对抗的、不容反驳的，90 年代，他的叙说变得不确定起来、互相消解起来。在《雪》、《挽歌及其他》中，我们看到两个截然不同的王家新：一个是仍在书写心灵之痛的王家新，另一个是陷入世俗生活荒诞存在中的王家新。读者必须学会在纪念碑与私房间、图书馆与咖啡屋、悲剧英雄与喜剧人物、寓言背景与夜游呓语的混置、复合中进入文本，才能读懂 90 年代知识分子写作的复杂内涵。

作为一个与知识分子写作呈互文性关联的诗学范畴，个人写

①欧阳江河：《'89 国内诗歌写作：本土气质、中年特征与知识分子身份》，《南方诗志》1993 年夏季卷。

②西川：《与弗莱德·华交谈一下午》，《山花》1997 年第 4 期。

作体现了诗人在90年代语境下处理个人与世界、个人与写作关系的一种努力，诗歌界较早谈论个人与写作关系的是欧阳江河，此后王家新、肖开愚、孙文波、唐晓渡、王光明、程光炜等人分别作了进一步阐释。一、个人写作是建立在对话语差异性的认可之上的。何为个人写作？王家新说："个人写作并不等于风格写作或个性写作"，"它是在特定的历史语境中提出来的"，"抽去了'个人写作'的历史背景及上下文，它就什么也不是。"① 个人写作与集体主义、意识形态的关系并非是简单的二元对立，"其意义在于自觉摆脱、消解多少年来规范性意识形态对作家、诗人的支配和制约，摆脱对于'独自去成为'的恐惧，最终达到能以个人的方式来承担人类的命运和文学本身的要求。"② 个人写作在摆脱、消解意识形态对写作的控制和干预同时，也意味着在一种既定的语境中如何处理与它的多重关系——既不是对抗也不是逃避，而是"拒绝"中的"承担"。二、个人写作的提出还是针对现实语境而言的，在意识形态、大众文化和商业文化的集体狂欢的当下，它"体现为当今时代对一种个人精神存在及想象力的坚守，带有一种与社会主流文化差异的性质。"③ 三、个人写作不同于私人写作和身体写作，它是一种超越个人的写作，坚持把个人置于时代语境和广阔的文化视野中来处理，坚持以一种非私人化的并且富于想象力的方式来处理个人经验，对来自各个领域的权势话语和集体意识保持警惕，把差异性放在首位，并将之提高到诗学的高度，防止将诗歌变成简单的社会学诠释品。

其次是对"纯诗"主张的反思。与知识分子身份认同焦虑同时展开的还有对"纯诗"主张的反思，王家新说，"我们应从我们今天而非马拉美的那个时代来重新认识'纯诗'，或者说我们应用'文本的间离性'来代替'文本的自律性'"，要坚持用"历史化的眼光来看诗事物"，包括文学发展史上的"纯诗"主张④。后来，臧棣在探讨诗歌的对峙主题时，也认为，"更为普遍的看法是，将这种对峙的艺术仪式作为一种潜在的话语情境，或一种隐含的隐喻结构来加以运用，以期在不拘一格的艺术视野中挖掘尽可能多的诗意，更深切地触及我们在本土现实中所意识到的具有普遍意义的人的困境、希望、欢悦、悲痛和存在的奥义"⑤。应当说，王家新、臧棣对"纯诗"写作的反思，既说明了纯诗写作的不可能性，也指出了先锋写作的危

①②③王家新：《夜莺在它自己的时代——关于当代诗学》，《诗探索》1996年第2期。

④王家新、陈建华：《在诗与历史之间》，《山花》1996年第12期。

⑤臧棣：《后朦胧诗：作为一种写作的诗歌》，《中国诗选·理论卷》，成都科技大学出版社1994年版。

机,文学创作是社会历史的产物,它在追求"美"的同时也必然会触及"真"与"善"等问题。在这方面,90 年代诗学发生了根本转变,诗歌包括诗人不再是独立于历史之外的审美自足体,而是历史活动的一个话语场。诗歌包括诗人的写作可以隐喻历史的活动,比如悲伤、欢乐、存在的复杂,它与历史的关系是一种互文共存的关系,诗歌既不是站在历史的对立面,也不是站在历史的背面,它竭力维护和追寻的是一种复杂的诗艺,并从中获得写作的欢乐。这正是西川所言的"我是一个百分之五十的诗人"①,是钟鸣所说的"对词语冒险的兴趣,显然大于对观念本身的兴趣"②,因此,反思"纯诗"主张并不意味着否定审美追求与对峙主题,而是相反,要把各种题材和手段纳入写作者的视野,重新加以利用。

最后是对叙事性的引入。随着写作视野的开阔,90 年代诗歌的叙事功能显著增强,对此,张曙光、孙文波、臧棣等相继进行了阐释。张曙光说,一定意义上,"叙事性"的提出是对 80 年代浪漫主义和布尔乔亚抒情诗风的纠偏,它修正了诗与现实的既定关系。孙文波说:"诗歌与现实不是一种简单的依存关系,不是事物与镜子的关系。诗歌与现实是一种对等关系,这种对等不产生对抗,它产生的是对话。"③与张曙光、孙文波力主"叙事"略有不同,臧棣在肯定"叙事"的同时,有所保留。他说,90 年代诗歌最基本的写作策略是"它将'诗歌应是怎样的'、中国现代诗歌'应依傍什么样的传统'等诗学设想暂时搁置起来,先行进入写作本身,在那里倾尽全力占有历史所给予的写作的可能性;让中国现代诗歌的本质依附于诗歌的写作,而不是相反"④。臧棣使用的不是"叙事",而是"策略",这说明他无意使之成为写作的一种新的霸权,所以他认为存在着一个"写作的限度",也即叙事的限度。臧棣对叙事权力的警惕在西川的表述中得到了不期而遇的回应,西川说,叙事在他的写作中只是一部分手段,而非全部,诗歌的因素还应有抒情性、戏剧性。"叙事不指向叙事的可能性,而是指向叙事的不可能性……所以与其说我早在 90 年代的写作中转向了叙事,不如说我转向了综合创造。既然生活和历史、现在与过去、善与恶、纯粹与混沌处于一种混生状态,为什么我们不能将诗歌的叙事性、歌唱性、戏剧性熔于一炉?"⑤在叙事之外,西川为诗歌指出了一条综合创新之路。

① 西川:《与弗莱德·华交谈一下午》,《山花》1997 年第 4 期。

②钟鸣:《黑夜里的索歌·序》,改革出版社 1997 年版。

③孙文波:《我的诗歌观》,《阵地》1995 年第 5 期。

④臧棣:《后朦胧诗:作为一种写作的诗歌》,《中国诗选·理论卷》,成都科技大学出版社 1994 年版。

⑤ 西川:《大意如此·序》,湖南文艺出版社 1997 年版。

从叙述的策略上说，抒情成分的减少，叙事成分的增加，也意味着 90 年代诗人对诗歌本体认识的加深。一方面诗人修正了“诗歌必须表现情感”的传统诗观，认为“情感进入诗歌中，仅仅是一种形式的要素”，而“叙述的方法比情感在诗歌上的构成更重要”①。另一方面诗人意识到叙事也有它自己的限度。诗歌中的抒情倾向在 80 年代曾经辉煌一时，但随着趋之若鹜的模仿，单纯的抒情化写作再也不能满足诗人对创新的渴望，西川说：“在抒情的、单向度的、歌唱性的诗歌中，异质事物相互进入不可能实现。既然诗歌必须向世界敞开，那么经验、矛盾、悖论、噩梦，必须找到一种能够承担反讽的表现形式，这样，歌唱的诗歌必须向叙事的诗歌过渡。”②于是，叙事作为一种重要手段被引入诗中，王家新通过《瓦雷金诺叙事曲》、《词语》、《临海的房子》、《纪念》等一系列诗作让叙事在诗歌中大规模“出场”，他甚至要求诗歌“讲出一个故事来”③。与王家新相比，孙文波诗中的叙事倾向更加明显，《在无名的小镇上》、《在西安的士兵生涯》单单从题目上看，即能感受到浓厚的叙事气息。

其实，叙事性作为对 80 年代先锋写作“不及物”倾向的纠偏而被提倡，与其说它是一种手法，对写作前景的一种预设，毋宁说是一次对困境的发现和走出困境的努力。叙事并不是一劳永逸的，它仅仅是打破僵局的一种策略，并不排斥抒情的介入，它呼唤的实际上是一种综合能力。本来，相对于 80 年代的狂热抒情而言，诗歌写作中的叙事性在 90 年代的显现与重构，的确拓宽、丰富了诗歌写作的可能与空间，它在一度弱化、销匿之后，于近年诗歌中的出场，的确给我们带来了一种新鲜感和特殊的意义。如果按照本雅明的理解：“心灵、眼睛和双手的那种古老关系……则是我们所发现的手工劳动的关系，叙事性艺术就驻足在这种关系之中。”④我们在肯定诗歌创作中的叙事性的同时，也应保持一份清醒。对诗歌史常识的健忘所造成的“迎新庆典”并不可怕，可怕的是在人们唱诗班式地争相恭迎的时候，灵魂、思想、精神却在众声喧哗中缺席。

①孙文波：《我的诗歌观》，《阵地》1995 年第 5 期。

②西川：《大意如此·序》，湖南文艺出版社 1997 年版。

③王家新：《讲出一个故事来》，《为您服务报》1995 年 8 月 31 日。

④本雅明：《机械复制时代的艺术》，三联书店（香港）1992 年版，第 53 页。

主要参考文献

梁启超:《饮冰室合集》,中华书局 1989 年版

梁启超:《梁启超选集》,上海人民出版社 1984 年版

陈独秀:《独秀文存》,安徽人民出版社 1988 年版

胡适:《胡适文集》,北京大学出版社 1998 年版

李大钊:《李大钊文集》,人民出版社 1984 年版

鲁迅:《鲁迅全集》,人民文学出版社 1981 年版

郭沫若:《郭沫若选集》,人民文学出版社 1997 年版

《中国新文学大系:1917—1935》,良友图书印刷公司 1935 年版

沈从文:《沈从文文集》,三联书店(香港)1983 年版

李泽厚:《李泽厚十年集》,安徽文艺出版社 1994 年版

张炯、邓绍基、樊峻主编:《中华文学通史》,华艺出版社 1999 年版

杨义:《中国现代小说史》,人民出版社 1998 年版

钱中文:《现实主义和现代主义》,人民文学出版社 1987 年版

洪子诚、孟繁华主编:《当代文学关键词》,广西师范大学出版社 2002 年版

杜书瀛、钱竞主编:《中国 20 世纪文艺学学术史》,上海文艺出版社 2001 年版

钱理群、吴福辉等主编:《中国现代文学三十年》,上海文艺出版社 1988 年版

温儒敏:《中国现代文学批评史》,北京大学出版社 1994 年版

朱寨主编:《中国当代文学思潮史》,人民文学出版社 1987 年版

陈平原、夏晓虹主编:《20 世纪中国小说资料》,北京大学出版社 1989 年版

杨匡汉、孟繁华主编:《共和国文学 50 年》,中国社会科学出版社 1999 年版

程光炜、吴晓东等主编:《中国现代文学史》,中国人民大学出版社 2000 年版

刘纳:《嬗变——辛亥革命时期至五四时期的中国文学》,中国社会科学出版社 1998 年版

王晓明主编:《二十世纪中国文学史论》,东方出版中心 1997 年版

陈思和:《中国新文学整体观》,上海文艺出版社 2001 年版

陈晓明:《表意是焦虑——历史祛魅与当代文学变革》,中央编译出版社 2002 年版

杨守森主编:《二十世纪中国作家心态史》,中央编译出版社 1998 年版

韩毓海:《锁链上的花》,时代文艺出版社 1993 年版

孟繁华:《梦幻与宿命》,广东人民出版社 1999 年版

陈继会:《二十世纪中国小说文化精神》,东方出版社 2002 年版

李新宇:《中国当代诗歌艺术史》,浙江大学出版社 2000 年版

王铁仙、杨剑龙等:《新时期文学二十年》,上海教育出版社 2001 年版

陈国恩:《浪漫主义与 20 世纪中国文学》,安徽教育出版社 2000 年版

宋剑华:《百年文学与主流意识形态》,湖南教育出版社 2002 年版

许纪霖主编:《20 世纪中国思想史》,东方出版中心 2000 年版

李学勤:《道德理想王国的覆灭》,三联书店(上海)1994 年版

徐贲:《走向后现代与后殖民》,中国社会科学出版社 1996 年版

周宪:《超越文学》,三联书店(上海)1997 年版

王岳川:《后现代主义文化研究》,北京大学出版社 1992 年版

高瑞泉主编:《中国近代社会思潮》,华东师范大学出版社 1996 年版

张保明:《自由神话的终结》,三联书店(上海)2002 年版

谢少波:《抵抗的文化政治学》,中国社会科学出版社 1999 年版

李欧梵:《现代性的追求》,三联书店(北京)2000 年版

陈建华:《革命的现代性——中国革命话语考论》,上海古籍出版社 00 年版

黄子平:《"灰阑"中的叙述》,上海文艺出版社 2001 年版

赵毅衡:《礼教下延之后中国文化批判诸问题》,上海文艺出版社 01 年版

唐小兵:《英雄与凡人的时代——解读 20 世纪》,上海文艺出版社 01 年版

刘小枫:《现代性社会理论绪论》,三联书店(上海)1998年版

《新青年》、《新潮》、《每周评论》、《东方杂志》、《小说月报》、《新月》等"五四"时期有关报刊

康德:《历史理性批判》,商务印书馆1996年版

阿历克斯·英格尔斯:《人的现代化》,四川人民出版社1985年版

兰德曼:《哲学人类学》,上海译文出版社1988年版

罗兰·巴尔特:《符号学原理》,三联书店(北京)1988年版

米兰·昆德拉:《小说的智慧》,时代文艺出版社1992年版

卡西尔:《人论》,上海译文出版社1985年版

伽达默尔:《真理与方法》,辽宁人民出版社1987年版

瓦尔特·本雅明:《发达资本主义时代的抒情诗人》,三联书店(北京)1989年版

阿伦·布洛克:《西方人文主义传统》,三联书店(北京)1998年版

霍布豪斯:《自由主义》,商务印书馆1996年版

让—伊夫·塔迪埃:《20世纪的文学批评》,百花文艺出版社199年版

福柯:《词与物——人文科学考古学》,三联书店(上海)2001年版

Hayek, *Politics, Economics and History of Ideas*, Routledge an Kegan Poul, 1978.

Fredric Jameson, *The Prison-House of Language*, Princeton University Press, 1972.

Fredric Jameson, *The Political Unocnscious*, Cornell Universi Press, 1981.

Attridge Derek, Geoff Bennington, and Robert Young, *Post Structu alism and the Question of History*, Cambridge University Press, 1987.

Meisner, Maurice, *Marxism, Maoism and Utopianism*, Wiscons University Press, 1982.

后记

思想史研究侧重的是对时代、社会、个人业已产生重大影响的思潮、观念和公共意识，它不仅要回应一系列为社会、时代接纳或拒斥的价值体系和思维范式，而且还要阐释其与意识形态、社会心理、时代精神的复杂关联。就20世纪的中国来说，思想史的发生与救亡图存的民族危机、中西文化碰撞下的价值危机密不可分，围绕国家秩序和价值意义的重建等问题，西方多种社会、文化思潮被引进中国，被启蒙先驱作为“科学”、“民主”利器加以传播。这一过程中，文学作为思想的承载物，既感应、传播着思想，也生成、建构着思想，从而为新民、启蒙、革命提供可能。同时，由于文学与思想之间以语言为中介实现价值的特殊性，一方面，思想在经由文学和其他媒体为人们接受时，有一个选择、对话的过程；另一方面，文学在感应思想时，也有一个审美内化、浸润的问题，所以，当本身就指涉多向的思潮流派，一经文学话语的转换与建构，愈发呈现杂陈状态。有的因为在中国传统中找寻到文化支持而长期扎根生长；有的因为远离中国国情，虽经广泛阐发，但仍昙花一现，倏然流逝；有的则在后来新的历史条件下重现和演化；有的则一直在少数知识分子范围里传承流布……

新时期，随着“文革”的结束和权威主义的式微，压抑多时的“人的觉醒”主题得以苏生，久违的“五四”精神得以传承。但正当启蒙理性全面展开之时，市场经济效应冲击着每一个中国人的神经，后现代主义登上文坛，进而造成了文化源的彼此矛盾：传统价值体系和部分解放区以来的思想资源面临现代理性的审视、剥离，而现代理性全面扩张带来的理性傲慢又遮蔽了个体情感的慰问与生命本体的安适，后现代的中心离散、深度削平、主体缺失等症候在为我们提供新的思维范式的同时，也给未深入开展的现代化带来耗散。新时期文学中的寻根派和先锋派，即上述思想在文学中的折射，无论是寻根文学的“神在民间”宣言，抑或先锋文学的“话语狂欢”命题，都昭示着现代性与后现代性的错位和着。

也许缘自文学话语与思想话语的固有差异，写作过程中，我时时为些枝蔓丛生的矛盾所困扰，启蒙与救亡、自由与专制、革命与改良、个与集体、先锋与守成、现代与后现代……这些思想界、文化界的话语资

后记

源，无一例外都能在中国现当代文学中寻觅到它们的踪影，它们或隐或显、或矛盾或统一地表现在某一作家研究上、某一部作品分析上、某一段文学史的写作上。鲁迅与沈从文、《野草》与《边城》，你能把他们各自的人格操守、思想底蕴作一个条分缕析式的剖白？你能准确无误地抵达他们的内心深处和文本肌理？思想的质地与审美的衣料融合的临界点在哪里？……太多的缠绕与交错，在产生巨大的诱惑和动力的同时，也催生出几多的感慨和无奈，这难道就是文学中的思想吊诡、文学史中的思想史幻影？

十多年前第一次读到帕斯卡尔，为他关于“人”的思考震动了：“人只不过是一根苇草，是自然界最脆弱的东西；但他是一根能思想的苇草用不着整个宇宙都拿起武器来才能毁灭他；一口气、一滴水就足以致他死命了。然而，纵使宇宙毁灭了他，人却仍然要比置他于死命的东西更高贵得多；因为他知道自己要死亡，以及宇宙对他所具有的优势，而宇宙对此却是一无所知。因而，我们全部的尊严就在于思想。”我们自幼接受教育，要做一棵大树，最好是一棵青松，帕斯卡尔却说我们不过是一根芦苇，一根会思想的芦苇。震动、迷惑、欣喜……当时的感受十分复杂。从那以后，这根芦苇就一直在我的记忆中摇曳，而我的所作所为也从来没有超出它的限度。这也许是我做思想史视野中的中国现当代文学研究的最初动因，今天把它说出来，心中有一种释然。

在书稿即将付梓之际，我要向惠我以指导与帮助的华东师范大学教授王铁仙先生、中国社会科学院研究员张炯先生、包明德先生、曾镇南先生表示诚挚的谢意！向予书稿以评议与建议的华东师范大学教授钱谷融先生、马以鑫先生，复旦大学教授吴立昌先生、唐金海先生，上海师范大学教授杨剑龙先生致谢！向为本书的顺利出版付出辛勤劳动的萧茂先生问好！

刘　忠

2006 年 4 月于北京

图书在版编目(CIP)数据

思想史视野中的中国现当代文学/刘忠著.—上海：上海人民出版社,2006
ISBN 7-208-06562-4

Ⅰ.思… Ⅱ.刘… Ⅲ.①现代文学-文学思想史-中国②当代文学-文学思想史-中国 Ⅳ.I209.6

中国版本图书馆CIP数据核字(2006)第120863号

特约编辑 王富娥
责任编辑 肖春茂 张 翼
封面设计 蔡哥设计工作室
美术编辑 傅惟本

思想史视野中的中国现当代文学
刘 忠 著
世纪出版集团
上海人民出版社出版
(200001 上海福建中路193号 www.ewen.cc)
世纪出版集团发行中心发行
上海商务联西印刷有限公司印刷
开本635×965 1/16 印张16.25 插页2 字数303,000
2006年11月第1版 2006年11月第1次印刷
印数1-4,100
ISBN 7-208-06562-4/I·332
定价 28.00元